AF551622

GRöLS
Verlage

„BÜCHER SIND WIE FALLSCHIRME. SIE NÜTZEN UNS NICHTS, WENN WIR SIE NICHT ÖFFNEN."

Gröls Verlag

Redaktionelle Hinweise und Impressum

Das vorliegende Werk wurde zugunsten der Authentizität sehr zurückhaltend bearbeitet. So wurden etwa ursprüngliche Rechtschreibfehler *nicht* systematisch behoben, denn kleine Unvollkommenheiten machen das Buch – wie im Übrigen den Menschen – erst authentisch. Mitunter wurden jedoch zum Beispiel Absätze behutsam neu getrennt, um den Lesefluss zu erleichtern.

Um die Texte zu rekonstruieren, werden antiquarische Bücher von Lesegeräten gescannt und dann durch eine Software lesbar gemacht. Der so entstandene Text wird von Menschen gegengelesen und korrigiert – hierbei treten auch Fehler auf. Wenn Sie ebenfalls antiquarische Texte einreichen möchten, finden Sie weitere Informationen auf www.groels.de

Viel Freude bei der Lektüre wünscht Ihnen das Team des Gröls-Verlags.

Adressen

Verleger: Sophia Gröls, Im Borngrund 26, 61440 Oberursel

Externer Dienstleister für Distribution & Herstellung: BoD, In de Tarpen 42, 22848 Norderstedt

Unsere „Edition | Werke der Weltliteratur“ hat den Anspruch, eine der größten und vollständigsten Sammlungen klassischer Literatur in deutscher Sprache zu sein. Nach und nach versammeln wir hier nicht nur die „üblichen Verdächtigen“ von Goethe bis Schiller, sondern auch Kleinode der vergangenen Jahrhunderte, die – zu Unrecht – drohen, in Vergessenheit zu geraten. Wir kultivieren und kuratieren damit einen der wertvollsten Bereiche der abendländischen Kultur. Kleine Auswahl:

Francis Bacon • Neues Organon • **Balzac** • Glanz und Elend der Kurtisanen • **Joachim H. Campe** • Robinson der Jüngere • **Dante Alighieri** • Die Göttliche Komödie • **Daniel Defoe** • Robinson Crusoe • **Charles Dickens** • Oliver Twist • **Denis Diderot** • Jacques der Fatalist • **Fjodor Dostojewski** • Schuld und Sühne • **Arthur Conan Doyle** • Der Hund von Baskerville • **Marie von Ebner-Eschenbach** • Das Gemeindekind • **Elisabeth von Österreich** • Das Poetische Tagebuch • **Friedrich Engels** • Die Lage der arbeitenden Klasse • **Ludwig Feuerbach** • Das Wesen des Christentums • **Johann G. Fichte** • Reden an die deutsche Nation • **Fitzgerald** • Zärtlich ist die Nacht • **Flaubert** • Madame Bovary • **Gorch Fock** • Seefahrt ist not! • **Theodor Fontane** • Effi Briest • **Robert Musil** • Über die Dummheit • **Edgar Wallace** • Der Frosch mit der Maske • **Jakob Wassermann** • Der Fall Maurizius • **Oscar Wilde** • Das Bildnis des Dorian Grey • **Émile Zola** • Germinal • **Stefan Zweig** • Schachnovelle • **Hugo von Hofmannsthal** • Der Tor und der Tod • **Anton Tschechow** • Ein Heiratsantrag • **Arthur Schnitzler** • Reigen • **Friedrich Schiller** • Kabale und Liebe • **Nicolo Machiavelli** • Der Fürst • **Gotthold E. Lessing** • Nathan der Weise • **Augustinus** • Die Bekenntnisse des heiligen Augustinus • **Marcus Aurelius** • Selbstbetrachtungen • **Charles Baudelaire** • Die Blumen des Bösen • **Harriett Stowe** • Onkel Toms Hütte • **Walter Benjamin** • Deutsche Menschen • **Hugo Bettauer** • Die Stadt ohne Juden • **Lewis Caroll** • *und viele mehr….*

Rudyard Kipling

Kim

Ein Roman aus dem gegenwärtigen 1901 Indien

Inhalt

Kapitel 1.

Er saß, in trotziger Mißachtung der behördlichen Vorschriften, rittlings auf der Kanone Zam-Zammah, die auf ihrem Ziegel-Unterbau gegenüber dem alten Ajaib-Gher stand – dem Wunderhaus – wie die Eingeborenen das Museum von Lahore nennen. Wer Zam-Zammah, „den feuerspeienden Drachen", im Besitz hat, besitzt das Punjab; denn das mächtige, grünbronzene Geschütz ist immer des Siegers erste Beute.

Eine Rechtfertigung gab es für Kim – er hatte Lala Dinanaths Sohn von den Kurbellagern heruntergetreten – da den Engländern das Punjab gehörte – und Kim war Engländer. Obgleich so schwarz gebrannt, wie ein Eingeborener, obgleich mit Vorliebe die Landessprache gebrauchend und seine Muttersprache in einem undeutlichen Singsang radebrechend; obschon auf völligem Gleichheitsfuße mit den kleinen Bazar-Buben verkehrend, war Kim doch ein Weißer – ein armer Weißer – von den Allerärmsten einer. Die Halbblut-Frau, die ihm Quartier gab (sie rauchte Opium und behauptete, einen Möbelhandel aus zweiter Hand an dem Platz, wo die billigen Mietwagen stehen, zu betreiben), sagte den Missionären, sie sei Kims Mutterschwester. Seine Mutter aber war Kindermädchen in der Familie eines Obersten gewesen und hatte Kimball O'Hara geheiratet, einen jungen Fahnen-Unteroffizier von den Mavericks, einem irischen Regiment. Dieser nahm später Dienst bei der Sind-Punjab-Delhi-Eisenbahn, und sein Regiment ging ohne ihn heimwärts. O'Haras Weib starb in Ferozepore an der Cholera; er ergab sich dem Trunk und trieb sich mit dem dreijährigen, blitzäugigen Kinde an der Bahnlinie herum. Vereine und Geistliche, um den Knaben besorgt, suchten ihn einzufangen. Aber O'Hara machte sich stets aus dem Staube, bis er endlich auf das Weib traf, das Opium rauchte, von ihr diese Liebhaberei lernte und starb, so wie arme Weiße in Indien sterben. Seine Hinterlassenschaft bestand aus drei Schriftstücken; das eine nannte er sein „*ne varietur*" weil dies Wort unter seinem Namenszug geschrieben stand, das andere seinen Entlassungsschein; das dritte war Kims Geburtsschein. „Diese Dinger", so pflegte er in seinen glorreichen Opiumstunden zu sagen, „würden den kleinen Kimbali noch zu einem Manne machen." Auf keinen Fall dürfte Kim sich von den Papieren trennen, denn sie wirkten durch Magie – eine Magie, wie sie die Männer drüben hinter dem Museum übten, in dem großen blau und weißen Jadoo-Gher – dem magischen

Hause – was wir Freimaurer-Loge nennen). Es würde, sprach O'Hara, eines Tages alles zum Rechten kommen und Kims Horn würde hoch erhoben zwischen Säulen hängen – ungeheuren Säulen – starken und schönen. Der Oberst selbst, an der Spitze des stolzesten Regimentes der Welt reitend, würde Kim aufwarten – dem kleinen Kim – der es besser haben sollte, als sein Vater. Neunhundert Teufel erster Klasse, deren Gott ein Roter Ochse auf grünem Felde war, würden Kim dienen, wenn sie nicht O'Hara vergessen hätten – den armen O'Hara, den Vorarbeiter auf der Strecke von Ferozepore. Dabei pflegte er in seinem zerbrochenen Binsenstuhl auf der Veranda bitterlich zu weinen. So geschah es, daß nach seinem Tode das Weib Pergament, Papier und Geburtsschein in ein ledernes Amulett-Etui einnähte und es Kim um den Hals hängte.

„Und eines Tages," sprach sie, sich der Prophezeihung O'Hara's verworren erinnernd, „wird ein großer roter Ochse auf grünem Felde zu Dir kommen und ein Oberst, auf hohem Pferde reitend, ja, und" – in's Englische fallend – „neunhundert Teufel."

„O," rief Kim, „ich werde daran denken. Ein roter Ochse wird kommen und ein Oberst zu Pferde. Aber vorher, sagte mein Vater, kommen die zwei Männer, die den Grund klar machen für die Ereignisse. So machen sie's immer, sagte mein Vater, wenn Männer Magie treiben."

Hätte die Frau Kim mit seinen Papieren nach dem Orts-"Jadoo-Gher" gesandt, so würde er sicher von der Provinzial-Loge übernommen und in das Freimaurer-Waisenhaus im Gebirge geschickt worden sein; aber was sie von Magie gehört, machte sie mißtrauisch. Auch Kim hatte seine eigenen Ansichten. Als er in die Flegeljahre kam, ging er Missionaren und weißen Leuten von ernstem Aussehen, die zu fragen pflegten, wer er sei und was er treibe, geflissentlich aus dem Wege. Denn Kim trieb, mit großartigem Erfolge, gar nichts. Zwar die wundervolle, wallumgürtete Stadt Lahore kannte er durch und durch, vom Delhi-Tor bis zum äußersten Festungsgraben; zwar stand er auf Du und Du mit Leuten, die ein so seltsames Leben führten, wie selbst Harun al Raschid es sich nicht hätte träumen lassen; zwar lebte er selbst ein so seltsames Leben, wie in „Tausend und eine Nacht" – aber die Missionare und Beamten von wohltätigen Anstalten hätten dies alles ja nicht zu würdigen gewußt. Im Stadtbezirk war sein Spitzname „Kleiner Allerweltsfreund". Da er klein und unauffällig war, hatte er sehr oft nächtliche Botschaften auf den belebten Hausdächern von fashionablen, geschniegelten jungen Herren auszurichten. Es waren Intriguen, natürlich – er wußte das nur zu genau, hatte er doch, seit er sprechen konnte, alles Böse kennen gelernt. Er lieble solche Streiche um ihrer selbst willen; dies heimliche Umherstreifen durch dunkle Winkel und Gäßchen, das verstohlene Hinaufschleichen durch ein Wasserrohr, den Anblick und die Laute der Frauenwelt auf den flachen Dächern und die ungestüme Flucht von Dach zu Dach im Schutze der schwülen Dunkelheit. Dann gab es heilige Männer, mit Asche beschmierte Fakire, unter ihren steinernen Schreinen bei den Bäumen am Flußufer, mit denen er ganz familiär stand. Er begrüßte sie, wenn sie von ihren Bettelreisen zurückkehrten, und, wenn es niemand sah, aß er auch mit ihnen aus derselben Schüssel.

Die Frau, die ihn in Obhut hatte, flehte unter Tränen, er solle europäische Kleider tragen: Hosen, ein Hemd und einen Schlapphut. Kim zog es vor, in ein Hindu- oder Mohammedaner-Gewand zu schlüpfen, wenn er in gewissen Geschäften unterwegs war. Einer der jungen, fashionablen Männer – es war derselbe, der in der Nacht des Erdbebens auf dem Grunde eines Brunnens tot aufgefunden wurde – hatte ihm einst einen vollständigen Anzug aus Hindu-Stoff, das Kostüm eines Straßenjungen niederer Kaste, gegeben. Kim verbarg es heimlich zwischen einigen Balken auf Nila Rams Zimmerplatz, hinter dem Punjab-Gerichtshof, dort, wo die wohlriechenden Deodar-Klötze zum Austrocknen lagerten, nachdem sie den Ravi herabgetrieben. Wenn Aussicht auf Geschäfte oder Schelmenstreiche bevorstand, holte Kim seinen verborgenen Besitz hervor und kehrte erst beim Morgengrauen zurück in die Veranda, erschöpft vom Jubilieren hinter einer Heiratsprozession her oder vom Schreien bei einer Hindu-Festlichkeit. Zuweilen fand er einen Happen im Hause, öfter aber nicht; dann ging er wieder fort und aß mit seinen eingeborenen Freunden.

Er trommelte mit den Hacken gegen Zam-Zammah und unterbrach bisweilen sein „König vom Schloß"-Spiel mit dem kleinen Chota Lal und Abdullah, des Kuchenbäckers Sohn, um dem eingeborenen Polizisten, der die Reihe von Schuhen vor dem Museum zu bewachen hatte, Grobheiten zuzurufen. Der dicke Punjabmann lächelte nachsichtig. Er kannte Kim schon lange – ebenso der Wasserträger, der die trockene Straße aus seinem ziegenledernen Sack besprengte. Auch der Jawahir Singh, der Museums-Tischler, der über neuen Packkisten gebückt dastand, war ein alter Bekannter Kims, wie überhaupt jedermann rundherum, ausgenommen die Bauern vom Lande, die nach dem Wunderhause kamen, um die Dinge anzustaunen, die in ihrer eignen Provinz ebenso wie auch anderswo angefertigt wurden. Das Museum war bestimmt für die Erzeugnisse indischer Kunst und Industrie. Wer etwas erklärt haben wollte, konnte den Direktor fragen.

„Herunter! Herunter mit Dir! Ich will hinauf," schrie Abdullah, auf Zam-Zammah's Rad kletternd.

„Dein Vater war Pastetenkoch. Deine Mutter stahl das „Ghi", Geschmolzene Butter. sang Kim. „Alle Muselmänner sind längst von Zam-Zammah heruntergefallen."

„Laß *mich* hinauf!" kreischte der kleine Chota Lal, unter seiner goldgestickten Mütze. Sein Vater war vielleicht eine halbe Million Sterling wert; aber Indien ist das einzige demokratische Land der Welt.

„Die Hindu sind auch von Zam-Zammah herabgefallen. Die Muselmänner stießen sie herunter. Dein Vater war Pastetenkoch" – Er hielt inne, denn um die Ecke, vom geräuschvollen Moti-Bazar her, kam schwerfälligen Ganges ein Mann, wie ihn Kim, der alle Kasten zu kennen glaubte, nie zuvor gesehen. Er war nahezu sechs Fuß hoch und gekleidet in dunkelbraunen Stoff, der, einer Pferdedecke ähnlich, Falte auf Falte schlug; und nicht eine Falte konnte Kim in Zusammenhang bringen mit irgendeinem ihm bekannten Geschäft oder Handwerk. An seinem Gürtel hing ein eiserner Federbehälter von durchbrochener Arbeit und ein hölzerner Rosenkranz, wie ihn heilige Männer tragen. Auf dem Haupte hatte er eine Art riesiger spitzer Deckelmütze mit einem Knopf in der Mitte. Sein Gesicht war gelb und runzelig wie das von Fook Shing, dem chinesischen Schuhmacher im Bazar. Seine Augen zogen sich nach den Winkeln aufwärts und sahen aus wie kleine Spalten aus Onyx.

„Wer ist das?" fragte Kim seine Kameraden.

„Vielleicht ist es ein Mann," sprach Abdullah hinstarrend, den Finger im Munde.

„Ohne Zweifel," erwiderte Kim; „aber es ist ein Inder, wie ich ihn noch nie sah."

„Ein Priester vielleicht," meinte Chota Lal, den Rosenkranz erspähend. „Sieh, er geht in das Wunder-Haus."

„Nein, nein," sagte der Polizist kopfschüttelnd. „Ich verstehe Deine Rede nicht." Der Konstabler sprach Punjabi. „He, Du! Allerweltsfreund! was sagst Du?"

„Schicke ihn hierher," rief Kim, von Zam-Zammah herab kletternd und seine nackten Füße schwenkend. „Er ist ein Fremder und Du bist ein Büffel."

Der Mann drehte sich hilflos um und schob sich zu dem Knaben hin. Er war alt, und sein wollenes Obergewand dunstete noch von dem übelriechenden Wermut der Gebirgspässe.

„O, Kinder, was ist dies große Haus?“ fragte er in sehr klarer Urdusprache.

„Das Ajaib-Gher, das Wunder-Haus.“ Kim gab ihm keinen Titel, wie Lala oder Mian, denn er konnte des Mannes Glaubensbekenntnis nicht erraten. „Ah! Das Wunder-Haus! Kann da ein jeder eintreten?“

„Es steht über der Pforte geschrieben – jeder kann eintreten.“

„Ohne Bezahlung?“

„Ich gehe ein und aus. Und ich bin kein Bankier,“ lachte Kim.

„Ach! Ich bin ein alter Mann, ich wußte es nicht.“ Dann, seinen Rosenkranz fingernd, wandte er sich halb dem Museum zu.

„Welcher Kaste gehörst Du an? Wo ist Dein Haus? Kommst Du von ferne her?“ fragte Kim.

„Ich kam über Kulu, von jenseits der Kailas – aber was wißt Ihr von den Bergen, wo“ – er seufzte – „Luft und Wasser frisch und kühl sind.“

„Aha! Khitai“ (ein Chinese), sagte Abdullah stolz. Fook Shing hatte ihn einmal aus seinem Laden gejagt, weil er nach dem Joß (chinesischer Götze) gespieen, der über den Stiefeln thronte.

„Pahari“ (ein Bergbewohner), meinte der kleine Chota Lal.

„Ach Kind! Ein Bergbewohner, von Bergen, die Du niemals sehen wirst. Hörtest Du schon von Bhotiyal (Tibet)? Ich bin kein Khitai, aber ein Bhotiya (Tibetaner), wenn Du es wissen mußt – ein Lama – oder sage in Deiner Sprache: ein Guru.“

„Ein Guru von Tibet,“ rief Kim. „So einen Mann sah ich noch nie. Sind sie Hindus in Tibet?“

„Wir sind Pilger des „mittleren Pfades“ und leben in Frieden in unseren Land-Klöstern; ich aber zog aus, um die Vier Heiligen Plätze zu sehen, bevor ich sterbe. Nun wißt Ihr, die Ihr Kinder seid, so viel als ich, der ich alt bin.“ Er lächelte wohlwollend auf die Knaben hernieder.

„Hast Du gegessen?“

Er tappte auf seiner Brust herum und zog eine abgenutzte, hölzerne Bettelschale hervor. Die Knaben nickten. Alle Priester ihrer Bekanntschaft bettelten.

„Ich mag noch nicht essen." Er bewegte seinen Kopf wie eine alte Schildkröte im Sonnenschein. „Ist es wahr, daß so viele Bildnisse im Wunder-Hause von Lahore stehen?" Er wiederholte die letzten Worte, wie jemand, der sich eine Adresse einprägt.

„Das ist wahr," sagte Abdullah. „Es ist voll von heidnischen „Buts". Du bist wohl auch ein Götzendiener?"

„Höre nicht auf *ihn* ," sprach Kim. „Das Haus gehört der Regierung und Götzendienerei gibt es nicht darin; nur einen Sahib mit einem weißen Bart. Komm mit mir, ich will Dich führen."

„Fremde Priester fressen Knaben," wisperte Chota Lal.

„Und er ist ein Fremder und ein But-parast (ein Götzendiener)" sagte Abdullah, der Mohammedaner.

Kim lachte. „Er ist fremd. Lauft, versteckt Euch in Eurer Mutter Schoß, dann seid Ihr sicher. Komm!"

Kim schob sich durch das Drehkreuz am Eingang, der alte Mann folgte, blieb aber bald vor Erstaunen stehen. In der Eintrittshalle standen die größeren Figuren hellenistisch-buddhistischer Skulptur, die – Gelehrte mögen wissen vor wie langer Zeit – von vergessenen Künstlern gefertigt waren, deren Hände nicht ohne Geschick nach dem rätselhaft überkommenen griechischen Stil getastet hatten. Da waren vereinigt Hunderte von Figurenfriesen in Relief, Fragmente von Statuen und Steinplatten mit Figuren, welche die steinernen Wände der buddhistischen Stupas (bienenkorbförmige Baudenkmäler) und Viharas (Klöster) der nördlichen Gegenden bedeckt hatten, um nun, ausgegraben und etikettiert, den Stolz des Museums auszumachen. Mit staunender Bewunderung wandte der Lama sich von einem zum anderen, bis er endlich in verzückter Spannung still stand vor einem Hoch-Relief, das die Krönung oder Apotheose des Buddha wiedergab. Der „Herr" war dargestellt auf einer Lotusblume sitzend, deren Blätter so tief unterhöhlt waren, daß sie fast losgelöst erschienen. Eine anbetende Korona von Königen, Tempelältesten und Buddhas aus den Vorzeiten umgab ihn. Darunter lotusbedeckte Wasser mit Fischen und Wasservögeln. Zwei Dewas mit Schmetterlingsflügeln hielten einen Kranz über seinem Haupte; zwei andere trugen den Sonnenschirm, überragt von der juwelenstrahlenden Hauptbedeckung des Bodhisat.

„Der Herr! Der Herr! Es ist Sakya Muni selbst," sprach der Lama mit unterdrücktem Schluchzen, und er begann mit halber Stimme die wundervolle buddhistische Anrufung:

„Zu Ihm der Weg – die Lehre groß –
Den Maya trug in ihrem Schoß
Des Segens Herr – der Bhodisat!"

„Und „Er" ist hier! Das höchst vortreffliche Gesetz ist auch hier. Meine Pilgerfahrt hat günstig begonnen. Und welch' ein Werk! Welch' ein Werk!"

„Dort ist der Sahib," sagte Kim und hüpfte zwischen den Kasten der Kunstgewerbe und Industrie-Abteilung hindurch zur Seite.

Ein weißbärtiger Engländer blickte auf den Lama hin, der ihn feierlich grüßte und nach einigem Herumtasten ein Notizbuch und einen Streifen Papier zum Vorschein brachte.

„Ja, das ist mein Name," sprach er, lächelnd auf die plumpe, kindliche Druckschrift deutend.

„Einer von uns, der die Pilgerfahrt nach den Heiligen Plätzen gemacht – er ist jetzt Abt des Lung-Cho-Klosters – gab mir dies," stammelte der Lama. „Er sprach zu mir von „Diesen"." Seine magere Hand wies zitternd rund umher.

„Willkommen denn, Lama von Tibet. Hier sind die Götterbilder; und hier bin ich," – er blickte in des Lamas Gesicht – „um Wissen zu sammeln. Komm mit in mein Arbeitszimmer." Der alte Mann zitterte vor Erregung.

Das Bureau war nur ein kleiner hölzerner, von der mit Skulpturen gefüllten Galerie abgeteilter Verschlag. Kim legte sich nieder, mit dem Ohr gegen einen Riß in der von der Hitze gespaltenen Tür von Zedernholz, um, seinem angeborenen Instinkte gemäß, zu horchen und zu beobachten.

Das Hauptsächlichste des Gesprächs ging über sein Verständnis. Anfangs zögernd sprach der Lama zu dem Direktor von seinem Lama-Kloster „Suchzen", gegenüber dem Farbigen Felsen und wohl einen viermonatlichen Marsch entfernt. Der Direktor holte ein großes Buch mit Photographien herbei und zeigte ihm das genannte, auf hoher Felsspitze thronende Kloster, das auf das Riesenthal mit den vielfach getönten Felsstufen herniederschaute.

„Ei! Ei!“ Der Lama setzte eine in Horn gefaßte Brille von chinesischer Arbeit auf. „Hier ist die kleine Tür, durch die wir das Holz für den Winter tragen. Und Du – der Engländer, kennst das? Der jetzt Abt von Lung-Cho ist, sagte mir, daß Ihr es wisset, aber ich glaubte es nicht. Der Herr, der Erhabene – man ehrt ihn auch hier? Und man kennt sein Leben?“

„Es ist alles in Stein gemeißelt. Komm und schaue, wenn Du ausgeruht hast.“

Der Lama schlürfte hinaus in die Haupthalle; der Direktor schritt ihm zur Seite durch die Sammlungen mit der Andacht des Verehrers und der Hochschätzung des Kunstkenners.

Ereignis auf Ereignis in der wundervollen Geschichte bezeichnete er auf den nachgedunkelten Steinen, zuweilen selbst etwas in Verlegenheit gebracht durch die ungewohnte griechische Stilart, aber entzückt wie ein Kind bei jedem neuen Fund.

Wo die Reihenfolge unterbrochen war, wie bei der Verkündigung, ergänzte der Direktor sie mit Hilfe seiner aufgestapelten französischen und deutschen Bücher, durch Photographien und Abbildungen.

Hier war der fromme Asita, Pendant des Simeon in der christlichen Geschichte, das heilige Kind auf den Knien haltend, während die Eltern andächtig lauschten; und hier waren Vorgänge aus der Legende des Vetters Devadatta. Hier war das böse Weib, das mit schändlicher Lüge den „Herrn“ der Unlautbarkeit beschuldigte – hier die Predigt im Wildpark – das Wunder, von dem die Feueranbeter überwältigt wurden – und hier der Bodhisat als Prinz im Königlichen Schmuck; die wunderbare Geburt; der Tod zu Kusinara, wo der schwache Jünger in Ohnmacht sank. Fast unzählige Wiederholungen der Meditation unter dem Bodhisat-Baum fanden sich und die Anbetung der Almosen-Schale war überall zu sehen. Nach wenigen Minuten schon wußte der Direktor, daß sein Gast kein gewöhnlicher, Rosenkranzkugeln zählender Bettler, nein, ein ganzer Gelehrter war. Und sie gingen alles noch einmal durch; der Lama schnupfend, seine Brillengläser putzend und mit Eisenbahnschnelligkeit ein wunderbares Gemisch von Urdu und Tibetanisch redend. Er hatte von den Reisen der chinesischen Pilger Fo-Hian und Hwen-Thiang gehört und war begierig zu erfahren, ob Übersetzungen ihrer Berichte existierten. Mit angehaltenem Atem wendete er hilflos die Blätter von Beal und Stanislas Julien um. „Es ist alles hier – aber für mich ein verschlossener Schatz.“ Dann suchte er sich zu beruhigen, um ehrfurchtsvoll den Bruchstücken zu lauschen, die ihm rasch in Urdu wiedergegeben wurden. Zum ersten Male hörte er von den Arbeiten europäischer Gelehrten, die mit Hilfe dieser und hundert anderer Dokumente die heiligen Plätze des Buddhismus festgestellt haben. Dann wurde ihm eine mächtige Karte gezeigt, fleckig, voll gelblicher Linien. Der braune Finger folgte des Direktors Stift von Punkt zu Punkt. Da war Kapilavastu, da das Königreich der Mitte und hier Mahabodhi, das Mekka des Buddhismus; und hier war Kusiganagara, der traurige Platz von des Heiligen Tod. Der alte Mann beugte für eine Weile schweigend das Haupt über die Blätter; der Direktor zündete sich eine neue Pfeife an. Kim war eingeschlafen. Als er erwachte, war die Unterhaltung noch im Flusse, aber ihm besser verständlich.

„Und so geschah es, o Brunnen der Weisheit, daß ich beschloß, nach den Heiligen Plätzen zu pilgern, die „sein“ Fuß betreten. Nach dem Geburtsplatz, selbst nach Kapila; dann nach Maha Bodhi, was Buddh Gana ist – nach dem Kloster – dem Wildpark – nach dem Platz Seines Todes.“

Der Lama senkte die Stimme. „Und ich komme allein hierher. Seit fünf, sieben, achtzehn – vierzig Jahren trage ich es in meinen Gedanken, daß das Alte Gesetz nicht wohl befolgt wird. Es ist, Du weißt es, überladen mit Teufelei, Zauberei und Götzendienst. Gerade wie das Kind da draußen eben sagten ja, wie selbst das Kind sagte, mit „But parasti“.

„So ergeht es jeder Glaubenslehre.“

„Meinst Du? Die Bücher meines Klosters habe ich gelesen, und sie waren vertrocknetes Mark: und das späte Ritual, mit dem wir vom Reformierten Gesetz uns beladen haben – auch das hatte keinen Wert in diesen alten Augen. Selbst die Jünger des „Vollkommenen“ leben in beständiger Fehde miteinander. Es ist alles Wahn! Ja, Maya, Wahn! Aber ich trage ein anderes Verlangen“ – das gefurchte gelbe Gesicht näherte sich ganz dicht dem des Direktors und der lange Nagel des Zeigefingers tippte auf den Tisch – „Eure Gelehrten sind in diesen Büchern den Heiligen Füßen auf allen Wanderungen gefolgt; aber es gibt Dinge, denen sie nicht nachgeforscht haben. Ich weiß nichts – nichts weiß ich – aber ich gehe mich frei zu machen von dem Rad der Dinge, auf einem offenen, breiten Wege.“ – (Rad der Dinge ist ein buddhistischer Begriff der Wiederkehr alles Seienden bis zur Erlösung.) Er lächelte mit naivem Triumph. „Als Pilger nach den Heiligen Plätzen erwerbe ich Verdienst. Aber es bleibt mehr zu tun. Höre auf ein wahres Wort. Da unser gnadenreicher Herr noch ein Jüngling war und eine Lebensgefährtin suchte, meinten die Männer an Seines Vaters Hof, daß Er zu zart zur Heirat wäre. Du weißt dies?"

Der Direktor nickte, neugierig, was nun folgen sollte.

„So wurde eine dreifache Kraftprobe mit allen herankommenden Bewerbern angeordnet. Bei der Prüfung des Bogens forderte unser „Herr", nachdem Er den ihm überreichten Bogen durchgebrochen, einen Bogen, den keiner spannen könnte. Du weißt?"

„Es steht geschrieben. Ich habe es gelesen."

„Und alle anderen Zeichen überschießend, flog der Pfeil fern und ferner, außer Sicht. Zuletzt fiel er; und wo er die Erde berührte, da brach ein Wasserstrahl hervor, der sogleich zum Strome wurde. Und durch unseres Herrn Gnade und das Verdienst, das Er erwarb, bevor Er Sich selbst frei machte, erhielt der Strom die Eigenschaft, jede Spur und jeden Flecken von Sünde abzuwaschen von dem, der in ihm badet."

„So steht es geschrieben", sagte traurig der Direktor.

Der Lama tat einen liefen Atemzug. „Wo ist der Strom, o Brunnen der Weisheit? Wo fiel der Pfeil?"

„O, mein Bruder, ich weiß es nicht."

„O nein. Du hast es wohl vergessen – das Eine nur, was Du mir nicht gesagt. Sicher, Du mußt es wissen. Sieh, ich bin ein alter Mann! Ich frage Dich – mein Haupt zwischen Deinen Füßen – o, Brunnen der Weisheit! Wir wissen, der Wasserstrahl sprang hervor! Wo denn ist der Fluß? Ein Traum hieß mich ihn finden. So kam ich. Ich bin hier. Aber wo ist der Strom?"

„Wenn ich es wüßte, denkst Du, ich würde es nicht laut hinausrufen?"

„Durch ihn," fuhr der Lama, ohne ihn zu beachten fort, „erlangt man Befreiung vom Rad der Dinge. Der Strom des Pfeiles! Denk' noch einmal nach! Ein kleines Flüßchen, – mag sein – vielleicht in der Hitze vertrocknet? – Aber der Heilige würde einen alten Mann nicht so täuschen."

„Ich weiß es nicht. Ich weiß es nicht."

Der Lama brachte sein tausendfach durchfurchtes Gesicht auf eine Handbreite dem des Engländers nahe.

„Ich sehe. Du weißt es nicht. Da Du der Lehre nicht angehörst, blieb Dir dieses verborgen."

„Ach! Verborgen – verborgen."

„Wir sind bald in Banden, Du und ich, mein Bruder. Aber ich" – er erhob sich mit einem Schwung seiner weichen, schweren Umhüllung – „ich gehe, um mich frei zu machen. Komm' mit!"

„Ich bin gebunden," sagte der Kurator ... Aber wohin gehst Du?"

„Erst nach Kashi (Benares), wohin sonst? Dort in dem Jaina-Tempel dieser Stadt werde ich einen von der reinen Lehre treffen. Auch er ist im Geheimen ein Sucher, und von ihm kann ich möglicherweise lernen. Kann sein, daß er mit mir nach Buddha-Gaya geht. Von da nördlich und westlich nach Kapilavastu, und da will ich nach dem Flusse suchen. Nein, überall, wohin ich gehe, will ich suchen – denn der Platz, wo der Pfeil fiel, ist nicht bekannt."

„Und wie willst Du gehen? Es ist ein weiter Ruf bis Delhi, und weiter noch bis Benares."

„Auf der Heerstraße und mit den Zügen. Von Pathankot, nachdem ich die Hügel verlassen, kam ich hieher in einem Zug. Er fährt schnell. Anfangs wunderte ich mich sehr über die hohen Stangen an der Seite des Weges, die die Fäden aufschnappen und aufschnappen," er erläuterte pantomimisch das scheinbare Neigen und Wirbeln der Telegraphenstangen, wenn der Zug vorbeisaust. „Aber später, ich saß so zusammengepfercht, ich wünschte, ich hätte gehen können, wie ich es gewohnt bin."

„Und kennst Du Deinen Weg denn sicher?" fragte der Direktor.

„O, was das betrifft, ich brauche nur zu fragen und Geld zu zahlen; die angestellten Personen befördern jeden nach dem bestimmten Platz. Das wußte ich schon in der Lamaserai aus sicherer Quelle," sagte mit Stolz der Lama.

„Und wann willst Du fort?" Der Direktor lächelte über diese Mischung von altweltlicher Frömmigkeit und modernem Fortschritt, wie sie jetzt für Indien so bezeichnend ist.

„Sobald als möglich. Ich folge den Spuren Seines Lebens, bis ich zu dem Strom des Pfeiles komme. Es gibt indes ein geschriebenes Papier von den Stunden der Züge, die südwärts gehen."

„Und Deine Nahrung?“ Lamas führen in der Regel einen guten Vorrat an Geld irgendwo bei sich, aber der Direktor wünschte sich davon zu überzeugen.

„Auf der Reise trage ich die Bettelschale wie unser Meister. Ja. So wie Er ging, so gehe ich, mit Verzicht auf meines Klosters Versorgung. Da ich die Hügel verließ, hatte ich einen Chela (Schüler) bei mir, der, wie es die Regel erfordert, für mich bettelte; aber in Kulu, wo wir eine Weile hielten, ergriff ihn ein Fieber und er starb. Ich habe nun keinen Chela, aber ich will die Almosenschale tragen und den Mildtätigen Gelegenheit bieten, Verdienst zu erwerben.“ Er nickte tapfer mit dem Kopf. Gelehrte Doktoren einer Lamaserai betteln nicht; aber der Lama war in diesem Punkte Idealist.

„Sei es so,“ sagte lächelnd der Direktor. „Gönne mir nun, Dir einen Dienst zu erweisen. Wir beide sind Kollegen, Du und ich. Hier ist ein neues Buch, von weißem, englischem Papier, hier sind gespitzte Bleistifte, zwei und drei, dicke und dünne – alle gut für einen Schreiber. Nun erlaube mir noch Deine Brille.“

Der Direktor sah durch die Gläser. Sie waren arg zerschrammt, aber die Stärke fast genau wie die seiner eigenen Brille, welche er in des Lamas Hand gleiten ließ mit den Worten: „Versuche diese.“

„Eine Feder! Wahrhaftig, so leicht wie eine Feder auf dem Gesicht!“ Der alte Mann bewegte entzückt den Kopf und runzelte die Nase aufwärts. „Kaum fühle ich sie. Wie klar ich sehe!“

„Die Gläser sind Bilaur (Krystall) und werden niemals schrammig. Mögen sie Dir zu Deinem Flusse helfen, sie sind Dein!“

„Ich will sie nehmen, und die Stifte auch und das weiße Buch, als Zeichen der Freundschaft zwischen Priester und Priester – und nun“ – er tappte an seinem Gürtel herum, löste den eisernen Federbehälter von durchbrochener Arbeit los und legte ihn auf des Direktors Tisch. „Das soll ein Zeichen der Erinnerung sein zwischen Dir und mir – mein Federbehälter. Es ist etwas Altes – so wie ich bin.“

Es war eine Arbeit von altem Muster, chinesisch, von einem Eisen, wie es jetzt nicht mehr gegossen wird; und das Sammlerherz in des Direktors Brust hatte sie vom ersten Augenblick an ersehnt. Um keinen Preis wollte der Lama seine Gabe zurücknehmen.

„Wenn ich zurückkehre und den Fluß gefunden habe, will ich Dir ein geschriebenes Bild von der „Padma Samthora“ (heilige Lotosblume) bringen – so wie ich es in der Lamaserai auf Seide zu machen pflegte. Ja – und von dem Rad des Lebens,“ sprach er mit halb unterdrücktem Lachen, „denn wir beide sind Kunstkenner, Du und ich.“

Der Kurator hätte ihn gern noch zurückgehalten; denn es gibt nur wenige in der Welt, die noch das Geheimnis der althergebrachten buddhistischen Pinselfederdarstellungen besitzen, die halb geschrieben, halb gezeichnet sind. Aber der Lama schritt bereits weitausgreifend und das Haupt hoch in der Luft, hinaus, stand einen Augenblick noch still vor der großen Statue eines Bodhisat in Meditation und schob sich sodann durch das Drehkreuz.

Kim folgte ihm wie sein Schatten. Was er erlauscht, hatte ihn wild erregt. Dieser Mann war ihm, trotz aller Erfahrung, vollständig neu und er wollte ihn weiter ergründen, genau so wie er ein neues Gebäude oder eine unbekannte Festlichkeit in Lahore ausspionierte. Der Lama war sein Fund und er wollte Besitz von ihm ergreifen. Kims Mutter war nicht umsonst eine Irländerin.

Der alte Mann hielt inne bei Zam-Zammah und schaute sich um, bis sein Auge auf Kim fiel. Der Enthusiasmus seiner Pilgerfahrt war für den Augenblick gedämpft; er fühlte sich verlassen, alt und sehr hungrig.

„Nicht unter der Kanone sitzen!“ fuhr ihn der Polizist grob an.

„Hu! Du Eule!“ war Kims Erwiderung an des Lamas Stelle. „Setze Dich nur unter die Kanone, wenn es Dir so gefällt. Wann hast Du der Milchfrau die Pantoffeln gestohlen, Dunnoo?“

Das war eine ganz grundlose, der Eingebung des Augenblickes entsprungene Beschuldigung; aber sie machte Dunnoo verstummen, der wußte, daß Kims gellende Stimme Legionen von bösen Bazar-Buben herbeirufen Konnte, wenn's Not tat.

„Und wen hast Du angebetet da drinnen?“ frug Kim leutselig, indem er sich im Schalten neben dem Lama niederkauerte.

„Ich betete keinen an, Kind. Ich verneigte mich vor dem Vortrefflichen Gesetz.“

Kim akzeptierte diese neue Gottheit ohne Gemütsbewegung. Er kannte schon eine gehörige Anzahl.

„Und was willst Du nun tun?“

„Ich bettle. Ich entsinne mich nun, es ist lange her, daß ich aß und trank. Wie ist der Brauch in dieser Stadt, wenn man Mildtätigkeit sucht? Tut man es schweigend, wie in Tibet, oder mit Worten?“

„Die mit Schweigen betteln, verhungern im Schweigen,“ antwortete Kim, ein landesübliches Sprichwort anführend. Der Lama versuchte sich zu erheben, sank aber zurück und klagte um seinen Schüler, der in weiter Ferne, in Kulu, gestorben war. Den Kopf zur Seite, beobachtete Kim überlegend und interessiert.

„Gib mir die Schale. Ich kenne die Leute in dieser Stadt, alle, die barmherzig sind. Gib mir die Schale, ich bringe sie Dir gefüllt zurück.“ Einfach wie ein Kind, reichte der alte Mann ihm die Schale.

„Ruhe Du. Ich kenne meine Leute.“

Er trottete fort zu der offenen Bude einer Kunjri-Gemüsehändlerin niederer Kaste, die gegenüber der Straßenbahnlinie am Motti-Bazar stand. Die Frau kannte Kim lange genug.

„Oho“ rief sie, „bist Du ein Pogi geworden, mit Deiner Bettlerschale?“

„Nein,“ sagte Kim stolz. „Es ist ein fremder Priester in der Stadt – ein Mann, wie ich noch nie einen sah.“

„Alter Priester – junger Tiger,“ sprach das Weib ärgerlich. „Ich hab' die fremden Priester satt! Die fallen wie Fliegen über unsere Ware her. Ist der Vater meines Sohnes ein Brunnen der Barmherzigkeit, um allen zu geben, die betteln?“

„Nein,“ antwortete Kim: „Dein Mann ist mehr ein Pagi (Brummbär) als ein Pogi (heiliger Mann). Aber dieser Priester ist neu. Der Sahib in dem Wunderhaus sprach zu ihm wie ein Bruder. O, meine Mutter, fülle mir die Schale! Er wartet!“

„Diese Schale? Meinst Du? Die hat ja einen Bauch wie eine Kuh. Du bist nicht besser als der heilige Stier des Shiwa; der hat mir heute früh schon das Beste von einem Korb voll Zwiebeln aufgefressen, und dann soll ich noch Deine Schale füllen? Da kommt er schon wieder.“

Der ungeheure, mausgraue Brahmini-Stier schob sich mit auf- und niederschaukelnden Schultern durch die vielfarbige Menge, ein gestohlenes Bananenbüschel im Maule. Er hielt gerade auf die Bude zu, sich seiner Privilegien als geheiligtes Tier wohl bewußt, senkte den Kopf und schnüffelte heftig an der Reihe von Körben herum, ehe er seine Wahl traf. Da flog Kims holzbeschuhter kleiner Fuß in die Luft und traf ihn auf die feuchte blaue Schnauze. Er grunzte ärgerlich und stapfte über die Bahnschienen zurück; sein Widerrist zitterte vor Wut.

„Sieh, ich habe Dir mehr gespart, als es kostet, wenn Du die Schale dreimal füllst. Nun, Mutter, ein wenig Reis und getrockneter Fisch obenauf – ja, und etwas Curry-Gemüse."

Ein Knurren kam aus dem Hintergrund der Bude, wo der Mann lag.

„Er hat den Stier vertrieben," sagte die Frau halblaut. „Es ist gut, den Armen zu geben." Sie nahm die Schale und gab sie, mit heißem Reiß gefüllt, zurück.

„Aber mein Pogi ist keine Kuh," sagte Kim ernsthaft, mit seinen Fingern ein Loch in den Reisberg machend. „Ein wenig Curry ist gut, und ein gebackener Kuchen und etwas eingemachte Frucht würden ihm behagen."

„Das Loch ist so groß wie Dein Kopf," sprach murrend das Weib. Aber sie füllte es trotzdem mit gutem, heißem Currygemüse, klappte einen getrockneten Kuchen oben darauf mit einem Stückchen geklärter Butter, legte ein Häufchen Tamarinden-Konserve an die Seite – und Kim betrachtete wohlgefällig die Ladung.

„So ist's gut, wenn ich im Bazar bin, soll der Ochs nicht wieder an diese Bude kommen. Er ist ein frecher Bettelmann."

„Und Du?" lachte die Frau. „Aber sprich nicht schlecht von Ochsen. Hast Du mir nicht gesagt, daß eines Tages ein Roter Ochse aus einem Felde kommen wird, um Dir zu helfen? Nun halte alles gerade und fordere des heiligen Mannes Segen für mich. Vielleicht weiß er auch ein Mittel, die kranken Augen meiner Tochter zu heilen? Fordere auch dies, Du kleiner Allerweltsfreund."

Doch Kim war fortgetanzt vor dem Ende dieser Rede, herrenlosen Hunden und hungrigen Bekanntschaften aus dem Wege gehend.

„So betteln wir, die wir die Sache verstehen, sprach er stolz zu dem Lama, der die gefüllte Schale erstaunt betrachtete. „Iß nun und – ich will mit Dir essen. Heda! Bhisti!" er rief dem Wasserträger, der die Erotons (Krebsblumen) bei dem Museum begoß, „bring' Wasser. Wir Männer sind durstig."

„Wir Männer!" lachte der Bhisti. „Ist ein voller Schlauch genug für so ein Paar? Trinkt denn, im Namen des Erbarmers."

Er goß einen dünnen Strahl in Kim's Hände, der nach Landessitte trank. Der Lama aber zog einen Becher aus seinem unerschöpflichen Obergewand und trank mit Feierlichkeit.

„Pardesi (ein Fremdling)," erklärte Kim, als der alte Mann in unbekannter Sprache etwas sagte, was offenbar ein Segen war.

Sie schmausten zufrieden zusammen, bis die Bettelschale geleert war. Dann schnupfte der Lama aus einem schwerfälligen, kürbisförmigen Holzgefäß, ließ seinen Rosenkranz eine Weile durch die Finger gleiten und fiel, als der Schatten von Zam-Zammah länger wurde, in den leisen Schlaf des Alters.

Kim bummelte zu der nächsten Tabakhändlerin, einer jungen, lebhaften Mohammedanerin hinüber und erbettelte sich eine ordinäre Zigarre, von der Sorte, wie sie den Studenten der Punjabi-Universitat, die englischen Brauch kopieren, verkauft werden. Dann rauchte er und, mit hochgezogenen Knieen unter dem Bauch der Kanone sitzend, dachte er nach. Das Resultat dieses Nachdenkens war ein rasches verstohlenes Hinhuschen nach der Richtung von Nila Rams Zimmerplatz.

Der Lama erwachte erst, als das abendliche Leben der Stadt begann mit Lampenanzünden und Rückkehr der weißgekleideten Ober- und Unterbeamten aus dem Gouvernement-Bureau. Verwirrt blickte er nach allen Seiten: niemand aber beachtete ihn, außer einem Hinduknirps in isabellfarbenem Gewand und schmutzigem Turban. Wehklagend beugte der Lama den Kopf auf die Kniee.

„Was ist los?" fragte der Knabe, vor ihm stehen bleibend. „Bist Du beraubt worden?"

„Ach, mein neuer Chela, er ist von mir gegangen: ich weiß nicht, wo er ist."

„Und welch' eine Art Mensch war Dein Schüler?"

„Er war ein Knabe, der zu mir kam an Stelle dessen, der mir gestorben. Wohl weil ich Verdienst erworben, indem ich mich vor dem Gesetz verbeugte da drinnen." Er wies nach dem Museum hin. „Er kam zu mir und zeigte mir den Weg, den ich verloren. Er leitete mich in das Wunderhaus und ermutigte mich durch seinen Zuspruch, mit dem Wächter der Götterbilder zu reden: das machte mich heiter und stark. Und als ich matt vor Hunger war, da bettelte er für mich, wie ein Chela für seinen Lehrer. Plötzlich ward er mir gesendet. Plötzlich ist er verschwunden. Und ich gedachte, ihn in dem Gesetz zu unterrichten, auf dem Wege nach Benares!"

Kim stand verwundert da. Er halte das Gespräch im Museum belauscht und wußte, daß der alte Mann nur Wahrheit redete. Und Wahrheit ist etwas, das ein Eingeborener selten einem Fremden darbietet.

„Aber ich sehe nun, er war mir nur zu bestimmtem Zweck gesendet; und ich weiß dadurch, daß ich einen gewissen Fluß, den ich suche, finden werde."

„Den Fluß des Pfeiles," sprach Kim mit überlegenem Lächeln.

„Ist dies abermals eine Sendung?" rief der Lama. Zu niemand sprach ich von dem, was ich suche, außer zu dem Priester der Götterbilder. Wer bist Du?"

„Dein Chela," sagte Kim einfach auf den Hacken kauernd. „Niemals in meinem ganzen Leben habe ich einen Mann, wie Du es bist, gesehen. Ich gehe mit Dir nach Benares. Und, außerdem denke ich, daß ein so alter Mann, der zu jedem, der ihm zufällig begegnet, die Wahrheit spricht, stets eines Chela benötigt."

„Aber der Strom – der Strom des Pfeiles?"

„O, das hörte ich, als Du mit dem Engländer redetest. Ich lehnte an der Türe."

Der Lama seufzte. „Ich dachte, Du wärest ein Führer, mir geschenkt. Solches geschieht zuweilen – aber ich bin wohl nicht würdig. Du also kennst den Fluß nicht? –"

„Nicht ich." Kim lachte etwas verlegen. „Ich gehe mit, um auszuschauen nach – nach einem Roten Ochsen auf einem Grünen Feld, der mir helfen soll." Nach Knabenart hatte Kim, wenn ein Bekannter einen Plan hatte, gleich einen für sich selbst zur Stelle; und wirklich hatte er auch ein Viertelstündchen lang ernsthaft in seinem Knabensinn über seines Vaters Prophezeiung nachgedacht.

„Helfen zu was, Kind?"

„Gott weiß, aber mein Vater sagte mir so. Ich hörte Deine Rede in dem Wunderhaus von all den neuen fremden Orten in den Bergen; und wenn einer, der so alt und so wenig ... so gewohnt ist, die Wahrheit zu sprechen – auszieht, um eine solche Kleinigkeit wie einen Fluß zu suchen, so schien es mir, daß auch ich auf die Reise gehen müßte. Wenn es unser Schicksal ist, die Dinge zu finden, so werden wir sie finden – Du Deinen Fluß und ich meinen Ochsen – und die hohen Säulen und noch andere Dinge; die ich vergessen habe."

„Es sind keine Säulen, aber ein Rad, von dem ich frei werden wollte."

„Das ist alles einerlei. Vielleicht machen sie mich zum König," sagte Kim, in heiterer Bereitschaft für alles.

„Ich will Dich andere und bessere Wünsche lehren auf unserem Wege," sprach würdevoll der Lama. „Laß uns nach Benares gehen."

„Nicht bei Nacht. Es streifen Diebe umher, warte bis es Tag ist."

„Aber ich habe keinen Platz zum Schlafen." Der alle Mann, an die Ordnung seines Klosters gewöhnt, wenn er auch auf der Erde schlief, wie es die Regel war, begehrte doch in solchen Sachen etwas Wohlanständigkeil.

„Wir werden in der Kashmir-Herberge gutes Quartier finden," meinte Kim, über die Verlegenheit des Lama lachend. „Ich habe dort einen Freund. Komm!"

Die heißen, vollen Bazare waren grell erleuchtet, als sie sich ihren Weg durch das Gedränge aller Rassen Ober-Indiens bahnten, und der Lama wandelte hindurch wie im Traum. Es war seine erste Erfahrung von einer großen, gewerbetreibenden Stadt. Die überfüllten Tramwagen mit den ewig kreischenden Bremsen erschreckten ihn. Halb geschoben, halb gezogen gelangte er an das hohe Gitter der Kashmir-Herberge, den ungeheuren quadratischen Platz gegenüber der Eisenbahnstation, umgeben vom gewölbten Kreuzgange, wo die Kamel- und Pferde-Karawanen bei der Rückkehr von Zentral-Asien einkehren. Hier waren Vertreter aller Stämme, angebundene Ponies und knieende Kamele versorgend, Ballen und Bündel auf- und abladend, Wasser zur Abendmahlzeit mit kreischenden Brunnenwinden heraufholend; vor den schreienden, wildäugigen Hengsten Gras aufhäufend, die knurrenden Karawanenhunde prügelnd, Kameltreiber bezahlend, neue Knechte anwerbend, schreiend, fluchend, streitend, feilschend auf dem vollgedrängten Platze. Die Kreuzgänge, durch drei oder vier gemauerte Stufen erhöht, bildeten den Zufluchtshafen in diesem stürmischen Meer. Die meisten der Gänge waren an Händler vermietet, so wie wir die Bogen eines Viaduktes vermieten. Die Plätze zwischen Säule und Säule waren mit Planken zu Kammern abgeteilt und diese durch schwere Holztüren mit plumpen Vorlegeschlössern von einheimischer Arbeit geschützt. Verschlossene Türen zeigten an, daß der Besitzer abwesend und einige roh – zuweilen sehr roh – gemalte oder mit Kalk geschmierte Striche sagten, wohin er gegangen. Ungefähr so:

„Lutuf Ullah ist nach Kurdistan gereist." Darunter vielleicht in groben Versen: „O, Allah, der Du leidest, daß Läuse auf dem Rock eines Kabuli leben, warum erlaubst Du, daß diese Laus Lutuf so lange lebt?"

Kim, der den Lama zwischen aufgeregten Menschen und aufgeregten Tieren hindurch gängelte, hielt sich bis ans äußerste Ende seitwärts der Bogengänge nächst der Eisenbahnstation, wo Mahbub Ali, der Pferdehändler hauste, wenn er hereinkam von jenem geheimnisvollen Land, jenseits der Pässe des Nordens.

Kim hatte während seines jungen Lebens mit Mahbub schon mancherlei zu tun gehabt – hauptsächlich zwischen seinem zehnten und dreizehnten Jahre; und der große stämmige Afghane, der seinen Bart scharlachrot färbte (denn er war ältlich und wollte seine grauen Haare nicht zeigen). Kannte des Knaben Wert, was das Stadtgeschwätz betraf. Zuweilen gab er Kim den Auftrag, einen Mann, der durchaus nichts mit Pferden zu tun hatte, zu beobachten, ihm den ganzen Tag zu folgen und von jedem Menschen, mit dem er sprach, zu berichten. Kim machte am Abend seinen Bericht und Mahbub lauschte ohne Wort und Bewegung. Es handelte sich um irgend eine Intrigue. Kim wußte das, aber er wußte auch, daß ihr Wert darauf beruhte, daß er zu keinem Menschen außer Mahbub davon redete. Mahbub gab ihm dafür wundervolle Mahlzeiten, ganz heiß aus der Garküche in der Ecke der Herberge, und einmal sogar acht Anna in Gold.

„Er ist da," sprach Kim, ein bösartiges Kamel auf die Nase knuffend. „Heda, Mahbub Ali!" Er hielt vor einem dunklen Bogen und schlüpfte hinter den erschrockenen Lama.

Der Pferdehändler, der seinen hohen gestickten Bokhaiiot-Gürtel gelöst hatte, lag, träge an einer immensen silbernen Hookah (Wasserpfeife) ziehend, auf einem Paar Satteltaschen aus Seidenteppichen. Er wendete bei dem Ruf ein wenig den Kopf, und da er nur die hohe schweigende Gestalt sah, lachte er halblaut in seinen Bart.

„Allah! Ein Lama! Ein Roter Lama! Es ist weit von Lahore zu den Pässen, was willst Du hier?"

Der Lama hielt mechanisch die Bettelschale hin.

„Gottes Verdammnis über alle Ungläubigen!" rief Mahbub. „Ich gebe keinem lausigen Tibetaner etwas. Bettle bei meinen Baltis da drüben hinter den Kamelen; die wissen vielleicht Deinen Segen zu würdigen. He! Pferdejungen, hier ist ein Landsmann von Euch, fragt, ob er hungrig ist."

Ein glattköpfiger, gebeugter Balti, der mit den Pferden herunter gekommen und angeblich eine Art degradierter Buddhist war, grinste dem Priester entgegen und bat in tiefen Kehllauten den Heiligen, sich an das Feuer der Pferdejungen zu setzen.

„Gehe," sagte Kim, ihn leicht fortschiebend, und der Lama schritt dahin und ließ Kim an der Kante des Kreuzganges zurück.

„Geh," sagte auch Mahbub Ali, zu seiner Hookah zurückkehrend. „Kleiner Hindu, mach' Dich fort, Verdammnis auf alle Ungläubigen! Bettle bei den Leuten meiner Gefolgschaft, die Deines Glaubens sind."

„Maharaj," jammerte Kim, sich der Hindu Anrede bedienend und sich höchlich amüsierend, „mein Vater ist tot, meine Mutter ist tot, mein Magen ist leer."

„Bettle bei meinen Pferdejungen, sage ich. Es müssen auch Kinder unter meinen Leuten sein."

„O, Mahbub Ali, bin ich denn ein Hindu?" sagte Kim auf englisch.

Der Händler gab kein Zeichen des Erstaunens. Er blinzelte nur unter seinen zottigen Brauen.

„Kleiner Allerweltsfreund," sagte er, „was soll das bedeuten?"

„Nichts. Ich bin jetzt der Schüler dieses heiligen Mannes, und wir pilgern zusammen nach Benares, sagte er. Er ist ganz verrückt und ich habe die Stadt Lahore satt. Ich sehne mich nach anderer Luft und Wasser."

„Aber für wen arbeitest Du? Warum kommst Du zu mir?" Die Stimme war rauh vor Argwohn. „Zu wem sonst sollte ich gehen? Ich habe kein Geld. Ohne Geld ist schlecht reisen. Du wirst den Offizieren viele Pferde verkaufen. Es sind sehr feine Pferde diese neuen, ich sah sie mir an. Gib mir eine Rupie, Mabbub Ali, ich will Dir einen Schuldschein geben und bezahlen, wenn ich zu meinem Reichtum komme.

„Hm," machte Mahbub Ali, nach kurzem Bedenken. „Du hast mich noch nie belogen. Rufe den Lama – und ziehe Dich zurück in die Dunkelheit."

„O, wir reden eine Sprache," lachte Kim.

„Wir gehen nach Benares," sprach der Lama, sobald er verstand, wo hinaus Mahbub Alis Fragen zielten. „Ich und der Knabe. Ich, um einen gewissen Fluß zu suchen."

„Mag sein – aber der Knabe?"

„Er ist mein Schüler. Er ward mir gesendet, so glaube ich, um mich zu dem Strom zu leiten. Unter einer Kanone saß ich, als er plötzlich zu mir trat. So etwas ist wohl Glücklichen, denen Führung gewährt wurde, zuteil geworden. Aber ich besinne mich jetzt, er sagte: er wäre von dieser Welt – ein Hindu."

„Und sein Name?"

„Nach dem fragte ich nicht. Ist er nicht mein Schüler?"

„Sein Heimatland, seine Rasse, sein Dorf, – Muselmann – Sikh – Jaina – niedere Kaste oder hohe?"

„Warum sollte ich fragen? Auf dem mittleren Pfade gibt es weder hoch noch niedrig. Da er mein Chela ist. Kann jemand ihn mir nehmen? Denn siehe! Ohne ihn werde ich meinen Fluß nicht finden." Er wiegte feierlich sein Haupt.

„Niemand soll ihn Dir nehmen. Gehe, setze Dich zu meinen Baltis," sprach Mahbub Ali, und der Lama, beruhigt durch dies Versprechen, trottete fort.

„Ist er nicht ganz verrückt?" fragte Kim, wieder vorwärts ins Licht tretend. „Warum sollte ich Dich belügen, Hadje?"

Mahbub paffte schweigend an seiner Hookah. Dann begann er, fast flüsternd: „Umballa liegt auf dem Wege nach Benares – wenn wirklich Ihr beiden dahin geht –"

„Tck! Tck! Ich sage Dir, er versteht nicht zu lügen, wie wir beide es verstehen."

„Und wenn Du eine Botschaft bis Umballa für mich befolgen willst, werde ich Dir Geld geben. Es betrifft ein Pferd – einen weißen Hengst – den ich einem Offizier auf meiner letzten Rückkehr von den Pässen verkaufte. Aber damals – tritt näher und halte Deine Hände empor, als ob Du betteltest – damals war das Pedigree des weißen Hengstes noch nicht vollständig festgestellt: und der Offizier, der jetzt in Umballa ist, forderte von mir, daß das klargestellt würde." (Mahbub beschrieb nun das Pferd und das Äußere des Offiziers.) „Also, die Botschaft an den Offizier lautet: „Das Pedigree des weißen Hengstes ist vollständig festgestellt." Dann wird er wissen, daß Du von mir kommst. Er wird dann fragen: „Welchen Beweis hast Du? Und Du wirst antworten: „Mahbub Ali hat mir den Beweis gegeben."

„Und das alles um einen weißen Hengst," kicherte Kim, aber mit flammenden Augen.

„Den Stammbaum will ich Dir jetzt geben in meiner eigenen Weise und etwas Schelten dazu.“ Ein Schalten huschte hinter Kim vorbei und ein käuendes Kamel. Mahbub Ali hob die Stimme:

„Allah! Bist Du der einzige Bettler in der Stadt? Deine Mutter ist tot. Dein Vater ist tot. So sprechen sie alle. Na, na“ – Er drehte sich um, als fühle er nach etwas auf dem Fußboden neben sich, und warf dem Knaben ein Stück weiches, fettiges, muselmännisches Brot zu. „Gehe nun und lege Dich für diese Nacht zu meinen Pferdejungen, Du und der Lama. Morgen vielleicht werde ich Dich in Dienst nehmen.“ Kim schlich sich fort, die Zähne in dem Brot, und wie er erwartet, fand er ein kleines Päckchen zusammengefalteten Papieres, eingewickelt in Wachstafft, nebst 3 Silber-Rupien – eine enorme Großmut!

Er lächelte und schob Geld und Papier in sein ledernes Amulett-Etui. Der Lama, von Mahbubs Baltis reichlich bewirtet, schlief schon in einem Winkel der Ställe. Kim legte sich neben ihn und lachte. Er wußte, daß er Mahbub Ali einen Dienst erwies, und nicht einen Augenblick glaubte er an das Märchen von des Hengstes Stammbaum.

Aber Kim ahnte nicht, daß Mahbub Ali, bekannt als einer der besten Pferdehändler im Punjab, als reicher und unternehmender Handelsmann, dessen Karawanen tief ins Innere weltferner Länder eindrangen, eingeschrieben war in eins der Geheimbücher des indischen Überwachungs-Departements, als C. 25 I. B. Zwei oder dreimal jährlich pflegte C. 25 eine kleine Geschichte einzusenden, trocken erzählt, aber sehr interessant, und in den meisten Fällen erwies sich diese – durch Bestätigung von R. L. 7 und M. 4 – als ganz wahr. Die Geschichten betrafen alle möglichen abgelegenen Gebirgs-Fürstentümer, Forschungsreisende von nicht englischer Nationalität, den Handel mit Waffen – davon handelte, kurz gesagt, ein Teil jener großen Masse von übermittelten Informationen, nach denen das indische Gouvernement seine Maßregeln trifft. Aber kürzlich waren fünf verbündete Könige, höchst überflüssiger Weise verbündet, durch eine freundliche Macht des Nordens unterrichtet worden, daß Neuigkeiten aus ihren Territorien nach Britisch Indien durchsickerten. Die Premierminister dieser Könige waren ernstlich erzürnt und taten ihre Schritte nach orientalischer Weise. Unter vielen anderen hatten sie den unverschämten, rotbärtigen Roßhändler in Verdacht, dessen Karawanen, bis zum Bauch im Schnee, ihre Bergvesten durchfurchten. Wenigstens war seine Karawane vor kurzer Zeit auf dem Wege niederwärts zweimal überfallen und beschossen worden, wie Mahbubs Leute angaben, von drei fremden Strolchen, die zu dieser

Leistung gedungen oder auch nicht gedungen sein konnten. Deshalb hatte Mahbub vermieden, sich in der ungesunden Stadt Peshawur aufzuhalten, und war ohne Zeitverlust durchmarschiert nach Lahore, wo er, der seine Landsleute kannte, auf merkwürdige Ereignisse vorbereitet war.

Und Mahbub Ali barg etwas bei sich, das er nicht eine Stunde länger als nötig zu behalten wünschte, ein Päckchen dicht zusammen gefaltetes Faserpapier, in Wachstaffet eingewickelt, einen unpersönlichen, nicht adressierten Bericht mit fünf mikroskopisch kleinen Löchern in einer Ecke, der die fünf verbündeten Könige, die freundlich gesinnte nordische Macht, einen Hindu-Bankier in Peshwaur, die Firma einer Waffenfabrik in Belgien und einen halb unabhängigen, wichtigen, mohammedanischen Regenten des Südens aufs Schmählichste verriet. Dieses letzte war das Werk von R. 17, welches Mahbub jenseits des Dora-Passes an sich nahm und für R. 17 weiter trug, da dieser, Umstände halber, über die er keine Macht hatte, seinen Beobachtungsposten nicht verlassen konnte. Dynamit war mild und harmlos neben diesem Rapport von C. 25, und selbst ein Orientale mit eines Orientalen Ansichten über den Wert der Zeit mußte sich sagen, daß der Bericht je früher je besser in den richtigen Händen sein mußte. Mahbub hatte keinen besonderen Wunsch, auf gewaltsame Weise zu sterben, weil zwei oder drei Familien-Blutfehden jenseits der Grenze noch unerledigt an seinen Händen hingen. Er beabsichtigte, sobald diese Schuld beglichen, sich als mehr oder weniger tugendhafter Bürger zur Ruhe zu setzen. Seit seiner Ankunft vor zwei Tagen hatte er das Gitter der Karawanen-Herberge noch nicht durchschritten, wohl aber ostentativ Telegramme versendet nach Bombay, wo er etwas Geld auf der Bank hatte, nach Delhi, wo ein untergeordneter Geschäftsteilhaber von einem Clan Pferde verkaufte an den Agenten eines Rajputana Staates, und nach Umballa, wo ein Engländer dringend den Stammbaum eines weißen Hengstes forderte. Der öffentliche Briefschreiber, der englisch verstand, verfaßte ausgezeichnete Telegramme, wie: – „Creighton, Laurel-Bank, Umballa-Pferd ist Araber wie bereits gemeldet. Bedaure Stammbaum Verzögerung, welchen übersetze." Und später an dieselbe Adresse: „Bedauere sehr Verzögerung. Sende Stammbaum ab." Seinem Unterpartner in Delhi drahtete er: „Lutuf Ullah. Drahtete 2000 Rupien Eurem Conto, Luchmann Narains Bank." Das war alles ganz kaufmännisch, aber jedes dieser Telegramme wurde besprochen und wieder besprochen von Leuten, die sich für berechtigt hielten, die Telegramme zu lesen, bevor sie aus den Händen eines einfältigen Balti, der sie unterwegs alle möglichen Leute lesen ließ, zur Station gelangten.

Als Mahbub in seiner eigenen bilderreichen Sprache so den Brunnen der Nachforschung mit dem Stab der Vorsicht getrübt hatte, kam ihm Kim wie vom Himmel gesendet in den Weg, und gewöhnt, die geringsten Chancen zu nutzen, nahm er diesen, ebenso rasch entschlossen wie gewissenlos, in Dienst.

Ein wandernder Lama mit einem knabenhaften Diener niederer Kaste konnte wohl ein augenblickliches Interesse erregen auf der Pilgerfahrt nach Indien, dem Land der Pilger, aber verdächtigen würde man sie nicht, noch, was wichtiger war, berauben.

Er rief nach frischem Feuer für seine Hookah und überlegte noch einmal. Wenn im schlimmsten Falle der Knabe zu Schaden käme, konnte das Papier niemanden ernstlich kompromittieren, er würde zu passender Zeit nach Umballa gehen und mit geringem Risiko, daß neuer Verdacht entstünde, seine Geschichte mündlich den betreffenden Personen übermitteln. Aber der Rapport von R. L. 7 war der Kernpunkt der ganzen Sache, und käme er nicht in die rechten Hände, konnte das außerordentlich störend werden. Immerhin, Gott war groß, und Mahbub Ali war sich bewußt, alles, was möglich war, getan zu haben. Kim war das einzige Wesen in der Welt, das ihm niemals eine Lüge vorgebracht hatte. Das wäre nun ein fataler Fleck auf Kims Charakter gewesen, hätte Mahbub nicht gewußt, daß er in seinen eigenen Angelegenheiten andere Leute anlog wie nur irgendein Orientale.

So machte sich denn Mahbub Ali auf, quer durch die Herberge bis zu der Pforte der Harpyen, die ihre Augen malen und die Fremdlinge in ihren Netzen fangen. Nicht ohne Mühe fand er das Mädchen, das, wie er vermutete, die spezielle Freundin eines bartlosen Pundit von Kashmir war, der seinem dummen Balti mit den Telegrammen aufgelauert hatte. Es war ein ganz törichtes Unternehmen: denn alsbald fingen sie an, gegen des Propheten Gesetz, parfümierten Branntwein zu trinken, und Mahbub war bald glänzend betrunken. Die Gitter seines Mundes waren gelöst, er verfolgte die Blume des Entzückens mit den Füßen des Rausches, bis er platt auf die Polster fiel, wo dann die Blume des Entzückens mit Hilfe eines bartlosen Pundit von Kashmir ihn vom Kopf bis zu den Füßen gründlich durchsuchte.

Um dieselbe Stunde ungefähr hörte Kim in Mahbubs verlassener Abteilung leise Tritte schallen. Der Roßhändler hatte, sonderbar genug, seine Tür nicht verschlossen, und seine Leute waren vollauf beschäftigt, das ganze Schaf, das Mahbub großmütig zur Feier der Rückkehr gespendet, zu verzehren. Ein geschmeidiger junger Gentleman aus Delhi untersuchte mit Hilfe eines Schlüsselbundes, welche die Blume von des sinnlos Betrunkenen Gürtel losgehakt hatte, jeden Koffer und Ballen, Bündel und Satteltaschen in Mahbubs Besitz noch systematischer, als die Blume und der Pundit den Besitzer selbst.

„Und mir scheint," sagte die Blume eine Stunde später verächtlich, den runden Ellbogen auf den schnarchenden Körper gestützt, „er ist nichts weiter als ein Schwein von Afghanischem Roßhändler, das nur an Weiber und Pferde denkt. Übrigens – er mag es fortgeschickt haben – wenn es überhaupt da war."

„Nein – ein Ding, das fünf Könige betrifft, würde er nächst seinem schwarzen Herzen aufbewahren," sprach der Pundit. „Hast Du nichts gefunden?" fragte er den Delhi-Mann, der lachend den Turban zurechtrückte, als er eintrat. „Ich durchsuchte die Sohlen seiner Pantoffeln, wie die Blume seine Kleider. Dies ist nicht der Mann. Es muß ein anderer sein. Ich lasse nichts unbesehen."

„Sie sagten nicht, er ist der rechte Mann," sprach nachdenklich der Pundit. „Sie sagten, sehet zu, ob es der Mann ist, da unsere Nachrichten nicht klar sind."

„Der Norden ist so voll von Pferdehändlern wie ein alter Rock von Läusen. Da ist Sikhandar-Khan, Nur Ali Beg und Farrukh Shah – alle Führer von Karawanen – die dort Geschäfte machen," sagte die Blume.

„Die sind noch nicht zurück gekommen," meinte der Pundit. „Die mußt Du später in Deine Schlinge locken."

„Pah!" meinte die Blume mit tiefer Verachtung, Mahbubs Kopf von ihrem Schoß rollend. „Ich verdiene mein Geld. Farrukh Shah ist ein Bär, Ali Beg ist ein Prahlhans, und der alte Eikandar Khan – pfui! Geh! Ich will nun schlafen. Dieses Schwein wird vor Tagesgrauen sich nicht rühren."

Als Mahbub erwachte, hielt die Blume ihm strenge die Sünde der Trunkenheit vor. Asiaten zucken nicht mit der Wimper, wenn sie den Feind überlistet haben; Mahbub Ali aber war nahe daran, als er sich die Kehle reinigte, den Gürtel festschnallte und unter den frühen Morgensternen dahintaumelte, sich zu ärgern.

„Welch ein plumper Streich!" sprach er zu sich selbst. „Als ob nicht jedes Mädchen in Peshawur es so anstellen würde. Aber sie hat es hübsch gemacht. Nun, Gott weiß, wie viele andere noch auf dem Weg sind mit Befehl mich zu untersuchen – vielleicht mit dem Messer. Es steht fest, der Knabe muß nach Umballa, aber mit dem Zuge, denn das Schreiben ist dringend. Ich bleibe hier, folge der Blume nach und trinke Wein, wie es einem afghanischen Roßkamm zukommt."

Er hielt bei dem zweiten Abteil nächst dem seinen still. Seine Leute lagen in tiefem Schlaf. Von Kim oder vom Lama keine Spur.

„Auf!" Er rüttelte einen Schläfer. „Wohin sind sie gegangen, die hier letzten Abend lagen – der Lama und der Knabe? Ist etwas nicht in Ordnung?"

„Nein," murrte der Mann, „der alte verrückte Kerl erhob sich beim zweiten Hahnkrähen und sagte, er müßte nach Benares, und der Junge leitete ihn fort."

„Allahs Fluch über alle Ungläubigen!" rief Mahbub und kletterte, in den Bart brummend, in seine eigene Abteilung.

Es war aber Kim, der den Lama geweckt – Kim, der, mit dem Auge an einem Astloch in der Bretterwand, des Delhi-Mannes Untersuchung der Koffer wahrgenommen halte. Das war kein gewöhnlicher Dieb, der Briefe, Rechnungen und Sättel durchsuchte, auch kein gewöhnlicher Einbrecher, der ein kleines Messer seitwärts zwischen die Sohlen von Mahbubs Pantoffeln schob und die Nähte der Satteltaschen so geschickt durchstach. Zuerst wollte Kim den Alarmruf geben – das langgedehnte „Cho-or cho-or!" (Diebe! Diebe), der nachts das Serai sofort auf die Beine bringt; aber er bedachte sich und zog, die Hand auf dem Amulett, seine eigenen Schlüsse.

„Es muß sich um den Stammbaum handeln, um diese faustdicke Pferdelüge," dachte er, „das Ding, das ich nach Umballa trage. Besser wir gehen gleich. Die mit dem Messer Taschen untersuchen, könnten mit dem Messer auch bald Bäuche untersuchen. Höre! Höre!" flüsterte er dem leicht schlafenden, alten Manne ins Ohr. „Erhebe Dich. Es ist Zeit – Zeit nach Benares aufzubrechen."

Gehorsam erhob sich der Lama, und wie Schatten schwanden sie aus dem Serai.

Kapitel 2

Sie betraten die festungsartige Eisenbahn-Station in tief dunkler Nacht. Die elektrischen Lichter flammten noch über dem Güterschuppen, wo die bedeutende Getreideverladung nach dem Norden abgefertigt wird.

„Das ist das Werk von Teufeln,“ sagte der Lama, schaudernd vor der hohl widerhallenden Dunkelheit, vor dem Glitzern der Schienen zwischen den Perrons von Backsteinen und vor dem Gewirre von Balken oben. Er stand in einer riesigen Steinhalle, die, wie es schien, mit übereinander gehäuften Toten gepflastert war, Passagieren dritter Klasse, die ihre Fahrkarten am Abend genommen hatten und in den Warteräumen schliefen. Alle Stunden bei Nacht und Tag sind den Orientalen gleich, und demgemäß ist der Reiseverkehr geordnet.

„Hierher kommen die Feuerwagen. Hinter dem Loch steht einer,“ Kim wies nach der Billetausgabe – „der Dir ein Papier geben wird, das Dich nach Umballa bringt.“

„Aber wir wollen nach Benares,“ sagte ängstlich der Lama.

„Ganz gleich. Benares also. Rasch! Er kommt.“

„Nimm Du die Börse.“

Der Lama, nicht so vertraut mit Eisenbahnzügen, wie er behauptet, fuhr zurück, als der 3 Uhr 25 Frühzug nach dem Süden in die Station brauste. Die Schläfer wurden lebendig, die Station war voll Tumult und Lärm; dazwischen Geschrei der Wasser- und Kuchenverkäufer, Rufe der eingeborenen Polizisten, Zetern der Weiber, die ihre Körbe, Kinder und Männer zusammen suchten.

„Es ist der Zug – nur der Zug. Er tut uns nichts. Warte hier.“ Erstaunt über des Lamas wunderliche Naivität (er hatte ihm einen kleinen Sack ganz voll Rupien gegeben), holte und bezahlte Kim ein Billett nach Umballa. Ein verschlafener Beamter knurrte und warf ein Billett für die nächste Station, sechs Meilen entfernt, hinaus.

„Nein,“ sagte Kim, es mit einem Grinsen betrachtend. „Das magst Du Bauern bieten, ich aber lebe in der Stadt Lahore. Du hast es geschickt gemacht, Babu. Nun gib das Billett nach Umballa!“

Der Babu brummte, gab aber das richtige Billett.

„Nun noch eins nach Amritzar,“ rief Kim, der nicht einsah, weshalb er Mahbub Alis Geld an so etwas Überflüssiges wie eine bezahlte Reise nach Umballa verschwenden sollte. „Der Preis ist *so* viel, die kleine Münze, die man zurück bekommt, *so* viel. Ich weiß Bescheid mit den Eisenbahnen... Niemals hat ein Yogi einen Chela so nötig gehabt wie Du,“ redete er lustig weiter zu dem bestürzten Lama. „Bei Mian Mir würden sie Dich hinausgeworfen haben, hätte ich nicht für Dich gesorgt. Dies ist der Weg. Komm!" Kim gab das Geld zurück und behielt nur eine Anna von jeder Rupie des Preises der Fahrkarte nach Umballa, als seine Kommission – die uralte Kommission von Asien.

Der Lama zögerte vor der offenen Türe eines überfüllten Wagens dritter Klasse. „Wäre es nicht besser, wir gingen?" fragte er schüchtern.

Ein stämmiger Sikh, Handwerker, streckte seinen bärtigen Kopf hinaus. „Fürchtet er sich? Fürchte Dich nicht. Ich weiß noch die Zeit, wo ich mich vor dem Zug fürchtete. Steig ein! Dies ist ein Werk der Regierung."

„Ich fürchte mich nicht," sprach der Lama. „Habt Ihr noch Platz für Zwei?"

„Nicht einmal Platz für eine Maus," keifte die Frau eines wohlhabenden Farmers, eines Hildu-Jat aus dem reichen Jullundur-Distrikt. „Unsere Nachtzüge sind nicht so gut kontrolliert, wie die Tagzüge, wo die Geschlechter streng getrennt in besonderen Wagen sitzen."

„O, Mutter meines Sohnes, wir können Platz machen," sagte der blau beturbante Gatte. „Nimm das Kind auf den Schoß. Er ist ein heiliger Mann, siehst Du?"

„Und mein Schoß ist voll mit sieben mal siebzig Bündeln. Willst Du vielleicht, daß er auf meinem Knie sitzt? Schamloser! Aber so sind die Männer immer!" Sie sah sich nach Beifall um. Eine am Fenster sitzende Courtisane von Amritzar kicherte hinter ihren Kopftüchern.

„Steig ein, steig ein!" rief ein beleibter hindostanischer Geldverleiher, der sein Kontobuch, in ein Tuch gewickelt, unter dem Arm trug. Und mit einem fettigen Schmunzeln: „Es ist recht, gegen Arme gütig zu sein."

„Aha! mit sieben Prozent monatlich und einem Pfandbrief auf das ungeborene Kalb," sagte ein junger Dogra-Soldat, der auf Urlaub nach dem Süden war; und alles lachte.

„Wird er nach Benares fahren?" fragte der Lama. „Gewiß, weshalb sonst wären wir hier? Steig ein, sonst werden wir zurückgelassen," rief Kim.

„Seht!" kreischte das Amritzar-Mädchen. „Er hat noch keinen Zug bestiegen. O, seht!"

„Nein, helft," sagte der Farmer, eine große, braune Hand ausstreckend und den Lama hereinziehend. „So wird es gemacht, Vater."

„Aber – aber – ich muß auf dem Boden sitzen. Es ist gegen die Vorschrift, auf der Bank zu sitzen. Und dann – es macht mir Krämpfe."

„Ich sage," begann der Geldverleiher, mit gekräuselten Lippen, „es gibt keine Regel gerechten Lebens, die diese Züge uns nicht zu brechen zwingen." Wir sitzen, zum Beispiel, Seite an Seite mit allen Kasten und allem Volk."

„Ja, und mit höchst Schamlosen," sprach die Frau höhnisch nach dem Amritzar-Mädchen schielend, die einem jungen Sepoy verliebte Augen zuwarf.

„Ich sagte gleich," meinte der Gatte, „wir sollen den Weg zu Wagen machen. Wir hätten noch Geld dabei gespart."

„Ja, und das Gesparte doppelt für Essen ausgegeben auf dem Wege. Das ist doch zehntausendmal besprochen worden."

„Ja," murrte er, „und von zehntausend Zungen."

„Die Götter mögen uns armen Weibern beistehen, wenn wir nicht sprechen dürfen. Der ist von der Sorte, die eine Frau nicht ansehen, noch mit ihr sprechen dürfen." Der Lama hatte, seiner Regel gemäß, nicht die geringste Notiz von ihr genommen. „Und ist sein Schüler ebenso?"

„Nein, Mutter. Nicht wenn die Frau hübsch und barmherzig gegen die Hungrigen ist," war Kims schlagfertige Antwort.

„Eine Bettler-Antwort," sprach lachend der Sikh. „Du hast sie Dir selbst zugezogen, Schwester!" Kim hatte bittend die Hände gefaltet. „Und wohin gehst Du?" fragte die Frau, ihm aus einem fettigen Paket einen halben Kuchen reichend.

„Geradeaus nach Benares."

„Gaukler vermutlich," meinte der junge Soldat. „Könnt Ihr uns einige Kunststücke vormachen, um uns Zeit zu vertreiben? Warum antwortet der gelbe Mann nicht?"

Weil," antwortete Kim hochmütig, „er heilig ist und an Dinge denkt, die Dir verborgen sind."

„Das kann möglich sein. Wir," sprach er rollend und volltönend, „wir von den Loodhiana Sikhs plagen unsere Köpfe nicht mit heiligen Lehren – wir fechten!"

„Meiner Schwester Brudersohn," sprach gemessen der Sikh-Handwerker, ist Naik (Korporal) in dem Regiment. Es sind auch einige Dogra-Kompanien dabei."

Der Soldat wurde still: denn ein Dogra ist von niederer Kaste, als ein Sikh; und der Geldmann kicherte.

„Mir sind die alle gleich wert," sagte das Amritzar-Mädchen.

„Das glauben wir," schnaubte boshaft des Farmers Weib.

„Nein, aber alle, die dem Sirkar (Regiment) mit Waffen in der Hand dienen, sind eine Brüderschaft. Da ist eine Brüderschaft von der Kaste - aber über dieser wieder -" sie blickte schüchtern um sich - „das Band des Pulton - das Regiment - nicht?"

„Mein Bruder ist in einem Jat-Regiment," sagte der Farmer. „Dogras sind tüchtige Männer."

„Deine Sikhs wenigstens dachten so," sprach der Soldat mit einem Grinsen nach dem stillen, alten Mann in der Ecke. „Deine Shiks dachten so, als unsere beiden Kompanien ihnen vor noch nicht drei Monaten bei Pirzai Kotal auf dem Bergpaß, angesichts von acht Alfridi-Fahnen zu Hilfe kamen."

Er erzählte die Geschichte einer Grenz-Aktion, bei der die Dogra-Kompanien von den Loodhiana-Sikhs sich tapfer gehalten halten. Das Amritzar-Mädchen lächelte: sie wußte, daß die Geschichte erzählt wurde, um ihren Beifall zu gewinnen.

„O weh!" sagte die Frau des Farmers. „So wurden ihre Dörfer verbrannt und ihre kleinen Kinder heimatlos?"

„Sie hatten unsere Toten gebrandmarkt. Sie hatten eine große Summe zu zahlen, nachdem wir von den Sikhs ihnen eine gute Lehre gegeben. So war es. Ist dies Amritzar?"

„Ja, und hier müssen wir die Fahrkarten vorzeigen," sagte der Bankier, an seinem Gürtel herumtastend.

Die Lampen glommen fahl in der Dämmerung, als der Halbblutschaffner die Runde machte. Fahrkarten-Einsammeln ist im Osten ein langsames Geschäft, weil die Leute sie an allen möglichen sonderbaren Orten verstecken. Kim zeigte die seinige vor und wurde hinaus gewiesen.

„Aber," protestierte er, „ich muß nach Umballa. Ich reise mit diesem heiligen Mann."

„Du kannst meinetwegen nach Jehannum (Hölle) gehen. Dies Billet ist nur bis Amritzar. Hinaus!“

Kim brach in eine Flut von Tränen aus, beteuerte, der Lama sei sein Vater und seine Mutter, er sei die Stütze der alten Tage des Lama und dieser würde ohne seinen Beistand sicherlich sterben. Der ganze Wagen bat den Schaffner, Mitleid zu haben – der Geldmann besonders war sehr bereit – der Schaffner aber packte Kim und warf ihn auf den Bahnsteig.

Der Lama blinzelte mit den Augen; er begriff den Vorgang nicht; Kim erhob die Stimme und weinte draußen vor den Wagenfenstern.

„Ich bin so arm. Mein Vater ist tot. Meine Mutter ist tot. O, Barmherzige, wer soll für den alten Mann sorgen, wenn ich hier bleibe?“

„Was – was ist dies?“ fragte der Lama. „Er muß nach Benares. Er muß mit mir fahren. Er ist mein Chela. Wenn Geld bezahlt werden muß –“

„O, schweige,“ flüsterte Kim; „sind wir Rajahs, daß wir gutes Silber wegwerfen, wo die Welt so barmherzig ist?“

Das Amritzar-Mädchen stieg mit ihren Bündeln aus. Auf sie richtete sich Kims schlauer Blick. Damen von dem Bekenntnis, wußte er, sind großmütig.

„Ein Billet – ein kleines Billetchen nach Umballa – o, Herzenbrecherin!“ Sie lachte. „Hast Du kein Erbarmen?“

„Kommt der heilige Mann vom Norden her?“

„Von weit, weit aus dem Norden her kommt er,“ antwortete Kim. „Aus den Bergen her.“

„Schnee ist zwischen den Fichtenbäumen im Norden – auf den Bergen ist Schnee. Meine Mutter war aus Kulu. Hol' Dir ein Billet. Bitte ihn um einen Segen.“

„Zehntausend Segen.“ kreischte Kim. „O, Heiliger, eine Frau hat uns barmherzig gegeben, so daß ich mit Dir kommen kann – eine Frau mit einem goldenen Herzen. Ich renne, das Billet zu holen.“

Das Mädchen blickte zu dem Lama auf, der Kim mechanisch auf den Bahnsteig nachgefolgt war. Er senkte das Haupt, um sie nicht anzusehen, und murmelte etwas in Tibetanisch, als sie in der Menge sich verlor.

„Leicht bekommen – leicht gegeben,“ sprach höhnisch die Farmerfrau.

„Sie hat Verdienst erworben," erwiderte der Lama, „gewiß ist sie eine Nonne."

„Solcher Nonnen gibt's in Amritzar allein zehntausend. Komm zurück, alter Mann, sonst geht der Zug ohne Dich ab," rief der Bankier.

„Nicht nur für das Billet war's genug," sagte Kim auf seinen Platz springend, „auch für etwas zu essen. Nun iß, Heiliger. Sieh, der Tag bricht an."

Golden, rosig, safrangelb und nelkenfarben lösten die Morgennebel sich auf über der flachen grünen Ebene. Das ganze Reich Punjab lag ausgebreitet im Glanz der strahlenden Sonne. Der Lama schreckte ein wenig zusammen, wie die Telegraphenstangen vorüberflogen.

„Groß ist die Schnelligkeit des Zuges," sagte mit gönnerhaftem Grinsen der Geldverleiher. „Wir sind schon weiter von Lahore, als Du in zwei Tagen gehen könntest. Am Abend werden wir in Umballa sein."

„Und das ist noch weit von Benares," sprach der erschöpfte Lama an den Kuchen knabbernd, die Kim ihm gegeben. Alle öffneten jetzt ihre Bündel und hielten ihre Morgenmahlzeit. Dann bereiteten der Sikh, der Farmer und der Soldat ihre Pfeifen und füllten den Wagen mit scharfem ätzendem Rauch, spuckend und hustend, und fühlten sich sehr behaglich. Der Bankier und die Farmersfrau kauten Pan (narkotisches Kaumittel in präpariertem Betelpfefferblatt); der Lama schnupfte und zählte seine Perlen; Kim saß mit gekreuzten Beinen, die Annehmlichkeit eines gefüllten Magens lächelnd genießend.

„Welche Flüsse habt Ihr bei Benares?" fragte plötzlich der Lama, sich an den ganzen Wagen wendend.

„Wir haben Gunga," antwortete der Bankier, als das Gekicher aufhörte.

„Welche noch?"

„Welche anders als Gunga?"

„Ah, ich dachte an einen gewissen Fluß des Heils."

„Das ist Gunga. Wer in ihm badet, wird von Sünden rein und kommt zu den Göttern. Drei Mal bereits machte ich die Pilgerfahrt zum Gunga." Er blickte sich stolz um.

„Es tat not," sagte der junge Sepoy trocken, und das Kichern der Reisenden wandte sich gegen den Bankier.

„Nein – um zu den Göttern zurückzukehren," murmelte der Lama. „Und um weiter zu wandeln die Runde durch neue Leben – noch immer an das Rad gefesselt." Er schüttelte nachdenklich den Kopf. „Kann sein, daß da ein Irrtum ist. Wer denn schuf Gunga zu Anfang?"

„Die Götter. Welchem bekannten Glaubensbekenntnis gehörst Du denn an?" fragte der Bankier, ganz entsetzt.

„Ich folge dem Gesetz – dem höchst vortrefflichen Gesetz. Die Götter also schufen Gunga? Welche Art von Göttern waren diese?"

Die Wagengesellschaft schaute ihn starr vor Staunen an. Es war unbegreiflich, daß irgend einer nichts von Gunga wußte.

„Was – was ist Dein Gott?" fragte endlich der Geldmann.

„Höret! denn ich rede nun von ihm! O, Volk von Hindostan, höre!"

Er begann die Geschichte vom Gott Buddha, im Urdu-Dialekt, aber, von seinen Gedanken fortgetragen, fiel er bald ins Tibetanische und den eintönig schleppenden Text eines chinesischen Buches über das Leben des Buddha. Die sanften, duldsamen Leute lauschten ehrerbietig. Ganz Indien ist voll von heiligen Männern, die in seltsamen Zungen heilige Lehren stammeln, die glühen und sich verzehren im Feuer ihres Eifers – Schwärmer, Visionäre, Schwätzer – wie es von Anfang an war und bis zum Ende bleiben wird.

„Hm," machte der Soldat von den Loodhiana-Sikhs. „Bei einem mohammedanischen Regiment, das nächst dem unsrigen bei dem „Pirzai Kotal" lag, war ein Priester – wie ich mich entsinne: ein Naik – der, wenn der Anfall über ihn kam, prophezeite. Aber die Wahnsinnigen sind alle in Gottes Schutz. Seine Vorgesetzten sahen dem Manne vieles nach."

Der Lama fiel in Urdu zurück, sich besinnend, daß er in fremdem Lande war. „Höret die Geschichte von dem Pfeil, den unser „Herr" vom Bogen abschoß," sprach er.

Dies war mehr nach dem Geschmack der Leute, und sie hörten der Erzählung aufmerksam zu. „Nun, o Volk von Hindostan, ziehe ich aus, den Fluß zu suchen. Wißt Ihr etwas, das mir helfen kann? Denn wir alle, Männer und Weiber, leben in Verblendung."

„Gunga – und Gunga allein ist es, der von Sünde rein wäscht," rann das Murmeln durch den ganzen Wagen.

„Obwohl ohne Frage," begann das Weib des Farmers, „wir auch gute Götter im Jullundur-Land haben." Und aus dem Fenster sehend: „Sieh, wie sie die Aehren gesegnet haben."

„Jeden Fluß in Punjab aufzusuchen ist keine Kleinigkeit," sagte der Gatte. „Mir genügt ein Fluß, der guten Schlamm auf meinen Feldern zurückläßt, und ich danke Bhumia, dem Gott der Heimstätte." Er zuckte die muskulöse, bronzefarbene Schulter.

„Glaubst Du, daß unser „Herr" so weit nordwärts kam?" fragte der Lama, sich an Kim wendend.

„Es kann sein," sagte Kim beschwichtigend und spie roten Betelsaft auf den Boden.

„Der Letzte der Erhabenen," sprach mit Nachdruck der Sikh, „war Sikander JuIkarn (Alexander der Große). Er pflasterte die Wege von Jullundur und baute die große Zisterne bei Umballa. Das Pflaster hält heute noch, und die Zisterne ist auch noch da. Von Deinem Gotte habe ich noch nie gehört."

„Laß Dein Haar lang wachsen und sprich punjabisch," sagte der junge Soldat scherzhaft, ein nordisches Sprichwort zitierend, zu Kim. „Das ist alles, was einen Sikh ausmacht." Er sagte das aber nicht gerade laut. Der Lama seufzte und sank in sich zusammen, eine braune, formlose Masse. In den Pausen ihrer Unterhaltung hörten die Reisenden das langsam hingezogene – „Om mane padme hum! Om mane padme hum!" – (buddhistisches Gebet) und das Klick-Klick der hölzernen Rosenkranz-Perlen.

„Es schmerzt mich," sprach endlich der Lama. „Das Gerassel und die Schnelligkeit schmerzen mich. Und außerdem, mein Chela, denke ich, wir könnten über den Strom hinweg gefahren sein."

„Ruhig, ruhig," sagte Kim. „War der Fluß nicht nahe Benares? Wir sind noch weit von dem Ort entfernt."

„Aber – wenn unser „Herr" nordwärts kam, könnte es irgend einer von diesen kleinen Flüssen sein, über die wir wegfuhren."

„Das weiß ich nicht."

„Aber Du wurdest mir gesendet – bist Du mir nicht gesendet? – für das Verdienst, das ich erwarb im fernen Suchen. Von der Seite der Kanone kamest Du – und trugest zwei Gesichter und zweierlei Gewand."

„Stille, stille," wisperte Kim. „Von diesen Dingen muß man hier nicht reden. Ich war nur einer. Denke nach, Du wirst Dich erinnern – ein Knabe – ein Hindu-Knabe – bei der großen grünen Kanone."

„Aber war nicht auch ein Engländer mit weißem Bart da, der zwischen Götterbildern saß und mich selbst noch sicherer machte in meiner Sicherheit über den Strom des Pfeils?"

„Er – wir – gingen in das Ajab-Gher zu Lahore, um vor den Göttern zu beten," erklärte Kim der zuhorchenden Gesellschaft. „Und der Sahib von dem Wunderhaus sprach zu ihm – ja es ist die Wahrheit – wie ein Bruder. Er ist ein sehr heiliger Mann von weit her, jenseit der Berge. Ruhe Du! Zur rechten Zeit kommen wir nach Umballa."

„Aber mein Strom – der Strom meines Heils?"

„Und dann, wenn Du es wünschest, wollen wir zu Fuß den Fluß suchen, so daß wir keinen verfehlen – selbst nicht den kleinsten Bach an einer Feldseite." „Aber Du selbst bist ja auch auf einer Suche." Der Lama, sehr erfreut über sein gutes Gedächtnis, richtete sich gerade auf.

„Ei, wohl," sagte Kim gut gelaunt. Der Knabe war kreuzfidel, hier zu sitzen, Betel zu kauen und sich fremdes Volk anzusehen in der großen, gutherzigen Welt.

„Es war ein Stier – ein Roter Stier – der kommen soll, Dir zu helfen – und Dich zu tragen – wohin? Das habe ich vergessen. Ein Roter Stier auf grünem Felde, war's nicht so?"

„Nein, er wird mich nirgendwo hintragen," sagte Kim. „Ich habe Dir nur ein Märchen erzählt."

„Was ist das?" Des Farmers Weib beugte sich so rasch vorwärts, daß die Spangen an ihren Armen klirrten.

„Träumt Ihr beide Träume? Ein Roter Stier auf grünem Felde, der Dich tragen soll in den Himmel oder sonst wohin? War es eine Vision, eine Prophezeiung? Wir haben einen roten Ochsen in unserem Dorf, hinter der Stadt Jullundur, der grast nach seinem Belieben in dem grünsten unserer Felder."

„Gib einer Frau ein Altweibermärchen und einem Wasservogel ein Blatt und einen Faden, und sie werden wunderliche Sachen zusammenweben," sprach der

Sikh. „Alle heiligen Männer träumen Träume, und ihre Schüler, die sie begleiten, erwerben dieselbe Fähigkeit.“

„Ein Roter Stier auf einem grünen Felde, war es nicht so?“ wiederholte der Lama. „In einem früheren Leben – kann sein – hast Du Verdienst erworben, und der Stier wird kommen Dich zu belohnen.“

„Nein – nein – es war nur ein Märchen, das mir, zum Scherz vielleicht, erzählt wurde. Aber ich will den Stier bei Umballa herum suchen, und Du kannst Umschau halten nach Deinem Fluß und vom Gerassel des Zuges Dich erholen.“

„Kann sein – daß der Stier es weiß – und daß er gesendet ist, uns beide zu führen,“ sprach der Lama, hoffnungsvoll wie ein Kind. Dann –“ zu der Gesellschaft sich wendend – und auf Kim deutend – „Dieser hier ward mir erst gestern gesendet. Er ist nicht, so glaube ich, von dieser Welt.“

„Bettler habe ich haufenweise getroffen und heilige Männer noch obendrein,“ sagte die Frau, „aber noch niemals so einen Pogi oder so einen Chela.“

Ihr Gatte berührte seine Stirn leicht mit einem Finger und lächelte. Aber als der Lama das nächste Mal zu essen wünschte, gaben sie ihm ihr Bestes hin.

Und endlich – ermüdet, staubig und schläfrig – erreichten sie Umballa.

„Wir bleiben hier wegen eines Prozesses,“ sprach des Farmers Frau zu Kim. „Wir wohnen bei meines Mannes Vetters jüngerem Bruder. Es ist Platz für Deinen Pogi und für Dich im Hofraum. Wird – wird er mir seinen Segen geben?“

„O, heiliger Mann! Eine Frau mit einem goldenen Herzen gibt uns Unterkunft für die Nacht. Es ist ein freundliches Land, dieses Land des Südens. Sieh, wie uns seit Tagesgrauen schon geholfen wurde.“

Der Lama beugte mit einer Segnung sein Haupt.

„Sollen wir meines Vetters jüngeren Bruders Haus mit Vagabunden füllen?“ murmelte der Mann, seinen schweren Bambusstock schulternd.

„Deines Vetters jüngerer Bruder ist meines Vaters Vetter noch Geld schuldig von seiner Tochter Hochzeitsfest,“ antwortete schnippisch die Frau. „Laß ihn ihr Futter auf dies Konto schreiben. Der Pogi wird auch zweifellos betteln.“

„Oho, ich bettle für ihn,“ sagte Kim, bestrebt, den Lama baldmöglichst für die Nacht unter Obdach zu bringen, um selbst Mahbub Alis Engländer zu finden und sich von des weißen Hengstes Stammbaum zu befreien.

„Nun," sagte er, als der Lama in dem inneren Hofe eines anständigen Hindu-Hauses hinter den Kasernen verankert war, „nun gehe ich eine Weile fort, um – um Lebensmittel im Bazar einzukaufen. Streife nicht umher, bis ich zurück bin."

„Wirst Du zurückkehren? Wirst Du gewiß zurückkehren?" Der alte Mann hielt ihn am Handgelenk fest. „Und wirst Du in dieser selben Gestalt zurückkehren? Ist es zu spät, heute noch nach dem Strom auszuschauen?"

„Zu spät und zu dunkel. Beruhige Dich. Denke, wie weit Du schon auf dem Wege bist, wohl hundert Kos schon von Lahore."

Kim stahl sich hinaus und fort – eine Gestalt, so unauffällig, als wohl je eine ihr eigenes und das Geschick einiger tausend anderer um den Nacken geschlungen trug. Mahbub Alis Beschreibung ließ ihm wenig Zweifel über das Haus, in dem sein Engländer wohnte, und ein Groom, der ein Dogcart vom Club heimbrachte, machte ihn vollständig sicher. Es blieb nur übrig, seinen Mann zu identifizieren. Kim schlüpfte durch die Gartenhecke und legte sich auf einen Haufen weiches Gras dicht an der Veranda. Das Haus strahlte von Licht, Diener bewegten sich um die mit Blumen, Kristall und Silber geschmückten Tafeln. Ein Engländer im Dinneranzug kam heraus und summte eine Melodie. Es war zu dunkel, um sein Gesicht zu sehen, so versuchte Kim ein Bettler-Experiment:

„Wohltäter der Armen!"

Der Mann trat schnell zurück, auf die Stimme zu.

„Mahbub Ali sagt –"

„Ha, was sagt Mahbub Ali?" Er machte keinen Versuch, den Sprecher zu sehen; das zeigte Kim, daß er Bescheid wußte.

„Der Stammbaum des weißen Hengstes ist vollständig festgestellt."

„Welcher Beweis dafür?" Der Engländer hieb mit seiner Gerte gegen die Rosenhecke an der Seite der Auffahrt.

„Mahbub Ali gab mir diesen Beweis." Kim warf das Päckchen zusammengefaltetes Papier in die Luft; es fiel neben dem Manne zur Erde, der den Fuß darauf stellte, als ein Gärtner um die Ecke bog.

Als der Diener vorüber war, hob er es auf, ließ eine Rupie fallen (Kim hörte den Klang) und schritt ins Haus, ohne sich umzudrehen. Rasch hob Kim das Geld auf; war aber, obschon als Inder aufgezogen, Irländer genug von Geburt, um Silber als das weniger Bedeutende bei einer Intrigue anzusehen. Was er wollte, war der sichtbare Effekt der Tat; und so, statt sich hinweg zu schleichen, legte er sich platt ins Gras und schlängelte sich an das Haus heran.

Er sah – indische Bungalows sind durch und durch offen – den Engländer in ein kleines Ankleidezimmer in eine Ecke der Veranda treten, das zugleich Bureau schien, denn Papiere und Depeschentaschen lagen verstreut umher – sich setzen und Mahbub Alis Botschaft studieren. Sein Gesicht, im vollen Licht der Petroleumlampe, veränderte, verdüsterte sich, und Kim, geübt wie jeder Bettler sein muß, Gesichter zu beobachten, nahm gute Notiz davon.

„Willy! Lieber Willy!" rief eine Frauenstimme.

„Du solltest in den Salon kommen. Sie können jeden Augenblick eintreffen."

Der Mann las eifrig weiter.

„Willy!" rief die Stimme fünf Minuten später. „Er kommt. Ich höre die Reiter in der Avenue."

Der Mann eilte barhäuptig hinaus, als ein großer Landauer, gefolgt von vier eingeborenen Reitern vor der Veranda hielt und ein stattlicher schwarzhaariger Mann gerade wie ein Pfeil sich hinaus schwang; ihm voraus ein junger, freundlich lächelnder Offizier.

Platt auf dem Bauche lag Kim, fast die hohen Räder berührend. Sein Mann und der dunkelhaarige Fremde wechselten einige Worte.

„Aber natürlich, mein Herr. Alles muß zurückstehen, wenn es sich um ein Pferd handelt," sprach höflich der junge Offizier.

„Wir brauchen kaum mehr als zwanzig Minuten," sagte Kims Mann. „Sie können die Honneurs machen – sorgen, daß man sich amüsiert und so weiter."

„Heißt einen der Soldaten warten," sagte der schlanke Mann, und die beiden traten in das Toilettenzimmer. Der Landauer rollte weg. Kim sah ihre Köpfe über Mahbub Alis Schreiben gebeugt und hörte ihre Stimmen – die eine leise und ehrerbietig, die andere scharf und bestimmt.

„Es ist keine Frage von Wochen. Es ist eine Frage von Tagen – von Stunden beinahe. Ich erwartete es seit einiger Zeit, aber dies – er tippte auf Mahbub Alis Papiere – macht der Sache ein Ende. Grogan speist heute hier?"

„Ja, Herr, und auch Macklin."

„Sehr gut. Ich selbst will mit ihnen sprechen. Die Angelegenheit wird dem Rate unterbreitet werden, natürlich; doch ist dies ein Fall, wo man annehmen darf, daß wir berechtigt sind, sofort zu handeln. Benachrichtigen Sie die Pindi- und Peshawur-Brigaden. Es wird die Sommer-Urlaubsliste sehr aus der Ordnung bringen, aber das können wir nicht ändern. Das kommt davon, daß wir sie nicht gleich das erste Mal völlig niedergeschmettert haben. – Acht Tausend sollten genügen."

„Und Artillerie, Herr?"

„Ich muß mit Macklin beraten."

„Es bedeutet also Krieg?"

„Nein. Bestrafung. Wenn ein Mann durch das Tun seines Vorgängers gebunden ist –"

„Aber C 25 kann gelogen haben."

„Er bestätigt die Mitteilung des anderen. Tatsächlich zeigten sie ihr Spiel schon vor sechs Monaten. Devenish aber war nicht abzubringen davon – es sei noch ein Ausweg zum Frieden zu finden. Natürlich benutzten sie dies, sich zu verständigen. Senden Sie diese Telegramme sofort ab – nach dem neuen Code – nicht dem alten – dem von mir und Wharton. Ich meine, wir brauchen die Damen nicht länger warten zu lassen. Wir können das Übrige bei der Zigarre abmachen. Ich wußte, daß es so kommen würde. Es ist Strafe – nicht Krieg."

Als der Reiter fortgetrabt war, kroch Kim um die Ecke nach der Rückseite des Hauses, wo er, nach seinen Lahorer Erfahrungen, wußte, daß er Futter und Neuigkeiten finden werde. Die Küche war voll von aufgeregt hantierenden Küchenjungen, von denen einer nach ihm trat.

„O weh," schrie Kim, Tränen heuchelnd, „ich wollte nur aufwaschen helfen, für einen Mundvoll."

„Ganz Umballa überläuft uns aus demselben Grund. Mach, daß Du fortkommst. Die Suppe wird jetzt hineingetragen. Meinst Du, daß wir, in Creighton's Dienst, fremde Küchenjungen brauchen, uns bei einem großen Diner zu helfen?"

„Es ist ein sehr großes Diner," sagte Kim, nach den Schüsseln blickend.

„Kein Wunder. Der Ehrengast ist kein anderer als der Jang-i-Lat Sahib." (Der Höchstkommandierende).

„Oho!“ rief Kim in dem richtigen Gutturalton der Verwunderung. Er hatte erfahren, was er wissen wollte, und als der Küchenjunge sich umsah, war er fort.

„Und das alles,“ sprach Kim zu sich selbst, wie immer wenn er über etwas nachdachte, in Hindostanisch – „um eines Pferdes Stammbaums willen. Mahbub Ali sollte zu mir kommen, um ein wenig lügen zu lernen. Bisher, wenn ich eine Botschaft auszurichten hatte, betraf sie stets ein Weib. Jetzt betrifft sie Männer. Besser! Der lange Mann sagte, er wolle eine große Armee los lassen, um jemand zu bestrafen – irgendwo. – Die Nachricht geht nach Pindi und Peshawur. Da sind auch Kanonen. Wollte, ich wäre noch näher herangekrochen. Es ist eine große Neuigkeit.“

Bei seiner Rückkehr fand er des Farmers Vetters jüngeren Bruder mit dem Farmer, dessen Frau und einigen Freunden eifrig dabei, den Familien-Prozeß nach allen Richtungen zu erörtern. Der Lama schlummerte. Nach der Abendmahlzeit gab man Kim eine Wasserpfeife, und er dünkte sich ein ganzer Mann, als er, mit ausgespreizten Beinen im Mondlicht liegend, an der glatten Kokosnußschale zog und ab und zu ein wenig mit der Zunge schnalzte. Seine Wirte waren sehr höflich, denn des Farmers Frau hatte ihnen von seiner Vision von dem Roten Stier erzählt und daß Kim wahrscheinlich aus einer anderen Welt stamme. Überdies war der Lama eine große und ehrwürdige Merkwürdigkeit. Später kam der Familien-Priester, ein alter, toleranter Sarsut-Brahmane, hinzu und brachte natürlich bald ein theologisches Argument vor, um Eindruck auf die Familie zu machen. Nach ihrem Bekenntnis waren sie natürlich alle auf ihres Priesters Seite; der Lama aber war der Gast und die Neuheit. Seine sanfte Freundlichkeit und seine eindrucksvollen chinesischen Zitate, die wie Zaubersprüche klangen, entzückten sie außerordentlich, und der Lama entfaltete sich in dieser einfachen, sympathischen Umgebung gleich des Bodhisats eigener Lotosblüte. Er erzählte von seinem Leben in den großen Bergen von Suchzen, bevor, wie er sagte: „ich mich aufmachte, um Erleuchtung zu suchen.“

Da kam es auch heraus, daß er in jenen weltlichen Tagen ein Meister im Horoskop- und Nativitäten-Stellen war. Der Familien-Priester bewog ihn, seine Methode mit seiner zu vergleichen. Jeder gab aufwärts nach den großen Sternen deutend, die durch die Dunkelheit der Nacht segelten, den Planeten Namen, die der andere nicht verstand. Die Kinder zupften, ungetadelt, an des Lamas Rosenkranz, und er vergaß selbst des Verbotes, Frauen anzusehen, als er von den ewigen Schneegipfeln, von Erdrutschen, von blockierten Pässen, den entlegenen

Felsen sprach, wo man Saphire und Türkisen findet, und zuletzt von der wundervollen Hochlandstraße, die in das große China führt.

„Wie denkst Du über den da?" fragte der Farmer, den Priester bei Seite nehmend.

„Ein heiliger Mann – wahrhaftig ein heiliger Mann. Seine Götter sind nicht *die* Götter, aber seine Füße sind auf dem Wege," war die Antwort. „Und seine Methode beim Nativitäts-Stellen – wenn das auch über Deinen Verstand geht, ist weise und sicher."

„Sage mir," fragte Kim schläfrig, „ob ich meinen Roten Stier auf einem grünen Felde finde, wie mir versprochen wurde?"

„Welche Kenntnis hast Du von Deiner Geburtsstunde?" fragte der Priester, aufschwellend vor Wichtigkeit.

„Zwischen dem ersten und zweiten Hahnkrähen in der ersten Nacht des Mai."

„In welchem Jahr?"

„Ich weiß nicht; aber in der Stunde, wo ich den ersten Schrei tat, war das große Erdbeben in Srinagar, das in Kashmir liegt." Dies hatte Kim von der Frau, die ihn beherbergte, und diese wieder von Kimball O'Hara. Das Erdbeben hatte man in ganz Indien gespürt, und es blieb für lange Zeit ein leitendes Datum im Punjab.

„Aha!" rief aufgeregt eine Frau. Dies schien ihr Kims übernatürliche Herkunft noch gewisser zu machen. „War nicht irgend jemandes Tochter auch da geboren?"

„Und ihre Mutter gebar dem Manne vier Söhne in vier Jahren – alles hübsche Knaben," bestätigte die Farmersfrau, außerhalb des Kreises im Schatten sitzend.

„Kein in der Wissenschaft Erzogener," sprach der Familien-Priester, „vergißt, wie die Planeten in jener Nacht in ihren Häusern standen." Er begann in dem Staube des Hofes zu zeichnen. „Jedenfalls hast Du auf die Hälfte vom Hause des Stieres Anrecht. Wie lautet Deine Prophezeiung?"

„Eines Tages," hub Kim an, entzückt von dem Aufsehen, das er erregte, „eines Tages werde ich durch Hilfe eines Roten Stieres auf einem grünen Felde mächtig werden; aber erst werden zwei Männer antreten, um alles bereit zu machen."

„Ja, so ist es immer bei Beginn einer Vision. Eine tiefe Dunkelheit, die allmählich heller wird; dann kommt einer mit einem Besen und macht den Platz klar. Dann beginnt die Erscheinung. Zwei Männer sagst Du? Ei! Ei! Die Sonne, wenn sie das Haus des Stieres verläßt, tritt ein in das der Zwillinge. Daher die zwei Männer der Prophezeiung. Laß uns überlegen. Hole mir einen Zweig, Kleiner!"

Er zog die Augenbrauen zusammen, kratzte, wischte aus und kratzte wieder mysteriöse Zeichen in den Staub. Alle standen verwundert dabei, nur der Lama nicht, der sich mit seinem Takt vor jeder Einmischung hütete. Nach einer halben Stunde warf der Priester murrend die Rute fort. „Hm! So sprechen die Sterne. Innerhalb dreier Tage kommen die zwei Männer, um alles klar zu machen. Nach ihnen kommt der Stier, aber das Zeichen über ihm ist das Zeichen des Krieges und bewaffneter Männer."

„Es war in der Tat ein Mann von den Ludhiana-Sikhs in dem Wagen von Lahore," sagte die Farmersfrau, freudig aufgeregt.

„Tck, Bewaffnete Männer – viele Hunderte. Was hast Du mit Krieg zu tun?" fragte der Priester Kim. „Deins ist ein rotes und ein böses Zeichen von Krieg, der bald losbrechen wird."

„Es geht ihn nichts an – nein – wir suchen nur Frieden und unseren Strom," sprach ernsthaft der Lama.

Kim lächelte, sich dessen erinnernd, was er vor dem Toilettenzimmer erlauscht. Gewiß, er war ein Liebling der Sterne.

Der Priester strich mit dem Fuß über des Horoskop. – „Mehr als dies kann ich nicht sehen. In drei Tagen kommt der Stier zu Dir, Knabe."

„Und mein Fluß, mein Fluß," sprach flehentlich der Lama. „Ich hatte gehofft, der Stier würde uns beide zu dem Flusse leiten."

„Ach, der wunderbare Fluß, mein Bruder," antwortete der Priester. „Solche Dinge sind nicht gewöhnlicher Art."

Am nächsten Morgen, trotz der Bitten ihrer Wirte, daß sie noch bleiben möchten, bestand der Lama auf der Abreise. Sie gaben Kim ein großes Bündel guter Lebensmittel und beinahe drei Annas in Kupfermünze mit auf den Weg, und mit vielen Segenswünschen sahen sie die beiden im Morgengrauen südwärts wandern.

„Schade ist es," sprach der Lama, „daß diese und solche wie diese nicht frei werden können von dem Rad der Dinge."

„Nein,“ sagte Kim, „dann würde nur böses Volk auf der Erde zurückbleiben, und wer würde uns Obdach und Fleisch geben?“ Und lustig schritt er aus mit seinem Bündel.

„Dort ist ein kleiner Fluß,“ sprach der Lama. „Laß uns sehen.“ – Er ging von der weißen Landstraße ab querfeldein und geriet in ein wahres Wespennest von herrenlosen Hunden.

Kapitel 3.

Hinter ihnen schwenkte ein erboster Bauer eine Bambusstange. Er war ein Handelsgärtner von der Arain-Kaste und zog Gemüse und Blumen für die Stadt Umballa; und gut genug kannte Kim die Sorte.

„So ein Mann,“ sprach der Lama, die Hunde nicht weiter beachtend, „ist unhöflich gegen Fremde, hart von Rede und unbarmherzig. Hüte Dich, mein Schüler, vor solchem Betragen.“

„Ho! Schamlose Bettler!“ schrie der Bauer, „macht daß Ihr fortkommt!“

„Wir gehen,“ sprach der Lama mit ruhiger Würde, „wir gehen von diesen ungesegneten Feldern.“

„Heh,“ sagte Kim, „wenn Deine Ernte das nächstemal mißrät, gib Deiner eigenen Zunge die Schuld.“

Der Mann schlurfte unbehaglich in seinen Schuhen.

„Das Land ist voll von Bettlern,“ begann er halb entschuldigend.

„Und woher weißt Du, daß wir betteln wollten, o Mali, unrechter Mensch?“ fragte Kim scharf, den Namen brauchend, den ein Markthändler am wenigsten hören mag. Alles was wir hier wollten, war, den Fluß, der hinter dem Felde dort fließt, in der Nähe anzusehen.“

„Der Fluß? Nanu!“ knurrte der Mann. „Aus welcher Stadt seid Ihr gebürtig, daß Ihr einen Kanal-Schnitt nicht kennt? Er fließt so gerade wie ein Pfeil, und ich zahle für das Wasser, als ob es geschmolzenes Silber wäre. Weiter hin ist ein kleines Flüßchen. Aber, wenn Ihr Wasser trinken wollt, kann ich Euch das geben – auch Milch.“

„Nein, wir wollen zu dem Fluß gehen,“ sagte der Lama ausschreitend.

„Milch und ein Mahl," stotterte der Mann, die fremdartige, hohe Gestalt musternd. „Ich – möchte mir selbst und – meinen Feldern nichts Übles zuziehen; aber es gibt so viele Bettler in diesen schlechten Zeiten."

„Beachte wohl," wandte der Lama sich zu Kim, „durch den Roten Nebel des Zornes ward er verleitet, harte Worte zu sprechen – nun, da der von seinen Augen weicht, wird er höflich und zeigt ein freundliches Herz. Hüte Dich, o Bauer, die Menschen zu rasch zu beurteilen: mögen Deine Felder gesegnet sein!"

„Ich bin Heiligen begegnet," sprach Kim zu dem beschämten Mann, „die Dich vom Herdstein bis zum Kuhstall verflucht haben würden. Ist er nicht weise und heilig? Ich bin sein Schüler."

Kim streckte die Nase hochmütig in die Luft und schritt mit großer Würde durch die schmalen Feldwege.

„Stolz," sprach der Lama nach einer Pause, „Stolz gibt es nicht unter denen, die dem Mittleren Pfade folgen."

„Aber Du sagtest, er wäre unhöflich und von niederer Kaste."

„Von niederer Kaste sprach ich nicht, denn wie kann das sein, was nicht ist? Er entschuldigte sich nachher wegen seiner Unhöflichkeit, und ich vergaß die Beleidigung. Überdies, er ist, wie wir sind, gebunden auf das Rad der Dinge; aber er kennt den Weg der Befreiung nicht." Er stand still bei einem kleinen Flüßlein zwischen den Feldern und betrachtete die von Hufen zertretenen Ufer.

„Nun, wie willst Du Deinen Fluß erkennen?" fragte Kim, im Schatten hohen Zuckerrohrs kauernd.

„Wenn ich ihn finde, wird mir sicher Erleuchtung kommen. Dies, ich fühle es, ist nicht der rechte Ort. O, kleinstes der Wässer, wenn Du mir nur sagen könntest, wo mein Strom fließt! Aber sei gesegnet, da Du die Felder fruchtbar machst!"

„Sieh! Sieh!" Kim sprang zu ihm hin und zerrte ihn rückwärts. Ein gelb und brauner Streifen glitt aus dem purpurn schimmernden, raschelnden Gebüsch nach dem Ufer, streckte den Hals zum Wasser, trank und lag still – eine große Cobra, mit unbeweglichen, lidlosen Augen.

„Ich habe keinen Stock – ich habe keinen Stock," sagte Kim. „Ich will mir einen holen und ihr den Rücken zerbrechen."

„Warum? Sie ist auf dem Rade, wie wir es sind – ein aufwärts oder abwärts steigendes Leben – weit entfernt von der Befreiung. Große Sünde muß die Seele begangen haben, die in solche Gestalt gebannt ward."

„Ich hasse alle Schlangen," sagte Kim. Selbst das Aufwachsen unter den Eingeborenen kann nicht des weißen Menschen Abscheu vor Schlangen bannen.

„Lasse sie ihr Leben ausleben." Das geringelte Ding zischte und öffnete die Haube halb. „Möge Deine Erlösung bald kommen, Bruder," fuhr der Lama mit sanfter Stimme fort. „Hast *Du* zufällig Kenntnis von meinem Strom?"

„Niemals sah ich einen Mann wie Du bist," flüsterte Kim, überwältigt. „Verstehen die Schlangen selbst Deine Sprache?"

„Wer weiß?" Er ging nur einen Fußbreit am erhobenen Kopf der Cobra vorbei, und diese vergrub sich schnell unter den staubigen Ringeln.

„Komm Du!" rief er über seine Schulter.

„Ich nicht," antwortete Kim. „Ich gehe um sie herum."

„Komm. Sie tut Dir nichts."

Kim zögerte. Der Lama unterstützte seine Aufforderung durch ein kurz gesprochenes, chinesisches Zitat, das Kim für eine Zauberformel hielt. Er gehorchte, sprang über das Flüßchen, und die Schlange rührte sich nicht.

„Niemals habe ich so einen Mann gesehen." Kim trocknete den Schweiß von seiner Stirn. „Und nun, wohin gehen wir?"

„Das mußt Du bestimmen. Ich bin alt und ein Fremdling – fern von meiner Heimat. Wenn nicht der Eisenbahnwagen mir den Kopf mit Teufelstrommeln füllte, würde ich darin jetzt nach Benares reisen ... und doch könnten wir auf diese Art den Fluß übersehen. Laß uns einen andern Fluß suchen."

Wo das vielgenützte Erdreich drei-, selbst viermal im Jahre Ernten gibt – durch Strecken von Zuckerrohr, Tabak, von langen weißen Rettigen und Kolanuß, wanderten sie den ganzen Tag, jeden Schimmer von Wasser beachtend, die Dorfhunde und in der Mittaghitze schlafende Dörfer weckend. Der Lama antwortete auf die vielfachen Fragen mit unerschütterlicher Einfachheit: „sie suchten einen Fluß – einen Fluß von wunderbarer Heilkraft. Hatte irgend einer Kenntnis von so einem Strom?" Zuweilen lachten die Leute, öfter aber hörten sie die Geschichte bis zum Ende an und boten ihnen einen Platz im Schatten, einen Trunk Milch und ein Mahl. Die Frauen waren immer gütig und die Kinder, wie

Kinder in der ganzen Welt sind, abwechselnd scheu und dreist. Der Abend fand sie in Ruhe unter dem Dorfbaum zwischen den lehmgedeckten und lehmwandigen Häuschen eines Weilers, mit dessen Dorfältesten sie sich unterhielten, während die Rinder von den Weideplätzen heimkehrten und die Frauen des Tages letzte Mahlzeit bereiteten. Den Bereich der Marktgärten rings um das vielverzehrende Umballa hatten sie passiert und befanden sich nun im meilenweiten grünen Stapelland des Getreides.

Der weißbärtige freundliche Dorfälteste war gewohnt, Fremde aufzunehmen. Er brachte für den Lama eine aus Schnüren zusammengeknüpfte Bettstatt herbei, setzte ihm gekochtes warmes Essen vor und schickte, als die Abend-Zeremonie im Dorftempel beendet, nach dem Dorfpriester.

Kim erzählte den älteren Kindern Geschichten von der Größe und Schönheit von Lahore, von Eisenbahnfahrten und dergleichen weltlichen Dingen, während die Männer mit einander redeten, langsam, wie ihr Rindvieh das Futter wiederkäute.

„Ich kann es nicht begreifen", sagte der Älteste zum Priester. „Wie deutest Du diese Rede?" Der Lama, nachdem er seine Geschichte erzählt, zählte schweigend seine Perlen.

„Er ist ein Suchender. Das Land ist voll von solchen. Erinnere Dich an den, der erst im letzten Monat hier war – den Fakir mit der Schildkröte."

„Ei, der Mann hatte Grund und Recht, denn Krishna selbst erschien ihm in einer Vision und verhieß ihm das Paradies ohne den Scheiterhaufen, wenn er nach Prayag wanderte. Dieser Mann sucht keinen Gott, von dem ich Kenntnis habe."

„Schweige, er ist alt; er kommt aus weiter Ferne und ist geistesgestört," erwiderte der glattgeschorene Priester. „Höre mich," wandte er sich zum Lama, „drei Kos (sechs Meilen) westwärts läuft die große Straße nach Calcutta."

„Aber ich wollte nach Benares – nach Benares."

„Und nach Benares ebenfalls. Sie durchschneidet alle Ströme auf dieser Seite von Hind. Mein Rat, Heiliger, ist, ruhe hier bis morgen. Dann schlage den Weg ein (er meinte die große Haupt-Heer-Straße) und prüfe jeden Strom, über den er hinweg führt; denn wie ich Dich verstehe, beschränkt die Heilkraft des Stromes sich nicht auf einen kleinen Strich Wassers noch auf eine bestimmte

Stelle, nein, sie erstreckt sich auf seine ganze Länge. Dann, sei versichert, wenn Deine Götter es wollen, wirst Du zu Deiner Befreiung gelangen."

„Das ist wohl gesprochen." Der Vorschlag machte großen Eindruck auf den Lama. „Morgen wollen wir das tun, und Segen über Dich, der Du alten Füßen so nahen Weg weisest." Ein tiefer, eintöniger, chinesischer Halbsang beschloß die Rede. Selbst der Priester fühlte sich ergriffen, und der Älteste fürchtete einen bösen Zauber. Aber keiner konnte lange in des Lamas ernstes, sanftes Gesicht blicken und an ihm zweifeln.

„Siehst Du meinen Chela?" sprach er, mit einem tiefen Griff in sein Schnupftabaks-Gefäß. Es war Pflicht, Höflichkeit mit Höflichkeit zu vergelten.

„Ich sehe – und höre." Der Älteste wandte die Augen nach Kim, der mit einem blaugekleideten Mädchen schwatzte, das knisternde Dornen auf ein Feuer warf.

„Er auch," sprach der Lama, den Blicken des Ältesten folgend, „sucht etwas für sich selbst. Keinen Strom, aber einen Stier. Ja, ein roter Stier auf grünem Felde wird ihn eines Tages zu Ehren bringen. Er ist, so glaube ich, nicht ganz von dieser Welt. Er ward mir plötzlich gesendet, mir bei meinem Suchen zu helfen, und sein Name ist: Freund der ganzen Welt."

Der Priester lächelte. „He da, Freund der ganzen Welt" rief er durch den scharf riechenden Rauch, „was bist Du denn?"

„Der Schüler dieses Heiligen," entgegnete Kim.

„Er sagt, Du bist ein „but" (ein Geist)."

„Können buts essen?" fragte Kim blinzelnd, „denn ich bin hungrig."

„Es ist kein Scherz," rief der Lama. „Ein gewisser Astrologe in der Stadt, deren Namen ich vergessen –"

„Das ist nur die Stadt Umballa, wo wir die letzte Nacht schliefen," flüsterte Kim dem Priester zu.

„Ah, Umballa war es? Er stellte ein Horoskop und erklärte, mein Chela würde seinen Wunsch innerhalb zweier Tage erfüllt sehen. Aber was sagte er von der Bedeutung der Sterne, Freund aller Welt?"

Kim räusperte sich und sah sich um nach dem Graubärtigen des Dorfes.

„Die Bedeutung meines Sternes ist Krieg," erwiderte er promphaft.

Irgend jemand lachte über die kleine zerlumpte Gestalt, die da auf der steinernen Sockelplatte unter dem großen Baum umherstolzierte. Bei Gelegenheiten, wo Eingeborene sich niederzulegen pflegen, brachte sein weißes Blut Kim meist auf die Füße.

„Ja, Krieg," rief er.

„Das ist eine sichere Prophezeiung," polterte eine tiefe Stimme heraus, „denn Krieg ist immer an den Grenzen entlang, so viel ich weiß."

Es war ein alter, verwitterter Mann, der so sprach. In den Tagen der Meuterei hatte er, als eingeborener Offizier, dem Gouvernement gedient, in einem neu gebildeten Kavallerie-Regiment. Die Regierung hatte ihm einen guten Besitz in dem Dorfe überwiesen, und obwohl seine Söhne, nun auch graubärtige Offiziere, ihn für ihre eigenen Bedürfnisse genommen hatten, war er doch immer noch eine Person von Bedeutung. Englische Unterbeamte, Vizekommissare selbst, wichen von der Hauptstraße ab, um ihn zu besuchen. Bei solchen Gelegenheiten trug er die Uniform vergangener Tage und stand steif wie ein Ladestock.

„Aber dies soll ein großer Krieg sein – ein Krieg von acht Tausend." Kims Stimme schrillte so über den sich schnell ansammelnden Haufen, daß es ihn selbst befremdete.

„Rotröcke oder von unseren eigenen Regimentern?" fragte eifrig der alte Mann, als spräche er mit einem Gleichgestellten. Der Ton flößte den Leuten Respekt vor Kim ein.

„Rotröcke," sagte Kim auf gut Glück. „Rotröcke und Kanonen."

„Aber – der Astrologe sagte kein Wort davon," rief der Lama, in seiner Aufregung erstaunlich schnupfend.

„Aber *ich* weiß es. Das Wort ist mir zugekommen, der ich der Schüler dieses Heiligen bin. Es wird ein Krieg erstehen – ein Krieg von acht Tausend Rotröcken. Von Pindi und Peshawur werden sie herbei gezogen. Dies ist sicher."

„Der Knabe hat Bazar-Geschwätz gehört," sagte der Priester.

„Aber er war stets an meiner Seite," sprach der Lama. „Wie sollte er es wissen? Ich wußte es nicht."

„Das wird ein geschickter Gaukler, wenn der alte Mann tot ist," flüsterte der Priester dem Ortsältesten zu. „Welch ein neuer Streich ist dies?"

„Einen Beweis, gieb mir einen Beweis," polterte plötzlich der alte Soldat. „Wenn Krieg wäre, würden meine Söhne es mir gesagt haben."

„Wenn alles bereit ist, zweifle nicht, werden Deine Söhne es erfahren. Aber es ist ein weiter Weg von Deinen Söhnen bis zu dem Mann, in dessen Händen dies alles liegt." Kim wurde warm bei dem Spiel. Es erinnerte ihn an seine Briefbesteller-Karriere, wo er für ein paar Kupfermünzen heuchelte, mehr zu wissen als er wußte. Jetzt aber spielte er um größeren Preis – um den Reiz der Intrigue und das Gefühl der Macht. Er holte tief Atem und fuhr fort:

„Alter Mann, gieb Du *mir* einen Beweis. Geben Untergeordnete Befehl, daß achttausend Rotröcke marschieren sollen – mit Kanonen?"

„Nein." Wieder antwortete der alte Mann, als ob Kim seines Gleichen wäre.

„Weißt Du denn, wer Er ist, der den Befehl gibt?"

„Ich habe ihn gesehen."

„Und erkanntest Ihn!"

„Ich kenne Ihn, seit er Leutnant in der Top-Khana (Artillerie) war."

„Ein großer Mann. Ein großer Mann mit schwarzem Haar, der so geht?" Kim tat ein paar Schritte in steifer, hölzerner Haltung.

„Ja; aber das kann jeder gesehen haben." Unter den Zuhörern herrschte atemlose Stille während dieser Unterhaltung.

„Das ist wahr," rief Kim. „Aber ich werde mehr sagen. Schau! Erstens geht der große Mann *so* . Zweitens, wenn er nachdenkt, tut er's *so* :" (Kim strich mit dem Zeigefinger über seine Stirn und abwärts bis zum Mundwinkel.) „Gleich darauf zuckt er mit den Fingern, so. Darauf drückt er den Hut unter die linke Achselhöhle." Kim illustrierte die Bewegung und stand da wie ein Storch.

Der alte Mann stöhnte, stumm vor Erstaunen; die Leute schauderten.

„So – so – so. Aber was tut er, wenn Er einen Befehl erteilen will?"

„Er reibt die Haut im Nacken – so. Dann klopft er mit einem Finger auf den Tisch und macht ein kleines schnüffelndes Geräusch mit der Nase. Alsdann spricht er: „Macht so und so ein Regiment mobil. Zieht diese Kanonen heraus!"

Der alte Mann stellte sich steif auf und salutierte.

„Denn“ – Kim übersetzte die scharfen Sätze, die er vor dem Ankleidezimmer in Umballa erlauscht und gut behalten hatte, in die Landessprache – „Denn,“ sagte Er, „wir haben viel zu lange gezögert. Es ist nicht Krieg – es ist Bestrafung. Snff!“

„Genug. Ich glaube Dir. Ich habe ihn so gesehen im Rauch der Schlachten. Gesehen und gehört. Er ist es.“

„Ich sah keinen Rauch“ – Kims Stimme schraubte sich hinauf zu dem verzückten Singsang der Wahrsager von der Landstraße – „ich sah dies in der Dunkelheit. Erst kam ein Mann, den Platz klar zu machen. Dann kamen Reiter. Dann kam Er und stand in einem Kreis von Licht. Das Übrige folgte, wie ich gefügt habe. Alter Mann, habe ich Wahrheit gesprochen?“

„Das ist Er. Ohne jeden Zweifel, Er ist es.“ Die Menge tat einen langen, zitternden Atemzug und starrte abwechselnd die Gestalt des noch immer erstaunten alten Mannes und des zerlumpten Kim an, die sich gegen das purpurne Zwielicht abhob.

„Sagte ich nicht – sagte ich nicht, daß er von einer anderen Welt stammt?“ rief stolz der Lama. „Er ist der Freund der ganzen Welt. Er ist der Freund der Sterne!“

„Wenigstens,“ rief ein Mann, „betrifft es uns nicht. He! Du kleiner Wahrsager, wenn die Gabe Dir jederzeit treu bleibt – ich habe eine rotgefleckte Kuh – vielleicht ist sie die Schwester Deines Ochsen – was weiß ich –“

„Oder was kümmert's mich,“ sprach Kim, „meine Sterne befassen sich nicht mit Deinem Rindvieh.“

„Aber,“ fiel eine Frau ein, „sie ist so krank. Mein Mann ist ein Büffel, oder er hätte seine Worte besser gewählt. Sage Du mir, ob sie wieder gesund wird?“

Ein Knabe gewöhnlicher Art hätte wohl das Spiel weiter getrieben: Kim aber kannte nicht seit dreizehn Jahren die Stadt Lahore und vor allem die Fakire bei dem Taksali-Tor, ohne auch die menschliche Natur zu kennen.

Der Priester blickte seitwärts nach ihm hin mit einem etwas bitteren, trockenen Lächeln.

„Ist denn kein Priester in diesem Dorfe? Mich dünkt, ich hätte einen mächtigen gesehen, soeben noch,“ rief Kim.

„Ja – aber –“ begann die Frau.

„Aber Du und Dein Mann, Ihr wolltet die Kuh für eine Handvoll Dank kuriert haben!“ Der Schuß traf: die beiden waren das geizigste Paar im Dorfe. „Es ist nicht recht, die Tempel zu verkürzen. Gebt Euerem eigenen Priester ein junges Kalb, und, wenn Euere Götter nicht unwiderruflich erzürnt sind, wird die Kuh innerhalb eines Monats Milch geben.“

„Ein Meisterbettler bist Du,“ schnurrte der Priester. „Nicht die List von vierzig Jahren hätte es besser machen können. Sicherlich hast Du auch den alten Mann reich gemacht?“

„Ein wenig Mehl, ein wenig Butter und ein Mund voll Cardamom – kann man davon reich werden?“ erwiderte Kim, von dem Lob geschmeichelt, aber stets vorsichtig. „Und, wie Du sehen kannst, er ist schwachsinnig. Aber es nützt mir, ihm zu dienen, weil ich wenigstens den Weg kennen lerne.“

Er wußte, wie es die Fakire vom Talsali-Tor trieben, wenn sie untereinander redeten, und ahmte selbst den Tonfall ihrer Schüler nach.

„Ist dieses Suchen denn Wahrheit, oder ein Mäntelchen für andere Zwecke? Vielleicht gilt es Gewinn.“

„Er ist verrückt – ganz und gar – verrückt. Es ist nichts weiter.“

Hier humpelte der alte Soldat herbei und fragte Kim, ob er seine Gastfreundschaft für die Nacht annehmen wolle. Der Priester riet ihm, es zu tun; bestand aber darauf, daß die Ehre, den Lama aufzunehmen, dem Tempel gebühre – wozu der Lama arglos lächelte. Kim blickte von einem Gesicht zum anderen und hatte seine eigenen Gedanken.

„Wo hast Du das Geld?“ wisperte er, den alten Mann in die Dunkelheit mitziehend.

„Auf meiner Brust. Wo sonst?“

„Gib es mir. Schnell und leise gib es mir.“

„Aber warum? Hier ist keine Fahrkarte zu kaufen.“

„Bin ich Dein Chela, oder bin ich es nicht? Behüte ich nicht Deine alten Füße auf allen Wegen? Gib mir das Geld; beim Morgengrauen gebe ich es Dir zurück.“ Er tauchte die Hand in des Lama's Gürtel und nahm die Börse heraus.

„Sei es so – sei es so.“ Der alte Mann senkte den Kopf. „Dies ist eine große und schreckliche Welt. Hätte *nie* geglaubt, daß es so viele Menschen darin gibt!“

Am andern Morgen war der Priester sehr schlechter Laune, der Lama aber ganz wohlgemut. Kim hatte einen interessanten Abend mit dem alten Soldaten verbracht, der, seinen Kavallerie-Säbel auf den mageren Knien balanzierend, Geschichten von der Meuterzeit und von jungen Obersten, die seit dreißig Jahren in ihren Gräbern ruhten, erzählte, bis Kim in Schlaf fiel.

„Wahrlich“, sprach der Lama, „die Luft dieses Landes ist gut. Ich habe leichten Schlaf wie alle alten Menschen; diese letzte Nacht aber schlief ich, ohne aufzuwachen, bis zum hellen Tag. Selbst jetzt bin ich noch schläfrig.“

„Nimm einen Trunk heiße Milch“, sagte Kim, der nicht selten den Opiumrauchern seiner Bekanntschaft solche Gegenmittel gebracht hatte. „Es ist Zeit, daß wir uns auf den Weg machen.“

„Auf den großen Weg, der alle Flüsse von Hind überschreitet“, sprach der Lama freudig. „Laß uns gehen. Aber wie denkst Du, Chela, sollen wir diesen Leuten, dem Priester besonders, ihre große Güte vergelten Sie sind *butparast* (Götzendiener), das ist wahr, aber in anderen Leben kann ihnen möglicherweise Erleuchtung werden. Eine Rupie für den Tempel? Das Ding darinnen ist nichts weiter als Stein und rote Farbe: aber das Herz der Menschen müssen wir anerkennen, wenn und wo es gut ist.“

„Heiliger, bist Du jemals allein Deines Weges gezogen?“ Kim blickte scharf aufwärts, gleich einer der auf den Feldern geschäftigen indischen Krähen.

„Sicherlich, Kind: von Kulu nach Pathankot – von Kulu, wo mein erster Chela starb. Wenn die Menschen gütig waren, boten wir ihnen Gaben, und alle Menschen in all den Bergen waren wohlgesinnt.“

„In Hind ist das anders“, sagte Kim trocken. „Ihre Götter sind vielarmig und übelgesinnt. Laß' die in Ruh!“

„Ich wollte Dich ein wenig auf Deinen Weg bringen, Freund der ganzen Welt – Dich und Deinen gelben Mann.“

Der alte Soldat Kam die noch in Dämmerschatten gehüllte Dorfstraße auf einem hageren, krummbeinigen Pony im Paßgang herabgeritten.

„In letzter Nacht sind die Quellen der Erinnerung ln meinem so vertrockneten Herzen aufgebrochen und das war mir ein Segen. Wahrlich, es ist Krieg in der Luft. Ich rieche es. Sieh, ich habe mein Schwert mitgebracht.“

Er saß langbeinig auf dem kleinen Tier, das große Schwert an der Seite – Hand am Schwertknauf – scharf über das flache Land nordwärts spähend.

„Erzähle mir noch einmal wie *Er* in Deiner Vision erschien. Komm und sitze hinter mir. Das Tier kann uns beide tragen."

„Ich bin der Schüler dieses Heiligen", sprach Kim, als sie das Dorftor passierten. Die Dorfleute schienen fast traurig, daß sie fortzogen, des Priesters Abschied aber war kalt und zurückhaltend. Er hatte sein Opium verschwendet an einen Mann, der kein Geld bei sich führte.

„Das ist wohlgesprochen. Ich verstehe mich nicht auf heilige Männer, aber Respekt ist immer gut. In heutigen Tagen gibt es keinen Respekt mehr – nicht einmal wenn ein Kommissar-Sahib mich zu besuchen kommt. Aber warum soll einer, dessen Stern ihn zum Kriege leitet, einem heiligen Manne folgen?"

„Aber er ist ein heiliger Mann", sprach Kim eifrig. „In Wahrheit und in Rede und in Tat heilig. Er ist wie die andern. So einen sah ich noch nie. Wir sind keine Wahrsager, noch Gaukler oder Bettler."

„Du nicht, das kann ich sehen; den andern kenne ich nicht. Er marschiert aber gut."

In der ersten Morgenfrische trabte der Lama vorwärts mit langen, gemächlichen, kamelartigen Schritten. Er war in tiefer Meditation, mechanisch seinen Rosenkranz bewegend.

Sie wanderten weiter auf der durchfurchten, abgenutzten Landstraße, die sich zwischen großen, dunkelgrünen Mangowäldern hinzog, ostwärts, matt schimmernd die schneegekrönten Häupter des Himalaya. Ganz Indien war an der Arbeit auf den Feldern unter dem Geknarre von Wasser-Rädern, dem Schreien der Pflüger hinter ihren Ochsen und dem Lärm der Krähen. Das Pony selbst fühlte den belebenden Einfluß und setzte sich in eine Art von Trab, als Kim eine Hand auf den Zügel legte.

„Es reut mich, daß ich dem Schrein nicht eine Rupie hinterließ", sprach der Lama bei der letzten seiner einundachtzig Perlen.

Der alte Soldat brummte in seinen Bart. Der Lama wurde seiner erst jetzt gewahr.

„Suchst auch Du den Fluß?" frug er, sich zu ihm wendend.

„Der Tag ist neu“, war die Antwort. „Was nutzt mir ein Fluß weiter, als vor Sonnenuntergang mein Pferd zu tränken? Ich kam, um Dir einen Richtweg nach der Großen Heerstraße zu weisen.“

„Das ist eine Höflichkeit, deren man gedenken soll, o Mann des guten Willens. Aber wozu das Schwert?“

Der alte Soldat blickte so verlegen wie ein Kind, das man bei einem Schabernack überrascht.

„Das Schwert,“ sagte er, daran herumtappend, „oh, das war ein Einfall von mir – ein Einfall eines alten Mannes. Es ist wahr, der Polizeibefehl ist: daß kein Mann in ganz Hind Waffen tragen darf, aber“ – sein Gesicht klärte sich auf und er klapste auf die Degenscheide – „aber alle Konstabler hier herum kennen mich.“

„Es ist kein guter Einfall“, sprach der Lama. „Welchen Vorteil bringt es, Menschen zu töten?“

„Sehr wenig, so viel ich weiß. Aber wenn böse Menschen nicht hier und da totgeschlagen würden, wäre es eine schlimme Well für waffenlose Träumer. Ich spreche nicht ohne Wissen, ich, der ich das Land von Delhi bis nach Süden mit Blut gewaschen sah.

„Welcher Wahnsinn war das denn?“

„Die Götter allein, die ihn als Heimsuchung sandten, wissen es. Ein Wahnsinn fraß sich in das Heer ein, und es wandte sich gegen seine Offiziere. Das war das erste Unheil; aber es wäre nicht hoffnungslos gewesen, hätten sie dann die Hände still gehalten. Aber sie verfielen darauf, die Weiber und die Kinder der Sahibs zu töten, und da kamen die Sahibs von jenseits des Meeres und zogen sie zur strengsten Rechenschaft.“

„Irgend so ein Gerücht drang zu mir einst, vor langer Zeit. Sie nannten das Jahr das schwarze Jahr, wie ich mich entsinne.“

„Welche Art von Leben hast Du geführt, um *das* Jahr nicht zu kennen? Ein Gerücht – in der Tat! Die ganze Erde wußte es und zitterte.“

„Unsere Erde bebte nur einmal – an dem Tage, als der höchst Vortreffliche Erleuchtung empfing.“

„Ach was! Delhi wenigstens sah ich zittern, und Delhi ist der Nabel der ganzen Welt.“

„So wandten sie sich gegen Frauen und Kinder? Das war eine schlechte Tat, für welche sie der Strafe nicht entgehen konnten."

„Viele versuchten es wohl, aber mit sehr wenig Nutzen. Ich war damals in einem Kavallerie-Regiment. Es wurde vernichtet. Von 680 Säbeln blieben – wie viele denkt Ihr wohl? drei übrig, ihr Salz zu essen, und davon war ich einer."

„Um so größer das Verdienst."

„Verdienst! Wir betrachteten es nicht als Verdienst in jenen Tagen. Mein Volk, meine Freunde, meine Brüder fielen von mir ab. Sie fügten: „Die Zeit der Englischen ist erfüllt. Laßt jeden von uns eine kleine Habe für sich heraus schlagen." Aber ich hatte mit den Männern von Sobraon, von Chillianwallah, von Moodkee und von Ferozeshah geredet. Ich sagte: „Wartet ein wenig, der Wind wird sich drehen. Bei diesem Werk ist kein Segen." In jenen Tagen ritt ich siebzig Meilen mit einer englischen Mem-Sahib und ihrem Kindchen auf meinem Sattelsitz. Oh, Wunder! War das ein Pferd! Ich brachte sie in Sicherheit und zurück kam ich zu meinem Offizier – dem einen, der nicht getötet war von unsern Fünfen. „Gib mir Arbeit," sprach ich, „denn ich bin von meiner eigenen Sippe ausgestoßen und das Blut meiner Vettern ist naß auf meinem Degen." „Sei beruhigt," sagte er. „Viel Arbeit liegt vor. Wenn dieser Wahnsinn vorüber ist, wartet die Belohnung."

„Aye! Eine Belohnung wartet, wenn der Wahnsinn vorüber, in Wahrheit!" murmelte der Lama halb zu sich selbst.

„In jenen Tagen behingen sie nicht jeden, der zufällig eine Kanone donnern gehört, mit Medaillen. Nein! In neunzehn regelrechten Schlachten war ich: in sechsundvierzig Reiter-Scharmützeln und in kleinen Plänkeleien ohne Zahl. Neun Wunden trage ich: eine Medaille und vier Spangen und das Zeichen eines Ordens; denn meine Kapitäne, die jetzt Generäle sind, erinnerten sich meiner, als die Kaiser-i-Hind (Kaiserin von Indien) fünfzig Regierungs-Jahre vollendet hatte und das ganze Land froh war. Sie sprachen: „Gebt ihm den Orden von Britisch Indien." Ich trage ihn nun an meinem Hals. Ich habe auch mein Iaghir (Besitz) von der Hand des Staates – eine freie Gabe an mich und die Meinen. Die Männer aus der alten Zeit – sie sind nun Kommissäre – kommen hoch zu Pferde über die Felder zu mir geritten, so daß das ganze Dorf es sieht, und wir reden von unsern alten Scharmützeln und der Name von einem toten Mann bringt uns auf den andern."

„Und dann?" sagte der Lama.

„Oh, nachher gehen sie fort, aber nicht ehe das ganze Dorf sie gesehen hat."

„Und am Ende – was wirst Du tun?"

„Am Ende werde ich sterben."

„Und dann?"

„Laß die Götter das einrichten. Ich habe sie nie mit Gebeten gequält; ich denke, sie werden mich auch nicht quälen. Sieh! Ich habe in meinem langen Leben gemerkt, daß alle, welche die da oben ewig mit Klagen und Rapporten und Brüllen und Heulen belästigen, ganz plötzlich und in Eile abberufen werden, gerade so wie unser Oberst die lockerzungigen Bauernburschen vom niedern Land, die zu viel schwatzten, wegholen ließ. Nein, ich habe die Götter nie belästigt. Sie werden das bedenken und mir einen ruhigen Platz geben, wo ich mich in den Schatten meiner Lanze werfen und warten kann, bis ich meine Söhne bewillkommene – ich habe nicht weniger als drei, Ressaldar-Majore alle – bei den Regimentern." (Risaldar, eingeborener Befehlshaber eines Risala.)

„Und diese ebenfalls, gebunden an das Rad, gehen von Leben zu Leben – von Verzweiflung zu Verzweiflung," murmelte der Lama leise, „heiß, hastig, ruhelos."

„Ei ja!" Der alte Soldat kicherte. „Drei Ressaldar-Majore in drei Regimentern. Spieler ein bißchen – aber das bin ich auch. Sie müssen gut beritten sein; und man kann die Pferde nicht nehmen, wie man in alten Tagen die Weiber nahm. Nun, nun, mein Besitz kann für alles zahlen. Siehst Du, es ist ein wohlbewässerter Landstreifen, aber meine Leute betrügen mich. Ich versteh' mich auf nichts anderes als mit der Lanzenspitze Forderungen einzutreiben, ich werde zornig und ich verwünsche sie, und sie heucheln Reue; aber hinter meinem Rücken, ich weiß es, nennen sie mich einen zahnlosen, alten Affen."

„Hast Du niemals etwas anderes begehrt?"

„Ja – ja – tausend Mal. Einen strammen Rücken, ein fest durchgedrücktes Knie, flinke Hand und scharfes Auge noch einmal – und das Mark, das den Mann macht. O, die alten Tage – die guten Tage meiner Stärke!"

„Stärke ist Schwäche."

„Dazu ist sie geworden; aber fünfzig Jahre früher hätte ich mich anders zeigen können," grollte der alte Soldat, dem Pony seine Spornspitze in die magere Flanke treibend.

„Aber ich weiß einen Strom von großer Heilkraft."

„Gunga-Wasser habe ich getrunken fast bis zur Wassersucht. Alles was ich davon hatte, war eine Diarrhoe, aber kein bißchen Stärke."

„Es ist nicht Gunga. Der Fluß, den ich weiß, wäscht jeden Flecken von Sünde ab. Ersteigt man das jenseitige Ufer, ist man der Befreiung gewiß. Ich kenne Dein Leben nicht, Dein Antlitz aber ist das Antlitz der Ehrbaren und Gefälligen. Du hast an Deinem Wege festgehalten. Du hast Treue erwiesen, als es schwer war sie zu erfüllen, in dem schwarzen Jahr, aus welchem ich mich nun auch anderer Erzählungen entsinne. Betritt jetzt den Mittleren Pfad, der der Pfad zur Befreiung ist. Höre das höchst Vortreffliche Gesetz und folge nicht mehr Träumen nach."

„Rede denn, alter Mann," der Soldat lächelte, halb salutierend, „in unserem Alter sind wir alle Schwätzer."

Der Lama kauerte nieder im Schutze eines Mangobaumes, dessen Schatten schachbrettartig über sein Gesicht spielten: der Soldat saß steif auf seinem Pony, und Kim, nachdem er sich versichert hatte, daß keine Schlangen da waren, legte sich in den gabelförmigen Einschnitt der Wurzelwindung.

Ringsumher einschläferndes Summen von kleinen Lebewesen im heißen Sonnenschein, ein Girren von Tauben, ein schläfriges Knarren von Wassertreträdern auf den Feldern. Der Lama begann, langsam und eindrucksvoll. Nach zehn Minuten glitt der alte Soldat von seinem Pony, um, wie er sagte, besser zu hören, setzte sich und wickelte die Zügel um sein Handgelenk. Des Lamas Stimme ward unsicher, die Pausen wurden länger. Kim beobachtete ein graues Eichhörnchen. Als das kleine, buschige Bündelchen Pelzwerk, dicht an einen Zweig gepreßt, nicht mehr sichtbar war, waren Prediger und Auditorium fest eingeschlafen, des allen Soldaten scharf geschnittener Kopf auf seinen Arm gebettet, der des Lama an den Baumstamm gelehnt, wo er sich abhob wie gelbes Elfenbein. Ein nacktes Kind trippelte herbei, stierte alle an und machte in einem plötzlichen Impuls von Ehrfurcht eine feierliche, kleine Verbeugung vor dem Lama – nur war das Kind so Kurz und fett, daß es seitwärts umpurzelte, und die zappelnden, plumpen Beinchen machten Kim laut lachen. Das Kind, erschrocken und zornig, schrie gellend.

„Ho! Ho!" rief der Soldat, auf seine Füße springend, „was ist los? Welche Ordres? ... Es ist ... ein Kind! Ich träumte, es wäre Alarm. Kleines – Kleines – schreie nicht. Habe ich geschlafen? Das war wirklich unhöflich!"

„Ich fürchte mich! Ich fürchte mich!" brüllte das Kind.

„Was ist da zu fürchten? Zwei alte Männer und ein Knabe? Wie willst Du jemals ein Soldat werden, Prinzchen?“

Der Lama war ebenfalls erwacht, nahm aber keine besondere Notiz von dem Kinde, sondern Klapperte mit seinem Rosenkranz.

„Was ist das?“ rief das Kind, mitten im Schrei innehaltend. „Solche Dinger habe ich noch nicht gesehen. Gieb sie mir.“

„Aha,“ machte lächelnd der Lama, und eine Schlinge von Perlen über das Gras ziehend, sang er:

Dies ist 'ne Handvoll Cardamom,
Dies ein Stück Ghi (Butter) dazu,
Dies ist Hirse, Pfeffer und Reis:
Nun schmausen wir, ich und Du!“

Das Kind kreischte vor Freude und haschte nach den dunklen, schimmernden Perlen.

„Oha!“ rief der alte Soldat, „woher hast Du dieses Lied, Verächter der Welt?“

„Ich hörte es in Pathankot, wo ich auf einer Türschwelle rastete,“ sagte schüchtern der Lama. „Es ist gut, freundlich mit Kindern zu sein.“

„Wie ich mich erinnere, sagtest Du mir, ehe der Schlaf über uns kam, daß Heirat und Geburt Verdunkler des wahren Lichtes sind. Steine des Anstoßes auf dem Pfade. Füllen in Deinem Lande die Kinder vom Himmel? Ist das so Sitte, ihnen Lieder zu singen?“

„Kein Mensch ist ganz fehlerlos,“ sprach ernsthaft der Lama und zog den Rosenkranz ein. „Lauf nun zu Deiner Mutter, Kleiner.“

„Hör ihn!“ wandle sich der Soldat zu Kim. „Er schämt sich, ein Kind erfreut zu haben. Es ist ein guter Hausvater an Dir verloren, mein Bruder. Heda, Kind!“ Er warf ihm eine Kupfermünze zu – „Zuckerwerk ist immer süß.“ Und, als die kleine Gestalt im Sonnenschein forthüpfte: „Die wachsen heran und werden Männer. Heiliger, ich bedauere, daß ich mitten in Deiner Predigt einschlief. Vergib mir.“

„Wir sind beide alte Männer,“ sprach der Lama. „Mein ist der Fehler. Ich lauschte Deiner Rede von der Welt und ihrer Torheit und ein Fehler leitete zu dem nächsten.“

„Hör ihn! Welchen Schaden erleiden Deine Götter durch Dein Spiel mit einem Kinde? Und das Lied hast Du sehr gut gesungen. Laß uns weiter wandern und ich will Dir den Sang von Rikal Seyn vor Delhi singen – den alten Sang?“

Und sie verließen die schattige Dämmerung der Mango-Gruppe. Die schrille Stimme des alten Soldaten tönte über das Feld, wie er in langgezogener Wehklage die Sage von Rikal Seyn (Nicholson) vortrug – das Lied, das die Leute im Punjab bis zum heutigen Tage singen. Kim war entzückt, und der Lama hörte mit tiefem Interesse zu.

„Ahi! Rikal Seyn ist tot – er fiel vor Delhi! Lanzen vom Norden, nehmt Rache für Rikal Seyn.“ Er tremulierte den Sang bis zu Ende, die Triller schlug er mit der flachen Seite des Degens auf des Pony's Hinterteil.

„Und nun Kommen wir auf die große Heerstraße,“ sagte er, als Kim sein Lob gesungen halte – der Lama war auffallend schweigsam. „Lang ist es her, daß ich diese Straße geritten bin; Deines Knaben Rede munterte mich dazu auf. Betrachte, Heiliger, die große Heerstraße, die das Rückgrat ist von ganz Hind. Zum größten Teil ist sie, wie hier, beschattet von vier Reihen von Bäumen; die Mittelstraße, ganz hart, nimmt der schwere Verkehr. In den Tagen vor den Eisenbahn-Wagen reisten die Sahibs hier zu Hunderten auf und ab. Jetzt sieht man nur Bauernwagen und dergleichen. Rechts und links ist der gröbere Weg für schwere Fuhrwerke – Getreide und Baumwolle und Bauholz, für Kalk, Häute und Felle. Hier geht man in Sicherheit – denn alle paar Kos weit ist eine Polizeistation. Die Polizisten sind Diebe und Erpresser, ich selbst würde hier mit Kavallerie abpatrouillieren lassen, mit jungen Rekruten unter einem tüchtigen Kapitän, aber sie dulden wenigstens keine Rivalen. Alle Arten und Kasten von Menschen bewegen sich hier. Schau! Brahmanen und Chumars (Schuster), Bankiers und Zimmerleute, Barbiere und Banjä (zur Baischiga-Kaste der Hindu gehörig, die sich des Fleischgenusses enthalten), Bunnias, Pilger und Töpfer – alle Welt kommt und geht. Mir scheint es wie ein Fluß, von dem ich fortgetrieben werde wie ein Klotz nach der Hochflut.“

Und wahrlich, die große indische Heerstraße bietet ein wunderbares Schauspiel. Sie läuft fünfzehnhundert englische Meilen geradeaus, trägt ohne Gedränge Indiens Handelsverkehr – ein Strom von Leben, wie er nirgendwo sonst in der Welt existiert.

Sie sahen die grün überwölbte, schattengesprenkelte Länge der Straße hinab, die mit langsam schreitendem Volk besät ist. Eine zweiräumige Polizei-Station lag am Wege.

„Wer trägt hier, dem Gesetz zuwider, Waffen?“ rief lachend ein Konstabler, als er das Schwert des Soldaten erblickte. „Sind nicht genug Polizisten da, um Übeltäter umzubringen?“

„Gerade wegen der Polizei habe ich es gekauft,“ war die Antwort. „Steht Alles wohl in Hind?“

„Ressaldar Sahib, Alles steht wohl.“

„Ich bin wie eine Schildkröte, siehst Du, die auf dem Ufer ihren Kopf heraus streckt und wieder einzieht. Ah, dies ist die Straße von Hindostan. Alle Menschen kommen dieses Weges ...“

„Sohn eines Schweines, ist der weiche Teil der Straße dazu da, daß Du Deinen Rücken darauf kratzest?

Vater aller Töchter der Schande und Gatte von zehntausend Unkeuschen, Deine Mutter hatte sich einem Teufel ergeben und war von ihrer Mutter dazu verleitet; Deine Tanten haben seit sieben Generationen keine Nase gehabt! Deine Schwester! – Welche Eulen-Torheit hieß Dich Deine Karren quer über die Straße treiben? Ein zerbrochenes Rad? Nimm einen zerbrochenen Kopf dazu und flick die beiden gelegentlich wieder zusammen!“

Die Stimme und wütendes Peitschenknallen Kam aus einer fünfzig Yards entfernten Staubsäule, wo ein Wagen zusammengebrochen war. Eine hohe, magere Kattiwar-Stute schwang sich, mit glühenden Augen und Nüstern, schnaubend und ausschlagend aus dem Gewühl hervor. Ihr Reiter zwang sie quer über den Weg, einen schreienden Mann vor sich herjagend. Der Reiter, hochgewachsen und graubärtig, saß auf dem fast rasenden Tier, als wäre er ein Stück von ihm, und schlug ruckweise und gleichmäßig auf sein Opfer los.

Des alten Soldaten Gesicht leuchtete vor Stolz. „Mein Junge!“ sagte er kurz und bemühte sich, den Hals des Pony in eine geziemende Wölbung zu zügeln.

„Muß ich mich vor den Augen der Polizei prügeln lassen?“ schrie der Fuhrmann. „Gerechtigkeit! Ich fordere Gerechtigkeit – –“

„Muß ich mich blockieren lassen von einem schreienden Affen, der zehntausend Säcke vor der Nase eines jungen Pferdes umstürzt? Das verdirbt ein Pferd."

„Er spricht wahr. Er spricht wahr. Aber das Pferd gehorcht gut dem Zügel," rief der alte Soldat. Der Fuhrmann rannte unter die Räder seines Wagens, und von dort schwur er alle möglichen Rachemaßregeln.

„Starke Männer sind Deine Söhne," sagte der Polizist, gleichmütig seine Zähne stochernd.

Der Reiter führte einen letzten, bösartigen Schlag mit der Peitsche und kam in kurzem Galopp heran. „Vater!" Er zügelte zehn Yards rückwärts und stieg ab.

Der alte Mann war augenblicklich von seinem Pony herunter, und sie umarmten sich wie Vater und Sohn im Osten tun. –

Kapitel 4.

Dann sprachen sie leise mit einander. Kim wollt unter einem Baume ausruhen, der Lama aber zupfte ihn ungeduldig am Ellbogen.

„Laß uns weiter gehen. Der Fluß ist nicht hier."

„Ho! Ho! Sind wir nicht für eine Weile genug gegangen? Unser Fluß wird nicht fortlaufen. Geduld! Er wird uns ein Almosen geben."

„Dieser," sagte plötzlich der alte Soldat, ist der Freund der Sterne. Gestern brachte er mir die Nachricht. In einer Vision sah er Ihn selbst, den Mann, der die Befehle für den Krieg gab."

„Hm!" brummte sein Sohn tief in seiner breiten Brust, „er hörte zufällig ein Bazar-Geschwätz und zog Nutzen daraus."

Der Vater lachte. „Wenigstens kam er nicht zu mir hergeritten, um ein neues Schlachtroß und, die Götter wissen wie viel Rupien zu erbetteln. Sind die Regimenter Deiner Brüder auch beordert?"

„Ich weiß es nicht. Ich nahm Urlaub und Kam rasch zu Dir, für den Fall – –"

„Für den Fall, daß sie Dir zuvorkommen könnten mit Betteln. Oh, Spieler und Verschwender alle zusammen! Aber Du hast bis jetzt nach keine richtige Attaque geritten. Ein gutes Roß ist dazu natürlich notwendig: ein guter Bursche und ein gutes Pony für den Marsch ebenfalls. Laß uns sehen – laß uns sehen“. Er trommelte auf den Sattelknopf.

„Dies ist kein Ort um Berechnungen anzustellen, Vater. Laß uns nach Deinem Hause gehen.“

„Bezahl' den Knaben wenigstens zuvor; ich habe kein Kupfergeld bei mir, und er brachte günstige Nachricht. Ho! Freund der ganzen Welt, ein Krieg steht bevor, wie Du gesagt hast.“

„Nein, wie ich weiß, *der* Krieg,“ erwiderte Kim fest.

„Eh?“ machte der Lama, seine Perlen fingernd, begierig weiter zu gehen.

„Mein Meister befragt die Sterne nicht um Lohnes willen. Wir brachten die Nachricht – merkt wohl – wir brachten die Nachricht, und wir gehen nun.“ Kim drehte an seiner Seite die Hand halb um.

Der Sohn schleuderte eine Silbermünze durch das Sonnenlicht, etwas von Bettlern und Gauklern brummend. Es war ein Vierannastück, genügend, sie für einige Tage zu erhalten. Der Lama, den Schein des Metalles gewahrend, summte einen Segen.

„Ziehe Deines Weges, Freund der ganzen Welt,“ rief der alte Soldat, sein knochiges Reittier wendend. „Einmal in all meinen Tagen bin ich einem wahren Propheten begegnet – der nicht Soldat war.“

Vater und Sohn schwenkten zusammen um; der alte Mann ebenso stramm aufrecht wie der junge.

Ein punjabischer Konstabler in gelben Leinwandhosen schlenderte über den Weg. Er hatte das Geldstück fliegen sehen.

„Halt!“ rief er in nachdrücklichem Englisch, „wißt Ihr nicht, daß ein Takkus von zwei Annas für den Kopf erhoben wird für jeden, der die Straße von dieser Seite betritt? Es ist Sirkar-Befehl, und das Geld wird für das Pflanzen von Bäumen und für Verschönerung der Straße verwendet –.“

„Und für den Bauch der Polizei,“ rief Kim, aus Armesweite entschlüpfend. „Besinn Dich ein Weilchen, Dummkopf. Denkst Du, daß wir aus dem nächsten Sumpf kommen, wie der Frosch, Dein Schwiegervater? Hast Du jemals den Namen Deines Bruders gehört?“

„Und wie hieß der? Laß den Knaben in Ruhe,“ rief ungemein belustigt ein älterer Konstabler, als er in der Veranda niederhockte, seine Pfeife zu rauchen.

„Der nahm die Etikette von einer Flasche Belaittee-Pani (Sodawasser), nagelte sie an eine Brücke, sammelte einen Monat lang Taxen von allen, die passierten und sagte, es wäre Sirkar-Befehl; dann kam ein Engländer, der schlug ihm den Kopf entzwei. He, Bruder, ich bin eine Stadtkrähe, keine Dorfkrähe.“

Der Polizist zog sich verlegen zurück und Kim verspottete ihn, so lange er ihn sehen konnte.

„Hat es jemals einen Schüler wie mich gegeben?“ frug er lustig den Lama. „Nicht zehn Meilen von Lahore würde schon alle Welt Dir die Knochen im Leibe zerschlagen haben, wenn ich Dich nicht beschützt hätte.“

„Zuweilen, in meinen innersten Gedanken, scheinst Du mir ein guter Geist zu sein und zuweilen ein böser Kobold,“ sprach schwach lächelnd der Lama.

„Ich bin Dein Chela.“ Kim trat an seiner Seite in den angemessenen Schritt – der unbeschreiblichen Gangart der Wanderer, die große Landmärsche machen.

„Nun laß uns wandern,“ murmelte der Lama; und zu dem Klick, Klick des Rosenkranzes gingen sie schweigend Meile nach Meile, der Lama, wie gewöhnlich tief in Meditation, Kim mit weit offenen Augen. Dieser breite, heitere Strom von Leben gefiel ihm besser als das Gewühl und Gedränge in den Straßen von Lahore. Bei jedem Schritt neue Vorgänge und neue Gesichter – Kasten, ihm bekannt und Kasten, die er nie geahnt.

Da begegnete ihnen ein Trupp langhaariger, scharf riechender Sansis, Körbe voll Eidechsen und andere unreine Nahrungsmittel auf dem Rücken magere Hunde an ihren Fersen schnüffelnd. Diese Leute blieben an der ihnen bestimmten Seite des Weges und bewegten sich scheu in raschem, leichtem Trott und alle Kasten gaben ihnen Raum, denn der Sansi ist unrein. Hinter ihnen im Schatten, noch im Nachgefühl seiner Fußeisen breit und steif ausschreitend, ein frisch aus dem Gefängnis Entlassener, der durch seinen dicken Bauch und glänzende Haut bewies, daß die Regierung ihre Gefangenen besser füttert, als viele ehrliche Leute sich selber zu füttern vermögen. Kim kannte den Schritt wohl und spottete darüber. Dann Kam ein Ukali, ein wildhaariger, wildäugiger, frommer Sickh, in der blau gewürfelten Gewandung seines Glaubens, mit glitzernden, polierten Stahlscheiben an der Spitze seines hohen blauen Turbans, der von dem Besuch eines der unabhängigen Sickh-Staaten zurückkehrte, wo er den zur Ausbildung im Gymnasium befindlichen kleinen Prinzen in Stulpenstiefeln und weißbetreßten Hosen von dem alten Ruhm Khalsas gesungen Halle. Kim hütete sich wohl, diesen Mann zu erzürnen, denn des Ukalis Temperament ist hitzig und seine Hand flink. Hier und da begegneten sie oder wurden überholt von ganzen Dörfern bunt gekleideter Leute, die von einem nahen Jahrmarkt herkamen, die Frauen mit ihren Babys auf den Hüften, hinter den Männern gehend, die älteren Knaben mit Spazierstöcken von Zuckerrohr einherstolzierend, rohes, messingenes Spielzeug von Lokomotiven, wie man sie für ein Halbpennystück kauft, hinter sich herziehend oder mit billigen, winzigen Spiegelchen, die in der Sonne blitzten, die Augen ihrer Väter blendend. Man konnte sofort sehen, was jeder gekauft hatte und war man zweifelhaft, so brauchte man nur die Frauen zu beobachten, wie sie braunen Arm neben braunen Arm hielten, um die neu gekauften plumpen Glas-Armbänder, wie sie vom Nordwesten importiert werden, zu vergleichen. Diese lustigen Leute gingen langsam, standen unter Zurufen still, um mit Zuckerwerk Verkäufern zu handeln, oder um rasch ein Gebet zu verrichten vor einem Heiligengrab an der Wegseite – zuweilen ein Hindu-Grab, zuweilen ein mohammedanisches – welche die niedere Kaste beider Konfessionen mit wundervoller Unparteilichkeit behandelt. Eine dichte, blaue Linie, bald sich hebend, bald senkend, wie der Rücken einer rasch kriechenden Raupe, schwang sich durch den aufgewirbelten Staub und trottele unter einem Durcheinander von lebhaftem Geschwätz vorüber. Das war ein Trupp „Changars“-Weiber, die alle nördlichen Eisenbahndämme unter ihre Obhut nehmen – eine plattfüßige, hochbusige, starkgliedrige, blau berockte Sippschaft von Erdträgerinnen, die in Aussicht auf neue Arbeit nordwärts eilten und keine Zeit auf dem Weg verloren. Sie gehören zu der Kaste, deren Männer nicht mitzählen, und sie marschierten mit gespreizten Ellbogen, schaukelnden Hüften und hoch gehaltenen Köpfen, wie Frauen, die schwere Lasten tragen. Etwas später erschien mit Musik und Freudengeschrei, mit Geruch von Ringelblumen und Yasmin, stärker als selbst der Dunst des Standes, eine Heirats-Prozession auf der Großen Straße. Man sah die Sänfte der Braut, glitzernd von Flittergold und Rot, durch den Dunst schwanken, indes des Bräutigams bekränztes Pony sich seitwärts drehte, um ein Maulvoll von einem vorbeifahrenden Futterkarren wegzuschnappen. Kim stimmte ein in den andauernden Lärm von guten Wünschen und schlechten Scherzen, dem Paare hundert Söhne und keine Tochter wünschend, wie der Brauch ist. Noch aufgeregter und mit noch mehr Geschrei begrüßt wurde ein strolchender Gaukler mit einigen halbgezähmten Affen und einem keuchenden, schwachen Bären, oder ein Weib, das, Ziegenhörner an die Füße gebunden, auf einem schlaffen Seil tanzte, die Pferde scheuen und die Frauen vor Staunen in lang gezogenes, vibrierendes Geschrei ausbrechen ließ.

Der Lama blickte nicht auf. Er beachtete nicht den Wucherer, der auf kurzschwänzigem Pony dahin eilte, unmenschliche Zinsen einzutreiben, nicht das Häuflein tiefstimmiger, lärmender, eingeborener Soldaten, die auf Urlaub noch in militärischer Ordnung marschierten, sich freuten, der Gewehre und des Putzens ledig zu sein und den anständigsten Frauen die unanständigsten Worte zuriefen. Selbst den Verkäufer von Ganges-Wasser sah er nicht und Kim erwartete, daß er von dem kostbaren Stoff wenigstens eine Flasche kaufen würde. Er blickte ununterbrochen zu Boden und ebenso ununterbrochen wanderte er vorwärts, Stunde auf Stunde; seine Seele war anderswo beschäftigt. Kim aber war vor Freude im siebenten Himmel. An dieser Stelle war die Große Straße über einen Damm geführt, der sie gegen die Winterfluten von den Vorbergen schützen sollte, so daß man über dem Lande ging, wie auf einem stattlichen Korridor und rechts und links ganz Indien ausgebreitet zu Füßen sah. Es war prächtig, die verschiedenartig bespannten Getreide- und Baumwoll-Wagen schwerfällig über die Landstraßen sich bewegen zu sehen; das Knirschen der Achsen hörte man schon eine Meile entfernt, es kam näher und näher, bis unter Rufen und Schreien und bösen Worten sie den abschüssigen Abhang herauf klommen und dann mit einem plötzlichen Ruck auf der harten Hauptstraße anlangten, Fuhrmann auf Fuhrmann schimpfend. Nicht minder hübsch war es, die Leute zu sehen, wie sie zu Zweien und Dreien, in kleinen Klumpen von Rot und Blau und Weiß und Gelb, in ihre Dörfer zurückkehrten, kleiner und kleiner wurden und allmählich auf der flachen Ebene verschwanden. Kim fühlte das alles, aber er konnte seinen Empfindungen keine Worte geben; er kaufte sich abgeschältes Zuckerrohr und spuckte das Mark freigiebig auf den Weg. Von Zeit zu Zeit nahm der Lama Schnupftabak, und endlich konnte Kim das Schweigen nicht mehr ertragen.

„Dies ist ein gutes Land – das Land des Südens,“ sagte er. „Die Luft ist gut, das Wasser ist gut. Eh?“

„Und sie alle sind an das Rad gefesselt,“ sprach der Lama. „Gebunden von Leben zu Leben. Keinem von diesen ist der Weg gewiesen.“ Er zwang sich selbst zurück in diese Welt.

„Nun sind wir weit gegangen,“ sagte Kim. „Sicher kommen wir bald zu einem Parao (Rastort). Sollen wir da bleiben? Sieh, die Sonne sinkt.“

„Wer wird uns diesen Abend aufnehmen?“

„Das ist gleich. Die Gegend ist voll von gutem Volk. Außerdem“ – er flüsterte es – „wir haben Geld.“

Die Menge wurde dichter, als sie sich dem Rastplatz näherten, der das Ende ihrer Tagesreise bezeichnete. Eine Reihe von Verkaufsbuden mit sehr einfachen Nahrungsmitteln und Tabak, ein Stoß Brennholz, eine Polizei-Station, ein Brunnen, ein Trog für die Pferde, einige Bäume und unter diesen etwas zertretener Boden, mit schwarzer Asche von früheren Feuern bedeckt, ist alles, was einen Parao an der Großen Hauptstraße ausmacht, wenn man die immer hungrigen Krähen und Bettler nicht mitzählt.

Bald sandte die Sonne breite goldene Streifen durch die unteren Zweige der Mangobäume; die Sittiche und Tauben kehrten heim zu Hunderten, die plappernden, graurückigen Elstern erzählten sich die Ereignisse des Tages und liefen zu Zweien und Dreien, vorwärts und rückwärts, fast unter den Füßen der Reisenden, und Schieben und Stoßen in den Zweigen zeigte an, daß die Fledermäuse sich zur Nachtarbeit rüsteten. Schnell flossen die Lichtstrahlen zusammen und färbten für einen Moment die Gesichter, die Wagenräder und die Hörner der Ochsen rot wie Blut. Dann senkte sich die Nacht hernieder, kühlte die bewegte Luft, breitete einen leichten, ebenmäßigen Nebel, gleich einem ans Marienfäden gewebten, blauen Schleier über das Antlitz der Gegend und verbreitete den Geruch von Holzrauch und Rindern und den Duft von in der Asche gebackenen Weizenkuchen. Mit bedeutsamem Husten und wiederholten Befehlen trat die Abend-Patrouille vor die Polizei-Station. Kims Auge blickte mechanisch auf die rot erglühende Kohle im Gefäß und auf das letzte Glitzern der Sonne auf den Messing-Beschlägen der Wasserpfeife eines am Wege lagernden Fuhrmannes.

Das Treiben im Parao glich im Kleinen dem des Kashmir-Serai. Kim stürzte sich in die lustige, asiatische Unordnung, die, wenn ihr nur warten könnt, euch alles bringt, was ein einfacher Mensch bedarf. Seine Bedürfnisse waren gering und, da der Lama keine Kasten-Skrupel kannte, durch gekochtes Essen von der nächsten Bude zu befriedigen. Luxus halber kaufte Kim eine Handvoll Harzkugeln, um ein Feuer anzuzünden. Alles war in Bewegung, kommend und gehend, ringsum die kleinen Feuer. Hier rief man nach Öl oder Mais, dort nach

Zuckerwerk oder Tabak: man stieß einander, um an den Brunnen zu gelangen, und zwischen den Männerstimmen ließ sich aus angebundenen, verhängten Wagen Gequiek und Gekicher von Weibern hören, deren Gesichter nicht gesehen werden durften.

Heutzutage pflegen gut erzogene Eingeborene ihre Frauen, wenn sie reisen – und sie sind oft auf Besuch unterwegs – in geziemend verwahrten Abteilungen, mit der Eisenbahn fahren zu lassen und diese Sitte breitet sich aus. Es bleiben aber noch genug vom alten Schlag, die an dem Brauch ihrer Vorfahren festhalten; und vor allem sind es die alten Frauen – konservativer als die Männer – die gegen die Neige ihrer Tage auf Pilgerfahrten ausziehen. Diese, verblüht und nicht begehrt, entschleiern sich, unter gewissen Umständen, ganz gern. Nach ihrer langen Abgeschlossenheit, während welcher sie mit der Außenwelt nur immer in geschäftliche Beziehung kamen, freuen sie sich des Lebens und Treibens der offenen Heerstraße, der Ansammlungen vor den Grabmälern und der nie mangelnden Gelegenheit, mit gleichgesinnten alten Damen zu schwatzen. Oft paßt es einer durch langes Dulden geprüften Familie, daß eine scharfzüngige, eigenwillige alte Dame auf diese Art Indien durchzieht, und eine Pilgerfahrt ist sicher den Göttern wohlgefällig. So kommt es, daß durch ganz Indien, an den entlegensten wie den besuchtesten Plätzen, ihr irgend einer Gruppe ergrauter Diener begegnet, die angeblich zur Aufsicht über eine alte vornehme Dame bestellt sind, welche mehr oder weniger hinter Vorhängen verborgen, in einem Ochsenwagen fährt. Diese Männer sind nüchtern und verschwiegen und wenn ein Europäer oder hochkastiger Eingeborener in der Nähe ist, verwahren sie ihre Schutzbefohlene mit sorgfältigster Vorsicht. Bei gewöhnlichen zufälligen Begegnungen auf der Pilgerfahrt werden diese Vorsichtsmaßregeln allerdings nicht angewendet, denn die alte Dame ist trotz allem leidenschaftlich weltlich und lebt, um Leben zu sehen.

Kim bemerkte eine bunt verzierte „Ruth“ oder Familien-Ochsenkutsche mit einem gestickten Baldachin, auf dem zwei Kuppeln wie bei einem zweihöckerigen Kameel, hervorragten, der just in das Parao gezogen wurde. Acht Männer bildeten sein Gefolge, von denen zwei mit rostigen Säbeln bewaffnet waren – ein sicheres Zeichen, daß sie einer Person von Rang folgten, denn gewöhnliches Volk trägt keine Waffen. Ein außerordentlicher Redestrom von Befehlen, Klagen, Scherzen und, was ein Europäer Schimpfen genannt haben würde, kam hinter den Vorhängen hervor. Hier war zweifellos eine Frau, die zu befehlen gewohnt war.

Kim betrachtete das Gefolge mit kritischem Blick. Zur Hälfte waren es dünnbeinige, graubärtige Ooryas vom Flachland; die andere Hälfte in Düffelmänteln und Pelzhüten, Hügelleute vom Norden: und diese Mischung erzählte ihre eigene Geschichte, auch ohne daß man das unaufhörliche Gezänke zwischen beiden Abteilungen hörte. Die alte Dame war auf einer Besuchsreise nach dem Süden, vielleicht zu einem reichen Verwandten, wahrscheinlicher noch zu einem Schwiegersohn, der ihr als Zeichen der Achtung eine Eskorte gesandt. Die Hügelleute mochten von ihrem eigenen Volk sein – von Kulu oder Kangra. Offenbar führte sie keine zu verheiratende Tochter mit sich, sonst wären die Vorhänge fest zugeschnürt gewesen und die Wache hätte keinem erlaubt, sich dem Wagen zu nähern. – Eine lebhafte und kühne Dame, dachte Kim, den Harzklumpen in einer, die gekochte Speise in der andern Hand balanzierend und den Lama mit der Schulter vorwärts lotsend. Aus *der* Begegnung müßte etwas zu machen sein. Der Lama würde ihm nicht helfen, aber als gewissenhafter Chela würde er mit Entzücken für Zwei betteln.

Dem Wagen so nahe als möglich, legte Kim sein Feuer an, in Erwartung, daß einer von der Eskorte ihn fortweisen würde. Der Lama ließ sich schwerfällig auf die Erde nieder, gleich wie eine Fledermaus, die sich an Frucht schwer gefressen, sich niederläßt, und kehrte zu seinem Rosenkranz zurück.

„Geh weiter fort, Bettler!“ Der Befehl in gebrochenem Hindostanisch, kam von einem Berginder.

„Hu! Es ist nur ein Pahari“ (Gebirgler), sagte Kim über seine Schulter weg. „Seit wann haben die Bergesel ganz Hindostan in Besitz genommen?“

Die Entgegnung war eine schnell entworfene, brillante Skizze von Kims Stammbaum bis in die dritte Generation.

„Ah!“ Kims Stimme war so süß wie möglich – und den Harzklumpen in Stücke brechend, sprach er: „In meinem Lande nennen wir das den Anfang eines Liebesgesprächs.“

Ein scharfes Gekicher hinter den Gardinen spornte den Gebirgler zu einem neuen Ausfall.

„Nicht so übel – nicht so übel,“ sagte Kim mit Ruhe, „aber hüte Dich, Bruder! Wir – ich sage *wir* – könnten uns sonst veranlaßt sehen, Dir einen Fluch zurück zu geben. Und unsere Flüche haben das Geschick, in Erfüllung zu gehen.“

Die Ooryas lachten, der Gebirgler sprang drohend vorwärts: der Lama erhob den Kopf und brachte so plötzlich seine ungeheure runde Wollmütze in den Schein von Kims angezündetem Feuer.

„Was ist?" fragte er.

Der Mann hielt inne, wie zu Stein erstarrt. „Ich" – stammelte er – „ich bin vor einer großen Sünde bewahrt."

„Der Fremde hat endlich gemerkt, daß es ein Heiliger ist," flüsterte einer der Ooryas.

„He! Warum wird der Bettelbalg nicht gehörig durchgehauen?" rief die alte Dame.

Der Gebirgler ging zu dem Wagen hin und flüsterte etwas in die Gardine. Es folgte tiefes Schweigen, dann Geflüster.

„Das geht gut," dachte Kim und tat, als ob er nichts sähe und hörte.

„Wenn – wenn – er gegessen hat," – wisperte der Gebirgler demütig zu Kim, „bittet jemand den Heiligen um die Ehre, mit ihm sprechen zu dürfen."

„Wenn er gegessen hat, wird er schlafen," erwiderte Kim, von oben herab. Er wußte noch nicht recht, welche Wendung das Spiel nehmen würde, war aber entschlossen, den möglichst großen Nutzen daraus zu ziehen. „Jetzt muß ich gehen, ihm sein Essen holen." Dies Letzte sprach er laut und endete mit einem Seufzer, wie von Erschöpfung.

„Ich – ich selbst und die andern von meiner Sippe werden das besorgen, wenn – es erlaubt ist."

„Es ist erlaubt," sagte Kim, mehr als je von oben herab. „Heiliger, diese Leute werden uns zu essen bringen."

„Das Land ist gut. Alles Land im Süden ist gut – eine große und gewaltige Welt," murmelte schläfrig der Lama.

„Laß ihn schlafen," sagte Kim, „aber sorge dafür, daß wir gut gefuttert werden, wenn er aufwacht. Er ist ein sehr heiliger Mann."

Wieder sagte einer der Ooryas etwas Geringschätziges.

„Er ist kein Fakir. Er ist kein bäuerischer Bettler," sprach Kim feierlich, sich an die Sterne wendend. „Er ist der heiligste aller heiligen Männer." „Er ist höher als alle Kasten. Ich bin sein Chela."

„Komm hierher!“ rief eine spitze Stimme hinter dem Vorhang; und Kim kam, sich wohl bewußt, daß Augen, die er nicht sehen konnte, ihn scharf beobachteten. Ein magerer brauner Finger, mit Ringen beschwert, lag auf der Wagenkante und die Rede ging so:

„Wer ist der dort?“ „Ein außerordentlich heiliger Mann. Er kommt von fern her. Er kommt von Tibet.“

„Von wo in Tibet?“

„Von hinter den Schneegipfeln – von einem sehr fernen Platz. Er hat die Kenntnis der Sterne. Er stellt Horoskope; er weiß den Stand der Gestirne bei der Geburt. Aber er bemüht sich nicht für Geld. Er tut es aus Güte und Erbarmen. Ich bin sein Schüler. Ich werde auch Freund der Sterne genannt.“

„Du bist nicht von den Bergen?“

„Frage ihn. Er wird Dir sagen, daß ich von den Sternen ihm gesandt wurde, ihm das Ende seiner Pilgerfahrt zu zeigen.“

„Ach was! Bedenke, Schlingel, daß ich eine alte Frau und nicht ganz und gar eine Närrin bin. Lamas kenne ich wohl und ihnen erweise ich Ehrfurcht: aber Du bist eben so wenig ein gesetzmäßiger Schüler als mein Finger die Deichsel dieses Wagens ist. Du bist ein kastenloser Hindu, ein kecker, unverschämter Bettler, der sich dem Heiligen wohl um des Gewinnes willen angeschlossen hat.“

„Arbeiten wir nicht alle um Gewinn?“ Kim änderte sofort seinen Ton und paßte sich der veränderten Stimme an. „Ich habe gehört“ – dies wurde auf gut Glück gewagt – „ich hörte –“

„Was hast Du gehört?“ schnauzte sie ihn an, mit dem Finger klopfend.

„Nichts, dessen ich mich so ganz genau entsinne, ein Bazar-Geschwätz, das sicher eine Lüge ist, daß selbst Rajahs – kleine Berg-Rajahs –“

„Aber dennoch von gutem Rajput-Blut.“

„Natürlich, von gutem Blut. Daß selbst diese die Hübscheren ihres Weibervolkes um Gewinn verkaufen. Nach dem Süden hinunter verkaufen sie sie – an Zemindars (erbliche Grundherren) und solche Art Leute in Oudh.“

Wenn es etwas in der Welt gibt, was die kleinen Rajahs ableugnen, so ist es just diese Beschuldigung: und just dieses glauben die Bazare, wenn von dem mysteriösen Sklavenhandel Indiens die Rede ist. Die alte Dame erklärte Kim in leidenschaftlichem Flüsterton und im raschesten Tempo, welch eine Art boshafter Lügner er wäre und wie, hätte er diese Andeutung gewagt, als sie noch ein Mädchen war, er noch am selbigen Abend von einem Elefanten zu Tode getreten worden wäre. Und dies war vollkommen wahr.

„Ahai! Ich bin nur eines Bettlers Balg, wie das Auge der Schönheit mich genannt," jammerte er in großem Schreck.

„Auge der Schönheit, wahrhaftig! Wer bin ich, daß Du wagst, mir Bettler-Zärtlichkeiten an den Hals zu werfen?" Und doch lächelte sie bei dem lang vergessenen Wort. „Vor vierzig Jahren hätte man das von mir sagen können und nicht ohne Grund – nein, noch vor dreißig Jahren. Aber diese Landstreicherei auf und ab durch Hind ist schuld, daß eine Königswitwe mit dem Abschaum des Volkes zusammen stoßen und der Spott von Bettlern werden muß."

„Große Königin," sagte Kim schleunigst, denn er hörte sie sich schütteln vor Grimm, „ich bin eben das, was die Große Königin mich nannte: aber nichts destoweniger ist mein Meister heilig. Er hat noch nicht den Befehl der Großen Königin vernommen, daß er – –"

„Befehl? Ich einem Heiligen befehlen – einem Lehrer des Gesetzes – zu kommen, um mit einem Weibe zu sprechen? Niemals!"

„Erbarme Dich meiner Dummheit. Ich dachte, es wäre ein Befehl – –"

„Es war es nicht. Es war eine Bitte. Ist Dir nun alles klar?"

Eine Silbermünze prallte auf die Wagenkante. Kim nahm sie und salaamte tief. Die alte Dame begriff, daß man ihn, als das Auge und Ohr des Lama, günstig stimmen müßte.

„Ich bin nur der Schüler des Heiligen. Wenn er gegessen hat, wird er – vielleicht – kommen."

„Du Taugenichts und schamloser Spitzbube!" Der juwelenbeschwerte Zeigefinger wurde drohend gegen ihn geschüttelt; aber er konnte die alte Dame kichern hören.

„Nun, was wünscht man denn?" fragte er in seinem zutraulichsten und liebenswürdigsten Ton, dem, er wußte es wohl, nur wenige widerstanden. „Wird in Deiner Familie ein Sohn begehrt? Sprich offen, denn wir Priester –" das Letzte war ein direktes Plagiat von einem Fakir am Taksali-Tor.

„Wir Priester! Du bist noch nicht alt genug, um – –" Sie unterbrach den Witz durch ein neues Gelächter. „Glaube mir ein für alle Mal, wir Frauen, Du Priester, haben auch an anderes als an Söhne zu denken. Außerdem, meine Tochter hat einen Knaben geboren."

„Zwei Pfeile im Köcher sind besser als einer und drei sind noch besser." Kim begleitete das Sprichwort mit nachdenklichem Husten und blickte diskret zur Erde.

„Wahr – o wahr. Aber vielleicht kommt das noch. Sicherlich aber sind diese Brahmanen auf dem Lande zu nichts nütze. Ich sandte Gaben und Geld und wieder Gaben, und sie prophezeihten –"

„Ah!" warf Kim mit unendlicher Verachtung hin, „sie prophezeihten!" Ein Prophet von Profession hätte es nicht besser machen Können.

„Und erst als ich mich meiner eigenen Götter erinnerte, wurde ich erhört. Ich wählte eine günstige Stunde; und – vielleicht hat Dein Heiliger von dem Abt der Lung – Cho-Lamasserie gehört. Ihm trug ich meine Angelegenheit vor, und siehe, zur bestimmten Zeit kam alles, wie ich es gewünscht. Der Brahmane im Hause des Vaters von meiner Tochter Sohn hat seitdem gesagt, durch *seine* Gebete wäre es geschehen, was ein kleiner Irrtum ist, wie ich ihm erklären werde, wenn ich das Ziel meiner Reise erreicht habe. Und dann später gehe ich nach Buddh Gaya, um die Totenfeier für den Vater meiner Kinder abzuhalten."

„Dahin gehen auch wir."

„Doppelt günstig," frohlockte die alte Dame. „Bedeutet wenigstens einen zweiten Sohn."

„O, Freund der ganzen Welt!" Der Lama war erwacht und einfach, wie ein Kind verwirrt, das sich in einem fremden Bette findet, rief er nach Kim.

„Ich komme! Ich komme, Heiliger!" Kim eilte an das Feuer, wo er den Lama schon umgeben von Schüsseln mit Speisen fand. Die Gebirgler beteten ihn sichtlich an und die vom Süden sahen mit sauren Gesichtern zu.

„Geht fort! Zieht Euch zurück!" rief Kim. „Essen wir öffentlich, gleich Kunden?" Sie beendeten schweigend ihr Mahl, Kim krönte es mit einer einheimischen Zigarette und sie rückten etwas von einander fort.

„Habe ich nicht hundert Mal gesagt, daß der Süden ein gutes Land ist? Hier befindet sich die tugendhafte und hochgeborene Witwe eines Rajah aus den Bergen auf einer Pilgerfahrt, sie sagt, nach Buddh Gaya. Sie ist es, die uns die Speisen schickte, und wenn Du ausgeruht hast, möchte sie Dich sprechen."

„Ist das auch Dein Werk?"

„Wer sonst behütete Dich, seit unsere wundervolle Reise begann?" Die Augen tanzten Kim im Kopfe, wie er den Rauch kräftig durch die Nüstern blies, und er streckte sich auf den staubigen Boden. „Habe ich versäumt, Dein Wohlbefinden zu überwachen, Heiliger?"

„Ein Segen über Dich." Der Lama neigte sein Ehrfurcht erweckendes Haupt. „Viele Menschen habe ich gekannt in meinem so langen Leben und der Schüler nicht wenige. Aber zu keinem Menschen, wenn auch Du von einem Weibe geboren bist, ist mein Herz hingegangen wie zu Dir – nachdenkend, weise und höflich – aber etwas von einem Kleinen Kobold."

„Und ich sah noch niemals einen Priester, wie Du bist." Kim betrachtete das wohlwollende gelbe Gesicht, Falte bei Falte. „Es sind noch Kaum drei Tage, daß wir zusammen unsere Reise antraten und mir ist, als wären es hundert Jahre."

„Kann sein, in einem früheren Leben war es mir erlaubt. Dir einen Dienst zu erweisen. Kann sein," – er lächelte – „ich befreite Dich aus einer Falle: oder ich hatte Dich an einem Angelhaken, in den Tagen, da ich nicht erleuchtet war, und warf Dich zurück in den Fluß."

„Kann sein," sagte Kim ruhig. Er hatte diese Art von Theorie wieder und wieder gehört aus dem Munde von Männern, die der Engländer nicht gerade für sehr geistreich gehalten hätte. „Nun, was diese Frau in dem Ochsenwagen betrifft, so denke ich, sie wünscht einen zweiten Sohn für ihre Tochter."

„Das hat keine Beziehung zu dem Pfade," seufzte der Lama. „Aber sie ist doch von den Bergen. Ach, die Berge! Und der Schnee der Berge!"

Er erhob sich und schritt zu dem Wagen. Kim würde seine Ohren darum gegeben haben, mitkommen zu dürfen, aber der Lama forderte ihn nicht auf, und die wenigen Worte, die er erlauschte, waren in ihm unbekannter Sprache. Sie redeten in einem in den Bergen gebräuchlichen Dialekt. Die Frau schien Fragen zu stellen, die der Lama erst nach Überlegung beantwortete. Zuweilen hörte er den Sing-Sang eines chinesischen Citates. Es war ein sonderbares Bild, das Kim durch halb geschlossene Wimpern sah: der Lama, gerade aufgerichtet, in seiner gelben, schwarzgeschlitzten Gewandung, im Schein der Parao-Feuer gleich einem knorrigen Baumstamm, den die Schattenlichter der scheidenden Sonne streifen, richtete sein Wort an eine goldgeschmückte, lackierte Ruth, die in demselben ungewissen Licht wie vielfarbiges Edelgestein glitzerte. Die Muster auf den golddurchwirkten Vorhängen tanzten auf und ab, verschwammen und bildeten sich wieder, wenn die Falten vom Nachtwind bewegt wurden; und als das Gespräch ernster wurde, blitzten Funken von dem juwelenbedeckten, lebhaft geschüttelten Zeigefinger über die Stickerei. Hinter dem Wagen war eine Wand von ungewisser, von kleinen Flammen unterbrochener Dunkelheit, belebt von halb sichtbaren Formen und Gesichtern und Schatten. Die Geräusche des frühen Abends hatten sich in ein sanftes Summen gewandelt, dessen tiefster Ton das gleichförmige Kauen der Ochsen an ihrem gehackten Stroh, und dessen höchster das Klingen der „Sitar" eines bengalischen Tanzmädchens war. Die Männer hatten meist gegessen und zogen tief an ihren gurgelnden, grunzenden Wasserpfeifen, die im vollen Blasen der Stimme des Ochsenfrosches ähneln.

Endlich kehrte der Lama Zurück. Ein Gebirgler trug ihm eine wattierte Decke nach und breitete sie sorgfältig am Feuer aus.

„Sie verdient zehntausend Großkinder," dachte Kim. „Nichtsdestoweniger würden ohne mich solche Gaben nicht gekommen sein."

„Eine tugendhafte Frau – und eine weise." Der Lama ließ sich schlaff nieder, Glied bei Glied, wie ein schwerfälliges Kamel. „Die Welt ist voll von Barmherzigkeit für die, die den Weg wandeln." Er warf die größere Hälfte der Decke über Kim.

„Und was sagte sie?" Kim wickelte sich in seinen Teil der Decke.

„Sie legte mir manche Frage vor und warf manches Problem auf – die meisten aber waren nichtige Märchen, welche sie von teufeldienerischen Priestern gehört, die vorgeben, dem Weg zu folgen. Einige beantwortete ich, von anderen sagte ich, daß sie töricht wären. Viele tragen das Kleid, aber wenige verharren auf dem Weg."

„Wahr. Das ist wahr." Kim sagte es gedankenvoll, um etwas anvertraut zu bekommen.

„Abgesehen von ihrem Mangel an Erkenntnis, ist sie sehr gut gesinnt. Sie wünscht sehr, daß wir mit ihr nach Buddh Gaya gehen, da, wie ich verstand, viele Tagereisen südwärts ihre Straße auch die unsrige ist."

„Und?“

„Ein wenig Geduld! Auf dieses erwiderte ich, daß meine Suche allem vorginge. Sie hatte manche törichte Fabel vernommen, aber die große Wahrheit von meinem Strom hatte sie nie gehört. So sind die Priester von den Vorbergen! Sie kannte den Abt von Lung-Cho, aber sie wußte nichts von meinem Fluß, nicht die Geschichte des Pfeils.“

„Und?“

„Ich sprach deshalb von der Suche und von dem Weg und von verdienstvollen Dingen; sie aber begehrte nichts weiter, als daß ich mit ihr ginge und Gebete verrichte für einen zweiten Sohn.“

„Aha! Wir Frauen denken *doch* an nichts weiter als an Kinder,“ sagte Kim schläfrig.

„Nun, da unsere Straße für eine Weile dieselbe ist, glaube ich nicht, daß wir irgendwie von unserer Suche abweichen, wenn wir sie begleiten, wenigstens so weit bis – ich habe den Namen der Stadt vergessen.“

„Ohe!“ rief Kim, sich wendend und einen von den einige Meter entfernten Ooryas in scharfem Flüsterton anredend, „wo ist das Haus Eures Gebieters?“

„Etwas hinter Saharunpore, zwischen den Fruchtgärten.“ Er nannte das Dorf.

„Das ist der Name,“ sagte der Lama. „So weit wenigstens Können wir mit ihr gehen.“

„Fliegen gehen nach Aas,“ sagte der Oorya mit unterdrückter Stimme.

„Für die kranke Kuh eine Krähe, für den Kranken Mann ein Brahmine.“ Kim richtete das Sprichwort ganz harmlos an die Schattenwipfel der Bäume.

Der Oorya grunzte und war still.

„Also gehen wir mit ihr. Heiliger?“

„Gibt es einen Grund dagegen? Ich kann doch zur Seite treten und alle Flüsse prüfen, über welche die Straße führt. Sie wünscht, daß ich mitkomme. Sie wünscht es sehr.“

Kim erstickte ein Lachen unter der Decke. Wenn erst die mächtige Dame ihre natürliche Scheu vor einem Lama überwunden hatte, hielt er es für wahrscheinlich, daß man ihr gerne zuhören konnte.

Er schlief beinahe schon, als er den Lama plötzlich das Sprichwort zitieren hörte: „Den Gatten der Geschwätzigen wird eine große Belohnung in Zukunft." Dann hörte Kim ihn dreimal schnupfen und schlummerte, noch lachend, ein.

Der diamantene Tagesanbruch erweckte Menschen, Krähen und Ochsen auf einmal. Kim saß aufrecht, gähnte, schüttelte sich und schauerte vor Entzücken. Dies hieß in Wahrheit die Welt sehen: das war Leben, wie es ihm gefiel – Hasten und Schreien, Geklingel von Glocken und Einfangen von Ochsen, und Knirschen von Rädern und Leuchten von Feuern und Kochen von Speisen – und neue Erscheinungen, wohin das neugierige Auge blickte. Der Morgennebel verschwand in einem Silberwirbel, die Papageien, in grünen, schreienden Schwärmen, schossen fort zu einem fernen Fluß, alle Schöpfräder in Hörweite fingen zu arbeiten an. Indien war wach, und Kim, in seiner Mitte, mehr wach und mehr rege als irgend einer, kaute an einem Zweiglein, das er zugleich als Zahnbürste benutzte, denn rechter und linker Hand profilierte er von den Bräuchen des Landes, das er kennen und lieben lernte. Er hatte nicht nötig, sich um Nahrung zu Kümmern, nicht nötig, auch nur ein Cowrie (Scheidemünze in Ostindien) an die gedrängt vollen Buden zu verschwenden. Er war der Schüler eines heiligen Mannes und angenommen von einer eigenwilligen alten Dame. Alles wurde für sie vorbereitet, und wenn sie ehrerbietig eingeladen würden, würden sie niedersitzen und essen. Im Übrigen – Kim kicherte hier beim Zähnebürsten – würde ihre Wirtin das Vergnügen der Reise nur erhöhen. Kritisch inspizierte er ihre Ochsen, als diese schnaufend und grunzend unter dem Joch herankamen. Wenn sie zu schnell gingen – es war nicht wahrscheinlich – würde er einen angenehmen Sitz auf der Deichsel finden? der Lama würde hinter dem Treiber sitzen. Die Eskorte natürlich würde gehen. Die alte Dame, ebenso natürlich, würde viel reden, und nach allem, was er gehört, würde es ihrer Rede nicht an Salz fehlen. Sie war schon jetzt dabei, zu befehlen, anzuordnen, bombastisch zu reden, zu schelten und es muß gesagt werden, ihre Diener wegen Saumseligkeit zu verfluchen.

„Bringt ihr ihre Pfeife. Im Namen der Götter bringt ihr ihre Pfeife und stopft ihren gotteslästerlichen Mund," rief ein Oorya, ein ungefüges Bündel von Betten zusammenschnürend. „Sie und die Papageien sind sich gleich. Sie Kreischen in der Dämmerung."

„Die Leit-Ochsen! He! Sieh nach den Leit-Ochsen!" Sie drängten rückwärts und schwenkten ab, als die Axe eines Getreide-Karrens sie bei den Hörnern faßte. “Sohn einer Eule, wohin fährst Du denn?“ Dies zu dem grienenden Karrentreiber.

„Oho! Ahi! Ahi! Die da drinnen ist die Königin von Delhi, die auszieht, um einen Sohn zu erbeten. Raum für die Königin von Delhi und ihren Premierminister, den grauen Affen, der an seinem eigenen Schwert hinauf klettert,“ rief der Treiber rückwärts über seine hohe Ladung hinweg. Ein anderer, mit Häuten für eine ländliche Gerberei beladener Wagen folgte dicht hinterher, und sein Lenker fügte einige Schmeicheleien hinzu, als die Ruth-Ochsen rückwärts und rückwärts drängten.

Hinter den bebenden Gardinen hervor kam ein Hagel von Schimpfreden. Er hielt nicht lange an, aber an Art und Beschaffenheit, an feurigem und beißendem Charakter überstieg er alles, was Kim bisher gehört. Er sah des Fuhrmanns nackte Brust vor Schreck zusammensinken; der Mann salaamte tief, sprang von der Deichsel und half der Eskorte ihren Vulkan auf die Hochstraße ziehen. Hier gab ihm die Stimme noch treulich zu wissen, welche Art Weib er gefreit hatte und was es in seiner Abwesenheit trieb.

„Oh, Shabash!“ (Hoheit!) murmelte Kim, unfähig, sich zu fassen.

„Gut gemacht, nicht wahr? Es ist eine Schande und ein Skandal, daß eine arme Frau nicht reisen kann, um zu ihren Göttern zu beten, ohne von allem Auswurf Hindostans verspottet und beschimpft zu werden, daß sie Gali (Schmähungen) essen muß, wie Männer Ghi (Butter) essen! Aber noch kann ich meine Zunge rühren, noch finde ich ein oder zwei Worte, die für die Gelegenheit passen. Und *noch* bin ich ohne meinen Tabak! Wo ist der einäugige, gottverlassene Sohn der Schande, der meine Pfeife noch nicht fertig gemacht hat?“ Die Pfeife wurde von einem Gebirgler hastig hineingereicht und Bäche von dickem Rauch, die aus jeder Spalte der Vorhänge drangen, zeigten, daß der Friede wieder hergestellt war.

War Kim den Tag zuvor stolz marschiert als Schüler eines heiligen Mannes, so schritt er heute mit zehnfach verdoppeltem Stolz einher, im Zuge einer halb königlichen Prozession, mit anerkanntem Platz und unter dem Schutz einer alten Dame von reizenden Manieren und enormen, geistigen Fähigkeiten. Die Eskorte, mit nach Landessitte beturbanten Köpfen, setzte sich zu beiden Seiten des Wagens in Schritt, furchtbare Massen von Staub aufwirbelnd.

Der Lama und Kim gingen in kleiner Entfernung an einer Seite, Kim, an seinem Zuckerrohr kauend und keinem unter dem Rang eines Priesters ausweichend.

Sie hörten das Mundwerk der alten Dame klappern, so unermüdlich wie eine Reis-Schälmaschine. Sie befahl der Eskorte, zu berichten, was auf der Straße vorginge, und nicht sobald waren sie aus dem Parao, als sie die Gardinen zurückschlug und, den Schleier nur über ein Drittel des Gesichtes gezogen, heraus guckte. Ihre Leute sahen sie nicht direkt an, wenn sie zu ihnen redete, und so war der Anstand mehr oder weniger gewahrt.

Ein dunkelgelb-farbiger Distrikt-Oberaufseher der Polizei, tadellos uniformiert, ein Engländer, ritt auf müdem Roß heran, und an ihrem Gefolge erkennend, welche Art von Persönlichkeit sie war, neckte er sie.

„Oh, Mutter," rief er, „ist das der Brauch in den Zenanas? (Harem) Denke nur, ein Engländer käme daher und sähe, daß Du keine Nase hättest!"

„Was?" schrillte es zurück – „Deine eigene Mutter hatte keine Nase? Warum sagst Du denn das auf der offenen Straße?"

Es war ein hübscher Gegenschlag. Der Engländer hob die Hand mit der Bewegung eines im Fechtspiel Getroffenen. Sie lachte und nickte.

„Ist dies ein Gesicht, um die Tugend in Versuchung zu führen?" Sie schlug den Schleier vollständig zurück und stierte ihn an.

Es war keinesfalls ein liebliches Gesicht; der Mann aber, seine Zügel anziehend, nannte es Mond des Paradieses, Verderber der Tugendhaftigkeit, und was dergleichen phantastische Schmeicheleien mehr waren, und ihre Heiterkeit verdoppelte sich.

„Das ist ein Nußknacker," (Schelm) sagte sie. „Alle Polizei-Konstabler sind Schufte; aber die Polizei-Wallahs sind die schlimmsten. Hei, mein Sohn, das hast Du alles noch nicht gelernt, seitdem Du von Belait (Europa) gekommen bist. Wer säugte Dich?"

„Eine Pahareen – eine Bergfrau von Dalhousie, meine Mutter. Halte Deine Schönheit unter Schirm – o, Spenderin des Entzückens," und fort war er.

„Das ist die rechte Art," sie schlug einen feinen, kritischen Ton an und stopfte ihren Mund mit Betel, „das ist die Art, die die Gerechtigkeit überwachen sollte. Die kennen das Land und die Sitten des Landes. Die andern, die frisch von Europa kommen, von weißen Frauen gesäugt sind und unsere Sprache aus Büchern lernen, sind schlimmer als die Pestilenz. Die tun Königen unrecht." Dann erzählte sie, der Welt im allgemeinen, eine lange, lange Geschichte von einem dummen, jungen Polizeibeamten, der einem kleinen Berg-Rajah, einem ihrer Vettern im neunten Grade, den Frieden gestört hatte, um einer gewöhnlichen Boden-Streitigkeit willen. Sie schloß mit einem Zitat, das keinesfalls aus einem Erbauungsbuch herrührte.

Dann wechselte ihre Laune, und sie befahl einem der Eskorte, den Lama zu bitten, dicht an ihrer Seite zu gehen, um Religionsfragen zu diskutieren. Kim trat also in den Staub zurück und nahm sein Zuckerrohr wieder vor. Länger als eine Stunde trat des Lama's Tam-o'shanter (runde Wollmütze) wie ein Mond aus dem Staub hervor; und, nach allem, was er erlauschte, war es Kim, als wenn die alte Frau weinte. Einer der Ooryas entschuldigte sich halb und halb wegen seiner Grobheit am letzten Abend; sagte, er hätte seine Herrin noch niemals in so milder Stimmung gesehen und schrieb diese der Gegenwart des fremden Priesters zu. Er für seine Person glaubte an Brahminen, obgleich er, wie alle Eingeborenen, von ihrer Schlauheit und Habgier fest überzeugt war. Aber, wenn Brahminen die Mutter von seines Herrn Weib durch ihre Betteleien nur erzürnten, so, daß sie sie fortjagte, und sie dann so wütend wurden, daß sie das ganze Gefolge verfluchten, (woher es kam, daß der zweite Seiten-Ochse lahmte, und die Deichsel in der letzten Nacht zerbrach), dann war er bereit, sich mit irgend einem anderen Priester, von irgend einer anderen Partei, in oder außerhalb Indiens auszusöhnen.

Hierzu nickte Kim sehr weise und wies den Oorya darauf hin, daß der Lama kein Geld nähme, und daß die Kosten für seine und des Lama's Unterhaltung hundertfach aufgewogen würden durch das gute Glück, das die Karawane fortan begleiten würde. Er erzählte darauf Geschichten aus Lahore und sang Lieder, welche die Eskorte lachen machten. Als eine Stadtmaus, wohlbekannt mit den neuesten Liedern der beliebtesten Komponisten – es sind meist Frauen – hatte Kim einen bedeutenden Vorteil über Leute aus einem kleinen Fruchtdorf hinter Scharunpore, aber er ließ sie diesen Vorteil nicht empfinden.

Am Nachmittag lenkten sie seitab, um zu essen. Das Mahl war gut, reichlich und auf Schüsseln von reinen Blättern serviert, anständig gesäubert vom Straßenstaub. Die Überreste gaben sie gewissen Bettlern, damit alle Vorschriften erfüllt würden, und setzten sich nieder zu langem, luxuriösem Rauchen. Die alte Dame hatte sich hinter ihre Vorhänge zurückgezogen, mischte sich aber sehr lebhaft ins Gespräch; sie diskutierte mit ihren Dienern, und diese widersprachen ihr, wie Diener es im ganzen Osten zu tun pflegen. Sie verglich die Kühle und die Kiefern der Kangra- und Kulu-Berge mit dem Staub und den Mangos des Südens; sie erzählte eine Geschichte von allen Orts-Gottheiten an der Grenze des Gebietes ihres Gatten; sie verwünschte rundweg den Tabak, den sie gerade rauchte, sie schalt auf alle Brahminen und spekulierte ohne Rückhalt auf das Kommen zahlreicher Enkel.

Kapitel 5.

Wieder schob die träge, schlürfende Prozession sich langsam vorwärts, und sie schlief, bis der nächste Rastplatz erreicht war. Es war ein nur kurzer Marsch gewesen, und noch eine Stunde blieb bis Sonnenuntergang, so daß Kim nach neuer Zerstreuung ausschauen konnte.

„Warum nicht lieber still sitzen und ruhen?“ meinte einer aus der Eskorte. „Nur Teufel und Engländer laufen ohne Grund hin und her.“

„Schließe nicht Freundschaft mit dem Teufel, mit einem Affen oder einem Knaben,“ sagte ein anderer, „keiner weiß, was sie im nächsten Augenblick anstellen werden.“

Kim kehrte ihnen verächtlich den Rücken – er hatte nicht Lust, die alte Geschichte anzuhören, wie der Teufel mit den Knaben spielte und es zu bereuen hatte – und schlenderte langsam vorwärts.

Der Lama folgte ihm. Den ganzen Tag, wenn immer sie einen Fluß trafen, hatte er sich gewendet, ihn zu betrachten, aber bei keinem war ihm ein Zeichen geworden. Unwillkürlich auch waren seine Gedanken etwas von der Suche abgezogen durch das Behagen, sich in angemessener Sprache unterhalten zu können und von einer Frau von edler Herkunft sich geziemend gewürdigt und als ihr geistlicher Berater respektiert zu sehen. Und dann war er ja vorbereitet, noch Jahre in Gelassenheit seiner Suche zu weihen. Von der Ungeduld des weißen Mannes besaß er nichts, beseelt wie er war von seinem tiefen Glauben.

„Wohin gehest Du?“ rief er Kim nach.

„Nirgendwo hin; es war ein kurzer Marsch und all dieses“ – Kim bewegte seine Hand durch die Luft – „ist mir neu.“

„Sie ist ohne Zweifel eine weise und scharfsinnige Frau. Aber es hält schwer, nachzudenken, wenn – –“

„Alle Frauen sind so.“ Kim sprach, als wäre er der weise Salomo.

„Vor der Lamaserai befand sich eine breite Terrasse von Stein," murmelte der Lama, den abgenutzten Rosenkranz drehend, „da wandelte ich auf und ab mit meinem Rosenkranz, und sie trägt die Spuren meiner Füße."

Er ließ die Perlen klappern und begann das „Om mane padme hum" seiner Andacht, dankbar für die Kühle, die Stille und das Fehlen des Staubes.

Kims müßige Augen schweiften über die flache Ebene, ohne Zweck und Ziel; nur, daß die Bauart der nahen Hütten ihm neu schien und seine Aufmerksamkeit fesselte. Sie hoben sich ab von einem im Lichte des Nachmittags braun und purpurn schimmernden Weidegründe mit einer mächtigen Gruppe von Mangos im Mittelpunkte. Dem Knaben schien es sonderbar, daß kein Schrein auf einem so angemessenen Platze stand; er beobachtete solche Dinge so scharf, wie irgend ein Priester. Weit über die Ebene her, klein in der Entfernung, kamen Seite an Seite vier Männer. Kim schaute scharf durch die gekrümmte Hand und gewahrte das Blinken von Metall.

„Soldaten. Weiße Soldaten!" sagte er. „Laß uns sehen."

„Es sollen immer Soldaten sein, wenn Du und ich allein zusammen gehen. Aber ich habe die weißen Soldaten nie gesehen."

„Sie sind nicht schlimm, nur, wenn sie betrunken sind. Bleib hinter diesem Baum."

Sie traten hinter die dicken Stämme in das kühle Dunkel der Mangogruppe. Zwei kleine Gestalten machten Halt; die anderen traten unsicher vorwärts. Sie waren die Vorhut eines auf dem Marsch begriffenen Regiments, wie üblich, vorausgeschickt, um das Lager abzustecken. Sie trugen fünf Fuß lange Stäbe mit flatternden Flaggen und riefen einander an, wenn sie sich auf der Ebene verteilten. Endlich traten sie schweren Schrittes unter die Mangobäume.

„Hier oder hier herum soll es sein – die Offiziers-Zelte unter den Bäumen, wir anderen draußen. Ist der Platz für die Bagagewagen abgeteilt?"

Sie riefen den Kameraden in der Entfernung wieder zu, und die laute Antwort kam gedämpft zurück.

„Stoßt die Flaggenstange hier ein," befahl einer.

„Was bereiten sie vor?" fragte der Lama verwundert. „Dies ist eine große und schreckliche Welt. Welche Devise trägt die Fahne?"

Ein Soldat stieß, einige Fuß entfernt von ihnen, die Stange in den Grund, knurrte unzufrieden, zog sie wieder heraus, trug sie seinem Gefährten zu, der sich den beschatteten, grünen Platz ansah und sie zurück brachte.

Kim starrte mit aufgerissenen Augen, kurz und schwer durch die Zähne atmend. Die Soldaten stampften weiter in den Sonnenschein.

„Oh, Heiliger!“ keuchte Kim, „mein Horoskop! Die Zeichnung im Staube des Priesters in Umballa! Erinnerst Du Dich, was er sagte? Erst kommen zwei – Ferashes – (Diener für die Zelte) um alles vorzubereiten – auf einen dunklen Platz, wie es immer beim Beginn einer Vision ist.“

„Aber dies ist Keine Vision,“ sprach der Lama. „Es ist ein Blendwerk der Welt, nichts weiter.“

„Und nach ihnen kommt der Stier – der Rote Stier auf grünem Feld. Schau! Da ist er!“

Er zeigte nach der Fahne, die nicht zehn Fuß weit, im Abendwinde hin und her klappte. Es war nur eine gewöhnliche Lager-Abgrenzungsfahne, aber das Regiment, immer peinlich genau in Nadelarbeit-Sachen, hatte sie mit der Devise des Regiments versehen lassen, dem Roten Stier – dem Abzeichen der Mavericks – dem großen Roten Stier auf einem Hintergrunde von irischem Grün.

„Ich sehe, und nun erinnere ich mich,“ sprach der Lama. „Gewiß, es ist Dein Stier. Gewiß auch kamen die beiden Männer, um alles bereit zu machen.“

„Es sind Soldaten – weiße Soldaten. Was sagte der Priester? Das Banner des Stieres von Anfang bis zu Ende bedeutet Krieg und Bewaffnete. Heiliger, dies gilt meiner Suche.“

„Wahr. Es ist wahr.“ Der Lama blickte starr nach dem Wappen, das rot im Zwielicht schimmerte.

„Der Priester zu Umballa sprach, Dein Zeichen wäre das des Krieges.“

„Was sollen wir nun beginnen?“

„Warten. Laß uns warten.“

„Selbst die Dunkelheit klärt nun auf,“ sagte Kim. Es war nur natürlich, daß die Strahlen der untergehenden Sonne, durch die Baumzweige brechend, den Mango-Hain minutenlang mit sanftem Goldlicht füllten; für Kim aber war dies die Krönung der Prophezeiung des Brahmanen von Umballa.

„Horch!“ sagte der Lama, „da wird in der Ferne eine Trommel geschlagen.“

Anfänglich klang der Ton schwach durch die stille Luft, wie das Klopfen einer Arterie im Kopfe, bald gesellte sich ein schärferer dazu.

„Ah! Die Musik,“ erklärte Kim. Er kannte den Klang von Militär-Musik, den Lama erschreckte er.

Am Ende der Ebene ward eine lange, staubige Kolonne sichtbar. Der Wind trug jetzt die Klänge deutlicher herbei, schrille Pfeifen wurden hörbar. Es war das Musik-Corps der Mavericks, das das Regiment ins Lager spielte. Die Leute waren auf der Marschroute mit der Bagage. Die wellenförmige Kolonne bewegte sich jetzt in der Ebene vorwärts, sich links und rechts teilend, schwirrend wie ein Ameisenhaufen und eine Reihe Wagen am Schlusse.

„Aber dies ist Zauberei!“ rief der Lama.

Die Fläche punktierte sich mit Zelten, die aus den Wagen gleich fertig heraus zu wachsen schienen. Ein anderer Trupp Männer überschwemmte den Hain, schlug schweigend ein ungeheures Zelt auf, daneben noch acht oder neun kleinere, brachte Kochtöpfe, Pfannen und Bündel ans Tageslicht, die von einer Schar eingeborener Diener in Empfang genommen wurden, und den Lauschern schien der Mango-Hain bald in eine geordnete Stadt umgewandelt.

„Laß uns gehen,“ sprach der Lama, ängstlich rückwärts drängend, als die Feuer flammten und weiße Offiziere mit klirrenden Degen das Meß-Zelt betraten.

„Bleibe im Schatten stehen. Hinter dem Licht eines Feuers kann niemand sehen“, sagte Kim, mit den Blicken an der Fahne haftend. Zum erstenmal konnte er beobachten, wie ein geübtes Regiment in dreißig Minuten ein Lager aufschlägt.

„Sieh! sieh! sieh!“ gluckste der Lama, „dort kommt ein Priester.“

Es war Bennet von der englischen Kirche, Kaplan des Regiments, in staubigem Schwarz daher hinkend. Einer aus seiner Schar hatte eine boshafte Bemerkung über die feurige Geschwindigkeit des Kaplans gemacht, und ihn zu beschämen war Bennet den ganzen Tag Schritt für Schritt mit den Soldaten marschiert. Das schwarze Gewand, das goldene Kreuz an der Uhrkette, sein bartloses Haupt mit dem weichen schwarzen Schlapphut kennzeichneten ihn genügend als „heiligen Mann“ über ganz Indien. Er ließ sich in einen Feldstuhl an der Tür des Meßzeltes fallen und warf seine Stiefel ab. Drei oder vier Offiziere umstanden ihn und lachten und scherzten über seine Heldentat.

„Die Rede der weißen Männer ermangelt jeder Würde“, sprach der Lama, der nur nach dem Ton der Stimmen urteilte. „Aber des Priesters Gesicht habe ich beobachtet und ich glaube, er ist kenntnisreich. Wahrscheinlich versteht er unsere Sprache. Ich möchte von meiner Sache zu ihm reden.“

„Sprich nie zu einem weißen Mann, ehe er gefüttert ist“, sagte Kim, ein bekanntes Sprichwort anführend. „Jetzt wollen sie essen und – und ich glaube kaum, daß es sich lohnt, bei ihnen zu betteln. Laß uns nach dem Rastplatz zurückkehren. Wenn wir gegessen haben, wollen wir wieder hierher kommen. Es war sicher ein Roter Stier – *mein* Roter Stier.“

Beide waren merklich in Gedanken versunken, als das Gefolge der alten Dame ihnen das Mahl vorsetzte, und niemand störte sie, denn es ziemt sich nicht, einen Gast zu stören.

„Nun“, meinte Kim, in den Zähnen stochernd, „wollen wir nach dem Platz zurückgehen; aber Du, Heiliger, mußt auf halbem Wege etwas warten, denn Deine Füße sind schwerer als meine, und mich treibt's, mehr von dem Roten Stier zu sehen.“

„Aber wie kannst Du ihre Rede verstehen? Gehe langsam. Der Weg ist dunkel“, sprach ängstlich der Lama.

Kim beachtete die Frage nicht. „Ich bemerkte einen Platz nahe den Bäumen“, sagte er, „wo Du sitzen kannst, bis ich Dich rufe. Nein“ – als der Lama eine Einwendung versuchte – „bedenke, dies ist *meine* Suche – die Suche nach meinem Roten Stier. Das Zeichen der Sterne war nicht für Dich. Ich kenne ein wenig die Sitten der weißen Soldaten und ich bin immer begierig, Neues zu erfahren.“

„Was von dieser Welt wäre Dir unbekannt?“ Der Lama hockte gehorsam in einer kleinen Höhlung am Wege nieder, kaum hundert Yards entfernt von der Gruppe der Mangos, die sich dunkel gegen den sternenbesäten Himmel abhoben.

„Bleibe hier, bis ich rufe.“ Kim entwich in das Dunkel. Er wußte, daß nach aller Wahrscheinlichkeit Schildwachen um das Lager herum stehen würden und lachte in sich hinein, als er die schweren Tritte einer solchen vernahm. Ein Knabe, der in Mondscheinnächten über die Dächer von Lahore dahinzuschleichen und jeden dunklen Fleck und jeden dunklen Winkel zu benutzen verstand, um seine Verfolger zu täuschen, schreckt nicht zurück vor einer Reihe gut geschulter Soldaten. Er bezeigte ihnen seine Achtung, indem er zwischen zweien von ihnen durchkroch und, bald rennend, bald anhaltend, bald sich duckend und platt auf den Boden legend, machte er seinen Weg bis zu dem erleuchteten Meß-Zelte, wo er, an einen Mangobaum gepreßt, lauschend harrte, ob ihm der Zufall einen Wink gäbe.

Was seine Gedanken allein beschäftigte, war, alles über den Roten Stier zu erfahren. Er setzte voraus – und seine Einbildungskraft war ebenso sonderbar und sprunghaft in ihrer Begrenzung wie in ihrer Ausdehnung – daß die Männer, die neunhundert vollwichtigen Teufel aus seines Vater Prophezeiung, nach Dunkelwerden vor dem Stiere beten würden, wie die Hindu zu der heiligen Kuh beten. Das wenigstens wäre ihm richtig und logisch erschienen und daher mußte der Pater mit dem goldenen Kreuz wohl der Mann sein, der zu Rat zu ziehen sei. Dagegen fielen ihm wieder die strengen Gesichter der Patres ein, denen er in Lahore so sorgfältig auswich, und so konnte auch dieser Priester ein neugieriger Plagegeist sein, der ihm befehlen würde, in die Schule zu gehen. Aber war es nicht erwiesen zu Umballa, daß sein Zeichen in den hohen Himmeln Krieg und bewaffnete Männer bedeute? War er nicht der Freund der Sterne sowohl als der ganzen Welt, bis an die Zähne vollgestopft mit den gewichtigsten Geheimnissen? Zuletzt und zuerst – als eigentlicher Unterstrom seiner raschen Gedanken – dieses Abenteuer, wenngleich der englische Ausdruck ihm fehlte, war ein toller Spatz – eine köstliche Fortsetzung seiner früheren Flüge über die Dächer und dazu die Erfüllung einer erhabenen Prophezeiung. Er lag platt auf dem Bauch und schlängelte sich, eine Hand auf dem Amulett um seinen Hals, an die Tür des Meß-Zeltes heran.

Es war, wie er vermutete. Die Sahibs beteten zu ihrem Gott; denn in der Mitte der Meß-Tafel – deren einziger Schmuck, wenn das Regiment auf der Marschroute war – stand ein Stier von Gold – Gold, das einer alten Kriegsbeute aus dem Sommer-Palast in Peking entstammte – ein goldroter Stier, gesenkten Kopfes, zum Sprunge bereit, auf einem Felde von irischem Grün. Ihm hielten die Sahibs ihre Gläser entgegen und riefen laut durcheinander. Der Reverend Arthur Bennet verließ nach diesem Toast gewöhnlich die Messe und da er von dem Marsch sehr ermüdet war, eilte er heute besonders. Kim, mit leicht erhobenem Kopf, starrte noch nach seinem Stammwappen auf dem Tische, als der Kaplan ihm auf die rechte Schulter trat. Kim wich zurück unter dem harten Leder, rollte seitwärts und brachte den Kaplan zu Fall, der, ein Mann der Tat, ihn an der Gurgel packte und fast zu Tode würgte. Kim trat ihm verzweifelt in die Magengegend. Mr. Bennet Keuchte, wand sich empor, ohne los zu lassen, rollte wieder über und schleppte Kim zuletzt schweigend in sein eignes Zelt. Die Mavericks waren unverbesserliche Spötter, und Schweigen schien dem Engländer das Beste, bis er sich vollkommen unterrichtet hatte.

„Was, es ist ein Knabe!" sprach er, als er seine Beute unter das Licht der Laterne an der Zeltstange gebracht, und ihn heftig schüttelnd, rief er: „was hast Du gemacht? Du bist ein Dieb? Choor Mallum?" Sein hindostanisch stand auf schwachen Füßen, und der zerzauste und erboste Kim beschloß, den Charakter, den man ihm aufdrängte, beizubehalten. Zu Atem gekommen, ersann er eine hübsche, halbwegs glaubhafte Geschichte von einer Verwandschaft mit einem der Meß-Küchenjungen, blickte dabei aber mit scharfem Auge unter die linke Achselhöhle des Kaplans. Der Augenblick kam, er schlüpfte hindurch nach der Tür, aber ein langer Arm streckte sich nach seinem Nacken aus, eine Hand ergriff die Schnur des Amuletts und schloß sich über demselben.

„Gib es mir. Oh, gib es mir! Ist etwas verloren? Gib mir die Papiere."

Das war englisch – das blecherne, zersägte Englisch der Eingeborenen und der Kaplan sprang empor.

„Ein Skapulier", rief er, die Hand öffnend. „Nein, eine Art heidnischen Zaubers. So – Du sprichst englisch? Kleine Jungen, die stehlen, werden geprügelt. Weißt Du das?"

„Ich – ich stehle nicht." Kim tanzte in seiner Todesangst wie ein Terrier vor einem erhobenen Stock. „Oh, gib es mir zurück. Es ist mein Amulett. Stiehl es mir nicht."

Der Kaplan gab nicht acht, er ging nach der Zelttür und rief laut. Ein dicker, glatt geschorener Mann erschien.

„Ich wünsche Ihren Rat, Vater Victor," sprach Bennet. „Ich fand diesen Knaben im Dunkeln vor dem Meß-Zelte. In ähnlichem Falle würde ich ihn gezüchtigt und laufen lassen haben, weil ich einen Dieb in ihm vermutete. Aber er spricht englisch und scheint Wert zu legen auf ein Amulett, das er um seinen Nacken trägt. Ich dachte, daß Sie vielleicht mir helfen würden."

Zwischen ihm und dem römisch-katholischen Kaplan des irischen Kontingents lag, nach Bennetts Ansicht, ein unüberbrückbarer Abgrund. Bemerkenswert aber war es, daß, wenn immer die englische Kirche ein menschliches Problem zu lösen hatte, sie sehr bereit war, die römische Kirche zu befragen. Bennetts offizielle Abneigung gegen „das Weib in Scharlach und all ihr Zubehör“ war nicht größer, als seine nicht offizielle Hochachtung für Vater Victor.

„Ein Dieb, der englisch redet, ist es? Laßt mich sein Zaubermittel sehen. Nein, ein Skapulier ist es nicht, Bennet.“ Er streckte die Hand aus.

„Aber haben wir ein Recht, es zu öffnen? Eine gesunde Tracht Prügel –“

„Ich habe nicht gestohlen,“ protestierte Kim. „Ihr habt mir Tritte über den ganzen Körper versetzt. Gebt mir jetzt mein Amulett, und ich will gehen.“

„Nicht gar so rasch, wollen erst sehen,“ sprach Vater Victor, das „ne varietur“-Pergament des armen O'Hara entrollend, sein Abschieds-Attest und Kims Taufschein. Auf diesen letzteren hatte O'Hara, in der konfusen Idee, daß er damit für seinen Sohn Wunder bewirke, unzählige Mal die Worte gekritzelt: „Seht nach dem Knaben. Bitte, seht nach dem Knaben,“ und darunter seinen vollen Namen und die Nummer seines Regiments.

„Mächte der Finsternis drunten!“ rief Vater Victor, Bennett alles hinüber reichend. „Wißt Ihr, was alles dieses ist?“

„Ja,“ sagte Kim, „das ist alles mein, und ich will nun fort.“

„Ich verstehe mich nicht recht,“ meinte Bennett. „Er führte wohl alles absichtlich bei sich. Mag eine Bettler-List sein.“

„Bis jetzt sah ich noch keinen Bettler weniger beflissen am Platz zu bleiben. Hier scheint mir so was wie ein fideles Geheimnis dahinter zu stecken. Glauben Sie an göttliche Vorsehung, Bennett?“

„Ich hoffe doch.“

„Nun, ich glaube an Wunder. Das kommt auf eins heraus. Mächte der Finsternis? Kimball O'Hara! Und sein Sohn! Aber er ist doch ein Eingeborener und ich selbst war zugegen, als Kimball sich mit Anni Schott verheiratete. Seit wann besitzest Du diese Dinge, Knabe?“

„Seit ich ein kleines Kind war.“ Vater Victor trat rasch vor und öffnete Kims Obergewand. „Sehen Sie, Bennett, er ist nicht sehr dunkel. Wie heißest Du?“

„Kim.“

„Oder Kimball?“

„Vielleicht. Wollt Ihr mich nun fortlassen?“

„Wie sonst?“

„Sie nennen mich Kim Rishti Ke. Das heißt: Kim von den Rishti.“

„Was ist das – Rishti?“

„I – Rishti – das war das Regiment – meines Vaters Regiment –

„Irisch, oh, ich verstehe.“

„Ja–a! Das sagte mir mein Vater. Mein Vater, er hat gelebt.“

„Hat gelebt wo?“

„Hat gelebt. Ist nun tot – fort – weg.“

„Oh! Du bist kurz angebunden mit Deiner Antwort!“ Bennett unterbrach ihn. „Möglich, daß ich dem Knaben Unrecht tat. Er ist ein Weißer, sicher, so augenscheinlich verwildert er auch ist. Ich muß ihn arg zertreten haben. Ich meine, – – ein Schluck Wein.“

„Geben Sie ihm ein Glas Sherry und lassen Sie ihn sich auf das Feldbett strecken. Nun, Kim,“ fuhr Vater Victor fort, „niemand wird Dir etwas zu leide tun. Trink das aus und teile uns alles über Dich selbst mit. Aber die Wahrheit, wenn Du nichts dawider hast.“

Kim hustete ein wenig, als er das Glas niederstellte und überlegte. Hier galt es vorsichtig und erfinderisch sein. Kleine Jungen, die in einem Feldlager umher streifen, werden sonst, nach einer Züchtigung, hinaus geworfen. Er aber halte keine Schläge bekommen. Das Amulett wirkte offenbar zu seinen Gunsten, und es schien, daß das Horoskop von Umballa und die wenigen Worte, deren er sich aus seines Vaters Faseleien erinnerte, wunderbar dazu stimmten. Weshalb sonst hätte der dicke Pater sich so ereifert und der dünne ihm das Glas heißen gelben Weines gegeben?

„Mein Vater, er starb in Lahore-Stadt, als ich noch sehr klein war. Die Frau, sie hatte eine Kabarri-Bude, nahe dem Platz, wo die Mietwagen stehen.“ Kim begann mit einem Wagnis, nicht ganz sicher, wie weit die Wahrheit ihm dienen könnte.

„Deine Mutter?“

„Nein“ – mit einer Geberde des Abscheus – „Die ging weg, als ich geboren wurde. Mein Vater, er erhielt diese Papiere vom Jadoo-Gher (Zauberhaus) – wie nennt Ihr das? „Freimaurerloge –“ (Bennett nickte) „denn er war in gutem

Ansehen – wie nennt Ihr das?“ (Bennett nickte wieder.) „Mein Vater sagte mir das. Er sagte auch und auch der Brahmane, der die Zeichnung im Staube zu Umballa machte, vor zwei Tagen, er sagte, daß ich einen Roten Stier auf grünem Felde finden würde und daß der Stier mir helfen würde.“

„Ein phänomenaler kleiner Lügner,“ murmelte Bennett.

„Mächte der Dunkelheit drunten, welch ein Land!“ murmelte Vater Victor. „Weiter, Kim.“

„Ich habe *nicht* gestohlen. Und dazu – jetzt bin ich der Schüler eines sehr heiligen Mannes. Er sitzt da draußen. Wir sahen zwei Männer mit Fahnen kommen, die machten den Platz bereit. Das ist immer so in einem Traum oder in bezug auf eine – eine – Prophezeiung. Da wußte ich, daß es wahr werden würde. Ich sah den Roten Stier auf dem grünen Feld, und mein Vater, *er* sagte: „Neunhundert erstklassige große Pukka-Teufel und der Oberst zu Pferde werden für Dich sorgen, wenn Du den Roten Stier findest!“ Wie ich den Roten Stier sah – ich wußte nicht, was ich machen sollte; ich ging fort und kam zurück, als es dunkel war. Ich wollte den Stier wieder sehen, und ich sah den Stier wieder und sah – wie die Sahibs zu ihm beteten. Ich denke, der Stier wird mir helfen. Der heilige Mann sagte das auch. Er sitzt draußen. Werdet Ihr ihm wehe tun, wenn ich ihm jetzt eine Nachricht schicke? Er ist sehr heilig. Er kann alles bezeugen, was ich sagte und er weiß, ich bin kein Dieb.“

„Offiziere, die einen Stier anbeten! Was in aller Welt soll man daraus machen?“ rief Bennett. „Schüler eines heiligen Mannes! Ist der Junge verrückt?“

„Er ist O'Haras Junge, ganz sicher. O'Haras Sohn, verbündet mit allen Mächten der Finsternis. Er macht's wie sein Vater, wenn er betrunken war. Wir täten gut, den heiligen Mann herzubitten. Er mag etwas wissen.“

„Er weiß nichts,“ sagte Kim. „Ich will ihn Euch zeigen, wenn Ihr mit mir kommt. Er ist mein Meister. Dann können wir fortgehen.“

„Mächte der Dunkelheit!“ war alles, was Vater Victor sagen konnte, als Bennett, die Hand fest auf Kims Schulter, mit diesem hinaus schritt.

Sie fanden den Lama, wo er sich niedergelegt hatte.

„Meine Suche ist beendet,“ rief Kim in der Landessprache ihm zu. „Ich fand den Stier, aber Gott weiß, was nun folgen wird. Sie werden Dir nichts tun. Komm zu des fetten Priesters Zelt mit diesem dünnen Mann und sieh, wie es endet. Es ist alles neu und sie verstehen nicht Hindi. Sie sind nur ungestriegelte Esel.“

„Dann ist es nicht gut, ihrer Unwissenheit zu spotten," erwiderte der Lama. „Es ist mir lieb, daß Du froh bist, Chela."

Arglos und würdevoll schritt er in das kleine Zelt, begrüßte die Kirchen als Mann der Kirche und setzte sich neben der offenen Kohlenpfanne nieder. Das Lampenlicht, von der gelben Auskleidung des Zeltes zurückgeworfen, ließ sein Antlitz goldrot erscheinen.

Bennett blickte auf ihn mit der dreifach kalten Teilnahmlosigkeit jenes Bekenntnisses, das neun Zehntel der Welt als „Heiden" in einen Topf wirft.

„Und wie ist das Ende Deiner Suche?" wandte der Lama sich an Kim. „Welche Gabe brachte Dir der Rote Stier?"

„Er sagt: „Was wirst Du tun?"" Kim übernahm aus eigener Ermächtigung die Rolle des Dolmetsch. Bennett starrte Vater Victor voll Unbehagen an.

„Ich sehe nicht ein, was dieser Fakir mit dem Knaben zu tun hat," begann er, „der entweder sein Narr oder sein Verbündeter sein mag. Wir können nicht zugeben, daß ein Knabe von englischer Abkunft – angenommen, er sei der Sohn eines Freimaurers – so sollte er je eher je besser in das Freimaurer-Waisenhaus kommen."

„Ah! So denken Sie als Sekretär der militärischen Loge," sagte Vater Victor, „aber wir könnten, meine ich, dem alten Manne erst mitteilen, was wir zu tun beabsichtigen. Er steht nicht aus wie ein Bösewicht."

„Nach meiner Erfahrung ist das orientalische Gemüt nie zu ergründen. Jetzt, Kimball, verlange ich, daß Du diesem Manne Wort für Wort wiederholst, was ich sage."

Kim faßte den Inhalt der nächstfolgenden Sätze zusammen und begann:

„Heiliger, der magere Narr, der wie ein Kamel aussieht, sagt, ich wäre der Sohn eines Sahib."

„Aber wie denn das?"

„Oh, es ist wahr. Ich wußte es seit meiner Geburt. Er aber konnte es nur durch mein Amulett herausfinden und indem er alle die Papiere las. Er denkt, wer einmal ein Sahib ist, bleibt ein Sahib. Die beiden beraten nun, ob ich bei diesem Regiment bleiben oder in eine Madrissah (Schule) geschickt werden soll. Dies Letzte hat mir schon früher gedroht, aber ich wußte es stets zu vermeiden. Der fette Narr denkt *so* , und der wie ein Kamel aussieht, *so* . Aber das hat nichts zu bedeuten. Ich mag eine Nacht, vielleicht noch eine, hier festgehalten werden, das ist mir schon früher passiert – dann laufe ich davon und kehre zu Dir zurück."

„Aber sage ihnen doch, daß Du mein Chela bist. Sage ihnen, daß Du mir gesendet wurdest, als ich verwirrt und hinfällig war. Sage ihnen von unserer Suche und sie werden Dich sicher gehen lassen."

„Ich habe ihnen schon alles gesagt. Sie lachen und drohen mit der Polizei."

„Was redet Ihr da?" frug Bennett.

„Oha! Er sagt nur, wenn Ihr mich nicht gehen laßt, so hindert Ihr ihn in seinen besonderen und dringenden Angelegenheilen – seinem dringenden und besonderen Vorhaben" – diese Redensart war eine Reminiszenz aus einer Rede eines eurasischen Schreibers im Kanal-Departement – aber sie rief nur ein Lächeln hervor, das ihn erbitterte. „Und wenn Ihr *wüßtet* , was sein Vorhaben ist, würdet Ihr es nicht so abscheulich eilig haben, Euch hinein zu mischen."

„Was ist es denn?" fragte Vater Victor nicht ohne Mitgefühl, indem er des Lamas Gesicht betrachtete.

„Es ist ein Fluß in diesem Lande, den er so sehr zu finden wünscht. Der war durch einen Pfeil hervorgebracht, welcher" – Kim trat ungeduldig mit dem Fuß auf bei dem Versuch, seine Gedanken vom Dialekt in sein plumpes Englisch zu übersetzen – „o ja, der vom Herrgott Buddha selbst gemacht war, wißt Ihr, und wenn Ihr Euch darin selbst wascht, so wascht Ihr alle Eure Sünden weg und werdet so weiß wie weiße Watte." (Kim halte so etwas einmal von einer Missions-Rede aufgeschnappt.) „Ich bin sein Schüler und den Fluß *müssen* wir finden. Es ist so sehr wichtig für uns."

„Wiederhole dies noch einmal," sagte Bennett.

Kim gehorchte, aber mit Zusätzen.

„Aber das ist ja die reinste Gotteslästerung," rief die Kirche von England.

„Tck! Tck!" sagte Vater Victor teilnahmsvoll. „Ich würde viel darum geben, den Dialekt zu verstehen. Ein Fluß, der von Sünden reinigt! Und wie lange sucht Ihr den schon?"

„Oh, viele Tage. Jetzt wünschen wir fortzugehen, um weiter zu suchen. Hier ist er nicht, seht Ihr."

„Ich sehe," sprach ernst Vater Victor. „Aber Du kannst nicht ferner in des alten Mannes Begleitung gehen, Kim. Du bist eines Soldaten Sohn. Sage ihm, das Regiment würde für Dich sorgen und Dich zu einem braven Manne machen, zu einem Mann so brav wie Dein – so brav wie ein Mann eben werden kann. Sage ihm, daß, wenn er an Wunder glaubt, er glauben muß, daß –"

„Weshalb mit seiner Leichtgläubigkeit Scherz treiben?" unterbrach Bennett.

„Ich tue nichts dergleichen. Er muß glauben, daß des Knaben Hierherkunft – zu seinem eigenen Regiment – auf der Suche nach seinem eignen Stier, eine Art von Wunder ist. Bedenken Sie doch, Bennett, wie die Umstände sich zusammen fügen! Gerade dieser eine Knabe in ganz Indien und unser Regiment, – aus allen übrigen heraus – auf der Marschroute, treffen sich hier. Das ist Prädestination. Ja, Kim, sage es ihm, es ist Kismet, Kismet ... Mallum? Verstehst Du?"

Er wandte sich zu dem Lama um, dem man ebensowohl von Mesopotamien hätte reden können.

„Sie sagen" – des alten Mannes Auge leuchtete auf, als Kim ihn anredete – „ „sie sagen, daß die Bedeutung meines Horoskops sich jetzt erfülle, und da ich zu diesen Leuten und ihrem Roten Stier hergeleitet wäre – obgleich. Du weißt es, ich nur aus Neugier in ihren Weg kam – ich nun in eine Madrissah gehen und ein Sahib werden müßte. Nun, ich tue so, als ob ich einwillige. Im schlimmsten Fall werden wir nur einige Mahlzeiten getrennt voneinander verzehren. Dann schlüpfe ich fort und folge Dir auf der Straße nach Saharunpore. Darum, Heiliger, bleibe bei der Kulu-Frau. Entferne Dich auf keinen Fall weit von ihren Wagen, bis ich wiederkomme. Keine Frage! Mein Symbol ist Krieg und Männer in Waffen. Sieh, wie sie mir Wein zu trinken gaben und mich auf ein Ehrenlager legten! Mein Vater muß eine hohe Person gewesen sein. Wenn sie mich nun unter sich zu Ehren erheben, gut – wenn nicht, auch gut. Wie es auch kommen mag, zu Dir werde ich zurück laufen, wenn ich es satt habe. Aber bleibe bei der Rajputni, sonst finde ich Deine Fußspur nicht wieder ... O ja-ah," wandte der Knabe sich zu den Priestern, „jetzt habe ich ihm alles gesagt, was Ihr befohlen."

„Ich sehe nicht ein, warum er noch wartet," meinte Bennett, in seine Hosentasche greifend, „die Details können wir später feststellen – ich werde ihm eine Rupie geben –"

„Geben Sie ihm Zeit," sagte Vater Victor, die Hand des Geistlichen zurückhaltend, „vielleicht – er scheint den Knaben lieb zu haben –"

Der Lama zerrte an seinem Rosenkranz und zog den breiten Hutrand über seine Augen.

„Was kann er noch wollen?“

„Er sagt“ – Kim hielt seine Hand empor – „er sagt: Seid still! Er will zu mir allein sprechen. Ihr seht, Ihr versteht nicht das kleinste Wort von seiner Rede und wenn Ihr ihn stört, mag er Euch vielleicht verwünschen. Wenn er seine Perlen so angreift, will er immer, daß man still ist.“

Die beiden Engländer blieben sprachlos; aber ein Etwas in Bennetts Auge verhieß Kim nichts Gutes, wenn er dem frommen Arm der Kirche überliefert werden sollte.

„Ein Sahib und der Sohn eines Sahib –“ des Lamas Stimme klang heiser vor schmerzlicher Bewegung.

„Aber kein weißer Mann kennt das Land und die Sitten des Landes, wie Du sie kennst. Wie ist es möglich, daß dies wahr ist?“

„Was schadet's, Heiliger! Denke, es ist nur für eine oder zwei Nächte. Erinnere Dich, ich kann mich rasch verwandeln. Es wird alles wieder so werden, wie damals, als ich zuerst mit Dir sprach unter Zam-Zammah, der großen Kanone.“ –

„Als ein Knabe in der weißen Gewandung der weißen Männer – als ich zuerst das Wunderhaus betrat. Und beim zweiten Male warst Du ein Hindu. Wie wird Deine dritte Inkarnation sein?“ Er lächelte traurig. „Ach Chela, Du hast einem alten Manne ein Unrecht getan, denn mein Herz ging zu Dir.“

„Und meins zu Dir. Aber wie konnte ich wissen, daß der Rote Stier mich in solche Geschichten bringen würde?“

Der Lama bedeckte sein Gesicht wieder und rasselte nervös mit dem Rosenkranz. Kim hockte an seiner Seite nieder und ergriff eine Falte seines Gewandes.

„Nun habe ich zu verstehen, daß der Knabe ein Sahib ist?“ murmelte der Lama. „Solch ein Sahib, wie der, der die Bilder hütet in dem Wunderhaus.“ Er sprach, als ob er eine Lektion wiederholte. „So geziemt es sich, daß er es nicht anders macht, wie andere Sahibs es machen. Er muß zurückkehren zu seinem eigenen Volk.“

„Für einen Tag und eine Nacht und noch vielleicht einen Tag,“ tröstete Kim.

„Halt da!" Vater Victor sah Kim sich nach der Tür hinausschlängeln und stellte ein Bein davor.

„Ich verstehe die Sitten der weißen Männer nicht. Der Priester der Bildnisse in dem Wunderhaus von Lahore war gütiger, als der dünne Priester hier. Diesen Knaben will man mir nehmen? Einen Sahib wollen sie aus meinem Schüler machen? Wehe mir, wie soll ich meinen Strom finden? Haben *sie* keine Schüler? Frage!"

„Er sagt, er sei sehr traurig, daß er nun seinen Strom nicht finden würde. Er sagt, warum Ihr keine Schüler habt und nicht aufhört, ihn zu quälen? Er will von seinen Sünden rein gewaschen werden."

Weder Bennett noch Vater Victor fanden ein Wort der Erwiderung.

So sprach denn Kim, traurig um des Lamas Schmerz, auf englisch: „Wenn Ihr uns nun fortlassen wolltet, wir würden still gehen und nicht stehlen. Wir wollen nur nach dem Fluß ausschauen, wie wir taten, ehe man mich fing. Oh, ich wollte, ich wäre nicht gekommen, um den roten Stier zu finden und all das andere. Ich will nichts weiter davon."

„Es ist das beste Stück Arbeit, das Du jemals für Dich getan hast, junger Mann," sagte Bennett.

„Gütiger Himmel, ich weiß nicht, wie ich ihn trösten soll," sprach Vater Victor, den Lama teilnahmsvoll betrachtend; „er Kann den Knaben nicht mit fort führen und doch – er ist ein guter Mann – ich fühle es, er ist ein guter Mann. Bennett, wenn Sie ihm die Rupie anbieten, wird er Sie in Grund und Boden verfluchen."

Sie lauschten gegenseitig auf ihre Atemzüge – drei – fünf volle Minuten. Dann hob der Lama sein Haupt empor und blickte – über sie hinweg – in Raum und Leere.

„Und ich bin ein Wandler des Pfades!" rief er bitter. „Die Sünde ist mein und die Strafe ist mein. Ich machte mich selbst glauben, – denn jetzt sehe ich ein, daß ich mir selbst etwas weismachte – Du wärest mir gesandt, mir beizustehen in meiner Suche, und so ging mein Herz zu Dir, um Deines Mitleids willen, um Deiner Höflichkeit, um Deiner Weisheit willen, bei Deinen jungen Jahren. Aber die dem Pfade folgen, dürfen sich nicht das Feuer eines Wunsches oder einer Zuneigung erlauben, denn dies alles ist Wahn. Wie sagt ..." Er zitierte eine Sentenz aus einem alten, alten chinesischen Text, stützte sie auf eine andere und verstärkte sie durch eine dritte. „Ich wich ab vom Wege, mein Chela. Es war nicht

Deine Schuld. Mich entzückte der Anblick des Lebens, des fremden Volkes auf den Straßen und Deine Freude an all diesem. Ich freute mich mit Dir, ich, der an meine Suche und nur allein an meine Suche denken mußte. Nun bin ich kummervoll, denn Du wirst mir genommen und mein Strom ist fern von mir. Das ist das Gesetz: ich habe es gebrochen."

„Mächte der Finsternis drunten!" sprach Vater Victor, der, geschult durch die Beichte, den Schmerz aus jeder Silbe heraus hörte.

„Ich sehe ein, daß das Zeichen des Roten Stieres ein Zeichen war für mich wie für Dich. Jede Begierde ist rot – und übel. Ich will Buße tun und meinen Fluß allein finden."

„Kehre wenigstens zurück zu der Kulu-Frau," flehte Kim, „Du wirst auf dem Wege sonst verloren gehen. Sie wird Dich ernähren, bis ich zu Dir zurücklaufe."

„Und nun," – der Lama sprach in einem anderen Ton, als er sich jetzt zu Kim wandte – „was werden sie mit Dir beginnen? Vielleicht vermag ich, indem ich Verdienst erwerbe, geschehenes Böses auszulöschen."

„Mich zu einem Sahib machen – so denken sie. Den Tag nach morgen kehre ich zu Dir zurück. Sei nicht traurig."

„Was für einen Sahib? So einen wie jener oder wie dieser Mann?" Er zeigte auf Vater Victor. „So einen, wie die sind, die ich diesen Abend gesehen – die Schwerter tragen und mit den Füßen stampfen?"

„Kann sein."

„Das wäre nicht gut. Diese Männer folgen der Begierde und geraten in die Leere. Von ihrer Art darfst Du nicht sein."

„Der Umballa-Priester sagte, mein Stern wäre Krieg," warf Kim dazwischen. „Ich will diese Narren fragen – aber es ist wahrlich nicht nötig. Ich werde noch diese Nacht fortlaufen, so gern ich auch Neues sehe."

Kim richtete auf englisch einige Fragen an Vater Victor und übersetzte dem Lama die Antworten.

Dann sprach er weiter: „Er sagt, „Ihr nehmt ihn mir und könnt nicht sagen, was Ihr aus ihm machen wollt." Er sagt: „Sagt es mir, bevor ich gehe, denn es ist kein Kleines, ein Kind zu erziehen."

„Du wirst in eine Schule geschickt. Späterhin werden wir weiter sehen. Kimball, ich vermute, Du möchtest gerne Soldat werden."

„Gorah – log (weiße Leute)! Oh, nein! oh, nein!" Kim schüttelte den Kopf heftig. Drill und schablonenmäßige Übung paßte nicht zu seiner Beschaffenheit. „Ich will kein Soldat werden."

„Du wirst werden, was man Dir befiehlt," sagte Bennett, „und solltest dankbar sein, daß wir Dir helfen wollen."

Kim lächelte mitleidig. Wenn diese Männer wähnten, er würde etwas tun, was ihm nicht gefiele, desto besser.

Wieder ein längeres Stillschweigen. Bennett wurde ungeduldig und machte eine Andeutung – ob nicht eine Schildwache den Fakir fortschaffen sollte –.

„Schenken sie oder verkaufen sie das Wissen unter den Sahibs? Frage sie," sprach der Lama und Kim dolmetschte.

„Sie sagen: der Lehrer bekommt Geld – aber das Geld wird das Regiment zahlen ... wozu das alles? Es ist ja nur für eine Nacht."

„Und – je mehr Geld gezahlt wird, je mehr wird Wissen gegeben?" Der Lama beachtete Kims Plan einer baldigen Flucht nicht. „Es ist nicht unrecht, für Wissen zu zahlen; dem Unwissenden zu Weisheit verhelfen, ist immer ein Verdienst." Der Rosenkranz rasselte heftig, wie ein Abacus (eine Art von Brettspiel), dann sah er seinen Quälern ins Gesicht.

„Frage sie, für wieviel Geld sie einen weisen und angemessenen Unterricht geben, und in welcher Stadt dieser Unterricht gegeben werden soll?"

„Nun," sagte Vater Victor, als Kim übersetzt hatte, „das hängt von Umständen ab. Das Regiment würde für Dich zahlen für die ganze Zeit, die Du im Militär-Waisenhaus wärest; oder Du könntest in die Liste des Punjab-Freimaurer-Waisenhauses eingetragen werden (das wird aber weder er noch Du verstehen); die beste Erziehung, die ein Knabe in Indien finden kann, ist natürlich zu St. Xavier in Partibus zu Lucknow." Die Übersetzung dauerte Bennett zu lange; er suchte sie zu unterbrechen.

„Er will wissen wieviel?" sagte Kim sanft.

„Zwei bis drei Hundert Rupien jährlich," antwortete Vater Victor, der über nichts mehr erstaunte. Bennett, ungeduldig, begriff nicht.

„Er sagt: Schreibt den Namen und das Geld auf ein Papier und gebt es ihm. Und er sagt: Ihr müßt Euren Namen darunter setzen, denn er will Euch in einigen Tagen einen Brief schreiben. Er sagt: Du bist ein guter Mann. Er sagt: der andere Mann ist ein Tor. Er will fortgehen."

Der Lama erhob sich plötzlich. „Ich folge meiner Suche," rief er und war gegangen.

„Er wird mitten unter die Schildwachen hinein rennen," rief Vater Victor, aufspringend, als der Lama hinaus stapfte. Kim machte eine rasche Bewegung, zu folgen, hielt aber inne. Man hörte keinen Anruf draußen. Der Lama war verschwunden.

Kim setzte sich gelassen auf des Kaplans Feldbett. Der Lama hatte wenigstens versprochen, bei der Rajput-Frau von Kulu zu bleiben; das übrige hatte keine Schwierigkeiten. Es belustigte ihn, daß die beiden Patres so augenscheinlich erregt waren. Sie redeten lange flüsternd miteinander. Vater Victor schien einen dringenden Vorschlag zu machen und Bennett abgeneigt zu sein. Das war alles sehr fesselnd, aber Kim ward schläfrig. Dann riefen sie noch Leute ins Zelt – unter ihnen war sicher der Oberst, von dem sein Vater prophezeite – man fragte ihn noch nach mancherlei, besonders auch nach der Frau, die sich seiner angenommen und die man, schien es, nicht für einen sehr passenden Vormund hielt. Kim antwortete möglichst aufrichtig. Das alles war neu und interessant und früher oder später wie es ihm beliebte, konnte er ja untertauchen im grauen, großen, formlosen Indien und Zelte und Patres und Oberst hinter sich lassen. Einstweilen, wenn denn die Sahibs so leicht erregbar waren, würde er sein Bestes tun, sie in Erregung zu halten.

Nach längerer Besprechung, von der er nichts verstehen konnte, überlieferten sie ihn einem Wachtmeister, mit strengem Befehl, ihn nicht entwischen zu lassen. Das Regiment hatte nach Umballa zu marschieren und Kim sollte, teils auf Kosten der Loge und teils durch Subskription, nach Sanawar geschickt werden.

„Es ist über alle Begriffe verwunderlich, Oberst," schloß Vater Victor, nachdem er zehn Minuten ununterbrochen geredet hatte. „Sein buddhistischer Freund verschwand, nachdem er meinen Namen und meine Adresse erfragt. Ich werde nicht klug daraus, ob er für die Erziehung des Knaben zahlen oder eine Art Zauberkraft für eigene Rechnung erfinden will." Dann zu Kim: „Du wirst Deinem Freunde, dem Roten Stier, einst noch dankbar sein. Wir wollen in Sanawar einen

Mann aus Dir machen – selbst um den Preis, daß Du Protestant werden müßtest."

„Sicher – aber ganz sicher," sagte Bennett.

„Ihr aber werdet nicht nach Sanawar gehen," sagte Kim.

„Wir aber werden auch nach Sanawar gehen, kleiner Mann. So ist der Befehl des Höchstkommandierenden, der wohl ein wenig mehr gilt als O'Haras Sohn."

„Ihr werdet nicht nach Sanawar gehen, Ihr werdet in den Krieg gehen."

Ein schallendes Gelächter folgte diesen Worten.

„Wenn Du Dein eigenes Regiment erst etwas besser kennst, Kim, wirst Du eine Marschlinie nicht mehr mit einer Schlachtlinie verwechseln. Wir werden, hoffen wir, auch einmal in *den* Krieg ziehen."

„Oha! ich weiß mehr." Kim lenkte sein Schiff einmal wieder auf gut Glück. Wenn sie nicht in den Krieg zogen, wußten sie wenigstens nicht, was er wußte aus dem Gespräch in der Veranda zu Umballa.

„Ich weiß, Ihr seid jetzt noch nicht mit im Krieg; aber ich sage Euch, sobald Ihr in Umballa seid, werdet Ihr in *den* Krieg geschickt – den neuen Krieg. Es ist ein Krieg von achttausend Mann, noch dazu die Kanonen."

„Das ist deutlich. Hast Du prophetische Gaben neben Deinen anderen Talenten? Wachtmeister, führt ihn fort. Gebt ihm einen Anzug von den Tambour-Jungen und gebt acht, daß er Euch nicht durch die Finger schlüpft. Wer sagt, – daß das Zeitalter der Wunder vorüber ist! Ich will zu Bett gehen. In meinem Kopf dreht sich alles."

Am fernen Ende des Lagers, schweigsam wie ein wildes Tier, saß Kim eine Stunde später, über und über frisch gewaschen, in einem Kleid von schrecklichem Stoff, der ihm Arme und Beine zerscheuerte.

„Ein wunderlicher junger Vogel," sagte der Unteroffizier. „Taucht auf in Obhut eines gelbköpfigen studierten Brahmanen, trägt seines Vaters Freimaurer-Papiere um den Hals gebunden und redet Gott weiß was von einem Roten Ochsen. Der weise Brahmane verduftet ohne weitere Erklärung und der Junge sitzt kreuzbeinig auf des Kaplans Bett und prophezeit den Leuten großartig einen blutigen Krieg. Ich will sein Bein lieber am Zeltpfahl festbinden, damit er mir nicht durchs Dach geht. Indien ist ein wildes Land für einen gottesfürchtigen Mann. Was sagtest Du von dem Krieg?"

„Achttausend Mann und Kanonen dazu," sagte Kim. „Ihr werdet es bald sehen."

Du bist ein geriebener kleiner Kobold. Leg Dich zu den Trommler-Jungen in die Baba. Die beiden Burschen an Deiner Seite sollen Deinen Schlummer bewachen."

Kapitel 6.

Sehr früh am nächsten Morgen wurden die weißen Zelte abgebrochen und verschwanden. Die Mavericks zogen auf einer Seitenstraße nach Umballa, die den Rastplatz nicht streifte, und Kim, neben einem Bagage-Wagen, unter dem Feuer der Glossen von Soldatenfrauen dahintrottend, war nicht so zuversichtlich wie am Abend vorher. Er bemerkte, daß er scharf bewacht wurde – Vater Victor an der einen, Bennett an der andern Seite.

Am Vormittag hielt die Kolonne plötzlich inne. Eine Ordonnanz zu Kamel überreichte dem Oberst einen Brief. Er las und sprach mit seinem Major. Eine Meile hinter sich her hörte Kim ein lautes, freudiges Gebraus von Stimmen durch den dicken Staub herüberrollen. Dann schlug ihn jemand auf den Rücken und rief: „Sag uns, woher Du das wußtest, Du Satanskind? Lieber Vater, versuchen Sie, es aus ihm heraus zu bekommen."

Ein Pony hielt neben ihm und er wurde auf des Priesters Sattel hinaufgezogen.

„Nun, mein Sohn, Deine Prophezeiung von letzter Nacht ist wahr geworden. Unsere Ordre lautet, in Umballa den Train zu nehmen, um morgen zur Front zu gelangen."

„Was ist das?" fragte Kim, dem Front und Train unbekannte Worte waren.

„Wir ziehen in *den* Krieg, wie Du ihn nennst."

„Natürlich geht Ihr in *den* Krieg, ich sagte es letzte Nacht."

„Das tatest Du; aber Mächte der Finsternis, wie konntest Du das wissen?"

Kims Augen funkelten. Er schloß die Lippen, nickte mit dem Kopf und sah unaussprechlich geheimnisvoll aus. Der Kaplan ritt weiter durch den Staub, und Gemeine, Unteroffiziere und Sergeanten machten sich gegenseitig auf den Knaben aufmerksam. Der Oberst an der Spitze der Kolonne starrte ihn neugierig an. „Es war wahrscheinlich ein Bazar-Gerücht," sagte er, „aber selbst dann –" Er durchlas wieder das Papier in seiner Hand. „Zum Teufel, die Sache ist erst in den letzten achtundvierzig Stunden entschieden."

„Gibt es mehr solche wie Du in Indien?" fragte Vater Victor, „oder bist Du speziell Naturspiel, Monstrosität, ein jusus naturae?"

„Nun da ich Euch alles gesagt habe, wollt Ihr mich nun zurückgehen lassen zu meinem alten Mann?" sprach der Knabe. „Wenn er nicht bei der Frau aus Kulu geblieben ist, so fürchte ich, daß er sterben wird."

„Nach dem, was ich von ihm gesehen, meine ich, er wird selbst für sich sorgen können, ohne Dich. Nein, Du hast uns Glück gebracht und wir wollen Dich zu einem Manne machen. Ich will Dich nach Deinem Bagage-Wagen zurückbringen und heute abend kannst Du zu mir kommen."

Für den Rest des Tages war Kim Gegenstand auszeichnender Beachtung unter einigen Hundert weißer Männer. Die Geschichte seines Erscheinens im Lager, der Entdeckung seiner Abstammung und seine Prophezeiung hatten durch öfteres Erzählen nicht verloren. Eine unförmig dicke weiße Frau fragte ihn von einem Haufen Bettzeug herunter geheimnisvoll: ob er glaube, daß ihr Mann wiederkommen würde aus dem Feldzug? Kim dachte tiefsinnig nach und sagte: daß er wiederkommen würde, und die Frau gab ihm zu essen. In mancher Beziehung war dieser große, von Zeit zu Zeit Musik machende Zug – diese lustig schwatzende und lachende Menge – einer Festlichkeit in Lahore wohl ähnlich. Bis soweit war keine schwere Arbeit in Aussicht und er beschloß, dem Schauspiel seine Protektion zu gewähren. Am Abend zogen ihnen Musikkorps entgegen, um die Mavericks ins Lager, nahe der Umballa-Eisenbahn-Station, zu spielen. Das war eine interessante Nacht. Leute von anderen Regimentern kamen, um die Mavericks zu besuchen. Die Mavericks machten wieder Besuche. Ihre Patrouillen zogen aus, sie zurückzugeleiten und begegneten Patrouillen anderer Regimenter in dem gleichen Dienst, und nach einer Weile bliesen die Hörner wie toll, um dem Tumult zu steuern. Die Mavericks hatten ihren flotten Ruf aufrecht zu halten; aber sie standen am nächsten Morgen auf dem Bahnsteig tadellos in Reih' und Glied; und Kim, bei den Kranken, den Weibern und Dienern zurückgelassen, schrie begeistert Lebewohl, als die Züge abfuhren. Das Leben eines Sahib war bis soweit amüsant; dennoch wollte er es vorläufig nur mit vorsichtiger Hand erfassen. Er wurde unter Aufsicht eines Tambour-Jungen rückwärts abgewimmelt nach einer leeren, kalkgetünchten Baracke, deren Fußboden mit Abfall von Papieren und Stricken bedeckt war, und wo sein einsamer Schritt von den Decken widerhallte. Nach Landesart rollte er sich zusammen auf einem Gurtenbrett und schlief ein. Ein verdrießlicher Mann humpelte die Veranda herunter, weckte ihn auf und sagte, er wäre der Schulmeister. Das war genug für Kim; er verkroch sich in sein Gehäuse. Er konnte gerade die verschiedenen englischen Polizeibekanntmachungen in Lahore heraustifteln, denn die betrafen seine Behaglichkeit; und unter den mancherlei Leuten, die für ihn sorgten, war ein schnurriger Deutscher gewesen, der Dekorationen für ein wanderndes Parsi-Theater malte. Dieser sagte Kim, daß er „auf den Barrikaden von 48 gewesen" und deshalb – wenigstens verstand Kim es so – wollte er den Knaben schreiben lehren gegen Beköstigung. Bis zu den einzelnen Buchstaben war Kim mit Müh und Not vorgedrungen, aber er war nicht sehr erbaut von ihnen.

„Ich weiß gar nichts. Laß mich in Ruhe!" rief Kim, Übles ahnend. Darauf packte ihn der Mann am Ohr, zerrte ihn nach einem abgelegenen Seitenbau, wo ein Dutzend Tambour-Jungen auf Bänken saßen und befahl ihm, still zu sitzen, wenn er sonst nichts könnte. Das brachte er erfolgreich zustande. Der Mann erklärte dies und jenes, durch weiße Linien auf einem schwarzen Brett, wenigstens eine halbe Stunde lang und Kim setzte seinen unterbrochenen Schlummer fort. Der gegenwärtige Stand der Dinge mißfiel ihm sehr, denn dies war ja die Schule und Disziplin, die zu vermeiden er zwei Drittel seines jungen Lebens gestrebt hatte. Plötzlich kam ihm eine wundervolle Idee und er wunderte sich, daß sie ihm nicht früher gekommen. Der Schulmeister entließ sie und der erste, der durch die Veranda in den offenen Sonnenschein sprang, war Kim.

„Hör Du! Halt! Steh!" rief eine schrille Stimme hinter ihm. „Ich habe Dich zu bewachen. Meine Ordre ist, Dich nicht aus den Augen zu lassen. Wo willst Du hin?" Es war der Trommler-Junge, der sich den ganzen Vormittag an ihn gehängt hatte, ein fetter, sommersprossiger Kerl von vielleicht vierzehn Jahren und Kim verabscheute ihn von den Schuhsohlen bis an die Mützenbänder.

„Nach dem Basar – um Zuckerwerk zu kaufen – für Dich," sagte Kim – mit Bedacht. „Hoh! der Basar ist verbotenes Terrain. Gehen wir dorthin, bekommen wir eine Tracht Prügel. Komm zurück."

„Wie nahe dürfen wir denn gehen?" Kim wußte nicht, was „Terrain" bedeutete, wollte aber höflich bleiben – für jetzt.

„Wie nah? Wie weit meinst Du? So weit bis an den Baum unten am Wege."

„Dann will ich bis dahin gehen."

„Gut. Ich gehe nicht. Es ist zu heiß. Ich kann Dich von hier bewachen. Fortlaufen nutzt Dir nichts. Tätest Du es, würde man Dich an Deinem Anzug erkennen. Das ist Regimentsstoff, den Du trägst. Irgendeine Patrouille in Umballa würde Dich rascher zurückbringen als Du fortgerannt wärest."

Das machte Kim weniger Bedenken als daß seine Kleidung ihn beim Laufen beschweren würde. Er schlenderte nach dem Baum an der Ecke der schattenlosen Straße, die nach dem Basar führte, und beobachtete die Vorübergehenden. Meistens waren es Kasernenaufwärter der niedrigsten Kasten. Kim rief einen Auskehrer an, der sofort mit einer Grobheit antwortete im natürlichen Glauben, daß der europäische Knabe nicht folgen könne. Die rasche leise Antwort verdutzte ihn; Kim legte seinen ganzen Ärger hinein, froh, jemand beschimpfen zu können in der ihm geläufigsten Sprache. „Und nun geh zum nächsten Briefschreiber im Basar und bestelle ihn hierher. Ich will einen Brief schreiben."

„Aber – aber, was für eines weißen Mannes Sohn bist Du, daß Du einen Basar-Briefschreiber brauchst? Ist denn kein Schulmeister in den Baracken?"

„Ahi! die Hölle kann mit der Art gepflastert werden! Tu wie ich Dir befehle, Du – Du Sklave. Deine Mutter hat unter einem Korb geheiratet! Knecht des Lal Beg (Kim kannte den Gott der Auskehrer) laufe, wie ich Dir befehle, oder wir sprechen uns wieder."

Der Mann eilte fort. „Da ist ein weißer Knabe aus der Kaserne," stotterte er, sich an den ersten Briefschreiber, den er traf, wendend, „der wartet unter einem Baum und er ist kein weißer Knabe, und er will Dich haben."

„Wird er bezahlen? fragte der wackere Schreiber, Federn, Siegelwachs und Schreibpult zusammenpackend.

„Ich weiß nicht. Er ist nicht wie andere Knaben. Geh und sieh; es ist der Mühe wert."

Kim tanzte vor Ungeduld bis der schmächtige junge Kayeth sichtbar wurde. Sobald seine Stimme ihn erreichen konnte, verwünschte er ihn mit Volubilität.

„Erst verlange ich Bezahlung," sagte der Schreiber. „Das Schimpfen hat den Preis erhöht. Aber wer bist Du, in dieser Weise gekleidet und in jener Weise schimpfend?"

„Aha! Das sollst Du aus dem Brief erfahren, den Du schreiben sollst. So was hast Du noch nie gehört. Aber ich habe keine Eile. Ein anderer Schreiber kann's auch tun. Umballa ist so voll von Schreibern wie Lahore.“

„Vier Annas,“ sagte der Schreiber, setzte sich nieder und breitete im Schatten eines verlassenen Kasernen-Flügels seinen Plaid aus.

Mechanisch hockte Kim ihm zur Seite nieder – hockte nieder wie nur Eingeborene es können – trotz seiner abscheulich pressenden Hosen. Der Schreiber beobachtete ihn verstohlen.

„Das ist ein Preis, den man von Sahibs fordert,“ sagte Kim. „Nenne nun einen vernünftigen.“

„Ein und einen halben Anna. Wer weiß, ob Du nicht fortläufst, wenn ich den Brief geschrieben habe?“

„Ich darf nicht über diesen Baum hinaus gehen. Nun ist die Marke noch zu berechnen.“

„Von dem Preis der Marke erhalte ich keine Provision. Noch einmal, was für eine Art von weißem Knaben bist Du?“

„Das wird *in* dem Briefe gesagt werden: der ist an „Mahbub Ali, den Roßkamm, im Kashmir-Serai zu Lahore.“ Er ist mein Freund.“

„Wunder über Wunder!“ murmelte der Schreiber, ein Stäbchen in die Tinte tauchend. „Soll ich in Hindi schreiben?“

„Aber sicher. An Mahbub Ali also. Beginne!

„Ich bin mit dem alten Mann heruntergekommen so weit bis Umballa in dem Zug. In Umballa trug ich hin die Nachricht von dem Stammbaum der braunen Stute.“ Nach dem, was er in dem Garten gesehen, hütete er sich wohl, von weißen Hengsten zu schreiben.

„Ein wenig langsamer. Was soll's mit der braunen Stute? Ist es an Mahbub Ali, den großen Händler?“

„An wen sonst? Ich war in seinem Dienst. Nimm mehr Tinte. Weiter! „Wie der Befehl war, so tat ich. Wir gingen dann zu Fuß nach Benares; aber am dritten Tage fanden wir ein gewisses Regiment.“ Ist das geschrieben?“

„Ah! Schelm!“ murmelte der Schreiber, ganz Ohr.

„Ich ging in das Lager und wurde gefangen und durch das Amulett an meinem Hals, das Du kennst, wurde es klar, daß ich der Sohn bin von einem Mann in dem Regiment, gemäß der Prophezeiung von dem Roten Stier, die, Du weißt das, in unserm Basar die Runde machte." Kim hielt inne, damit dieser Pfeil gehörig in des Briefschreibers Gemüt eindringe, räusperte sich und fuhr fort: „Ein Priester kleidete mich und gab mir einen neuen Namen – *Ein* Priester war aber ein Narr. Die Kleider sind sehr schwer, aber ich bin ein Sahib und mein Herz ist auch schwer. Sie schicken mich in eine Schule und hauen mich. Ich mag nicht die Luft und das Wasser hier. Komm denn und hilf mir, Mahbub Ali, oder schicke mir etwas Geld, denn ich habe nicht genug, um den Schreiber zu bezahlen, der dies schreibt."

„Der dies schreibt." „Es ist meine eigene Schuld, daß ich mich betrügen ließ. Du bist so schlau wie Husain Bu, der die Schatzstempel zu Hucklas fälschte. Aber welch eine Geschichte! Welch eine Geschichte! Kann sie denn wahr sein?"

„Es bringt keinen Vorteil, Mahbub Ali zu belügen. Gescheiter ist es, seinen Freunden zu helfen, ihnen eine Briefmarke auf Pump zu geben. Wenn das Geld kommt, bezahle ich."

Der Schreiber brummte zweifelhaft, nahm aber seinen Stempel aus seinem Kasten, siegelte den Brief, reichte ihn Kim und ging. Mahbub Alis Name war eine Macht in Umballa.

„Das ist der Weg, sich gut mit den Göttern zu stellen," rief Kim ihm nach.

„Bezahle mich zweifach, wenn das Geld kommt," rief der Mann zurück.

„Was hattest Du mit dem Nigger zu treiben?" fragte der Tambour-Junge, als Kim in die Veranda zurückkehrte. „Ich habe aufgepaßt."

„Ich habe nur mit ihm gesprochen."

„Kannst Du denn sprechen wie ein Nigger? Kannst Du?"

„Nein, nein, nur ein bißchen. Was tun wir jetzt?"

„Die Hörner werden in einer halben Minute blasen zum Essen. Mein Gott! Wäre ich nur mit dem Regiment zur Front marschiert. Nichts hier tun, nur in die Schule gehen – ist scheußlich. Meinst Du das nicht?"

„O ja!"

„Ich möchte fortlaufen, wenn ich wüßte, wohin. Aber wie die Leute sagen, in diesem verdammten Indien ist einer gefangen, wenn er auch frei ist. Du kannst nicht entwischen, wirst gleich zurück transportiert. Ich habe es schön satt."

„Bist Du in Be – England gewesen?"

„Mit meiner Mutter bin ich gekommen, mit dem letzten Truppenschub. Sollte meinen, ich war in England. Was ein dummer kleiner Betteljunge bist Du. Bist wohl in der Gosse aufgewachsen, bist Du?"

„O ja. Erzähl mir was von England. Mein Vater kam daher."

Wenn Kim auch kein Wort von dem glaubte, was sein Gefährte von der Liverpooler-Vorstadt, die für ihn England war, erzählte, so ließ er das nicht merken. So schlich die Zeit bis zum Mittagessen hin, einem wenig verlockenden Mahl, das den Knaben und einigen Invaliden im Winkel eines Kasernen-Baumes vorgesetzt wurde. Kim wurde fast niedergeschlagen, nur daß er an Mahbub Ali geschrieben, richtete ihn etwas auf. An die Gleichgültigkeit in der Mitte von Eingeborenen war er gewöhnt, aber diese gänzliche Verlassenheit unter weißen Menschen war ihm unheimlich. Er freute sich, als im Laufe des Nachmittags ein großer Soldat ihn zu Vater Victor führte, der in einer andern Abteilung hinter einem andern staubigen Paradeplatz wohnte. Der Priester las eben einen mit carminroter Tinte geschriebenen englischen Brief. Er betrachtete Kim mit besonderer Neugier.

„Und wie gefällt Dir's bis jetzt, mein Sohn?" fragte er. „Nicht besonders, he? Es muß hart, sehr hart sein für ein wildes Tier. Hör zu. Ich habe eine erstaunliche Epistel von Deinem Freund."

„Wo ist er? Ist er wohl? Ohe! Wenn er mir Briefe schreiben kann, ist alles gut."

„Du hast ihn lieb?"

„Natürlich, ich habe ihn lieb. Er hat mich lieb."

„Es scheint so, nach Diesem da. Er kann nicht englisch schreiben, wie?"

„O nein. Nicht daß ich wüßte. Aber er fand wohl einen Briefschreiber, der sehr gut englisch schreibt und so schreibt er. Ich hoffe, Ihr versteht?"

„Das kommt darauf an. Weißt Du etwas von seinen Geldangelegenheiten?" Kims Gesicht zeigte, daß er nichts wisse.

„Was kann ich wissen?"

„Das frage ich. Nun hör zu, ob Du hieraus Kopf und Schwanz zusammen bringen kannst. Wir wollen den Anfang überspringen ... es ist von Jagadhir Road geschrieben...

„Ich sitze an Wegseite in tiefer Meditation, vertraue zu sein begünstigt durch Ew. Gnaden Beifall zu gegenwärtigem Schritt, den ich empfehle Ew. Gnaden auszuführen um Allmächtigen Gottes willen. Erziehung ist größter Segen, wenn von bester Art. Anderswie ist sie in aller Welt kein Nutzen" (Wahrhaftig, da hat der alte Mann den Nagel auf den Kopf getroffen!) „Wenn Ew. Gnaden einwilligen zu geben meinem Knaben beste Erziehung Xavier, Unterredung unterm Datum 15ten dieses, in Eurem Zelt," (Ein ganz geschäftsmäßiger Ton hier!) „dann Allmächtigen Gottes Segen für Ew. Gnaden Nachkommen bis zu dritter und vierter Generation und" – (Nun paß auf!) – „vertraue in Ew. Gnaden demütigen Diener für vollständige Zahlung per Wechsel per annum dreihundert Rupien das Jahr für eine kostspielige Erziehung St. Xavier, Lucknow, und erlaube kurze Zeit zu befördern Selbiges per Wechsel zu senden nach irgend einem Teil von Indien, wie Ew. Gnaden selbst angeben werden. Dieser Diener Ew. Gnaden hat jetzt nicht Platz wo zu legen Scheitel seines Hauptes, aber gehend nach Benares im Zug wegen Verfolgung von alte Frau, die so viel redet und nicht gern wohnsitzen will zu Saharunpore in irgendwie häuslicher Befugnis" (Nun, was in aller Welt, kann das bedeuten?)

„Sie hat ihn aufgefordert zu werden Puro – ihr Geistlicher – in Saharunpore, denke ich, und er will das nicht wegen seines Flusses. Sie *konnte* reden."

„Ist Dir das klar? Es geht über meine Begriffe... „So nach Benares gehend, wo finden wird Adresse und befördern Rupien für Knabe, der ist Augapfel, und um Allmächtigen Gottes willen führt diese Erziehung aus und Euer Bittsteller wird immer wie es Pflicht ist fürchterlich beten." Geschrieben von Sobrao Satai, durchgefallen bei Alahabad-Universität, für Ehrwürdigen Teshoo Lama den Priester von Such-zen der ein Strom sucht, Adresse: Tirthankers Tempel, Benares. P. M. – „Bitte merkt wohl, Knabe ist Augapfel und Rupien werden gesendet per Wechsel dreihundert per annum. Um Allmächtigen Gottes willen."

„Nun, ist das reiner Wahnsinn oder ein Geschäftsvorschlag? Ich frage Dich, denn ich bin mit meinem Witz am Ende."

„Er sagt, er will mir dreihundert Rupien das Jahr geben, und er wird sie mir geben."

„O, so faßt Du es auf, ja?"

„Gewiß. Wenn er es sagt!“

Der Priester pfiff, dann sprach er zu Kim, wie zu einem Gleichstehenden:

„Ich glaube es nicht, aber wir werden ja sehen. Du solltest heute nach dem Militär-Waisenhaus zu Sanawar, wo das Regiment Dich erhalten würde bis zu dem Alter Deines Eintritts. Du würdest im Glauben der Kirche von England erzogen. Bennet hat es so festgestellt. Im anderen Falle, wenn Du nach St. Xavier kämest, hättest Du eine bessere Erziehung – *und* die Religion. Siehst Du mein Dilemma?“ Kim sah nichts weiter als den Lama, der mit dem Zug südwärts fuhr, ohne jemand, der für ihn bettelte.

„Ich brauche nur Zeit. Wenn Dein Freund das Geld von Benares schickt – Mächte der Finsternis drunten, ein Straßenbettler, der dreihundert Rupien aufbringen kann – wirst Du nach Lucknow gehen und ich bezahle die Reise, denn ich kann das Subskriptions-Geld nicht anrühren, wenn ich beabsichtige, wie ich es tue, einen Katholiken aus Dir zu machen. Wenn er es nicht schickt, mußt Du ins Militär-Waisenhaus auf Regiments-Unkosten. Ich will ihm drei Tage Zeit geben, obwohl ich es gar nicht glaube. Und wenn selbst... wenn später die Zahlungen ausblieben ... aber es geht über meine Begriffe. Wir können in dieser Welt immer nur Schritt für Schritt machen. Dank Gott. Und Bennett schickten sie ins Feld und mich ließen sie zurück. Er kann nicht alles erwarten.“

„Oooh ja,“ sagte Kim ohne zu verstehen.

Der Priester lehnte sich vorwärts. „Ich würde einen Monat Gehalt drum geben, wüßte ich was in Deinem kleinen runden Kopf steckt.“

„Es ist nichts darin,“ sagte Kim, ihn kratzend. Er dachte, ob Mahbub Ali ihm wohl eine ganze Rupie schicken würde. Dann konnte er den Schreiber bezahlen und Briefe an den Lama nach Benares schreiben. Vielleicht suchte Mahbub Ali ihn auf, wenn er das nächste Mal mit Pferden südwärts käme. Sicher war ihm bekannt, daß durch Übergabe des Briefes durch Kim an den Offizier der große Krieg entstanden war, von dem alle die Knaben und Männer beim Mittagstisch in der Kaserne so laut geredet hatten. Wüßte aber Mahbub Ali nicht davon, so wäre es gewagt, ihm davon zu reden. Mahbub Ali war scharf mit Jungen, die zuviel wußten oder zu wissen glaubten.

„Nun, bis wir Weiteres hören“ – unterbrach Vater Victors Stimme diese Träumerei – „kannst Du hingehen und mit den anderen Jungen spielen. Sie werden Dich etwas lehren – wird Dir aber schwerlich gefallen.“

Der Tag schleppte sich so müde zu Ende. Als er schlafen ging, zeigte man ihm, wie er seine Kleider zusammen legen und seine Stiefel hinaus tragen müsse; die anderen Jungen machten sich über ihn lustig. Hörner weckten ihn beim Morgengrauen, der Schulmeister packte ihn nach dem Frühstück, hielt ihm eine Seite unverständlicher Buchstaben unter die Nase, gab ihnen unsinnige Namen und prügelte ihn ohne Grund. Kim überlegte, ob er sich nicht Opium von einem Kasernen-Feger borgen und ihn vergiften könnte,– aber da sie alle öffentlich an einem Tische aßen (was Kim ganz besonders empörte, da er bei den Mahlzeiten gern der Welt den Rücken kehrte), konnte der Streich gefährlich enden. Dann wagte er nach dem Dorfe zu fliehen, wo der Priester den Lama mit Opium betäubt hatte, dem Dorfe, wo der alte Soldat lebte. Aber weitsehende Schildwachen trieben bei jedem Versuche die kleine, rote Gestalt zurück. Hosen und Jacke lähmten Körper und Geist zugleich,– so gab er den Plan auf und verließ sich nach orientalischer Art auf Zeit und Zufall. Drei qualvolle Tage verflossen in den großen, öden weißen Räumen. Am Nachmittag ging er wohl hinaus unter Eskorte des Tambour-Jungen und alles, was er hörte, waren Schimpfreden, die Kim längst kannte und verachtete. Der Junge rächte sich für sein Schweigen und Mangel an Interesse durch Schläge, was ganz natürlich war. Ihm lag nichts an den verbotenen Bazaren. Er nannte alle Eingeborenen „Niggers“; Knechte und Auskehrer warfen ihm abscheuliche Namen ins Gesicht, die er, irregeleitet durch ihre ehrerbietige Haltung, nicht verstand. Das war Kim ein Trost für die Schläge.

Am Morgen des vierten Tages kam ein Strafgericht über den Trommler. Sie waren mit einander bis an die Umballa-Rennbahn gegangen. Allein und weinend kam er zurück, erzählend: der junge O'Hara, dem er nichts Besonderes zu leide getan, habe einen rotbärtigen „Nigger“ zu Pferde angerufen; der Nigger sei über ihn hergefallen mit einer besonders zärtlichen Reitpeitsche, habe dann den jungen O'Hara aufgehoben und sei im vollen Galopp mit ihm davon gesprengt. Die Kunde kam zu Vater Victor, er zog die Oberlippe herunter. Er war schon genug überrascht durch einen Brief aus dem Tempel der Tirthankers in Benares, der eine Anweisung auf 300 Rupien von einem eingeborenen Bankier einschloß, nebst einem erstaunlichen Gebet an den Allmächtigen Gott. Der Lama würde noch ungehaltener gewesen sein, als der Priester, hätte er gewußt, wie der Briefschreiber seinen Ausdruck „um Verdienst zu erwerben“ übersetzt hatte.

„Mächte der Finsternis!“ Vater Victor fummelte mit der Anweisung herum. „Und nun ist er davon mit einem seiner Augenblicksfreunde. Ich weiß nicht, wird es mir eine größere Erleichterung sein, ihn wieder zu bekommen oder ihn los zu sein. Er geht über meine Begriffe. Wie zum Teufel – ja, er ist der Mann, den ich meine – kann ein Straßenbettler Geld auftreiben, um weiße Knaben zu erziehen?“

Drei Meilen entfernt, auf der Umballa-Rennbahn, sprach Mahbub Ali, einen grauen Cabuli-Hengst zügelnd, zu Kim, der vor ihm im Sattel saß: „Aber kleiner Allerweltsfreund, hier ist meine Ehre und Reputation im Spiel. Alle Offizier-Sahibs in allen Regimentern und ganz Umballa kennen Mahbub Ali. Man hat gesehen, daß ich Dich aufhob und den Jungen schlug. Man sieht uns jetzt auf dieser Ebene von weit her. Wie kann ich Dich fortbringen? oder Dein Verschwinden erklären, wenn ich Dich absetze und in die Ähren rennen lasse? Man würde mich ins Gefängnis bringen. Sei ruhig. Einmal ein Sahib, immer ein Sahib. Wenn Du ein Mann bist – wer weiß – dankst Du es Mahbub Ali.“

„Bring mich über die Schildwachen hinweg, daß ich diese roten Kleider abwerfen kann, gib mir Geld, ich will nach Benares gehen und wieder bei meinem Lama bleiben. Ich will kein Sahib sein, und denke doch, ich überbrachte die Botschaft.“

Der Hengst bäumte sich wild. Mahbub Ali hatte ihm unvorsichtig den scharfkantigen Steigbügel in die Weichen getrieben. (Er war nicht von der modernen Art von Roßhändlern, die englische Stiefel und Sporen tragen.) Kim zog seine eigenen Schlüsse aus diesem Betragen.

„Das war eine Kleinigkeit; lag ja auf dem Wege nach Benares. Ich und der Sahib haben das längst vergessen. Ich schicke so viele Briefe und Botschaften an die Leute, die nach Pferden fragen. Ich weiß kaum, war es dieser oder jener. Handelte sich's nicht um eine braune Stute, deren Stammbaum Peters Sahib wissen wollte?“

Kim merkte sofort die Falle. Hätte er „braune Stute“ gesagt, würde Mahbub Ali an seiner Bereitwilligkeit auf die Verwechselung einzugehen, sofort gemerkt haben, daß der Knabe Verdacht hatte. Kim erwiderte deshalb:

„Braune Stute? Nein. Ich vergesse meine Bestellungen nicht so. Es war ein weißer Hengst.“

„Ah, so war es. Ein weißer arabischer Hengst. Aber Du schriebst mir „braune Stute“.

„Wer wird einem Briefschreiber die Wahrheit sagen?“ antwortete Kim, der Mahbubs Handfläche auf seinem Herzen fühlte.

„He! Mahbub, Du alter Schelm, halt an!“ rief eine Stimme und ein Engländer jagte auf einem kleinen Polo-Pony an seine Seite. „Ich habe das halbe Land nach Dir durchjagt. Dein Cabuli versteht zu laufen. Verkäuflich, denk ich?“

„Ich habe eine Remonte auf Lager, vom Himmel ausersehen für das seine, schwierige Polo-Spiel. Er hat nicht seines Gleichen. Er –“

„Spielt Polo und wartet bei Tisch auf. Ja. Wir wissen das. Was zum Teufel, hast Du denn da?“

„Einen Knaben,“ antwortete Mahbub ernsthaft. „Ein anderer Knabe prügelte ihn. Sein Vater war einst in dem großen Krieg ein weißer Soldat. Der Junge war von Kindheit an in Lahore. Als Baby spielte er mit meinen Pferden. Jetzt, glaube ich, wollen sie ihn zum Soldaten machen. Er wurde von seines Vaters Regiment aufgegriffen, das in letzter Woche in den Krieg zog. Es scheint mir aber, als hätte er keine Lust Soldat zu werden. Ich nahm ihn auf einen Ritt mit. Sag mir, wo Deine Kaserne liegt, ich will Dich absetzen.“

„Laß mich los. Ich kann die Baracken allein finden.“

„Und wenn Du fortläufst, wird man nicht mir die Schuld geben?“

„Er wird zu seinem Essen zurücklaufen. Wohin sollte er sonst laufen?“

„Er wurde im Lande geboren. Er hat Freunde. Er geht hin, wo es ihm beliebt. Er ist ein durchtriebener Bengel. Es gilt nur sein Kleid zu wechseln und im Nu wäre er ein Hindu-Knabe niederer Kaste!“

„Was zum Henker!“ Der Engländer sah den Knaben kritisch an, während Mahbub nach der Kaserne umwendete. Kim knirschte mit den Zähnen. Mahbub spottete seiner, wie ungläubige Afghanen tun, denn er fuhr fort:

„Sie werden ihn in eine Schule schicken, ihm schwere Stiefel anziehen und ihn in dies Zeug einzwängen. Dann wird er alles, was er weiß, vergessen. Nun, wo ist Deine Kaserne?“

Kim zeigte – sprechen konnte er nicht – auf Vater Victors Abteilung.

„Vielleicht wird er ein guter Soldat,“ sprach Mahbub nachdenklich, „jedenfalls eine gute Ordonnanz. Ich schickte ihn einmal mit einer Botschaft von Lahore ab. Eine Bestellung, den Stammbaum eines weißen Hengstes betreffend.“

Das war ein tödlicher Insult über den andern und der Sahib, dem er so schlau jenen Krieg weckenden Brief überbrachte, hörte es wohl. Kim sah Mahbub Ali in Flammen braten für seine Verräterei, für sich selbst aber nur Aussicht auf Kasernen, Schulen und wieder Kasernen. Er blickte flehend auf das scharf geschnittene Gesicht, auf dem kein Schimmer von Verständnis sich zeigte: aber selbst in dieser äußersten Not fiel es ihm nicht ein, des weißen Mannes Erbarmen anzusprechen, noch den Afghanen anzuklagen. Und Mahbub starrte bedächtig den Engländer an, und dieser ebenso bedächtig den stummen und zitternden Kim.

„Mein Pferd ist gut zugeritten," sagte der Händler. „Andere würden ausgeschlagen haben, Sahib."

„Ah," sagte der Engländer endlich, seines Ponys dampfende Flanken mit dem Peitschenknopf reibend, „wer will einen Soldaten aus dem Jungen machen?"

„Er sagt, das Regiment, das ihn aufgefunden hat, besonders aber der Pater Sahib des Regiments."

„Da ist der Pater!" rief Kim atemlos, als Vater Victor barhäuptig von der Veranda herunter auf sie zusegelte.

„Mächte der Finsternis, O'Hara! Wie viele verschiedenartige Freunde hältst Du Dir in Indien?" rief er, als Kim herabglitt und hilflos vor ihm stand.

„Guten Morgen, Padre," rief der Oberst heiter. „ *Par renommée* kenne ich Sie gut genug. Wollte immer schon herüber kommen Sie zu besuchen. Ich bin Creighton."

„Vom Ethnologischen Dienst?" sagte Vater Victor. Der Oberst nickte. „Wahrhaftig, mich freut's Sie zu sehen; und ich schulde Ihnen Dank, daß Sie den Knaben zurückbrachten."

„Verdiene keinen Dank, Padre. Der Junge war nicht fortgelaufen. Sie kennen den alten Mahbub Ali nicht?" Der Roßkamm saß regungslos im Sonnenschein. „Wenn Sie einen Monat in der Station gewesen sind, werden Sie ihn kennen. Er verkauft uns alle seine Schindmähren. Dieser Junge ist aber ein Kuriosum. Können Sie mir Näheres über ihn sagen?"

„Ich Ihnen etwas sagen?" stöhnte Vater Victor. „Sie wären der Einzige, der mir in meinen Verlegenheiten helfen könnte. Ich Ihnen Näheres sagen! Mächte der Finsternis, ich brenne vor Ungeduld jemand zu fragen, der über die Eingeborenen Bescheid weiß."

Ein Groom kam um die Ecke. Oberst Creighton erhob die Stimme und rief in Urdu: „Sehr wohl, Mahbub Ali, aber was soll's nützen, daß Ihr so viel von dem Pony erzählt! Nicht ein Pie (kleinste Kopfmünze, ca. ein Pfennig) mehr als hundert und fünfzig Rupien gebe ich."

„Der Sahib ist etwas erregt und hitzig von dem Ritt," erwiderte der Pferdehändler mit dem Blinzeln eines privilegierten Spaßmachers.

„Bald werden die vortrefflichen Eigenschaften meines Pferdes ihm einleuchten. Ich will warten, bis er sein Gespräch mit dem Pater beendet. Unter jenem Baum will ich warten."

„Hol Euch der Teufel!" Der Oberst lachte. „Das kommt davon, wenn man eines von Mahbubs Pferden ansieht. Er ist ein richtiger Blutegel, Padre. Warte also, Mahbub, wenn Du so viel überflüssige Zeit hast. Wo ist der Knabe? Oh, er ist hingegangen, um mit Mahbub zu schwatzen. Sonderbarer Junge! Darf ich Sie bitten, mein Pferd unterstellen zu lassen?"

Er ließ sich in einen Sessel fallen, von dem aus er Kim und Mahbub Ali unter dem Baum beobachten konnte. Der Pater war hineingegangen, um Zigarren zu holen.

Creighton hörte Kim mit Bitterkeit sprechen: „Trau einem Brahmanen mehr als einer Schlange, einer Schlange mehr als einer Dirne und einer Dirne mehr als einem Afghanen, Mahbub Ali."

„Das ist alles gleich", der große, rote Bart wackelte feierlich. „Kinder sollten keinen Teppich auf dem Webstuhl sehen, ehe das Muster fertig ist. Glaube mir, Freund aller Welt, ich erzeige Dir einen großen Dienst. Sie sollen keinen Soldaten aus Dir machen."

„Du pfiffiger, alter Sünder," dachte Creighton. „Aber Du hast nicht Unrecht. Der Junge darf nicht unnütz verbraucht werden, wenn er so wertvoll ist."

„Entschuldigen Sie mich einen Augenblick," rief der Pater von innen. „Ich will nur die Dokumente dieser Sache holen."

„Wenn durch mich Dir die Gunst dieses tapfern und weisen Oberst-Sahib zuteil wird und Du zu Ehren gebracht wirst, wie willst Du dann Mahbub Ali danken, wenn Du ein Mann bist?"

„Nein, nein; ich bat Dich, mich wieder auf die Landstraße zu bringen, wo ich sicher gewesen wäre, aber Du hast mich wieder an die Engländer verkauft. Wie viel Blutgeld werden sie Dir geben?“

„Ein kostbarer kleiner Dämon!“ Der Oberst biß seine Zigarre ab und wandte sich höflich zu Vater Victor.

„Was für Briefe sind das, die der fette Priester vor dem Oberst herumschwenkt? Tritt hinter den Hengst, als ob Du nach dem Zügel fühltest!“ sprach Mahbub Ali.

„Ein Brief von meinem Lama, den er von Jagadhir-Road schrieb; er will dreihundert Rupien das Jahr für meinen Unterricht zahlen.“

„Oho! Ist der alte Rot-Hut von *der* Sorte? in welcher Schule?“

„Gott weiß. Ich denke in Nucklao.“

„Ja. Da ist eine große Schule für die Söhne von Sahibs und Halb-Sahibs. Ich sah sie, als ich dort Pferde verkaufte. So liebte der Lama auch den Freund-aller-Welt?“

„Und wie? und *er* erzählte keine Lügen und lieferte mich nicht in die Gefangenschaft.“

„Kein Wunder, daß der Pater den Knäuel nicht zu entwirren versteht. Wie eifrig er mit dem Oberst-Sahib redet.“ Mahbub Ali kicherte. „Bei Allah!“ – sein scharfes Auge streifte die Veranda einen Augenblick – „Dein Lama hat, was mir ein Wechsel scheint, geschickt. Ich habe zuweilen mit Wechseln zu tun gehabt. Der Oberst-Sahib sieht ihn sich an.“

„Was nützt mir das alles?“ sagte Kim trübselig, „Du gehst fort und mich stecken sie wieder in die kahlen Räume, wo kein ordentlicher Platz zum Schlafen ist und wo die Jungen mich hauen.“

„Ich glaube es nicht. Habe Geduld, Kind. Alle Pathans betrügen nicht – ausgenommen beim Roßkauf.“ Fünf – zehn – fünfzehn Minuten gingen hin, Vater Victor redete energisch oder stellte Fragen, die der Oberst beantwortete.

„Nun habe ich Ihnen alles gesagt, was ich von dem Knaben weiß, vom Anfang bis zum Ende; und es ist mir eine wahre Erleichterung. Haben Sie je etwas Ähnliches gehört?“

„Nun, jedenfalls hat der alte Mann das Geld geschickt. Gobind Sahais Unterschrift ist gut von hier bis China," sagte der Oberst. „Je mehr man von Eingeborenen weiß, je weniger weiß man, was sie, oder was sie nicht tun werden."

„Das ist tröstlich – von seiten des Chefs des Ethnologischen Amtes! O diese Mischung von Roten Stieren und Flüssen des Heils (armer Heide, Gott helfe ihm!) und Geldanweisungen und Freimaurer-Papieren. Sind Sie zufällig auch Freimaurer?"

„Wahrhaftig, ich bin's, das fällt mir gerade ein. Das ist ein Grund mehr," sprach der Oberst ziemlich zerstreut.

„Ich bin froh, daß Sie überhaupt einen Sinn darin finden. Wie ich schon sagte, dieses Gemisch von Dingen verwirrt mich. Dazu die Prophezeiung vor unserm Oberst. Wie er dasaß auf meinem Bett, sein Hemdchen auseinander geschoben, daß die weiße Haut vorschimmerte; und wie die Prophezeiung wahr wurde! Nun, sie werden ihm den Unsinn schon auskurieren in St. Xavier, meinen Sie nicht?"

„Werden ihn mit Weihwasser besprengen," lachte der Oberst.

„Auf mein Wort, mir scheint, ich sollte das zuweilen tun. Ich hoffe, er wird zu einem guten Katholiken erzogen werden. Was mich noch beunruhigt, ist, was dann werden soll, wenn der alte Bettelmann –"

„Lama, Lama, lieber Herr; und manche von ihnen sind Gentlemen in ihrem eigenen Lande."

„Der Lama also – das nächste Jahr nicht zahlt? Er hat sich im Drang des Augenblicks als solider Geschäftsmann bewährt, aber er kann sterben. Und – das Geld von einem Heiden anzunehmen, um einem Kinde eine christliche Erziehung zu geben –"

„Aber er hat deutlich ausgesprochen, was er will. Sobald er wußte, daß der Knabe ein Weißer war, hat er seine Anordnungen demgemäß gemacht. Den Gehalt eines Monats möchte ich darum geben, zu hören, wie er das alles im Tirthanker-Tempel in Benares erklärt. Sehen Sie, Padre, ich behaupte nicht, die Eingeborenen durchaus zu kennen, aber wenn er sagt, er zahlt, wird er zahlen – tot oder lebendig. Ich meine damit, seine Erben werden die Schuld übernehmen. Mein Rat ist, schicken Sie den Knaben nach Lucknow. Wenn der anglikanische Kaplan denkt, Sie hätten ihm den Rang abgelaufen –"

„Schlimm für Bennett! Er wurde statt meiner zur Front geschickt. Doughty erklärte mich gesundheitlich für unfähig. Ich werde Doughty exkommunizieren, wenn er lebendig zurück kommt! Bennet müßte eigentlich zufrieden sein mit –“

„Dem Ruhm und Ihnen die Religion belassen. Ganz recht! Ich denke aber wirklich, Bennett wird es sich nicht zu Herzen nehmen. Schieben Sie die Schuld auf mich. Ich – nun – ich hätte sehr empfohlen, den Knaben nach St. Xavier zu schicken. Er kann mit dem Freipaß für Soldaten-Waisen fahren, so wird das Reisegeld gespart. Seine Ausstattung bezahlen Sie aus den Regiments-Beiträgen. Der Loge werden die Kosten seiner Erziehung erspart, das wird die Loge in gute Laune versetzen. Es ist ganz einfach. Ich muß nächste Woche nach Lucknow hinunter. Ich werde unterwegs nach dem Knaben sehen, ihn außerdem meinen Dienern in Obhut geben und so weiter.“

„Sie sind ein guter Mann.“

„Nicht im Geringsten. Sie sind im Irrtum. Der Lama hat uns Geld zu einem bestimmten Zweck geschickt. Wir können es nicht wohl zurückgeben. Wir haben zu tun, was er sagt. Das wäre abgemacht, nicht wahr? Sollen wir festsetzen, daß Sie nächsten Dienstag ihn mir zum Süd-Nachtzug bringen? Das sind nur drei Tage. Er kann nicht viel Schaden anrichten in drei Tagen.“

„Es ist mir eine Last von der Seel', aber – dieses Ding hier“ – er schwenkte eine Anweisung – „ich kenne so wenig Gobind-Sahai wie seine Bank, die ein Loch in einer Mauer sein mag.“

„ *Sie* sind niemals als Subalterner in Schulden gewesen! Ich will den Wechsel einlösen, wenn Sie es wünschen und Ihnen den Wert einschicken.“

„Aber das noch zu Ihrer übrigen Arbeit! Es wäre zu viel –“

„Es macht mir nicht die geringste Mühe. Als Ethnologe, sehen Sie, ist die Sache mir sogar interessant. Ich mache vielleicht einen Bericht darüber in einer Arbeit, die ich für die Regierung liefere. Die Verwandlung eines Regiments-Abzeichens wie Ihr Roter Stier in den Fetisch, dem der Knabe folgt, ist sehr interessant.“

„Ich weiß nicht, wie ich Ihnen danken soll.“

„Etwas können Sie doch für mich tun. Wir Ethnologen alle sind, wie Dohlen, neidisch, einer auf des andern Entdeckung. Sie sind zwar nur für uns selbst von Interesse, aber Sie wissen ja, wie wir Bücher-Sammler einmal sind. Bitte, lassen Sie kein Wort direkt oder indirekt über die asiatische Seite in des Knaben Charakter bekannt werden, auch nicht von seinen Abenteuern, seinen

Prophezeiungen und so weiter. Ich will das späterhin aus dem Jungen heraus holen, sehen Sie, und –

„Ja. Sie werden einen wundervollen Bericht daraus machen. Niemand soll ein Wort von mir hören, bis ich die Geschichte gedruckt lese."

„Danke Ihnen. Das geht einem Ethnologen gerade ins Herz. Doch ich muß nun frühstücken. Himmel! Ist der alte Mahbub noch hier?" Er sprach laut und der Roßhändler trat aus dem Schatten des Baumes hervor. „Nun, was gibt's noch?"

„Was das junge Pferd anbetrifft," sprach Mahbub, „so sage ich, wenn ein Füllen dazu geschaffen ist, ein Polo-Pony zu werden und ohne angelernt zu sein, dem Ball genau folgt – wenn so ein Füllen das Spiel instinktiv begreift – dann sage ich, ist es ein großes Unrecht, das Füllen vor einen schweren Wagen zu spannen, Sahib."

„So denke ich auch, Mahbub. Das Füllen soll für Polo eingeschrieben werden. (Diese Kerle denken in der Welt an nichts als an Pferde, Padre.) Morgen werde ich sehen, Mahbub, ob Du etwas Gutes zu verkaufen hast."

Der Händler salutierte, nach Reitart, durch Schwenken der freien Hand. „Hab ein wenig Geduld, kleiner Allerweltsfreund," flüsterte er dem geängsteten Kim zu. „Dein Glück ist gemacht. Bald gehst Du nach Nucklao und – hier ist etwas, um den Briefschreiber zu bezahlen. Ich werde Dich, denke ich, oft wiedersehen," und er schlenderte die Straße entlang.

„Hör mich an, Kim," rief der Oberst im Dialekt von der Veranda herunter, „in drei Tagen gehst Du mit mir nach Lucknow und wirst auf jedem Schritt Neues sehen. Sitz also diese drei Tage still und lauf nicht fort. Du kommst in die Schule in Lucknow."

„Werde ich dort meinen Heiligen treffen?" fragte Kim flehentlich.

„Wenigstens liegt Lucknow näher zu Benares als Umballa. Vielleicht nehme ich Dich unter meinem Schutz mit. Mahbub Ali weiß Bescheid und er wird zornig sein, wenn Du wieder ein Landstreicher wirst. Erinnere Dich auch – viel ist mir gesagt worden, was ich nicht vergesse."

„Ich will warten," sagte Kim, „aber die Jungen werden mich prügeln."

Die Trompeten bliesen zum Mittagessen.

Kapitel 7.

Am Nachmittag wurde Kim vom Schulmeister mit dem roten Gesicht angekündigt, er wäre von der Leine gelassen, was aber für Kim erst Bedeutung gewann, als man ihn gehen und spielen hieß. Da rannte er nach dem Basar und fand den jungen Schreiber, dem er die Marke schuldig geblieben.

„Jetzt bezahle ich," sprach Kim mit königlicher Herablassung, „und muß einen neuen Brief geschrieben haben."

„Mahbub Ali ist in Umballa," erzählte der Schreiber. Er war vermöge seines Berufes eine Art Auskunfts-Büro, wenn auch kein allzusicheres.

„Dieser Brief ist nicht an Mahbub, aber an einen Priester. Nimm Deine Feder, schnell, und schreibe: „An Teshoo Lama, den Heiligen von Bhotiyal, der einen Fluß sucht, und der jetzt ist im Tempel von den Tirthankers zu Benares." – „Nimm mehr Tinte!" – „In drei Tagen gehe ich hinunter nach Nucklao, nach der Schule in Nucklao. Der Name von der Schule ist Xavier. Ich weiß nicht, wo die Schule ist, aber sie ist in Nucklao."

„Aber ich kenne Nucklao," unterbrach der Schreiber, „ich weiß wo die Schule ist."

„Schreibe ihm, wo sie ist; ich gebe einen halben Anna." Die Rohrfeder kratzte hurtig. „Nun kann er sie finden." Der Schreiber blickte auf. „Wer beobachtet uns da von der Straße her?"

Kim sah rasch hinüber und gewahrte Oberst Creighton im Tennis-Kostüm.

„Oh, das ist ein Sahib, der mit dem dicken Priester in den Baracken bekannt ist. Er winkt mir."

„Was tust Du da?" fragte Creighton, als Kim herantrottete.

„Ich – ich laufe nicht davon. Ich sende einen Brief an meinen Heiligen in Benares."

„Das fiel mir nicht ein. Hast Du ihm geschrieben, daß ich Dich nach Lucknow bringe?"

„Nein, das tat ich nicht. Lest den Brief, wenn Ihr mir nicht glaubt."

„Warum denn hast Du meinen Namen ausgelassen in dem Brief an den Heiligen?" Der Oberst lächelte sonderbar. Kim nahm seinen Mut in beide Hände.

„Man sagte mir einmal, es wäre unangemessen, Namen von Fremden, die an einer Sache beteiligt waren, zu nennen, denn durch Nennung von Namen würde mancher gute Plan verdorben.“

„Man hat Dich gut unterwiesen,“ erwiderte der Oberst. Kim errötete. „Ich habe meine Zigarrentasche auf des Paters Veranda gelassen. Bringe sie mir diesen Abend nach meinem Hause.“

„Wo ist das Haus?“ fragte Kim. Sein Scharfsinn sagte ihm, daß er in irgendeiner Art auf die Probe gestellt würde, und er war auf seiner Hut.

„Frage irgend jemand in dem großen Basar.“ Der Oberst ging weiter.

„Er hat seine Zigarrentasche vergessen,“ sagte Kim, zurückkommend. „Ich soll sie ihm diesen Abend bringen. Mein Brief ist nun fertig – nur noch dreimal: „Komm zu mir! Komm zu mir! Komm zu mir.“ Nun will ich die Marke bezahlen und ihn auf die Post tragen.“ Er erhob sich, um zu gehen und fragte so obendrein: „Wer ist der Sahib mit dem verdrießlichen Gesicht, der seine Zigarrentasche verlor?“

„Oh, das ist nur Creighton Sahib – ein ganz närrischer Sahib, der ein Oberst-Sahib ist ohne ein Regiment.“

„Was treibt er denn?“

„Gott weiß! Er kauft immerfort Pferde, die er nicht reiten kann und fragt in Rätseln über Werke Gottes – wie Pflanzen und Steine und die Sitten der Leute. Die Händler nennen ihn Vater der Narren, weil er so leicht mit einem Pferd zu beschwindeln ist. Mahbub-Ali sagt, er ist verrückter als alle anderen Sahibs.“

„Oh!“ machte Kim und ging. Die Art seiner Erziehung hatte ihm etwas Menschenkenntnis eingebracht, und er sagte sich, daß man einem Narren keine Mitteilung machen würde, die dazu führt, achttausend Mann nebst Kanonen mobil zu machen. Der Oberbefehlshaber von ganz Indien würde nicht so, wie Kim ihn gehört hatte, zu Narren reden, noch würde Mahbub Alis Ton sich ändern, wie er es immer tat, wenn er des Obersten Namen nannte, wäre der Oberst ein Narr. Und deshalb – Kim machte einen Seitensprung – mußte ein Geheimnis da sein, und Mahbub Ali spionierte wahrscheinlich ebenso für den Oberst, wie Kim für Mahbub Ali spioniert hatte. Und augenscheinlich, eben so wie der Roßkamm, achtete der Oberst solche Leute, die sich nicht als die Überklugen geberdeten.

Er war froh, daß er getan hatte, als wisse er des Obersten Haus nicht; und als er bei der Rückkehr in die Kaserne keine Zigarrentasche fand, strahlte er vor Vergnügen. Das war ein Mann nach seinem Herzen – eine versteckte zweideutige Persönlichkeit, die ein geheimes Spiel spielte. Nun, wenn der ein Narr war, so konnte Kim es auch sein.

Er verriet nichts von seinen Gedanken, als Vater Victor während dreier langer Morgen ihm von einer ganz neuen Gesellschaft von Göttern und untergeordneten Gottheiten sprach, besonders von einer Göttin – Maria genannt – die, so schien es ihm, gleichbedeutend war mit Bibi Miriam aus Mahbub Alis Theologie. Er zeigte weder Erregung, als nach der Lektion Vater Victor ihn von Laden zu Laden führte, um seine Ausstattung einzukaufen, noch klagte er, als die neidischen Tambour-Jungen ihn traten, weil er in eine höhere Schule kam; er erwartete den Wechsel der Umstände mit gespanntem Geist. Der gute Vater Victor begleitete ihn zur Station, brachte ihn in einen leeren Wagen zweiter Klasse, nächst Oberst Creightons erstklassigem, und sagte ihm mit wirklicher Rührung Lebewohl.

„Sie werden Dich zu einem Manne machen in St. Xavier, O'Hara – einem weißen, und ich hoffe einem guten Manne. Sie wissen alles von Deiner Herkunft, und der Oberst wird sorgen, daß Du nicht verloren gehst unterwegs oder an einem falschen Platz ausgesetzt wirst. Von religiösen Dingen habe ich Dir, hoffe ich, einen Begriff gegeben und vergiß nicht, wenn man nach Deiner Religion fragt, Du bist katholisch – besser noch sage römisch-katholisch, obwohl ich das Wort nicht gerade liebe.“

Kim zündete eine starke Zigarre an, er hatte sich Vorrat im Basar gekauft, und legte sich hin, um nachzudenken. Diese einsame Fahrt war sehr verschieden von der lustigen Reise in der dritten Klasse mit dem Lama. „Sahibs haben wenig Vergnügen beim Reisen,“ dachte er. „Ho heh! Ich rolle von einem Ort zum andern wie ein Fußball. Es ist mein Kismet. Kein Mensch entgeht seinem Kismet. Aber ich soll zu Bibi Miriam beten, und ich bin ein Sahib“ – er blickte wehmütig auf seine Stiefel. „Nein, ich bin Kim. Dies ist die große Welt und ich bin nur Kim. Was ist Kim?“ Er grübelte über seine eigene Identität, etwas, was er bisher nie getan, bis ihm der Kopf schwindelte. Er war ein unbedeutendes Ding in diesem schwirrenden Wirbel von Indien, und ging südwärts in ein unbekanntes Geschick.

Der Oberst ließ ihn holen und redete lange Zeit mit ihm. So viel Kim verstand, sollte er fleißig lernen, um später in den Vermessungsdienst von Indien einzutreten. Wenn er sehr tüchtig würde, und die erforderlichen Prüfungen bestände, könnte er mit siebzehn Jahren dreißig Rupien monatlich verdienen, und Oberst Creighton würde dafür sorgen, daß er passende Beschäftigung fände.

Anfangs gab Kim sich den Anschein, als verstände er von drei Worten kaum eins. Da begann der Oberst fließend und schön Urdu zu reden, und Kim war zufrieden. Ein Mann, der diese Sprache so genau kannte, der so sanft und leise sich bewegte, dessen Augen so verschieden waren von den blöden, fetten Augen anderer Sahibs, der konnte kein Narr sein.

„Ja, Du mußt Zeichnungen machen lernen von Wegen und Bergen und Flüssen und mußt diese Bilder vor Deinem inneren Auge bewahren, bis die passende Zeit da ist, sie zu Papier zu bringen. Eines Tages vielleicht, wenn Du ein Mann der Maßkette bist und wir zusammen arbeiten, werde ich Dir sagen: „Gehe über jene Hügel und siehe, was jenseits liegt.“ Ein anderer aber würde vielleicht sprechen: „Böses Volk lebt in den Hügeln, das den Ketten-Mann totschlagen wird, wenn er wie ein Sahib aussieht.“ Was würdest Du dann tun?“

Kim überlegte: Würde es richtig sein, auf des Obersten Lockton einzugehen? „Ich würde Euch wiederholen, was der andere mir gesagt.“

„Aber wenn ich darauf spräche: „Ich gebe Dir hundert Rupien, wenn Du berichtest, was hinter jenen Hügeln liegt – für eine Zeichnung eines Flusses oder eine Mitteilung, wie die Leute drüben gesinnt sind?“

„Was kann ich sagen? Ich bin nur ein Knabe. Wartet bis ich ein Mann bin.“ Schnell aber, als er einen Schatten auf des Obersten Stirn sah, fügte er hinzu: „Ich denke aber doch, ich würde die hundert Rupien bald verdienen.“

„Auf welche Art?“

Kim schüttelte den Kopf resolut. „Wenn ich sagen wollte, wie ich sie verdienen will, könnte es ein anderer hören und mir zuvorkommen. Es taugt nichts, was man weiß, um nichts zu verkaufen.“

„Sag es mir denn jetzt.“ Der Oberst hielt eine Rupie hoch, Kims Hand streckte sich aus, zog sich aber wieder zurück.

„Nein, Sahib, nein. Ich kenne den Preis für die Antwort, aber ich weiß nicht, warum die Frage gestellt ist.“

„Nimm es denn als Geschenk," sagte Creighton, die Münze hinwerfend. „Es ist gute Anlage in Dir. Lasse sie in St. Xavier nicht stumpf werden. Viele von den Jungen dort verachten die Schwarzen."

„Dann waren ihre Mütter wohl Basar-Weiber," sagte Kim. Er wußte wohl, wie tief der Haß des Halbbluts gegen seine schwarzen Brüder ist.

„Wahr; aber Du bist ein Sahib und der Sohn eines Sahib. Deshalb laß Dich nie verleiten, den schwarzen Mann gering zu schätzen. Ich kannte Burschen, die in den Dienst der Regierung eben eingetreten, so taten, als kennten sie weder die Sprache, noch die Sitten der Schwarzen. Für ihre Dummheit wurde ihnen der Lohn gekürzt, Dummheit ist die größte Sünde. Vergiß das nicht."

Verschiedene Male noch während der langen Reise südwärts ließ der Oberst Kim rufen, immer auf dasselbe Thema zurückkommend.

„Wir werden also alle an demselben Leitdraht sein," dachte Kim zuletzt, „der Oberst, Mahbub Ali und ich – wenn ich ein Mann der Kette werde. Er wird mich verwenden, wie Mahbub Ali mich verwandte, denke ich. Es ist gut, wenn es mir Gelegenheit gibt, auf die Heerstraße zurückzukommen. Diese Kleidung wird durch Tragen nicht bequemer."

Vom Lama war nichts zu sehen bei der Ankunft auf der überfüllten Lucknow-Station. Kim schluckte seine Enttäuschung hinunter. Der Oberst packte ihn nebst seiner ganzen Habe in ein Ticcagarri und hieß ihn allein nach St. Xavier fahren.

„Ich sage nicht Lebewohl, denn wir werden uns wiedersehen," rief er, „und oft, wenn Du von gutem Geist beseelt bleibst. Aber noch bist Du nicht erprobt."

„Nicht damals, als ich Dir" – Kim wagte das „tum", die Anrede-Form des Gleichgestellten zu gebrauchen – „in jener Nacht den Stammbaum eines weißen Hengstes überbrachte?"

„Zur rechten Zeit vergessen, ist ein großer Gewinn, kleiner Bruder," sprach der Oberst mit einem Blick, der Kim zu durchbohren schien. Kim brauchte einige Minuten, sich von diesem Blick zu erholen, dann aber, in seinem Wagen kauernd, sog er voll Befriedigung die neue Luft ein.

„Eine prächtige Stadt," dachte er, „prächtiger als Lahore. Wie hübsch müssen die Basare sein. Kutscher, fahre mich ein wenig durch die Basare."

„Mir ist befohlen, Dich nach der Schule zu fahren." Der Kutscher brauchte das „Du", was eine Beleidigung gegen einen Weißen ist. Im fließendsten Vernikular machte Kim ihm seinen Irrtum klar, Kletterte auf den Kutschersitz, und im besten Einvernehmen fuhr das Paar stundenlang auf und ab, bewundernd, vergleichend, sich amüsierend. Keine Stadt – Bombay, die Königin aller Städte ausgenommen – ist so schön in ihrem Prachtvollen Stil wie Lucknow; mag man von der Brücke über den Fluß herab sehen oder von der Spitze des Imambra auf die vergoldeten, wie Regenschirme geformten Dächer des Chutter Munzit und die Bäume, in denen die Stadt wie eingebettet liegt. Könige haben sie mit phantastischen Bauwerken geschmückt, mit Stiftungen ausgestaltet, mit Leuten, die von Regierungs-Pensionen leben, vollgestopft und mit Blut getränkt. Lucknow ist das Zentrum des Luxus, des Müßigganges und der Intriguen und teilt mit Delhi den Ruhm, das reinste Urdu zu sprechen.

„Eine schöne Stadt, eine wundervolle Stadt." Der Kutscher, als Eingeborener, fühlte sich durch das Lob geschmeichelt und erzählte Kim die erstaunlichsten Sachen, wo ein englischer Führer nur von dem Aufstande erzählt hätte.

„Nun wollen wir nach der Schule fahren," sagte Kim endlich. Die große alte Schule St. Xavier in Partibus, ein Komplex von niedrigen, weißen Gebäuden, rings von weiten Anlagen umgeben, lag dem Gumti-Flusse gegenüber, etwas entfernt von der Stadt.

„Welche Art von Volk ist da drinnen?" frug Kim.

„Junge Sahibs – lauter Teufel. Aber, wenn ich Wahrheit sprechen soll, und ich habe viele von ihnen von und nach der Eisenbahn-Station gefahren, so sah ich niemals einen, der so das Zeug zu einem perfekten Teufel gehabt hätte, wie Du – der junge Sahib, den ich jetzt fahre."

Natürlicherweise hatte Kim, den man niemals gelehrt halte, so etwas für unanständig zu halten, einen Teil des Tages mit einigen frivolen Dämchen in einer gewissen Straße zugebracht, und ebenso natürlich war er ihnen Kein Kompliment schuldig geblieben.

Er war eben dabei, des Kutschers letzte Ungehörigkeit gebührend anzuerkennen, als sein Auge – es begann zu dunkeln – eine Gestalt gewahrte, die an der Mauer bei einem der weißen Steinpfeiler des Tores saß.

„Halt!" rief Kim. „Halt hier. Ich gehe nicht gleich in die Schule."

„Aber wer bezahlt mir mein Hin- und Herfahren?“ sagte der Kutscher kläglichen Tones. „Ist der Junge toll? Erst war es ein Tanzmädchen, nun ist's ein Priester.“

Kim stürzte sich Hals über Kopf in die Straße und streichelte die staubigen Füße unter dem schmutzigen gelben Gewand.

„Hier wartete ich einen Tag und einen halben,“ sprach der Lama mit sanfter Stimme. „Nein – ich halte einen Schüler bei mir. Er, der mein Freund ist im Tempel der Tirthanker, gab mir einen Führer für die Reise. Ich kam mit dem Zuge von Benares, als Dein Brief mir gegeben wurde. Ja, ich werde gut genährt. Mir mangelt nichts.“

„Aber warum bliebst Du nicht bei der Kulu-Frau, o Heiliger? Wie kamst Du nach Benares? Mein Herz war schwer, seit wir uns trennten.“

„Die Frau ermüdete mich durch immerwährenden Strom der Rede und durch Verlangen von Zaubermitteln für Kindersegen. Ich trennte mich von dieser Gesellschaft und erlaubte ihr, durch Geschenke Verdienst zu erwerben. Sie ist wenigstens eine Frau mit offener Hand, und ich versprach, in ihr Haus zurückzukehren, wenn es nötig würde. Dann, als ich mich allein gewahrte in dieser großen und schrecklichen Welt, besann ich mich auf den Zug nach Benares, wo, wie ich wußte, einer sich aufhielt in Tirthankers Tempel, der ein Sucher ist, wie ich.“

„Ach! Dein Strom,“ rief Kim. „Ich hatte den Strom vergessen.“

„Sobald, mein Chela? Ich vergaß ihn nie. Aber, als ich Dich verlassen, schien es mir besser, zu dem Tempel zu gehen und Rat zu erbitten; denn, siehst Du, Indien ist so groß, und es könnte sein, daß weise Männer vor uns, vielleicht zwei oder drei, eine Urkunde hinterlassen hätten über die Lage unseres Stromes. Sie debattieren darüber im Tempel der Tirthanker; der eine sagt dieses, der andere jenes. Sie sind höfliche Leute.“

„Das ist gut. Aber was tust Du jetzt?“

„Ich sammle Verdienst, indem ich Dir, mein Chela, zur Weisheit verhelfe. Der Priester von der Schar der Männer, die dem Roten Stier dienen, schrieb mir, es würde alles für Dich geschehen, wie ich es wünsche. Ich sandte das Geld, das für ein Jahr genügt, und ich kam, wie Du siehst, um Dich in die Pforte des Wissens eingehen zu sehen.“

„Die Pferde werden kalt, und ihre Futterzeit ist vorüber," jammerte der Kutscher.

„Geh zum Teufel und bleibe da mit Deiner verrufenen Tante!" schnarrte Kim über seine Schulter weg. „Ich bin ganz verlassen in diesem Land; ich weiß nicht, wohin ich komme und wie es mir gehen wird. Mein Herz war in dem Brief, den ich Dir schickte. Außer Mahbub Ali, und er ist ein Pathan (Afghane), habe ich nur Dich, Heiliger. Gehe nicht ganz fort von mir."

„Ich habe das auch bedacht," sprach der Lama mit schwankender Stimme. „Es ist Klar, daß von Zeit zu Zeit ich Verdienst damit sammeln werde – falls ich zuvor nicht meinen Strom gefunden – wenn ich mich überzeuge, daß Deine Füße den Pfad des Wissens wandeln. Was sie Dich lehren werden, ich weiß es nicht; aber der Priester schrieb mir, daß in ganz Indien keines Sahibs Sohn besser unterrichtet werden soll, als Du. Von Zeit zu Zeit also werde ich wiederkommen. Kann sein. Du wirst solch ein Sahib, wie der, der mir diese Brille gab" – der Lama rieb sie sorgfältig ab – „in dem Wunderhaus zu Lahore. Dies ist meine Hoffnung, denn er war ein Brunnen der Weisheit – weiser als mancher Abt – ... Und wiederum kann sein, Du vergissest mich und unsere Begegnung."

„Wenn ich Dein Brot esse," rief Kim leidenschaftlich, „wie könnte ich Dich jemals vergessen?"

„Nein – nein." Er schob den Knaben von sich. „Ich muß nach Benares zurück. Von Zeit zu Zeit, da ich nun den Gebrauch der Briefschreiber in diesem Lande kenne, werde ich Dir einen Brief senden, und von Zeit zu Zeit werde ich kommen, um Dich zu sehen."

„Aber wohin soll ich meine Briefe senden?" fragte Kim und klammerte sich an das gelbe Gewand, ganz vergessend, daß er ein Sahib war.

„Nach dem Tempel der Thirthanker zu Benares. Das ist der Ort, den ich gewählt habe, bis ich meinen Strom finde. Weine nicht; denn sieh, jedes Begehren ist Wahn und fesselt uns von neuem auf das Rad. Gehe ein in die Pforten des Wissens! Laß mich Dich gehen sehen ... Liebst Du mich? Dann gehe, oder mein Herz zerspringt ... Ich werde wiederkommen. Gewiß, ich komme wieder."

Der Lama sah das Ticca-garri in den umzäunten Hof fahren und schritt hinweg, bei jedem Schrille schnupfend.

„Die Tore des Wissens" schlossen sich mit Geräusch.

Der im Lande geborene und auferzogene Knabe hat seine besonderen Sitten und Manieren, wie in keinem anderen Land; und seine Lehrer behandeln ihn in einer Weise, die einem englischen Lehrer unverständlich sein würde.

Kims Erlebnisse in St. Xavier, die eines Knaben unter dreihundert frühreifen jungen Menschen, von welchen die meisten noch nie das Meer gesehen hatten, bieten wenig Neues. Er verbüßte die gewöhnlichen Strafen für Fortlaufen über die bestimmten Schranken, wenn Cholera in der Stadt war und er nach dem Basar rannte, um einen Briefschreiber aufzutreiben, solange er selbst noch nicht Englisch schreiben konnte. Er wurde natürlich angeschrieben wegen des Rauchens und wegen so saftiger Kraftausdrücke, wie sie selbst in St. Xavier unerhört waren. Er lernte sich waschen mit der scheinheiligen Gewissenhaftigkeit der Eingeborenen, in deren Meinung der Engländer für sehr schmutzig gilt. Er trieb die gewöhnlichen Späße mit den geduldigen Kulis, die die Punkahs ziehen mußten in den Schlafräumen, wo die Knaben in den heißen Nächten sich herumwarfen und bis zur Morgendämmerung Geschichten erzählten; und schweigend maß er sich in Gedanken mit seinen selbstbewußten Kameraden. Diese waren Söhne von untergeordneten Beamten beim Eisenbahn-, Telegraphen- und Kanaldienst, von Offizieren in und außer Dienst, zuweilen aktiven als Oberbefehlshaber der Armee eines feudalen Rajahs; von Regierungs-Pensionierten, von Pflanzern, von Missionaren und Ladenbesitzern aus der Residentschaft. Einige waren jüngere Söhne von alten eurasischen Familien, die sich in Durrumtollah festgewurzelt haben – von Pereiras, de Souzas, de Silvas. Ihre Eltern konnten sie wohl in England erziehen lassen, aber sie bevorzugten die Schule, die sie in ihrer eigenen Jugend besucht, und so folgte in St. Xavier eine gelbbleiche Generation der anderen. Ihre Wohnsitze erstreckten sich von Howrah, wo der Eisenbahnverkehr herrscht, bis zu verlassenen Quartieren, wie Monghyr und Chunar, vergessenen Teeplantagen an der Shillong-Straße, Dörfern in Oudh oder dem Dekkan, wo ihre Väter große Grundbesitzer waren, Missions-Stationen, sieben Tage von der nächsten Eisenbahn entfernt, Seehäfen, tausend Meilen gen Süden, im Angesicht der metallschimmernden Indischen Brandung und noch südlicheren China-Baumpflanzungen. Die Erzählung allein ihrer Abenteuer, die für sie keine Abenteuer waren, auf ihren Reisen von und nach der Schule, hätte einem europäischen Knaben das Haar gesträubt. Sie waren es gewohnt, allein hundert Meilen weit durch Dschungel zu streichen, immer mit der entzückenden Möglichkeit, von Tigern angefallen zu werden; aber sie würden eben so wenig im August-Monat im Canal la Manche gebadet haben, wie ihre europäischen Brüder stillgelegen hätten, wenn ein Leopard ihren Reisekarren umschnüffelte. Da waren Knaben von fünfzehn Jahren, die anderthalb Tage auf einem Inselchen inmitten eines angeschwollenen Stromes zugebracht und wie etwas selbstverständliches die Leitung über eine dort lagernde, vor Angst halb wahnsinnige Pilgerschar, auf der Rückkehr von irgendeinem Heiligengrab begriffen, übernommen hatten. Andere wieder, ältere, hatten einen ihnen zufällig begegnenden, einem Rajah gehörigen Elefanten, im Namen von St. Francis Xavier für sich requiriert, als der Fahrweg zu ihres Vaters Besitzung von dem Regen zerstört war, und hätten um ein Haar das ungeheuere Tier in einer Wanderdüne verloren. Da war ein Knabe, der erzählte und niemand zweifelte an seinen Worten, daß er seinem Vater geholfen hätte, einen Angriff von Akas von der Veranda aus mit Flinten zurückzutreiben, in den Tagen, als diese Kopfjäger noch einsame Pflanzungen keck überfielen.

Und jede Geschichte wurde mit der leidenschaftslosen, ruhigen Stimme der Eingeborenen erzählt, oft untermischt von seltsamen Betrachtungen, die ihnen, halb unbewußt, von ihren eingeborenen Pflegemüttern überkommen waren und mit Redewendungen, die zeigten, daß sie im selben Augenblick aus dem Dialekt übertragen waren. Kim beobachtete, lauschte und zollte Beifall. Das war kein fades, eintöniges Geschwätz von Trommlerjungen, das handelte vom Leben, das er verstand und halb und halb kannte. Diese Atmosphäre sagte ihm zu. Er wuchs zusehends. Man gab ihm einen weißen Drellanzug, als es warm wurde; die äußerliche Behaglichkeit erfreute ihn, wie es ihm Freude machte, seinen scharfen Verstand an den ihm zuerteilten Aufgaben zu erproben. Seine schnelle Auffassung würde einen europäischen Lehrer entzückt haben; in St. Xavier aber war diese stürmische Entwicklung des Geistes unter der Einwirkung der Sonne und Umgebung ebenso bekannt, wie ein plötzliches Versagen, das im Alter von zwei- oder dreiundzwanzig Jahren eintritt.

Er hielt sich aber bescheiden zurück, wie man ihm empfohlen hatte.

Wenn während der heißen Nächte Geschichten erzählt wurden, hütete er sich wohl, seine Reminiszenzen aufzutischen, denn in St. Xavier sieht man auf den Knaben herab, der sich viel mit Eingeborenen abgibt. Man darf nicht vergessen, daß man ein Sahib ist und eines Tages, wenn das Examen bestanden, über Eingeborene befehlen wird.

Kim nahm sich das ad notam; er begann zu verstehen, wohin ein gutes Examen führt.

Es kamen die Ferien von August bis Oktober – die langen Ferien, durch Hitze und Regen bedingt. Man sagte Kim, er würde nordwärts geschickt nach einer Hügel-Station jenseits Umballa, wo Vater Victor ihn unterbringen würde.

„Eine Kasernen-Schule?" fragte Kim, der viel fragte und noch mehr dachte.

„Ich vermute es," antwortete der Lehrer. „Es wird Dir nicht schaden, wenn Du einmal keine dummen Streiche machen kannst. Du kannst mit dem jungen de Castro bis Delhi fahren."

Kim erwog es von allen Seiten. Er war fleißig gewesen, wie der Oberst ihm geraten. Die Ferien gehörten dem Schüler ganz allein; soviel hatte er aus den Reden seiner Kameraden erfahren und – nach St. Xavier eine Kasernen-Schule – das war unerträglich. Überdies – und das war ein unschätzbares Zaubermittel – er konnte jetzt schreiben! In drei Monaten hatte er begreifen lernen, wie Menschen mit einander reden können, ohne daß ein Dritter darum weiß, mittels einer halben Anna und ein bißchen Wissen. Kein Wort war von dem Lama gekommen; aber dafür war ja die Landstraße da. Kim sehnte sich nach der Liebkosung weichen Schmutzes, der zwischen den Zehen aufspritzt; der Mund wässerte ihm nach mit Butter und Kohl gedämpftem Hammelfleisch, nach Reis mit scharf riechendem Cardamom gemischt, dem safranfarbigen Reis mit Zwiebeln und Knoblauch, und nach den verbotenen fettigen Süßigkeiten der Bazare. In der Kasernen-Schule würde man ihm rohes Fleisch auf flachen Schüsseln geben, und rauchen dürfte er nur heimlich. Wiederum – er war ein Sahib und in St. Xavier – und das Schwein Mahbub Ali ... Nein, er wollte Mahbubs Gastfreundschaft nicht auf die Probe stellen – und doch ... Im Schlafsaal brachte er seine Gedanken zu Ende und kam zu der Erkenntnis, daß er ungerecht gegen Mahbub wäre.

Die Schule war leer, fast alle Lehrer schon fort; Oberst Creightons Freibillet für die Eisenbahn hielt Kim in der Hand und lobte sich selbst, daß er Creightons und Mahbubs Geld nicht vernascht hatte. Noch war er Herr über zwei Rupien und sieben Annas. Sein neuer Büffelleder-Koffer, „K. O'H." gezeichnet, und sein zusammengerolltes Bettzeug lag in dem leeren Schlafsaal. „Sahibs schleppen sich immer mit ihrer Bagage herum," sprach Kim, der seinen zunickend. „Ihr bleibt hier." Er trat hinaus in den warmen Regen, lächelte sündhaft und suchte ein gewisses Haus auf, dessen Aussehen er vor längerer Zeit sich gemerkt hatte.

„Halt! Weißt Du nicht, welcher Art Mädchen in diesem Quartiere sind? O, schäme Dich!"

„Bin ich gestern geboren?“ Kim kauerte sich nach heimischer Sitte in jenem Obergeschoß auf den Polstern nieder. „Ein wenig Farbstoff und ein paar Meter Zeug, um einen Scherz auszuführen, ist das viel verlangt?“

„Wer ist *Sie* ? Jung genug für einen Sahib bist Du zu solchem Teufelsstreich.“

„O, Sie? Sie ist die Tochter eines gewissen Schulmeisters in einer Militärstation. Er hat mich zweimal geprügelt, weil ich in diesen Kleidern über ihre Mauer stieg. Ich möchte es nun als ein Gärtnerbursche versuchen. Alle Männer sind so eifersüchtig.“

„Das ist richtig. Halt Dein Gesicht ruhig, während ich den Saft aufspritze.“

„Nicht zu schwarz, Naikan. Ich möchte ihr nicht wie ein Nigger erscheinen.“

„O, Liebe macht sich daraus nichts. Und wie alt ist sie?“

„Zwölf Jahre, glaube ich,“ sagte der unverschämte Kim.

„Schmiere auch etwas auf die Brust. Könnte passieren, daß der Vater mir die Kleider herunterreißt, und wenn ich buntscheckig bin –“ er lachte.

Das Mädchen arbeitete flink, einen zusammengewickelten Zeuglappen in die braune Farbe tunkend, die länger hält als Wallnuß-Tinktur.

„Nun besorge mir ein Tuch zum Turban. O weh, mein Kopf ist nicht geschoren, und er wird mir sicher den Turban abreißen.“

„Ich bin kein Barbier, aber ich will Dir helfen. Du bist ein geborener Herzensbrecher. Und diese ganze Verkleidung für einen Abend? Du weißt doch, der Stoff läßt sich nicht wieder abwaschen?“ Sie schüttelte sich vor Lachen, daß die Spangen an Arm- und Fußgelenk klirrten. „Aber, wer bezahlt mich für meine Arbeit? Huneefa selbst könnte Dir keinen besseren Stoff geben.“

„Hoffe auf die Götter, meine Schwester,“ sagte Kim, das Gesicht verziehend, als die Farbe anfing zu trocknen. „Außerdem, hast Du jemals einen Sahib so angemalt?“

„Nein, niemals. Aber ein Spaß ist kein Geld.“

„Aber viel mehr wert.“

„Kind, Du bist ohne jeden Zweifel der schamloseste Sohn Shaitans (Teufel), der mir je vorgekommen. Einem armen Mädchen so die Zeit zu rauben und dann zu sprechen: „Ist der Spaß nicht genug!“ Du wirst es weit bringen in der Welt.“ Sie machte ihm eine spöttische Tanzmädchen-Verbeugung.

„Ganz einerlei. Beeile Dich und schneide mein Haar.

Kim wiegte sich von einem Fuß auf den anderen mit vor Freude blitzenden Augen, im Gedanken an die fetten Tage, die nun kommen sollten. Er gab dem Mädchen vier Annas und rannte die Treppe hinab, jeder Zoll ein Hindu-Knabe niederer Kaste. Einer Kochbude galt sein erster Besuch, wo er sich gütlich tat in fetten Schlemmereien.

Auf dem Bahnhof beobachtete er den jungen de Castro, wie er, ganz mit roten Hitzbläschen bedeckt, in einen Wagen zweiter Klasse stieg. Kim zog die dritte vor und war da die Seele der Gesellschaft. Er erzählte, daß er Gehilfe eines Gauklers sei, der ihn fieberkrank zurücklassen mußte, und daß er seinen Meister jetzt in Umballa aufsuchen wollte. Wechselten die Reisenden, so änderte er sein Thema oder schmückte es mit Phantasieblüten aus, die um so üppiger wucherten, als er so lange der Landessprache entbehrt hatte. In ganz Indien gab es in dieser Nacht keinen vergnügteren Menschen als Kim. In Umballa stieg er aus und steuerte nun ostwärts, über durchweichte Felder patschend, nach dem Dorfe zu, wo der alte Soldat lebte.

Um dieselbe Zeit ungefähr wurde Oberst Creighton in Simla telegraphisch aus Lucknow benachrichtigt, daß der junge O'Hara verschwunden sei. Mahbub Ali war in der Stadt, um Pferde zu verkaufen; ihm erzählte der Oberst die Geschichte, als er eines Morgens durch die Annandale-Reitbahn ritt.

„O, das hat nichts zu bedeuten," meinte der Roßkamm. „Menschen sind wie Pferde. Zu gewissen Zeiten müssen sie Salz haben, und wenn keins in der Krippe ist, lecken sie es von der Erde auf. Er ist wieder ein bißchen Landstreicher geworden. Die Madrissah (Schule) langweilte ihn. Ich sah das kommen. Das nächste Mal will ich ihn selbst mit auf die Landstraße nehmen. Beunruhigt Euch nicht, Creighton Sahib. Es ist, als ob ein Polo-Pony sich losreißt und fortrennt, um das Spiel allein zu lernen."

„Du meinst also nicht, daß er tot ist?"

„Fieber könnte ihn töten. Sonst fürchte ich nichts für den Jungen. Ein Affe fällt nicht von den Bäumen."

An derselben Stelle, am nächsten Morgen, trieb Mahbub seinen Hengst an des Obersten Seite. „Es ist, wie ich dachte," sagte er. „Durch Umballa ist er wenigstens gekommen, und da er im Bazar erfuhr, daß ich hier bin, hat er mir einen Brief geschrieben."

„Lies,“ sprach der Oberst mit einem Seufzer der Erleichterung. Es war lächerlich, daß ein Mann von seiner Stellung Interesse nahm an einem kleinen, landgeborenen Vagabunden. Aber er gedachte der Unterredungen im Eisenbahnzug, und oft während der letzten Monate war ihm die Erinnerung an den sonderbaren, schweigsamen, sich selbst beherrschenden Knaben gekommen. Seine Flucht war der Gipfel der Unverschämtheit freilich, aber sie zeigte Mut und Findigkeit.

Mahbubs Augen zwinkerten, wie er in die Mitte des Platzes lenkte, wo niemand ungesehen sich nahen konnte.

„Der Freund der Sterne, der der Freund ist aller Welt –“

„Was soll das heißen?“

„Ein Name, den wir ihm in Lahore gaben. – „Der Freund aller Welt nimmt sich die Erlaubnis, seine eigenen Wege zu gehen. Er wird an dem bestimmten Tag zurückkehren. Laß den Koffer und das Bettzeug holen, und wenn Anlaß zu Tadel ist, lasse die Hand der Freundschaft die Geißel des Unheils abwenden.“ Es steht noch etwas mehr da, aber –“

„Nur zu, lies.“

„„Gewisse Dinge kennen die Leute nicht, die mit Gabeln essen. Es ist besser, ein Weilchen mit beiden Händen zu essen. Sprich süße Worte zu denen, die dies nicht verstehen, damit die Rückkunft günstig sei.“ Nun, die Art, wie das ausgedrückt ist, ist natürlich das Werk des Briefschreibers, aber seht, wie klug der Knabe es gedreht hat, so daß keiner, der nicht Bescheid weiß, etwas verstehen kann.“

„Ist das die Hand der Freundschaft, die die Geißel des Unheils abwenden soll?“ lachte der Oberst.

„Seht, wie gescheit der Junge ist. Daß er wieder auf die Landstraße gehen würde, sagte ich. Da er Euere Absichten noch nicht kannte –“

„Ich bin dessen nicht ganz sicher,“ murmelte der Oberst.

„So hält er sich an mich, den Frieden mit Euch zu vermitteln. Ist er nicht klug? Er sagt, er wird wiederkommen. Er vervollständigt nur sein Wissen. Denkt, Sahib, er war drei Monate in der Schule. Dies Gebiß ist ihm noch empfindlich im Maule. Ich erfreue mich daran, daß das Pony das Spiel lernt.“

„Aber ein ander Mal darf er nicht allein gehen.“

„Warum nicht? Er ging allein, bevor er unter Oberst Creightons Protektion kam. Wenn er in das große Spiel eintritt, muß er allein gehen – allein und seinen Kopf riskieren. Wenn er dann anders spuckt oder niest oder niedersitzt, als das Volk, das er beobachten soll, kann er totgeschlagen werden. Weshalb ihn jetzt zurückhalten? Denkt was die Perser sagen: Der Schakal, der in den Wildnissen von Mazanderan lebt, kann nur von Hunden aus Mazanderan gepackt werden."

„Wahr! Wahr, Mahbub Ali. Und, wenn er nicht zu Schaden kommt, ist's gut. Aber eine große Unverschämtheit bleibt es."

„Nicht einmal mir sagt er, wohin er geht. Er ist kein Narr. Wenn seine Zeit um ist, wird er zu mir kommen. Er reift schneller, als Sahibs rechnen."

Einen Monat später erfüllte Mahbubs Prophezeiung sich buchstäblich. Er war in Umballa, um einen Pferde-Transport abzuholen, und ritt in der Dämmerung allein auf der Kalka-Straße, als Kim ihn traf, um ein Almosen bettelte, eine Verwünschung erhielt und auf Englisch antwortete. Mahbub schnappte vor Erstaunen.

„Oho! Und wo bist Du gewesen?"

„Auf und ab – abwärts und aufwärts."

„Komm unter jenen Baum, aus der Nässe heraus, und erzähle."

„Eine Weile blieb ich bei einem alten Mann, nahe Umballa, dann im Hause einer Bekanntschaft in Umballa. Mit einem von ihnen wanderte ich südwärts bis Delhi. Das ist eine wunderbare Stadt. Darauf trieb ich einen Ochsenwagen für einen Teli (Ölhändler) nach Norden, hörte aber bald von einem großen Fest in Puttiala und eilte dorthin in Gesellschaft eines Feuerwerkers. Es war ein großartiges Fest." Kim rieb sich den Magen. „Ich sah Rajahs und Elefanten mit goldenem und silbernem Sattelschmuck; und sie brannten alles Feuerwerk auf einmal ab; dabei wurden elf Menschen getötet, mein Feuerwerker darunter, und ich wurde durch ein Zelt geblasen, tat mir aber nichts. Dann kam ich auf die Landstraße zurück mit einem Reiter, einem Sikh, dem ich als Groom diente für mein Brod, und hier bin ich."

„Shabash (Spitzbube)!" rief Mahbub Ali.

„Und was sagt der Oberst Sahib? Ich möchte nicht geprügelt werden."

„Die Hand der Freundschaft hat die Geißel des Unheils abgewendet. Ein ander Mal aber, wenn Du umherschweifen willst, muß es mit mir sein. Dies ist noch zu früh."

„Spät genug für mich. Ich habe ein wenig Englisch lesen und schreiben gelernt in der Madrissah. Ich werde bald ganz und gar ein Sahib sein.

„Hört ihn!" lachte Mahbub Ali, sich die kleine durchnäßte Gestalt ansehend, die da vor ihm im Schlamm herumtanzte. „Salaam – Sahib," und er verbeugte sich ironisch. „Bist der Landstraße müde, oder willst mit nach Umballa kommen und mit den Pferden zurück machen?"

„Ich gehe mit Dir, Mahbub Ali."

Kapitel 8

„In Gottes Namen denn, nimm blau statt rot," sagte Mahbub, auf die Hindu-Farbe von Kims schäbigem Turban anspielend.

Kim entgegnete mit dem alten Sprichwort: „Ich will meinen Glauben und mein Bett wechseln, aber Du mußt dafür bezahlen."

Der Händler lachte, daß er fast vom Pferde fiel. In einem Laden an der Stadtgrenze ward der Wechsel vollzogen, und Kim trat als Mohammedaner, äußerlich wenigstens, wieder heraus.

Mahbub nahm ein Zimmer der Eisenbahn-Station gegenüber, ließ ein gekochtes Mahl der feinsten Sorte und mit Mandeln gefülltes Zuckerwerk holen (Balushai nennen wir es), dazu fein gehackten Tabak aus Lucknow.

„Dies ist besser als das Essen mit dem Sikh," grinste Kim im Niederhocken, „und sicherlich gibt's in meiner Madrissah nicht so gute Dinge."

„Ich möchte mehr von dieser Madrissah hören." Mahbub stopfte sich voll mit Massen von gewürztem, in Fett gebratenem Hammelfleisch mit Kohl und goldbraunen Zwiebeln. „Aber vor allem," sprach er, seinen Gürtel lösend, „erzähle mir ausführlich und wahrheitsgemäß die Art Deines Entwischens. Denn, o Freund aller Welt, ich glaube nicht, daß es so oft passiert, daß ein Sahib und eines Sahibs Sohn so von dort fortläuft."

„Wie sollten Sie wohl? Sie kennen das Land nicht. Es war ganz leicht." Und Kim begann seine Erzählung. Als er an die Verkleidung und die Unterredung mit dem Bazar-Mädchen kam, vermochte Mahbub nicht ernst zu bleiben; er lachte laut und schlug sich mit der Hand auf den Schenkel.

„Shabash! Shabash! (Schelm!) Gut gemacht, Kleiner! Was wird der Türkisen-Doktor dazu sagen? Nun langsam, laß hören, was weiter passierte, Schritt vor Schritt, übergehe nichts."

Schritt vor Schritt erzählte Kim, vom Husten unterbrochen, wenn der scharf riechende Tabak ihm in die Kehle drang, seine Abenteuer.

„Ich sagte es," murmelte Mahbub Ali leise, „ich sagte es, das Pony bricht aus, um Polo spielen zu lernen. Die Frucht ist schon reif – fehlt nur noch, daß er die Distanzen und den Paßgang, seine Meß-Rute und den Kompaß kennt. Höre! Die Peitsche des Obersten habe ich Deiner Haut fern gehalten, und das ist kein geringer Dienst."

„Wahr." Kim paffte gleichmütig. „Das ist sehr wahr."

„Aber es ist nicht gesagt, daß dies Aus- und Einrennen irgendwie vernünftig wäre."

„Es waren meine Ferien. Viele Wochen war ich ein Sklave. Warum sollte ich nicht fortlaufen, als die Schule geschlossen wurde? Bedenke auch, daß ich dem Oberst Sahib eine große Ausgabe sparte, da ich bei meinen Freunden lebte und bei dem Sikh mein Brod verdiente."

Mahbubs Lippen zuckten unter dem wohlgepflegten mohammedanischen Schnurrbart.

„Was fragt der Oberst Sahib nach ein paar Rupien!

„ – Der Pathan streckte die offene Hand nachlässig aus – „Er gibt das Geld für einen Zweck, keineswegs aus Liebe zu Dir."

„Das," sprach Kim langsam, „wußte ich schon sehr lange."

„Wer sagte es Dir?"

„Der Oberst Sahib selbst. Nicht in so vielen Worten, aber deutlich genug für einen, der nicht ganz und gar ein Strohkopf ist. Ja, er sagte es in dem Zug, als wir nach Lucknow fuhren."

„Gut. Dann will ich Dir mehr sagen, Allerweltsfreund, obwohl ich dadurch meinen Kopf in Deine Hand gebe."

„Der war mir schon verfallen,“ sprach Kim mit großem Wohlbehagen, „damals in Umballa, wo Du mich auf Dein Pferd nahmst, als der Tambour-Junge mich schlug.“

„Sprich ein wenig deutlicher. Alle Well mag sich belügen, aber wir untereinander nicht. Denn ebenso ist Dein Leben mir verfallen, wenn ich nur meinen Finger aufhebe.“

„Und dies weiß ich ebenfalls,“ sagte Kim, eine neue Holzkohle auf den Tabak legend. „Es ist ein festes Band zwischen uns. In der Tat ist Dein Halt fester als meiner, denn wer würde nach einem Knaben fragen, der totgeschlagen oder vielleicht in einen Brunnen am Wegrande geworfen wäre? Was hingegen Dich betrifft, so würden viele hier und in Simla und jenseits der Pässe hinter den Hügeln fragen: „Was ist Mahbub Ali zugestoßen?“ wenn er tot zwischen seinen Pferden gefunden würde. Sicher würde auch der Oberst Sahib Nachforschungen anstellen. Aber wiederum“ – Kims Gesicht zuckte vor Schelmerei – „zu lange würde er nicht nachforschen, denn man könnte fragen: „Was hat dieser Oberst Sahib mit diesem Pferdehändler zu tun? Aber ich – wenn ich am Leben bliebe – “

„Aber Du würdest sicher sterben –“

„Kann sein; aber ich sage, wenn ich lebte, so wüßte ich und ich allein, daß in der Nacht einer vielleicht als ein gewöhnlicher Dieb in Mahbub Alis Bretter-Abteilung in dem Serai eindrang und ihn da totschlug, bevor oder nachdem selbiger Dieb seine Satteltaschen und sogar die Sohlen seiner Schuhe durchgesucht. Wäre das etwas, um es dem Oberst zu erzählen oder würde er sagen –: (Ich habe nicht vergessen, wie er mich nach seiner Zigarrentasche zurückschickte, die er nicht vergessen hatte) – Was geht mich Mahbub Ali an?“

Eine dicke Wolke Rauch stieg aufwärts. Eine lange Pause trat ein; dann sprach Mahbub voll Bewunderung: „Und mit solchen Gedanken im Kopf legst Du Dich nieder und stehst auf zwischen all den kleinen Sahib-Söhnen in der Madrissah und hörst bescheiden die Unterweisungen Deiner Lehrer an?“

„Es ist Befehl,“ sagte Kim ruhig. „Wer bin ich, daß ich einem Befehl zuwider handeln dürfte?“

„Ein vollendeter Sohn des Eblis (zerstörender Engel),“ murmelte Mahbub Ali. „Aber was ist's mit der Geschichte von dem Dieb und der Untersuchung?“

„Das, was ich sah in der Nacht, als ich mit meinem Lama nahe Deinem Platz in dem Kashmir-Serai lag. Die Tür war nicht verschlossen, was, glaube ich, nicht Deine Gewohnheit ist, Mahbub. Er trat ein wie jemand, der wußte, daß Du nicht bald zurückkämest. Mein Auge war an einem Astloch in der Planke. Er suchte nach etwas – nicht nach einer Pferdedecke oder Steigbügel, nicht nach einem Zaum oder nach Messingtöpfen – er suchte etwas Kleines und sorgfältig Verborgenes. Weshalb sonst hatte er einen Stahl zwischen die Sohlen Deiner Schuhe gesteckt?“

„Hah!“ Mahbub Ali lächelte sanft. „Und da Du dies gesehen, welche Geschichte hast Du Dir daraus zusammengedacht, Brunnen der Wahrheit?“

„Keine. Ich legte die Hand auf mein Amulett, das ich immer auf der Haut trage, und mich des Stammbaums eines weißen Hengstes erinnernd, den ich aus einem Stück muselmännischen Brotes herausgebissen, ging ich fort nach Umballa mit dem Bewußtsein, daß mir etwas Wichtiges anvertraut war. In der Stunde, hätte es mir beliebt, wäre Dein Kopf verfallen gewesen. Ich brauchte nur dem Manne zu sagen: „Hier habe ich ein Papier, das ich nicht lesen kann, es betrifft ein Pferd.“ „Und dann?“ Kim blinzelte Mahbub unter halbgeschlossenen Augenlidern an.

„Dann würdest Du Wasser geschluckt haben, zweimal – vielleicht dreimal. Ich denke, nicht mehr als dreimal,“ sagte Mahbub einfach.

„Das ist wahr. Ich dachte ein wenig daran, aber am meisten dachte ich daran, daß ich Dich lieb habe, Mahbub. Deshalb ging ich nach Umballa, wie Du weißt, aber (und das weißt Du nicht) ich lag im Gartengras verborgen, um zu sehen, was Oberst Creighton Sahib tun würde, nachdem er des weißen Hengstes Stammbaum durchgelesen.“

„Und was tat er?“ Denn Kim hatte die Unterhaltung plötzlich abgebrochen.

„Gibst Du Berichte aus Liebe oder verkaufst Du sie?“

„Ich verkaufe und – ich kaufe.“ Mahbub nahm ein Vieranna-Stück aus seinem Gürtel und hielt es empor.

„Acht!“ sagte Kim, mechanisch dem Handels-Instinkt des Ostens folgend.

Mahbub lachte und steckte die Münze wieder ein. „Der Handel auf diesem Markt ist zu bequem, Freund aller Well. Erzähle mir aus Liebe. Unser Leben liegt eines in des andern Hand.“

„Gut denn. Ich sah den Jang-i-Lat Sahib (Oberbefehlshaber) zu einem großen Mittagessen ankommen. Ich sah ihn in Creighton Sahibs Arbeitszimmer. Ich sah die Beiden den Stammbaum des weißen Hengstes durchlesen. Ich hörte selbst die Befehle geben zur Eröffnung des großen Krieges."

„Hah!" Mahbub nickte mit glühenden Augen. „Das Spiel ist gut gespielt. Der Krieg ist nun beendet und das Unheil vor der Blüte abgeschnitten – dank mir – und Dir. Was tatest Du weiter?"

„Aus der Neuigkeit machte ich mir einen Angelhaken, um Nahrung und Ehre von den Dorfleuten zu bekommen, in dem Dorfe, wo der Priester meinen Lama mit Opium betäubte. Aber ich hatte des alten Mannes Geldbeutel an mich genommen, und der Brahmane fand nichts. Am andern Morgen war er wütend. Ho! Hoh! Und wieder benutzte ich die Neuigkeit, als ich dem weißen Regiment mit seinem Stier in die Hände fiel!"

„Das war Torheit," brummte Mahbub. „Mit Neuigkeiten soll man nicht umher werfen wie mit Dungfladen, sondern sparsam mit ihnen umgehen wie mit – Bheing (Aus Hanf gewonnenes, berauschendes Getränk)."

„Jetzt denke ich auch so. Überdies hat es mir nichts genützt. Aber das ist lange her." Er bewegte die schmale, braune Hand, als wolle er das alles wegbürsten. „Seitdem und besonders in der Nacht, unter der Punkah, in der Schule habe ich tief nachgedacht."

„Ist es erlaubt zu fragen, wohin die Gedanken des Himmels-Entsprossenen geführt haben?" sprach Mahbub mit gewähltem Sarkasmus, seinen Scharlach-Bart glättend.

„Es ist erlaubt," entgegnete Kim im selben Ton.

„In Nucklao sagen sie, ein Sahib muß einem schwarzen Mann nicht sagen, daß er ein Versehen gemacht hat."

Mahbubs Hand fuhr in sein Gewand, denn einen Pathan einen „schwarzen Mann" (Kala admi) nennen, ist eine tödliche Beleidigung. Er besann sich aber und lachte. „Rede, Sahib, Dein schwarzer Mann hört zu."

„Aber," fuhr Kim fort, „ich bin kein Sahib und ich bekenne, ich machte einen Fehler, als ich Dich, Mahbub Ali, verwünschte, an dem Tage zu Umballa, wo ich glaubte, von einem Pathan betrogen worden zu sein. Ich war sinnlos; ich war eben erst gefangen, und ich wollte den niedrig geborenen Trommler umbringen.

Heute sage ich, Hajji, Du hast wohl getan, und ich sehe den Weg zu einem guten Dienst klar vor mir. Ich werde in der Madrissah bleiben, bis ich reif bin."

„Gut gesprochen. Besonders sind Distanzen und Zahlen und der Gebrauch des Kompasses wichtig zu lernen für das Geschäft. In den Hügeln oben erwartet Dich einer, um Dich zu unterweisen."

„Ich will alles lernen unter einer Bedingung – daß meine Zeit ohne Weiteres mir gehört, wenn die Madrissah geschlossen wird. Fordere dies für mich von dem Oberst."

„Aber warum den Oberst nicht selbst fragen in der Sahib-Sprache?"

„Der Oberst ist Diener der Regierung. Er muß auf einen Befehl hierhin und dorthin gehen und muß an seine eigene Beförderung denken. (Sieh, wie viel ich schon in Nucklao gelernt habe!) Außerdem, den Oberst kenne ich seit drei Monaten; Mahbub Ali aber seit sechs Jahren. So! Nach der Madrissah will ich gehen. In der Madrissah will ich ein Sahib sein. Aber wenn die Madrissah geschlossen wird, will ich frei unter mein Volk gehen. Sonst sterbe ich!"

„Und wer ist Dein Volk, Freund aller Welt?"

„Dieses große und wundervolle Land," sagte Kim, und fuhr mit der Hand rundum in dem kleinen lehmwandigen Raum, wo die Öllampe in der Nische dunkel durch den Tabaksqualm schimmerte. „Und dann – ich möchte meinen Lama wiedersehen. Und dann – ich brauche Geld."

„Das braucht jeder," sagte Mahbub kläglich. „Ich will Dir acht Annas geben, das muß für lange Zeit genügen, denn viel Geld ist nicht aus Pferdehufen zu gewinnen. Übrigens bin ich zufrieden mit Dir, und wir brauchen nichts weiter zu reden. Lerne tüchtig und in drei Jahren, vielleicht schon früher, kannst Du eine Stütze sein, selbst für mich."

„Bin ich bis jetzt so nutzlos gewesen?" kicherte Kim.

„Gib keine Antworten," brummte Mahbub. „Du bist mein neuer Pferdejunge. Geh und leg Dich zwischen meinen Leuten nieder. Sie sind nahe dem nördlichen Ende der Station mit den Rossen."

„Sie werden mich an das südliche Ende hinunter prügeln, wenn ich ohne Vollmacht komme."

Mahbub faßte in den Gürtel, rieb den angefeuchteten Daumen an einem Stück chinesischer Tinte und preßte den Abdruck davon auf ein Blatt weichen landesbräuchlichen Papieres. Von Balkh bis Bombay kennen die Leute diesen groblinigen Stempel mit der alten, diagonal verlaufenden Narbe darüber.

„Das genügt für meinen Obmann. Ich komme gegen Morgen."

„Auf welchem Wege?"

„Auf dem Wege von der Stadt her. Es gibt nur den einen. Und dann kehren wir zu Creigthon Sahib zurück. Ich habe Dir eine Tracht Prügel erspart."

„Allah! Was ist eine Tracht Prügel, wenn der Kopf lose auf den Schultern sitzt?"

Kim glitt leise in die Nacht hinein, glitt halb um das Haus herum, hielt sich dicht an der Mauer und marschierte wohl eine Meile weg von der Station; machte dann einen weiten Bogen und schlenderte nach der Station zurück. Er brauchte Zeit, ein Märchen zu erfinden für den Fall, daß Mahbubs Leute ihn ausfragen sollten. Diese lagerten auf einem unbenutzten Platz neben der Eisenbahn und hatten, als Eingeborene, selbstverständlich nicht Mahbubs Tiere ausgeladen aus den beiden Viehwagen, wo sie unter einer Sendung anderer von der Bombay Straßenbahn-Compagnie angekaufter heimischer Zuchtpferde standen. Der Obmann, ein heruntergekommener, schwindsüchtig aussehender Muselmann, fuhr Kim sofort grob an, beruhigte sich aber beim Erblicken von Mahbubs Handabdruck.

„Der Hajji hatte die Güte, mich in Dienst zu nehmen," sprach Kim gekränkt. „Bezweifelst Du es, so warte, bis er am Morgen selbst kommt. Und nun, einen Platz am Feuer."

Es folgte das übliche nichtssagende Geschwätz, das Niederklassige bei jeder Gelegenheit anheben. Als es still ward, lagerte Kim sich hinter dem Häuflein von Mahbubs Knechten, fast unter den Rädern eines Viehwagens, zugedeckt mit einer geliehenen wollenen Decke. Eine Schlafstelle zwischen Ballastabfall und Ziegelbarren, zwischen zusammengedrängten Pferden und ungewaschenen Baltis, in einer feuchten Nacht, würde wenigen weißen Knaben behagen; Kim aber war glückselig. Wechsel der Umgebung, der Beschäftigung, der Verhältnisse, das war Kims Lebenslust; und der Vergleich seines Lagers mit den in Reih und Glied stehenden saubern weißen Betten unter der Punkah in St. Xarier, machte ihn so lustig, als wäre es ihm gelungen, das Einmaleins auf Englisch richtig zu wiederholen.

„Ich bin sehr alt," dachte er, halb im Schlaf. „Jeden Monat werde ich ein Jahr älter. Ich war sehr jung und ein Narr vom Kopf bis zu den Füßen, als ich Mahbubs

Botschaft nach Umballa trug. Auch bei dem weißen Regiment war ich noch sehr jung und klein und nicht klug. Jetzt aber lerne ich jeden Tag mehr, und in drei Jahren wird der Oberst mich aus der Madrissah nehmen, mich mit Mahbub auf die Heerstraße nach Stammbäumen von Rossen jagen lassen, oder vielleicht darf ich allein gehen; oder – kann sein – ich finde den Lama und gehe mit ihm. Ja; das wäre das Beste; wieder als Chela mit meinem Lama wandern, wenn er zurückkehrt nach Benares."

Die Gedanken wurden langsamer und undeutlicher. Er versank in ein wundervolles Traumland; da traf ein Flüstern sein Ohr, scharf vernehmbar über dem einförmigen Geplapper am Feuer. Es kam hinter dem eisenbeschlagenen Viehwagen hervor.

„Er ist also nicht hier?"

„Wo wird er anders sein als in der Stadt herumschwärmen! Wer sucht nach einer Ratte in einem Froschteich? Komm weiter. Er ist nicht unser Mann."

„Er darf nicht ein zweites Mal über die Pässe zurückkommen. Es ist Befehl."

„Finde ein Weib, das ihm einen Trank gibt. Das kostet nur einige Rupien und Zeugen gibts keine dann."

„Ausgenommen das Weib. Es muß sicherer gemacht werden. Bedenke den Preis auf seinen Kopf."

„Jawohl; aber die Polizei hat einen langen Arm, und wir sind fern von der Grenze. Wenn es in Peshawur wäre –" „Ja – in Peshawur," höhnte die zweite Stimme. „Peshawur, das voll von seinen Blutsverwandten ist – voll von Schlupfwinkeln und von Weibern, hinter deren Röcken er sich verstecken kann. Peshawur oder die Hölle könnten mir gleich gut passen."

„Was ist denn Dein Plan?"

„Narr, habe ich es Dir nicht hundertmal gesagt? Warte bis er kommt, um sich niederzulegen, dann ein sicherer Schuß. Die Viehwagen sind zwischen uns und den Verfolgern. Wir brauchen nur über die Schienen zu springen und unserer Wege zu gehen. Sie werden nicht sehen, woher der Schuß kam. Warte hier wenigstens bis zur Dämmerung. Welch eine Art Fakir bist Du, zu schaudern bei ein bißchen Wachen?"

„Oho!" dachte Kim hinter fest geschlossenen Augen. „Wieder gilt es Mahbub. Wirklich, der Stammbaum eines weißen Hengstes ist kein gutes Ding, um damit bei Sahibs hausieren zu gehen. Kann aber sein, Mahbub verkaufte noch andere Neuigkeiten. Was ist zu tun, Kim? Ich weiß nicht, wo Mahbub steckt, und kommt er vor Morgendämmerung hierher, so schießen sie ihn nieder. Das wäre kein Vorteil für Dich, Kim. Es ist auch keine Sache für die Polizei. Das wäre wieder kein Vorteil für Mahbub – und" – er kicherte fast laut – „ich entsinne mich keines Unterrichts in Nucklao, der mir hier helfen könnte. Allah! Hier ist Kim und dort sind die. Zuerst also, Kim muß aufwachen und fortgehen, ohne daß die Argwohn schöpfen. Ein böser Traum weckt einen Menschen auf, – so –"

Er warf die Decke vom Gesicht und richtete sich ungestüm auf, mit dem fürchterlichen, gurgelnden wahnsinnigen Geheul der Asiaten, wenn ein Alp sie drückt.

„Urr-urr-urr-urr! Ya-la-la-la! Narain! Die Churel! Die Churel!"

Die Churel ist ein besonders boshafter Geist einer Frau, die im Kindbett starb. Sie lauert an einsamen Wegen, ihre Füße sind rückwärts gekehrt, und sie stürzt Menschen in Qualen.

Lauter wurde Kims quäkendes Heulen, bis er zuletzt aufsprang und schlaftrunken fortstolperte, indes die Lagernden ihn verwünschten für die Störung. Zwanzig Schritte entfernt legte er sich wieder nieder, wohl darauf bedacht, daß die Flüsterer sein Stöhnen und Grunzen noch hören konnten, wie er sich langsam wieder beruhigte. Nach einigen Minuten kugelte er auf die Straße und stahl sich hinaus in die Dunkelheit.

Er trabte rasch vorwärts, bis er an eine Wegüberbrückung kam und duckte sich dahinter, daß sein Kinn in gleicher Höhe mit dem Klappenstein war. Hier konnte er ungesehen den nächtlichen Verkehr beobachten.

Verschiedene Fuhrwerke rasselten vorüber nach den Vororten; ein hustender Polizist, ein paar eilende Wanderer, die sangen, um böse Geister fern zu halten. Dann der Trapp von beschlagenen Hufen.

„Ah! Das sieht nach Mahbub aus," dachte Kim, als das Tier vor dem kleinen Kopf über dem Steinrund scheute.

„Ohe! Mahbub Ali," flüsterte er, „sieh Dich vor."

Das Roß ward rückwärts, fast auf die Keulen, gezügelt, und auf den Brückenkopf zu getrieben.

„Nie wieder," sagte Mahbub laut, „reite ich ein beschlagenes Pferd bei nächtlichen Geschäften. Jedes Knöchelchen und jeden Nagel in der Stadt reißen sie sich in den Fuß." Er bückte sich und hob den Vorderfuß des Pferdes auf, das brachte seinen Kopf nahe an den Kims. „Nieder – bleib unten," murmelte er. „Die Nacht ist voller Augen."

„Zwei Männer warten auf Dich hinter den Viehwagen. Sie wollen Dich erschießen, wenn Du Dich niedergelegt, denn es ist ein Preis auf Deinen Kopf gesetzt. Ich hörte es, als ich neben den Pferden lag."

„Sahest Du sie? ... Steh still, Herr aller Teufel!" Dies wütend zu dem Pferde.

„Nein."

„War einer vielleicht wie ein Fakir gekleidet?"

„Einer sagte zu dem andern: „Was für eine Art Fakir bist Du, daß Du schauderst bei ein wenig Wachen?"

„Gut. Geh zurück ins Lager und lege Dich nieder. Diese Nacht sterbe ich noch nicht."

Mahbub wandte sein Pferd und verschwand. Kim schlich längs des Grabens zurück bis gegenüber seinem zweiten Ruheplatz, schlüpfte dann wie ein Wiesel über den Weg und rollte sich wieder in seiner Decke zusammen.

„Wenigstens ist Mahbub unterrichtet" dachte er. „Und sicherlich, er sprach, als ob er so etwas erwartet hätte. Ich glaube nicht, daß die beiden Männer von ihrer Nachtwache viel profitieren werden."

Eine Stunde ging hin, und beim besten Willen wach zu bleiben, schlief er fest ein. Hin und wieder brauste ein Zug auf den Metallsträngen, zwanzig Fuß von ihm, vorüber, aber er besaß die Abgestumpftheit der Orientalen gegen bloßes Geräusch, und es webte sich nicht einmal ein Traum in seinen Schlummer ein.

Mahbub schlief aber nicht. Es verdroß ihn mächtig, daß Leute, außerhalb seiner Sippe, und unbeeinträchtigt von seinen gelegentlichen Liebesabenteuern, ihm nach dem Leben trachteten. Sein erster und natürlicher Impuls war, weiter unten das Geleise zu kreuzen, dann zurück zu schleichen, seine guten Freunde von hinten zu packen und summarisch tot zu schlagen. Dann bedachte er mit Kummer, daß ein anderer Zweig der Regierung, gänzlich außer Verbindung mit Oberst Creighton, Erklärungen fordern könnte, die schwer zu geben wären; außerdem noch war ihm bekannt, daß man südlich der Grenze eine lächerliche

Wichtigkeit aus einem gefundenen Leichnam macht. Seitdem er Kim mit der Botschaft nach Umballa gesendet, war er nicht mehr belästigt worden, und er wähnte jeden Verdacht endgültig beseitigt. Da kam ihm eine brillante Idee.

„Die Engländer sagen ewig die Wahrheit, deshalb werden wir Eingeborenen ewig zum Narren gehalten. Bei Allah, ich will Wahrheit sprechen zu einem Englischen. Was nützt die Regierungs-Polizei, wenn einem armen Kabuli die Pferde aus ihren eigenen Wagen gestohlen werden? Das ist so schlimm wie in Peshawur! Ich sollte Beschwerde bei der Station vorbringen – besser noch bei einem jungen Sahib von der Eisenbahn! Die sind eifrig, und wenn sie Diebe fangen, wird es ihnen zur Ehre angerechnet." Er band sein Roß außen an das Stationsgebäude und betrat den Bahnsteig.

„Halloh, Mahbub Ali!" rief ein junger Assistent von der Distrikt-Verkehrs-Inspektion, der wartete, um die Linie abzufahren – ein schlanker, flachshaariger Jüngling mit sportsmännischen Manieren, in schmutzig-weißes Leinen gekleidet. „Was macht Ihr hier? Klepper verkaufen – he?"

„Nein, ich habe keine Sorge um meine Pferde. Ich warte hier auf Lutuf Ullah. Ich habe eine Pferdeladung auf der Bahn. Könnte jemand sie ausladen ohne Wissen der Bahnverwaltung?"

„Sollte nicht denken, Mahbub. Ihr könnt uns verantwortlich machen, wenn es geschieht."

„Ich sah zwei Männer fast die ganze Nacht zwischen den Rädern eines der Wagen hocken. *Fakirs* stehlen keine Rosse, so beobachtete ich sie nicht weiter. Ich wollte Lutuf Ullah, meinen Teilhaber, erwarten."

„Zum Teufel auch! Und Ihr kümmertet Euch nicht weiter darum? Auf mein Wort, gut, daß ich Euch treffe. Wie sahen sie aus, he?"

„Es waren ja nur Fakire. Sie werden vielleicht ein bißchen Getreide von den Wagen nehmen. Es gibt viele an den Geleisen. Der Staat wird den Anteil nicht vermissen. Ich kam hierher, um Lutuf Ullah zu suchen."

„Schon gut mit Eurem Partner. Wo sind Euere Pferdewagen?"

„Ein wenig nach dieser Seite, weit weg von dem Ort, wo sie das Licht für den Zug bereit halten."

„An der Signal-Bude. Ja –."

„Und auf dem Schienenstrang nächst dem Weg auf der rechten Seite – wenn man die Bahn so herunter sieht. Aber was Lutuf Ullah betrifft – ein großer Mann mit einer zerbrochenen Nase und einem persischen Jagdhund – Aie!“

Der Jüngling war fortgeeilt, um einen jungen, feurigen Polizisten zu wecken, denn, wie er sagte, die Verwaltung hatte viel von Diebstahl in den Güterschuppen gelitten. Mahbub Ali kicherte in seinen gefärbten Bart.

„Sie werden in ihren schweren Stiefeln gehen und Lärm machen und sich dann wundern, keine Fakire zu finden. Es sind geschickte Jungen – Barton Sahib und Young Sahib.“

Er wartete lässig einige Minuten, erwartend, sie zur Tat gegürtet die Linie entlang eilen zu sehen, als eine Hilfs-Lokomotive, mit dem jungen Barton im Führerstand, durch den Bahnhof glitt.

„Dem Kinde tat ich Unrecht,“ sprach Mahbub, „er ist nicht ganz und gar ein Narr. Einen Feuerwagen zu brauchen, um einen Dieb zu fangen, ist ein neuer Sport.“

Als Mahbub in der Dämmerung nach seinem Lager kam, erachtete es keiner der Mühe wert, ihn von den Vorfällen der Nacht zu unterrichten, keiner, ausgenommen ein kleiner Pferdejunge, der eben in den Dienst des mächtigen Mannes getreten war, und den Mahbub in sein kleines Zelt berief, um beim Packen zu helfen.

„Ich weiß alles,“ flüsterte Kim, über Satteltaschen gebeugt. „Zwei Sahibs kamen herunter in einem Feuerwagen. Ich lief in der Dunkelheit hin und her an dieser Seite der Pferdewagen, als der Feuerwagen langsam auf und ab fuhr. Sie griffen zwei Männer, unter diesem Viehwagen hockend, – Hajji, was soll ich mit diesem Klumpen Tabak machen, ihn in Papier wickeln und unter den Salzbeutel legen? Ja – und schlugen sie nieder. Aber der eine führte mit einem Fakir-Bockhorn (Kim meinte den aus Hörnern zusammengefügten Schild, die einzige Waffe der Fakire) einen Streich gegen einen Sahib, und das Blut floß. Der andere Sahib, nachdem er seinen Mann bewußtlos hingestreckt, traf den Mörder mit einer kurzen Flinte, die aus des ersten Mannes Hand gefallen war. Sie wüteten alle wie wahnsinnig gegeneinander.“

Mahbub lächelte mit himmlischer Resignation. „Nun dies ist nicht sowohl Dèwanee (bedeutet: Wahnsinn, oder: ein Fall für das *Zivil*-Gericht, ein

Wortspiel, auf beide Fälle anwendbar), als vielmehr Nizamut (ein Kriminal-Fall). Eine Flinte, sagst Du? Das gibt gute zehn Jahre Gefängnis."

„Dann lagen sie beide still; ich glaube, sie waren beinahe tot, als man sie auf einen Zug brachte. Ihre Köpfe baumelten „so". Und es ist viel Blut auf dem Wege. Komm und sieh."

„Blut kenne ich so schon. Das Gefängnis ist sicher. Und sicher werden sie falsche Namen angeben, und sicher wird man sie sobald nicht finden. Es waren nicht gerade meine Freunde. Dein Schicksal und das meine sind, scheint es, an einem Strang. Nun rasch vorwärts mit den Satteltaschen und dem Kochgeschirr. Wir wollen die Pferde ausladen und fort nach Simla."

Eilig – was Orientalen unter Eile verstehen – mit langen Auseinandersetzungen, mit Schimpfen und losem Geschwätz, sorglos und mit Aufenthalt um hundert vergessene Kleinigkeiten wurde das unordentliche Lager abgebrochen und das halbe Dutzend steifer und launenhafter Pferde die Kalka-Straße entlang getrieben, in die regenfeuchte Dämmerung hinein. Kim, als Mahbubs Günstling behandelt von denen, die mit dem Pathan sich gut stellen wollten, wurde nicht zur Arbeit herbeigerufen. Im bequemen Schritt zog die Karawane dahin, bei jeder Raststelle am Wege haltend. Viele Sahibs reisen auf der Kalka-Straße und, wie Mahbub Ali sagte, jeder junge Sahib hält es für notwendig, sich als Pferdekenner auszugeben, und sind sie auch bis über die Ohren in Schulden, so tun sie doch, als ob sie kaufen wollten. Deshalb hielt Sahib auf Sahib seine Landkutsche an und eröffnete eine Unterredung. Einige stiegen ab und befühlten die Füße der Pferde, stellten alberne und häufig aus bloßer Unkenntnis des Dialekts gröblich beleidigende Fragen an den unerschütterlichen Roßkamm.

„Als ich zuerst mit Sahibs zu tun hatte, und das war zur Zeit, als Oberst Soady Sahib Gouverneur von Fort Abazai war, und aus Schabernack – des Kommissars Lagerplatz unter Wasser setzte," sprach Mahbub zutraulich zu Kim, der ihm die Pfeife unter einem Baume füllte, „wußte ich noch nicht, wie große Narren sie waren und geriet oft in Zorn. So wie einmal –," er erzählte Kim ein Geschichtchen von einem in aller Unschuld verkehrt angewandten Ausdruck, das diesen in stürmische Heiterkeit versetzte – „Jetzt weiß ich," – er blies behäbig den Rauch aus – „jetzt weiß ich, sie sind wie alle Menschen, klug in manchen Dingen, in anderen sehr töricht. Sehr töricht ist es, ein verkehrtes Wort gegen einen

Fremden anzuwenden; denn weiß auch das Herz nichts von einer Beleidigung, wie soll der Fremde das ahnen? Er sucht die Wahrheit eher mit einem Dolch."

„Wahr. Wahre Rede," sprach Kim feierlich. „Narren sprechen von einer Katze, z. B. wenn eine Frau in die Wochen kommt. Ich hörte das."

„Deshalb, in welcher Lage Du auch sein magst, eines mußt Du immer beobachten mit zweierlei Gesicht: Unter Sahibs nie vergessen, daß Du ein Sahib bist; unter dem Volk von Hind immer gedenken, daß Du –" er hielt mit verlegenem Lächeln inne.

„Was ich bin? Muselmann, Hindu, Jain oder Buddhist? Das ist eine harte Nuß."

„Du bist ohne Frage ein Ungläubiger und wirst dafür verdammt werden. So sagt mein Gesetz – oder ich glaube, daß es so sagt. Aber Du bist auch mein kleiner Allerweltsfreund, und ich habe Dich lieb, – so sagt mein Herz. Es ist mit Glaubenssachen, wie mit Pferdefleisch. Der gescheite Mann weiß, Pferde sind wertvoll, es ist mit allem Profit zu machen; und ich, der ich ein guter Sunnit (Sekte, orthodoxe Moslim) bin und die Männer von Tirah hasse – ich glaube, daß es dasselbe ist, mit allen Religionen. Versetze eine Kattiwar-Stute aus ihrem sandigen Geburtsland nach dem westlichen Bengalen, und sie wird lahmen, so gut, wie ein Balkischer Hengst (und es gibt keine besseren Pferde als die balkischen, wenn sie nur nicht so schwer in den Schultern wären) in den großen Nordischen Wüsten gegen Schnee-Kamele, die ich gesehen habe, nicht mehr aufkommt. Jedes hat seine Vorzüge in seinem eigenen Lande."

„Aber mein Lama sprach ganz anders."

„Oh, er ist ein alter Träumer vom Bhotiyal. Mein Herz ist etwas erzürnt, Freund aller Welt, daß Du so viel Wert in diesem Manne siehst, den man so wenig kennt."

„Mag wohl sein, Hajji, aber ich sehe einen Wert, und mein Herz fühlt sich zu ihm hingezogen."

„Und seines zu Deinem, so höre ich. Herzen sind gleich Pferden. Sie kommen und gehen gegen Gebiß und Sporen. Rufe Gul Sher Khan dort zu, er solle den Anbindepflock des grauen Hengstes fester einschlagen. Wir wollen nicht an jedem Halteplatz eine Pferdeschlacht haben, und der Dunkelbraune und der Schwarze müssen getrennt stehen... Nun höre mich. Ist es notwendig für die Ruhe Deines Herzens, den Lama zu sehen?"

„Es ist eine meiner Bedingungen. Wenn ich ihn nicht sehe, wenn er mir genommen wird, verlasse ich die Madrissah in Nucklao und, und – einmal fort, wer soll mich finden?"

„Wahr. Nie wurde ein Füllen an dünnerer Hufleine gehalten als Du." Mahbub nickte mit dem Kopf.

„Sei ohne Furcht." Kim sprach, als könnte er jeden Augenblick in Luft verschwinden. „Mein Lama sagte, er würde nach der Madrissah kommen, um mich zu sehen –".

„Ein Bettler mit der Bettelschale, in Gegenwart dieser jungen Sa –"

„Nicht alle sind es!" schnaubte Kim dazwischen. „Vielen von ihnen schimmern die Augen bläulich, und ihre Nägel sind geschwärzt von minderkastigem Blut. Söhne von Metheranees, verschwägert mit Bhungis (Auskehrer)."

Wir wollen den Stammbaum nicht weiter verfolgen; Kim legte seinen Fall klar, ohne Hitze, ein Stück Zuckerrohr kauend.

„Freund aller Welt", sprach Mahbub, dem Knaben seine Pfeife zur Reinigung hinhaltend, „ich habe viele Männer, Weiber und Knaben gekannt und nicht wenige Sahibs. In all meinen Tagen aber keinen Dämon getroffen, wie Du einer bist."

„Und wie das? Da ich Dir stets die Wahrheit sage –?"

„Vielleicht eben deshalb, denn dies ist eine Welt voll Gefahren für ehrliche Leute." Mahbub erhob sich schwerfällig, gürtete sich und ging zu den Pferden hinüber.

„Oder verkaufe –"

Es war ein Ton in Kims Stimme, der Mahbub halten und sich umwenden machte. „Welch neue Teufelei?"

„Acht Annas, und ich will reden," sagte Kim grienend. „Es betrifft Deinen Frieden."

„Oh, Shaitan!" (Satan.) Mahbub gab das Geld.

„Erinnerst Du Dich der kleinen Angelegenheit mit den Dieben, damals in der Nacht, zu Umballa?"

„Da sie mein Leben suchten, habe ich sie nicht gänzlich vergessen. Warum?"

„Erinnerst Du Dich des Kashmir-Serai?“

„Sahib, ich werde *Dich* gleich am Ohr haben!“

„Nicht nötig, Pathan. Nur der zweite Fakir, den die Sahibs beinahe erschlagen hätten, war der Mann, der Deinen Bretterverschlag zu Lahore durchsuchte. Ich sah sein Gesicht, als man ihm auf die Maschine half.“

„Warum sagtest Du das nicht gleich?“

„Oh, er wandert ins Gefängnis und ist für einige Jahre fest. Wozu mehr als notwendig zur Zeit erzählen? Außerdem, ich hatte nicht früher Geld für Zuckerwerk nötig.“

„Allah Kerim!“ rief Mahbub. „Willst Du nicht nächstens meinen Kopf verkaufen, wenn Dich die Lust nach Zuckerwerk anwandelt?“

Kim wird bis ans Ende seines Lebens sich dieser Reise von Umballa durch Kalka und die Pinjore-Gärten aufwärts nach Simla erinnern. Eine plötzliche Anschwellung des Guggerstromes schwemmte ein Roß hinweg (das wertvollste natürlich) und ertränkte Kim fast in den tanzenden Wellen. Weiter aufwärts wurden die Pferde durch einen Elefanten der Regierung in wilde Flucht gejagt, und da sie durch gutes Grasfutter feurig geworden waren, kostete es ein und einen halben Tag, sie zusammen zu treiben. Dann begegnete ihnen Sikandar Khan mit einigen unverkäuflichen Schindmähren, die von seinem Transport übrig geblieben waren, und Mahbub, dessen kleiner Finger mehr von Pferden verstand, als Sikandar Khan vom Kopf bis Fuß, fand es richtig, zwei der miserabelsten zu kaufen, und das erforderte wieder acht Stunden angestrengter Diplomatie und ungezählte Tabakpfeifen. Für Kim aber war alles Entzücken – die Heerstraße, aufsteigend, abfallend, über ansteigende Gebirgsläufe sich hinziehend; das Morgenrot, das die fernen Schneegipfel färbte, die vielgliedrigen Kakteen, die Reihe auf Reihe an den steinigen Hügelseiten emporklommen; die Stimmen von tausend Wasserrinnen, das Geschnatter der Affen, die feierlichen Deodare, die, einer über den andern, mit niederhangenden Zweigen aufwärts stiegen, der Blick auf die tief unten sich ausbreitenden Ebenen, das unaufhörliche Schmettern der Tonga-Hörner und die wilde Scheu der geleiteten Pferde, wenn eine Tonga (einheimischer, zweirädriger Karren) um eine scharfe Krümmung bog, die Raste zum Gebet (Mahbub war sehr religiös mit trockenen Waschungen und Gebeteheulen, wenn er gerade Zeit hatte), die abendlichen Unterhaltungen an den Ruheplätzen, wenn Kamele und Ochsen feierlich nebeneinander kauten und die Treiber sich Geschichten vom Wege erzählten – das alles machte Kim das Herz in der Brust tanzen.

„Aber," sprach Mahbub, „wenn das Singen und Tanzen aufhört. Kommt der Oberst Sahib an die Reihe, und das wird nicht so süß sein."

„Ein schönes Land – ein wundervolles Land, dies Hind – und das Land der fünf Flüsse ist schöner als alle," war Kims fast gesungene Erwiderung. „Dahin will ich gehen, wenn Mahbub Ali oder der Oberst Hand oder Fuß gegen mich erheben. Einmal weg – wer soll mich finden? Schau, Hajji, ist dort die Stadt Simla? Allah! Welch eine Stadt!"

„Meines Bruders Bruder, und er war ein alter Mann, als Mackerson Sahibs Brunnen zu Peshawur neu war, erinnerte sich der Zeit, als nur zwei Häuser in der Stadt standen."

Die Pferde wurden unterhalb der Hauptstraße hingeleitet nach dem unteren Basar von Simla – dem wimmelnden Kaninchen-Gehege, das aus dem Tale sich in einem Winkel von 45° aufwärts windet bis zum Stadthaus. Ein Mann, der dort die Wege kennt, kann der ganzen Polizei von Indiens Sommer-Hauptstadt trotzen, so schlau schließt Veranda sich an Veranda, Durchgang sich an Durchgang, Schlupfloch an Schlupfloch. Hier leben die, die für die Bedürfnisse der lustigen Stadt sorgen: Jhampanis, die abends die Wagen der schönen Damen ziehen und bis zum Morgengrauen Würfel spielen; Gewürzkrämer, Ölhändler, Kuriositätenhändler, Holzverkäufer, Priester, Taschendiebe und eingeborene Verwaltungsangestellte. Hier werden von Courtisanen Dinge besprochen, die als tiefes Geheimnis des *Indischen Rats* gelten; und hier treffen sich alle die Unter-Unter-Agenten von Dutzenden einheimischer Staaten. Hier auch mietete Mahbub Ali ein Zimmer, das besser verschlossen war als sein Verschlag zu Lahore, im Hause eines muselmännischen Viehhändlers. Es war wieder ein Ort der Wunder, denn hinein ging um die Dämmerung ein mohammedanischer Pferdejunge, und heraus trat eine Stunde später ein eurasischer Jüngling – die Farbe des Mädchens von Lucknow hielt gut – in schlecht passenden, billigen Basarkleidern.

„Ich habe mit Creighton Sahib gesprochen," sagte Mahbub, „und ein zweites Mal hat die Hand der Freundschaft die Geißel des Unheils abgewendet. Er sagt. Du hättest sechzig Tage auf der Landstraße verbummelt, und es sei zu spät geworden, Dich in eine Gebirgsschule zu schicken."

„Ich habe gesagt, daß meine Ferien mein eigen sind. Ich gehe nicht in zwei Schulen. Das ist eine meiner Bedingungen."

„Dem Oberst ist von der Abmachung noch nichts bekannt. Du sollst in Lurgan Sahibs Haus wohnen, bis es Zeit ist, wieder nach Nucklao zu gehen."

„Ich möchte lieber bei Dir wohnen, Mahbub."

„Du weißt diese Ehre nicht zu schätzen. Lurgan Sahib selbst hat nach Dir gefragt. Du mußt den Hügel ersteigen, oben auf dem Wege vorwärts gehen und dort für eine Weile vergessen, daß Du jemals mich, Mahbub Ali, der an Creighton Sahib, den Du nicht kennst, Pferde verkauft, gesehen oder gesprochen hast. Gedenke! Dies ist Befehl."

Kim nickte. „Gut," sprach er, „und wer ist Lurgan Sahib? Nein" – er verstand Mahbubs schwertscharfen Blick – „wahrlich, ich hörte seinen Namen noch nie. Ist er zufällig," er sprach ganz leise, „einer von uns?"

„Welche Rede ist das – von *uns* , Sahib?" Mahbub sprach in dem Ton, den er Europäern gegenüber anschlug. „Ich bin ein Pathan; Du bist ein Sahib und der Sohn eines Sahib. Lurgan Sahib hat einen Laden zwischen den europäischen Läden. Ganz Simla kennt ihn. Frage dort ... und, Freund aller Welt, er ist einer, dem man auf einen Augenwink zu gehorchen hat. Man sagt, er treibe Magie, doch das braucht Dich nicht zu kümmern. Gehe den Berg hinan und frage. Hier beginnt das Große Spiel."

Kapitel 9.

Mit frischem Sinn schwang Kim sich auf die nächste Drehung des Rades. Für eine Weile wollte er wieder mal Sahib sein. In diesem Gedanken sah er sich, sobald er die breite Straße unter dem Simla-Rathaus erreichte, nach jemand um, dem er imponieren konnte. Ein Hindu-Knabe von ungefähr zehn Jahren hockte unter einem Laternenpfahl.

„Wo ist Mr. Lurgans Haus?" fragte Kim.

„Ich verstehe nicht Englisch," war die Antwort, und Kim änderte seine Sprache.

„Ich werde es Dir zeigen."

Sie schritten miteinander durch das geheimnisvolle Zwielicht, unter sich das Geräusch der Stadt am Bergabhang, im Hauch eines kühlen Windes vom Deodargekrönten Jakko herab, der die Sterne zu berühren schien.

Die Lichter aus den auf allen Anhöhen zerstreuten Häusern bildeten gleichsam ein zweites Firmament. Dazwischen bewegliche Lichter von den Rickhaws, die die laut sprechende, sorglose englische Gesellschaft zum Diner führten.

„Hier ist es", sagte Kims Führer und hielt vor einer Veranda, in gleicher Höhe mit der Hauptstraße. Keine Tür hielt sie zurück, nur ein Vorhang von Rohrschnüren, den Lampenlicht von innen durchschimmerte.

„Er ist gekommen," sprach der Knabe mit einer Stimme, kaum lauter als ein Seufzer und verschwand. Kim war sicher, daß der Knabe auf dem Posten gewesen war, um ihn zu führen, nahm es aber kühl auf und teilte den Vorhang. Ein Mann mit schwarzem Bart und einem grünen Schirm über den Augen saß an einem Tisch, und mit Kurzen, weißen Händen pickte er Kügelchen von Licht, eins nach dem anderen, von einer Platte auf, reihte sie auf eine glänzende, seidene Schnur und summte dabei. Kim merkte, daß der Raum hinter dem Lichtkreis mit Dingen angefüllt war, die Düfte wie von allen Tempeln des Ostens verbreiteten. Ein Hauch von Moschus, ein Geruch von Sandelholz und ein kränklicher Duft von Jasmin-Öl schlug ihm entgegen.

„Ich bin hier," sprach Kim endlich im Dialekt: die Wohlgerüche machten ihn vergessen, daß er ein Sahib sein wollte.

„Neunundsiebzig, achtzig, einundachtzig," zählte der Mann, eine Perle nach der anderen und so schnell aufreihend, daß Kim kaum der Bewegung der Finger folgen konnte. Er schob den grünen Schirm zurück und sah Kim eine halbe Minute fest an. Die Pupillen der Augen erweiterten sich und schrumpften wieder ein zur Größe von Nadelspitzen, wie willkürlich. Ein Fakir am Taksali-Tor besaß diese Gabe, und verdiente Geld damit, besonders wenn er dumme Weiber verfluchte. Kim starrte neugierig hin. Sein verrufener Freund Konnte auch die Ohren bewegen wie eine Ziege, und Kim war enttäuscht, daß dieser neue Mann es nicht ebenfalls tat.

„Fürchte Dich nicht", sprach Lurgan plötzlich.

„Warum sollte ich mich fürchten?"

„Du wirst diese Nacht hier schlafen und bei mir bleiben, bis es Zeit ist, nach Nucklao zurückzukehren. Es ist Befehl."

„Es ist Befehl," wiederholte Kim. „Aber wo soll ich schlafen?"

„Hier in diesem Raum." Lurgan bewegte die Hand nach dem Dunkel hinter ihm.

„Gut," sagte Kim ruhig. „Jetzt?"

Lurgan nickte und hielt die Lampe über seinen Kopf. Unter dem Lichtschein sprang aus der Wand hervor eine Sammlung Tibetanischer Teufeltanz-Masken, die über den mit Teufeln bestickten Gewandungen hingen, welche zu solcher grausigen Festlichkeit gehören – finster grinsende Masken, gehörnte Masken, Masken mit wahnsinnigem Schreckensausdruck. In einer Ecke drohte ihm ein japanesischer Krieger mit Schild und Federschmuck mit seiner Hellebarde, und Massen von Khandas (Lanzen) und Kuttars (kurze Dolche) warfen den unsicheren Lichtschein zurück. Was Kim aber mehr als dies alles interessierte – er hatte Teufeltanz-Masken im Museum zu Lahore gesehen – war die Erscheinung des sanftäugigen Hindu-Kindes, das ihn in der Tür verlassen und nun plötzlich mit gekreuzten Beinen und einem Lächeln auf den scharlachroten Lippen unter dem Perlentische saß.

„Ich glaube, Lurgan Sahib will mir Furcht einflößen, und bin sicher, der Teufelsbalg unter dem Tisch möchte sehen, daß ich mich fürchte." Laut sprach er: „Dieser Raum gleicht einem Wunder-Haus. Wo ist mein Bett?" Lurgan Sahib zeigte nach einem landesüblichen Polster in der Ecke unter den scheußlichen Masken, nahm die Lampe und ließ den Raum in Dunkelheit zurück.

„War das Lurgan Sahib?" fragte Kim, als er sich zusammengekauert hatte. Keine Antwort. Doch hörte er den Hindu-Knaben atmen, und von dem Hauch geleitet, kroch er über den Boden und knuffte mit den Fäusten in das Dunkel hinein. „Gib Antwort, Teufel. Betrügt man so einen Sahib?"

Aus der Finsternis hörte er das Echo eines Gekichers. Sein weichgliedriger Führer konnte es nicht sein, denn der weinte. So rief Kim laut: „Lurgan Sahib! O, Lurgan Sahib! Ist es Befehl, daß Dein Diener nicht mit mir spricht?"

„Es ist Befehl!" Die Stimme kam hinter ihm hervor, und er fuhr zusammen.

„Gut also. Aber wisse," brummte er, als er sein Lager wieder suchte, „wenn es hell ist, werde ich Dich prügeln. Ich kann keine Hindus leiden."

Das war keine angenehme Nacht. Der Raum war voll von Stimmen und Musik. Zweimal ward Kim geweckt dadurch, daß man seinen Namen rief. Beim zweiten Mal erhob er sich und suchte umher. Dabei stieß er mit der Nase an einen

Kasten, der offenbar mit menschlicher Zunge sprach, aber nicht mit irgendwie menschlichen Tönen. Der Kasten schien in einer zinnernen Trompete zu enden und durch Drähte mit einem kleineren Kasten auf dem Boden verbunden zu sein, soviel Kim durch Betasten erkannte. Und die Stimme, hart und schwirrend, kam aus der Trompete. Kim rieb sich die Nase, wurde wütend und dachte – in Hindostanisch – wie gewöhnlich: „Für einen Bettler aus dem Bazar möchte das passen, aber – ich bin ein Sahib und der Sohn eines Sahibs und – was doppelt so viel wert ist, ein Student von Nucklao. Ja," (hier fiel er wieder in Englisch), „ein Knabe von St. Xavier. Verdammt seien Mr. Lurgans Augen! – – Es ist eine Art Maschinerie wie eine Nähmaschine. Es ist eine Unverschämtheit von ihm, aber uns von Lucknow schreckt man nicht so – Nein!"

Wieder in Hindi: „Aber was gewinnt *er* dabei? Er ist nur ein Handelsmann, ich bin in seinem Laden. Creighton Sahib ist aber ein Oberst – und Creighton Sahib hat wohl befohlen, daß hier alles so gemacht wird. Wie ich den Hindu morgen prügeln will! Was gibt's da wieder?"

Der Trompetenkasten stieß einen Strom von Schimpfreden aus, wie selbst Kim sie nie gehört und das mit einer monotonen und doch so durchdringenden Stimme, daß für einen Moment sich ihm das Haar im Nacken sträubte. Als das teuflische Ding Atem holte, wurde Kim beruhigt durch leises, nähmaschinenartiges Schwirren.

„Chup (sei still)!" schrie er und wieder hörte er ein Kichern, das ihn resolut machte. „Chup! – oder ich schlage Dir den Kopf ein."

Der Kasten hörte nicht auf ihn. Kim riß an der Trompete und es hob sich etwas mit einem Klick. Er hatte augenscheinlich eine Klappe losgebrochen. Wenn da ein Teufel drinnen saß, so war es Zeit für ihn – er schnüffelte – so rochen die Nähmaschinen im Basar. *Den* Shaitan wollte er austreiben. Er schlüpfte aus seinem Rock und stopfte ihn in den Mund des Kastens. Etwas Langes und Rundes bog sich unter dem Druck – ein Schwirren – und die Stimme schwieg, wie eine Stimme wohl muß, wenn ein dreifach zusammengerollter Rock auf den Wachs-Zylinder und in das Werk eines kostspieligen Phonographen hinein gepreßt wird. Kim schlief guten Mutes wieder ein.

Am Morgen sah er Lurgan Sahib an seinem Lager stehen.

„Oha!" rief Kim, entschlossen *an* seinem Sahibtum festzuhalten; „hier war ein Kasten, der im Dunkeln schlechtes Zeug redete. Ich stoppte ihn aber. War es Euer Kasten?"

Der Mann streckte ihm die Hand entgegen.

„Gib mir die Hand, O'Hara," sagte er. „Ja, es war mein Kasten. Ich halte solche Dinger, denn meine Freunde, die Rajahs, mögen sie gern. Dieser da ist zerbrochen, war aber billig eingekauft. Ja, meine Freunde, die Könige, lieben Spielsachen – und ich auch – zuweilen."

Kim betrachtete ihn verstohlen. Ein Sahib war er, insoweit er wie ein Sahib gekleidet war; der Akzent seines Urdu und die Aussprache seines Englisch zeigte aber, daß er nichts weniger als ein Sahib war. Er schien zu verstehen, was im Geiste des Knaben vorging, ohne daß dieser den Mund öffnete, und er gab keine Erklärungen wie Vater Victor oder die Lehrer in Lucknow. Besser aber, er behandelte Kim wie einen Gleichgestellten, auf asiatische Weise.

„Tut mir leid, daß Ihr meinen Jungen heute morgen nicht prügeln könnt. Er sagt, er will Euch mit Gift oder Messer töten. Er ist eifersüchtig. Ich habe ihn in die Ecke gestellt und werde heute nicht mit ihm sprechen. Er hat eben versucht, mich umzubringen. Ihr müßt mir beim Frühstück helfen. Er ist zu eifersüchtig; man kann ihm jetzt nicht trauen."

Ein von England unverfälscht importierter Sahib würde eine große Wichtigkeit aus solcher Sache gemacht haben; Lurgan Sahib erzählte sie so einfach, wie Mahbub Ali seine kleinen Geschäfte im Norden berichtete.

Die hintere Veranda war direkt über den Hügelabhang hinausgebaut und man guckte in des Nachbars Schornstein hinunter, wie es in Simla gewöhnlich Brauch ist. Mehr noch als das rein persische Mahl, das Lurgan mit eigener Hand bereitete, interessierte Kim der Inhalt des Ladens. Das Museum von Lahors war größer, aber hier waren mehr Wunder – Geisterdolche und Gebetmühlen von Tibet, Halsketten von Bernstein und Türkisen; Spangen von grünem Speckstein, sonderbar zusammengefügte Weihrauch-Stäbe in mit rohem Granat inkrustierten Krügen; die Teufelsmasken von voriger Nacht und eine Wand voll von pfauenblauen Draperien; vergoldete Buddha-Gestalten und kleine, tragbare Lack-Altäre; russische Samowars mit Türkisen auf den Deckeln; chinesisches Teegeschirr, dünn wie Eierschalen, in zierlichen achteckigen Rohrschachteln; Kruzifixe von gelbem Elfenbein, „meist aus Japan," grade diese, sagte Lurgan Sahib; abscheulich riechende, staubige Teppich-Ballen hinter zerfetzte und vermoderte geometrische Tafeln geschoben. Persische Wasserkrüge für Handwaschung nach der Mahlzeit; schwere kupferne Räucherbüchsen, weder persisch noch chinesisch, mit Friesen von phantastischen, rundtanzenden

Teufeln umgeben; fleckige silberne Gürtel, die sich wie rohes Leder zusammenknoteten; Haarnadeln von Jetstein, Elfenbein und Zelluloid; Waffen von allen Arten und tausend andere Raritäten lagen in Kasten oder sonstwie aufgehäuft, auch einfach auf dem Boden verstreut, so daß nur ein Raum um den gebrechlichen Plankentisch frei blieb, an dem Lurgan Sahib arbeitete.

„Diese Sachen sind nichts", sprach er, Kims Blick folgend. „Ich kaufe sie, weil sie hübsch sind und zuweilen verkaufe ich davon, wenn – der Käufer mir gefällt. Meine Arbeit ist auf dem Tisch – etwas davon."

Es blitzte in dem Morgenlicht – rote, blaue, grüne Blitze, vermischt hier und da mit dem verführerischen blauweißen Strahl von Diamanten. Kim öffnete die Augen weit.

„Oh, die sind ganz gesund, diese Steine. Die Sonne schadet ihnen nichts. Nebenbei sind sie billig. Aber mit kranken Steinen ist es anders." Er füllte Kims Teller aufs Neue. „Außer mir selbst gibt es keinen Arzt für kranke Perlen oder jemand, der Türkisen ihre blaue Farbe wiedergeben könnte. Opale überlasse ich andern – jeder Narr kann einen Opal kurieren – aber für eine kranke Perle bin nur ich allein da. Gesetzt, ich sollte sterben! Da wäre kein anderer da... O nein! *Ihr* könnt nichts mit Juwelen anfangen. Genug, wenn Ihr später einmal etwas von Türkisen versteht."

Er begab sich an das Ende der Veranda, um den schweren, porösen Thon-Wasserkrug aus dem Filter zu füllen.

„Wünscht Ihr zu trinken?"

Kim nickte. Lurgan, fünfzehn Fuß vom Tisch entfernt, legte eine Hand auf den Krug. Im nächsten Augenblick stand der Krug, gefüllt bis auf einen halben Zoll vom Rande, dicht neben Kims Ellbogen; nur das weiße Tischtuch zeigte sich leicht gekräuselt – da wo er sich vorbeigeschoben hatte.

„Wiah!" machte Kim im äußersten Erstaunen. „Das ist Magie." Lurgan Sahibs Lächeln zeigte, daß das Kompliment ihm gefiel.

„Werft ihn zurück."

„Er wird zerbrechen."

„Ich sage, werft ihn zurück."

Kim schleuderte ihn aufs Geratewohl. Er fiel hart und zerbrach in fünfzig Stücke; das Wasser tropfte durch den rohen Bretterboden der Veranda.

„Ich sagte, er würde zerbrechen."

„Ganz gleich. Schaut ihn an. Seht nach dem größten Stück hin." Das lag, mit einem Glitzern von Wasser in seiner Höhlung, wie ein Stern, auf dem Boden. Kim sah scharf darauf hin; Lurgan legte ihm die Hand ins Genick, strich einige Male darüber hin und flüsterte: „Schaut! Er soll wieder lebendig werden, Stück für Stück. Erst soll das große Stück sich mit den zwei anderen, links und rechts, vereinigen – links und rechts. Seht!"

Hätte es sein Leben gekostet, Kim hätte seinen Kopf nicht wenden können. Die leichte Berührung hielt ihn wie in einem Schraubstock, und sein Blut kribbelte ihm wohltätig in den Adern. Wo drei Stücke des Kruges gelegen halten, lag jetzt eines und darüber erschien der schattenhafte Umriß des ganzen Gefäßes. Er konnte die Veranda hindurch schimmern sehen, aber es wurde mit jedem seiner Pulsschläge körperhafter und dunkler. Und doch war der Krug – wie langsam die Gedanken kamen! – Der Krug war vor seinen Augen zerschmettert. Eine neue Welle von prickelndem Feuer rann ihm den Nacken herab, als Lurgan Sahib seine Hand wegzog.

„Seht! Es hat wieder Form bekommen," sprach er.

Bis hierher hatte Kim in Hindi gedacht, aber ein Zittern überflog ihn, und mit einer Anstrengung, wie ein Schwimmer vor Haifischen sich aus dem Wasser schleudert, schwang sein Geist sich auf der Dunkelheil, die ihn verschlang und suchte – suchte – Zuflucht im englischen Einmaleins!

„Schaut! Es Kommt wieder in Form," wisperte Lurgan Sahib.

Der Krug war zerschmettert worden – ja! Zerschmettert – nicht mit dem landesüblichen Wort, an das wollte er nicht denken – ja, zerschmettert – in mehr als fünfzig Stücke – und zwei mal drei ist sechs, drei mal drei ist neun und vier mal drei ist zwölf. Verzweifelt klammerte er sich an die Zahlen. Der schattenhafte Umriß des Kruges schwand wie ein Nebel, als er sich die Augen rieb. Da lagen die Scherben; da trocknete das verspritzte Wasser im Sonnenlicht und durch die Spalten des Verandabodens sah er, streifig, die weiße Hausmauer darunter – und drei mal zwölf ist sechsunddreißig!

„Seht! Kommt er wieder in Form?" fragte Lurgan.

„Aber er *ist* zerschmettert – zerschmettert," keuchte er –

Lurgan hatte einige Sekunden leise gemurmelt. Kim drehte den Kopf mühsam zur Seite. „Schau! Dekho! Da ist er wie er da war."

„Da ist er wie er da war," sprach Lurgan, Kim scharf beobachtend, während der Knabe sich den Nacken rieb.

„Aber Ihr seid der erste von den vielen, der es je so gesehen." Er trocknete sich die breite Stirn.

„War das Magie?" fragte Kim argwöhnisch. Das Kribbeln in seinen Adern hatte aufgehört; er fühlte sich ungewöhnlich wach.

„Nein, das war nicht Magie. Ich wollte nur sehen, ob da ein Fleck in einem Edelstein war. Es passiert wohl, daß sehr feine Juwelen in Stücke zerfallen, wenn ein Mann sie in die Hand nimmt, der sich darauf versteht. Deshalb muß man sehr vorsichtig sein, ehe man sie befestigt. Sagt mir, sahet Ihr die Form des Gefäßes?"

„Kurze Zeit nur. Es schien wie eine Blume aus der Erde zu wachsen."

„Und was tatet Ihr dann? Ich meine, was dachtet Ihr?"

„Oha! Ich wußte, es *war* zerbrochen und so, ich glaube, dachte ich – und es *war* zerbrochen."

„Hm! Hat irgend jemand zuvor solche Magie mit Euch ausgeübt?"

„Wenn das wäre, denkt Ihr, ich würde es wieder geduldet haben? Ich würde fortlaufen."

„Und jetzt fürchtet Ihr Euch nicht."

„Nicht jetzt."

Lurgan sah ihn noch schärfer an. „Ich werde Mahbub Ali fragen – nicht gleich; aber später einmal," murmelte er. Dann laut: „Ich bin zufrieden mit Euch – ja und wieder – nein. Ihr seid der erste, der sich gut herausgezogen hat. Ich möchte wissen was es war, das ... Aber Ihr habt recht. Ihr solltet das nicht sagen – selbst mir nicht."

Er wandte sich nach dem halb dunklen Laden und setzte sich, die Hände sanft reibend, an den Tisch. Ein leises heiseres Schluchzen kam hinter einem Teppichballen hervor. Es war das Hindu-Kind, das gehorsam das Gesicht der Wand zugekehrt hatte. Seine kleinen Schultern zuckten vom Weinen.

„Ah! Er ist eifersüchtig, so eifersüchtig. Möchte wissen, ob er noch einmal versuchen wird, mir mein Frühstück zu vergiften, so daß ich es frisch kochen muß."

„Kubbee – Kubbee, nahin (niemals, niemals. Nein!)“ kam es in gebrochenen Lauten.

„Und ob er wohl diesen andern Knaben töten wird?“

„Kubbee, Kubbee nahin.“

„Was denkt *Ihr* , wird er's tun?“ wandte sich Lurgan plötzlich zu Kim.

„Oha! Wie kann ich wissen? Ich würde ihn fortschicken. Warum wollte er Euch vergiften?“

„Weil er mich liebt. Denkt, Ihr hättet jemand lieb und es käme einer, der dem Manne, den Ihr liebtet, besser gefiele als Ihr, was würdet Ihr tun?“

Kim dachte nach. Lurgan wiederholte seine Worte langsam im Dialekt.

„Ich würde den Mann nicht vergiften,“ sprach Kim nachdenklich, „den Knaben aber würde ich prügeln – *wenn* er sich unterstände, meinen Mann zu lieben. Erst aber würde ich den Knaben fragen, ob er ihn liebte.“

„Ah! Er denkt, daß jeder mich lieben muß.“

„Dann denke ich, daß er ein Narr ist.“

„Hörst Du?“ sprach Lurgan zu den bebenden Schultern, „des Sahibs Sohn denkt, Du wärest ein kleiner Narr. Komm hervor und das nächste Mal, wenn Dein Herz beunruhigt ist, brauche nicht ganz so offen weißes Arsenik. Sicherlich, der Teufel Dasim wäre heule Herr an unserer Tafel gewesen. Ich hätte sterben können, Kind, und ein Fremder Hätte dann die Juwelen gehütet. Komm!“

Das Kind, mit vom Weinen geschwollenen Augenlidern. kroch hinter dem Ballen hervor und warf sich leidenschaftlich Lurgan zu Füßen mit so überschwenglicher Reue, daß es selbst Kim bewegte.

„Ich will nach dem Farbenkasten sehen, ich will die Juwelen treu bewachen! Oh, mein Vater und meine Mutter, schicke *ihn* fort!“ Er wies nach Kim mit einem Ruck seiner nackten Ferse nach rückwärts.

„Noch nicht – noch nicht. In kurzer Zeit wird er wieder gehen. Jetzt aber ist er in der Schule, in einer neuen Madrissah, und Du sollst sein Lehrer sein. Spiele das Juwelen-Spiel gegen ihn. Ich will nachzählen.“

Das Kind trocknete rasch seine Tränen, schlüpfte in den Raum hinter dem Laden und kehrte mit einer kupfernen Platte zurück.

„Reiche sie mir!“ sprach er zu Lurgan. „Laß sie aus Deiner Hand Kommen, er möchte sonst glauben, ich hätte sie zuvor gesehen.“

„Geduld – Geduld,“ erwiderte Lurgan und aus einer Schublade unter dem Tisch legte er eine Handvoll klirrender kleiner Dinge auf die Platte.

„Nun,“ sprach das Kind, eine alte Zeitung schwenkend, „sieh sie Dir an. Fremder, solange Du willst. Zähle, und wenn nötig, befühle sie. Ein Blick genügt für mich.“ Es wandte sich stolz um.

„Aber was für ein Spiel ist das?“

„Wenn Du sie befühlt und gezählt hast und sicher bist, daß Du alle im Kopf behalten kannst, bedecke ich sie mit diesem Papier und Du mußt Lurgan Sahib die Abrechnung machen. Die meinige schreibe ich nieder.“

„Oha!“ Der Trieb des Wetteifers erwachte in Kim. Er beugte sich über den Teller. Nur fünfzehn Steine lagen darauf. „Das ist leicht,“ sagte er nach einer Minute. Das Kind bedeckte die glitzernden Steine mit dem Papier und kritzelte in ein einheimisches Rechnungsbuch.

„Es liegen unter dem Papier,“ sprach Kim in voller Eile, „fünf blaue Steine, ein großer, ein kleinerer und drei kleine. Vier grüne Steine und einer mit einem Loch: ein gelber Stein, durch den ich hindurch sehen kann und einer wie von einem Pfeifenstiel. Zwei rote Steine sind da und – und – ich hatte die Zahl 15, aber zwei habe ich vergessen. Nein! Gib mir Zeit. Einer war von Elfenbein, klein und bräunlich: und – und – gib mir Zeit ...“

„Eins – zwei –“ Lurgan zählte sie bis zehn vor. Kim schüttelte den Kopf.

„Hör meine Rechnung,“ fiel das Kind, zitternd vor Lust ein. „Erstens sind da zwei Saphire mit Flecken – einer von zwei Ruttees (ein Gewicht) und einer von vier, denke ich. Der Saphir von vier Ruttees ist an der Kante abgebröckelt. Da ist ein glatter turkestanischer Türkis mit schwarzen Adern und – und zwei mit Inschriften – der eine mit dem Namen Gottes in Gold, der andere ist quer über gespalten, er ist aus einem alten Ring, deshalb kann ich die Inschrift nicht lesen. Nun haben wir alle fünf blauen Steine. Vier fehlerhafte Smaragde sind da: der eine ist an zwei Stellen angebohrt und der andere ein wenig angeschliffen –“

„Ihr Gewicht?“ fragte Lurgan Sahib gleichmütig.

„Drei – fünf – fünf – und vier Ruttees, denke ich. Da ist ein Stück von allem grünlichen Bernstein und ein geschliffener Topas aus Europa. Ein Rubin von

Burma, ohne Fehler und zwei Ruttees schwer. Ein geschnitztes Stück Elfenbein, eine Ratte, die ein Ei aussaugt, darstellend, und zum Schluß ist da – ah, ha! ein runder Krystall, so groß wie eine Bohne in ein goldenes Blatt gefaßt."

Er klatschte zum Schluß in die Hände.

„Er ist Dein Meister," sprach Lurgan lächelnd.

„Huh! Er kannte die Namen der Steine," sagte Kim errötend. „Versuche es noch einmal! Mit gewöhnlichen Dingen, die uns beiden bekannt sind."

Sie füllten den Teller wieder mit Kuriositäten und Spielereien, die sie in dem Laden und selbst in der Küche Zusammen gesucht, und jedesmal gewann das Kind zu Kims größter Verwunderung. „Bindet mir die Augen zu," rief er herausfordernd, „laßt mich nur einmal mit den Fingern fühlen und auch so soll er hinter mir zurückbleiben, er, mit offenen Augen!"

Kim stampfte vor Ärger mit dem Fuß, als der Knabe seine Sache gut machte.

„Wären es Menschen oder – Pferde," rief er, „so würde ich mehr leisten. Dies Spiel mit Zangen und Messern und Scheeren ist zu kleinlich."

„Lerne erst – lehre später," sprach Lurgan. „Ist er Dein Meister?"

„Er ist's. Aber wie wird es gemacht?"

„Indem man es so oft wiederholt, bis man es gut macht. Es ist wert, daß man es lernt."

Der Hindu-Knabe, in stolzester Laune, klopfte Kim tatsächlich auf den Rücken. „Verzweifle nicht," sagte er, „ich will es Dich lehren."

„Und ich will aufpassen, daß Du gut belehrt wirst," sagte Lurgan, im Dialekt redend: „denn ausgenommen meinen Knaben hier – es war töricht von ihm, so viel weißes Arsenik Zu kaufen, da er es von mir hätte haben können – ausgenommen meinen Knaben hier, habe ich seit langer Zeit keinen getroffen, der so wie Du es verdient hätte, unterrichtet zu werden. Und es bleiben Dir noch zehn Tage bis zur Rückkehr nach Lucknow, wo sie nichts lehren – für so hohen Preis. Wir werden, denke ich, Freunde."

Das waren zehn tolle Tage, Kim belustigte sich aber zu gut dabei, um über ihre Tollheit zu grübeln. Am Morgen spielten sie das Juwelen-Spiel, zuweilen mit wirklichen Edelsteinen, zuweilen mit Haufen von Dolchen und Messern, zuweilen mit Bildern von Eingeborenen. Am Nachmittag beobachteten beide

Knaben, schweigend, hinter einem Teppich-Ballen oder einem Schirm verborgen, Mr. Lurgans viele und sehr sonderbare Besucher. Da kamen kleine Rajahs, deren Begleitung in der Veranda herum hustete, um Kuriositäten – wie Phonographen und mechanisches Spielzeug – zu kaufen; Damen, die Halsketten suchten, und Männer, die, so schien es Kim – aber seine Phantasie konnte möglicherweise durch seine Erziehung verderbt sein – die die Damen suchten. Eingeborene von unabhängigen und lehnspflichtigen Höfen, deren angebliches Begehr die Reparatur zerrissener Halsketten war – Ströme von Licht ergossen sich über den Tisch – deren wahres Geschäft aber schien: Geld zu borgen für zornige Maharanees oder bedrängte junge Rajahs. Da waren Babus, zu denen Lurgan Sahib mit Ernst und Autorität redete; aber das Ende jeder Unterredung war, daß er Geld in Silber oder kursierenden Papieren auszahlte. Zuweilen fanden sich theatralische, langberockte Eingeborene zusammen, die metaphysische Gespräche in englischer oder bengalischer Mundart führten, zu Lurgans größtem Ergötzen. Er interessierte sich für religiöse Dinge. Am Abend halten Kim und der Hindu-Knabe – dessen Name nach Lurgans Belieben wechselte – detaillierten Bericht über alles, was sie gesehen und gehört, wie auch ihr Urteil über jedes Besuchers Charakter nach Gesicht, Rede und Benehmen, abzugeben. Ebenfalls ihre Vermutung über den wahren Zweck des Besuchs. Nach dem Abendessen wandte sich Lurgan Sahibs Phantasie gern dem zu, was er „Aufputz“ nannte und mit lebhaftem und zugleich lehrreichen Interesse behandelte. Er verstand es, Gesichter mit einem Pinseltupfen hier und einer Linie dort bis zur Unkenntlichkeit zu verändern. Der Laden war voll von allerlei Arten Gewändern und Turbanen und Kim ward abwechselnd verkleidet als junger Muselmann von guter Familie, als Ölhändler oder – und das war der lustigste Abend – als Sohn eines Grundbesitzers in Oudh, in vollster Gala. Lurgan Sahib hatte ein Habichtsauge für den kleinsten Fehler in der Verkleidung. Auf einem abgenutzten Teakholz-Lager ausgestreckt, erklärte er stundenlang wie diese oder jene Kaste redete, ging, hustete, nieste oder ausspie, und, da das „Wie“ wenig sagen will in dieser Welt, das „Warum“ von all diesem. Bei diesem Spiel war das Hindu-Kind schwerfällig. Sein kleiner Geist, scharf wie ein Eiszapfen, wo es sich um Juwelen-Zählen handelte, konnte sich nicht in das Wesen eines anderen hineindenken; in Kim aber wachte ein Dämon auf und jubilierte, wenn er eine Verkleidung nach der anderen anlegte und Rede und Bewegung mit ihr veränderte.

In seiner Begeisterung führte er es Lurgan eines Abends vor, wie die Schüler einer gewissen Kaste von Fakiren, alte Bekannte von Lahore her, um Almosen am Wege betteln; dann, welche Art Sprache einem Engländer und welche einem Farmer aus dem Punjab oder einer Frau gegenüber sie führten. Lurgan Sahib lachte unbändig und bat Kim, eine halbe Stunde unbeweglich so zu bleiben, wie er war, mit gekreuzten Beinen, wild blickend und mit Asche beschmiert; dann Kam ein plumper feister Babu herein, dessen bestrumpfte Beine vor Fett wackelten. Ihn überschüttete Kim mit einem Schauer solcher Straßen-Unterhaltung. Lurgan aber – und das verdroß Kim – beachtete den Babu und nicht das Spiel.

„Ich meine," sprach schwerfällig der Babu, eine Zigarette anzündend, „dies ist eine außerordentliche, wirkungsvolle Leistung. Hättet Ihr mich nicht vorher aufmerksam gemacht, würde ich geglaubt haben, daß – daß – daß Ihr mich in die Beine kniffet. Wie bald kann er ein annähernd richtiger Mann von der Kette werden? Denn dann will *ich* ihn einweihen."

„Dazu muß er erst in Lucknow etwas lernen."

„Dann sagt ihm, daß er verdammt schnell lernen soll. Gute Nacht, Lurgan." Der Babu schwankte hinaus mit dem Gang einer furchtsamen Kuh.

Als die Liste der Besucher vom Tage aufgezählt wurde, fragte Lurgan, was Kim von dem eben Fortgegangenen halte.

„Gott weiß," sprach Kim leicht hin. Der Ton hätte Mahbub Ali vielleicht täuschen können, bei dem Heiler kranker Perlen aber versagte er.

„Das ist wahr. Gott weiß es: ich wünsche aber zu wissen, was Du denkst."

Kim blinzelte seitwärts nach seinem Gefährten, dessen Auge einen Blick hatte, der die Wahrheit herauszwang.

„Ich – *ich* denke, er will mich brauchen, wenn ich von der Schule komme, aber" – mit zutraulichem Ton, da Lurgan beifällig nickte – „ich begreife nicht, wie *er* verschiedene Kleidung tragen und verschiedene Sprachen sprechen soll."

„Du wirst vieles erst später verstehen. Er schreibt Geschichten für einen gewissen Oberst. Allein in Simla ist er hoch geehrt, und bemerkenswert ist, er hat keinen Namen, nur eine Nummer und einen Buchstaben – das ist so Gebrauch unter uns."

„Und ist auch ein Preis auf seinen Kopf gesetzt – wie auf Mah – wie auf all die anderen?“

„Noch nicht. Wenn aber ein Knabe – er sitzt jetzt hier – aufstände und ginge – schau, die Tür ist offen – bis an ein gewisses Haus mit rot gemalter Veranda, hinter dem Gebäude, das früher das alle Theater in dem unteren Basar war, und flüsterte durch die Fensterläden: „Hurree Chunder Mookerjee brachte die schlimme Nachricht vom letzten Monat,“ der Knabe könnte einen Gürtel voll Rupien mitnehmen.“

„Wie viele?“ fragte Kim rasch.

„Fünfhunderttausend – soviel er fordern würde.“

„Gut. Und wie lange hätte der Knabe zu leben, nachdem die Neuigkeit mitgeteilt wäre? Er grinste vergnügt dicht an Lurgans Bart.

„Ah! Das ist wohl zu bedenken. Vielleicht, wenn er es sehr gescheit anfinge, den Tag zu Ende – aber nicht die Nacht. Auf keinen Fall die Nacht.“

„Was ist denn aber des Babus Sold, wenn soviel auf seinen Kopf gesetzt ist?“

„Achtzig – vielleicht hundert – vielleicht hundert und fünfzig Rupien; aber der Sold ist das Geringste bei der Arbeit. Von Zeit zu Zeit läßt Gott Männer geboren weiden – und Du bist einer von diesen – die aus reiner Lust an Gefahr ihr Leben riskieren und Neues entdecken – heute vielleicht von ganz entfernten Dingen, morgen von irgendeinem versteckt liegenden Berg, den nächsten Tag von Leuten ganz in der Nähe, die eine Torheit gegen den Staat begangen haben. Solcher Seelen gibt es wenige, und von diesen wenigen sind wohl kaum zehn von der besten Art. Zu diesen Zehn rechne ich den Babu, und das ist wunderbar. Wie groß und begehrenswert muß ein Geschäft sein, das das Herz eines Bengalen kühn macht!“

„Wahr. Aber die Tage gehen mir zu langsam. Ich bin noch ein Knabe, und erst seit zwei Monaten lernte ich Angrezi (Englisch) schreiben. Noch heute kann ich es nicht gut lesen. Und es sind noch Jahre und Jahre und lange Jahre, bevor ich nur ein Mann von der Kette sein kann.“

„Habe Geduld, Freund aller Welt,“ – Kim stutzte bei der Benennung – „wollte, ich hätte einige von den Jahren, die Dich so ungeduldig machen. Ich habe Dich in verschiedenen kleinen Versuchen auf die Probe gestellt. Das soll nicht vergessen werden, wenn ich dem Oberst Sahib Bericht erstatte.“ Dann plötzlich in englischer Sprache, lachend: „Beim Zeus! O'Hara, ich glaube, in Euch steckt viel. Aber Ihr dürft nicht stolz werden und nicht schwatzen. Ihr müßt nach Lucknow zurückkehren, ein braver kleiner Junge sein und über den Büchern sitzen, und in den nächsten Ferien vielleicht, wenn Ihr es wünscht, könnt Ihr wieder zu mir kommen.“ Kim sah enttäuscht aus. „O, ich sage: *wenn* Ihr es wünscht. Ich weiß, wohin Ihr gehen möchtet.“

Vier Tage später war für Kim ein Platz auf dem Rücksitz einer Kalka-Tonga bestellt. Sein Reisegefährte war der walfischähnliche Babu, der, einen ausgefranzten Shawl um den Kopf geschlungen und das fette linke Bein in durchsichtigem Strumpf auf den Sitz gezogen, in der Morgenkälte schauderte und stöhnte.

„Wie kommt es, daß dieser Mann einer von „Uns“ ist?“ dachte Kim, den breiten Rücken betrachtend, während sie die Straße abwärts rüttelten; und dieser Gedankengang zog ihn weiter in heitere Zukunftsträume. Lurgan Sahib hatte ihm fünf Rupien gegeben – eine stattliche Summe – dazu die Versicherung seiner Protektion, wenn er fleißig lernen würde.

Ungleich Mahbub Ali, hatte Lurgan deutlich von dem Lohn gesprochen, der dem Gehorsam folgen würde, und Kim war zufrieden. Wenn er nur, wie der Babu, der Würde einer Zahl und eines Buchstabens – und eines Preises auf seinen Kopf – teilhaftig würde! Eines Tages würde er das alles erreichen. Eines Tages würde er so mächtig sein, fast wie Mahbub Ali. Statt der Hausbücher von einstmals würde dann halb Indien der Schauplatz seiner Nachforschungen sein. Der Spur von Königen und Ministern würde er folgen, wie er einst in Lahore in Mahbubs Spiondienst der Spur von Kommissionären und Advokaten gefolgt war. Inzwischen war die Gegenwart, mit St. Xavier in Aussicht, auch nicht zu verachten. Neu angekommene Knaben würden zu protegieren und neue Abenteuer aus der Ferienzeit anzuhören sein. Der junge Martin, Sohn des Teepflanzers zu Manipur, hatte geprahlt, er würde mit einer Flinte in den Krieg gegen die Kopfjäger gehen. Das konnte ja sein, aber sicher war Martin nicht bei einer Feuerwerk-Explosion durch den Vorhof eines Patiala-Palastes geschleudert; noch hatte er ... Kim rechnete sich seine Abenteuer während der letzten drei Monate vor. Er konnte St. Xavier in Erstaunen setzen, selbst die größten Jungen, die sich schon rasierten – durch seine Erzählung, wäre das erlaubt gewesen. In nicht zu ferner Zeit, wie Lurgan ihm versicherte, würde ein Preis auf seinen Kopf gesetzt werden; wenn er aber jetzt törichte Reden führte, würde nicht allein dieser Preis nicht gesetzt, sondern auch würde Oberst

Creighton ihn verstoßen, und – er würde dem Zorn Lurgan Sahibs und Mahbub Alis überliefert bleiben für die kurze Zeit, die er dann noch zu leben hätte.

„So würde ich Delhi hingeben, um einen Fisch zu gewinnen," war seine sprichwörtliche Philosophie. Ihm gebührte es, seine Ferienzeit zu vergessen (blieb doch immer noch das Vergnügen, Abenteuer zu erdichten) und, wie Lurgan sagte, zu arbeiten.

Von allen Knaben, die nach St. Xavier zurückkehrten, von Sukkur in den Sandwüsten her, bis zu Galla unter den Palmen, war keiner so voll guter Vorsätze, wie Kimball O'Hara, der da nach Umballa hinunterrasselte hinter Hurree Chunder Mookerjee, dessen Name in den Büchern einer Sektion des Ethnologischen Amtes R. 17 war. Und war es nötig, Kim noch mehr anzuspornen, so tat der Babu es in vollem Maß. Nach einer reichlichen Mahlzeit in Kalka redete er ununterbrochen.

Kehrte Kim in die Schule zurück, dann wollte er, Magister der Universität von Calcutta, ihm die Vorteile einer guten Erziehung klar machen. Es waren Preise zu gewinnen für gehörigen Fleiß im Lateinischen und bei Wordsworth „Excursion" (das war für Kim Chaldäisch). Auch Französisch war Lebensfrage; das beste hörte man in Chandernagore, einige Meilen von Calcutta. Ja, man konnte bei strenger Aufmerksamkeit weil kommen, er selbst wäre weit damit gekommen, wenn man den Dramen Lear und Julius Cäsar strenge Aufmerksamkeit schenkte; beide ständen bei den Examinatoren in hohem Werte. Lear wäre nicht so voll historischer Beziehungen wie Julius Cäsar; das Buch kostete vier Annas, man könnte es aber im Bow-Basar aus zweiter Hand für zwei Annas kaufen. Noch wichtiger als Wordsworth und die eminenten Autoren Burke und Hare wäre die Kunst und Wissenschaft der Vermessung. Ein Knabe, der sein Examen hierin bestanden – für welches, beiläufig bemerkt – Keine Einpauke-Bücher existieren – könnte bei einfachem Marschieren durch eine Gegend, mit Hilfe von Kompaß und Richtscheit und scharfem Blick ein Bild von der Gegend mitnehmen, das mit großen Summen geprägten Silbers bezahlt würde.

Da es gelegentlich nicht ratsam sein würde, Meßketten mit sich zu tragen, so würde so ein Knabe gut tun, die genaue Länge seines eigenen Fußes zu kennen, so daß er, was Hurree Chunder „nebensächliche Hilfsmittel" nannte, dennoch seine Distanzen abschreiten könnte. Um Tausende von Schritten richtig zu zählen, hatte Hurree Chunders Erfahrung ihn gelehrt, daß dafür ein

Rosenkranz von 81 oder 108 Perlen unschätzbar wertvoll sei, denn er wäre teilbar und abermals teilbar in den verschiedensten Multiplikationen. Aus dem überstürzten Schwall der englischen Worte erhaschte Kim doch die Haupt-Tendenz ihres Sinnes und die fesselte ihn sehr. Hier war eine neue Fertigkeit, die ein Mann in seinem Kopf aufspeichern konnte; und nach dem Anschein der großen, weiten Welt, die sich vor ihm auftat, schien es: je mehr ein Mann wisse, desto besser für ihn.

Nachdem der Babu lange Zeit in dieser Weise geredet, sagte er plötzlich: „Ich hoffe, eines Tages Euere amtliche Bekanntschaft zu machen. Ad interim, wenn ich mich so ausdrücken darf, gebe ich Euch diese Beteldose, die ein sehr schätzbarer Gegenstand ist und mich vor vier Jahren zwei Rupien kostete.“ Es war ein billiges, in Herzform geschnittenes Blechding mit drei Abteilungen, zur Aufnahme der ewigen Betelnuß von Kalk und Betelpfeffer-Blatt, war aber angefüllt mit kleinen Pillen-Fläschchen. Das zum Lohn des Verdienstes, daß Ihr da oben den heiligen Mann so gut kopiert habt. Seht, Ihr seid so jung und denkt, Ihr haltet für ewig aus und achtet nicht auf Euren Körper. Es ist aber sehr schlimm, mitten in der Arbeit krank zu werden. Ich lege Wert auf Arzeneimittel; man soll sie auch zur Hand haben, um arme Leute zu kurieren. Dieses sind gute Departements-Medizinen: Chinin und so weiter. Ich gebe sie Euch als Andenken. Lebt nun wohl! Ich habe dringende Privatgeschäfte hier am Wege.“

Geräuschlos wie eine Katze schlüpfte er vom Wagen, rief eine vorbeifahrende Ekka an und rasselte weiter, Kim, vor Erstaunen stumm und mit der Blechdose in den Händen, zurücklassend.

Die Erziehungs-Geschichte eines Knaben interessiert außer den Eltern nur wenige, und Kim war, wie ihr wißt, ein Waise. In den Büchern von St. Xavier in Partibus ist bemerkt, daß am Schlusse jedes Quartals ein Bericht über Kims Fortschritte dem Oberst Creighton und Vater Victor (durch dessen Hand regelmäßig das Schulgeld einging) zugesandt wurde. Ferner ist in denselben Büchern bemerkt, daß Kim große Begabung für mathematische Studien und Landkarten-Zeichnen entwickelte, und daß er einen Preis (Das Leben Lord Lawrences, zwei Bände in Kalbleder gebunden, zu neun Rupien vier Annas) für seine Leistungen in diesen Fächern errang, ebenso in einem Wettbewerb der Schüler von St. Xavier mit dem mohammedanischen Allyghur-Colleg, als er vierzehn Jahre und zehn Monate alt war. Er wurde auch ungefähr zur selben Zeit noch einmal geimpft (woraus wir schließen, daß eine Blattern-Epidemie in Lucknow herrschte). Bleistiftnotizen am Rande einer alten Zeugnis-Liste besagen, daß er verschiedene Male bestraft wurde wegen „Conversierens mit unpassenden Persönlichkeiten“, und es scheint, daß er einmal zu schwerer Strafe verurteilt wurde, weil „er sich einen ganzen Tag in Gesellschaft eines alten Straßen-Bettlers umhergetrieben hatte“. Das war damals, als er über das Gitter kletterte und einen ganzen Tag mit dem Lama am Ufer des Goomkee zubrachte und ihn anflehte, in den nächsten Ferien mit ihm wandern zu dürfen, einen Monat nur – nur eine kurze Woche – gegen welche Bitte der Lama sich wie ein Kieselstein verhielt, indem er behauptete, die Zeit dafür wäre noch nicht gekommen. Kims Aufgabe, sagte der alte Mann, indes sie zusammen Kuchen aßen, wäre, erst alle Weisheil der Sahibs zu erwerben, und dann würde er sehen …

Die Hand der Freundschaft mußte auch diesmal die Geißel des Unheils abgewendet haben, denn es scheint, daß Kim sechs Wochen später eine Prüfung in Elementar-Vermessungslehre bestand und ein gutes Zeugnis erhielt. Mit diesem Datum schließen die Berichte. Sein Name fehlt unter dem jährlichen Schub derer, die in den niederen Vermessungsdienst von Indien eintraten, dagegen war er gebucht mit dem Zusatz: „nach Übereinkunft aus der Schule entlassen“.

Verschiedene Male im Laufe dieser drei Jahre tauchte in dem Tempel der Tirthanker zu Benares der Lama auf, etwas abgemagert, einen Schatten gelber, wenn das möglich war, aber sanft und harmlos wie immer. Zuweilen kam er vom Süden her – vom Süden von Tuticorin – von wo die wunderbaren Feuerschiffe nach Ceylon gehen, wo es Priester gibt, die Pali (Tochtersprache des Sanskrit) verstehen, zuweilen vom feuchten, grünen Westen, wo die Tausende von Schornsteinen der Baumwoll-Fabriken Bombay wie ein Ring umgeben. Und einmal kam er vom Norden her, von wo er achthundert Meilen hin- und zurückgewandert war, um einen Tag mit dem Hüter der Bildnisse in dem Wunderhaus sich zu unterhalten. Er schritt dann in seine Zelle in dem Kühlen Marmor-Tempel – die Priester waren gütig mit dem alten Mann – wusch den Staub des Weges ab, betete und fuhr (er war nun an die Eisenbahn gewöhnt) in dritter Klasse nach Lucknow. Kehrte er von Lucknow zurück, so war es auffallend – wie sein Freund, der Sucher, gegen den Oberpriester bemerkte – daß er für einige Zeit nicht von der Sehnsucht nach seinem Strom redete, oder wunderbare Bilder von dem Rad des Lebens zeichnete, sondern von der Schönheit und der Weisheit eines gewissen, geheimnisvollen Chela sprach, den kein Mann des Tempels je gesehen.

„Ja, er war den Spuren der Heiligen Füße durch ganz Indien gefolgt. (Der Vorsteher des Tempels besitzt noch einen höchst wunderbaren Bericht über seine Wanderungen und Meditationen.) Es blieb nur noch übrig, im Leben den Strom des Pfeiles zu finden. Jedoch war es ihm in seinen Träumen kund geworden, daß dies ein Unternehmen ohne Aussicht auf Erfolg war, wenn nicht ein Chela mit dem Sucher war, bestimmt die Suche glücklich zu Ende zu führen – ein Chela in großer Weisheit erfahren – solcher Weisheit, wie weißhaarige Hüter von Bildnissen sie besitzen. Zum Beispiel (hier wurde der Schnupftabakbeutel hervorgeholt, und die gutmütigen Jain-Priester hörten schweigend zu): –

„Vor langen, langen Zeiten, als Devadatta König von Benares war – lasset alle lauschen der Iâtaka (Geburtsgeschichte des Buddha) – war von den Jägern des Königs ein Elefant gefangen, und bevor er sich befreien konnte, mit einem grausamen, eisernen Beinring belastet. Mit Haß und Wut im Herzen suchte er das Eisen abzustreifen, und in den Wäldern auf- und abwärts rennend, flehte er seine Brüder-Elefanten an, es abzureißen. Mit ihren starken Rüsseln, einer nach dem anderen, versuchten sie es, aber vergebens. Zuletzt gaben sie ihre Meinung ab, daß der Ring nicht von tierischer Kraft zu brechen sei. Und im Dickicht, noch feucht von der Geburt, lag ein neugeborenes Kalb der Herde, dessen Mutter gestorben war. Der gefesselte Elefant, seine eigene Qual vergessend, sprach: „Wenn ich nicht diesem Säugling helfe, so wird er unter unseren Füßen sterben." So stand er über dem jungen Ding und machte seine Beine zu Schutzpfeilern gegen die unruhig sich bewegende Herde. Milch erbettelte er von einer tugendhaften Kuh, und das Kalb gedieh, und der gefesselte Elefant ward des Kalbes Führer und Verteidiger. Aber die Tage eines Elefanten – laßt alle lauschen der Jâtaka! – sind fünfunddreißig Jahre bis zu seiner vollen Stärke,' und durch fünfunddreißig Regen beschützte der gefesselte Elefant den jüngeren, und durch die ganze, lange Zeit hindurch fraß das Eisen sich in das Fleisch ein.

Da, eines Tages sah der junge Elefant das halb im Fleisch begrabene Eisen und wendete sich zu dem älteren und sprach: „Was ist dies?" „Das ist eben mein Kummer," sprach der, der ihn betreut hatte. Da streckte der andere seinen Rüssel aus, und so schnell wie man ein Auge aufschlägt, zertrümmerte er den Ring und sprach: „Die bestimmte Zeit ist gekommen". So ward der tugendhafte Elefant, der geduldig ausgeharrt und Gutes getan hatte, erlöst zu der bestimmten Zeit durch dasselbe Kalb, das er gerettet und geliebt – laßt alle lauschen der Jâtaka! –

denn der Elefant war Ananda, und das Kalb, das den Ring zerbrach, war kein anderer als Unser Herr ..."

Dann wiegte er feierlich sein Haupt, und über dem immer klappernden Rosenkranz wies er darauf hin, wie frei dies Elefanten-Kalb von der Sünde des Stolzes war.

„Es war so demütig wie ein Chela, der seinen Meister draußen im Staube vor den Pforten des Wissens sitzen sah und diese Pforten übersprang, obwohl sie geschlossen waren, und seinen Meister ans Herz nahm vor den Augen der stolzbrüstigen Stadt."

So sprach der Lama. Und er ging und kam durch Indien so sacht, wie eine Fledermaus. Eine scharfzungige, alte Dame, in einem Hause zwischen den Fruchtbäumen hinter Saharunpore, ehrte ihn, wie das Weib den Propheten ehrte, aber seines Bleibens war nicht hinter den Wänden. Er saß in einem Raume des Vorhofs, auf den girrende Tauben hinabsahen, und sie neben ihm, den überflüssigen Schleier beiseite gelegt, schwatzte von Geistern und Teufeln in Kulu, von ungeborenen Enkeln und von dem frechzungigen Burschen, der auf dem Rastplatz sie angeredet hatte. Einmal auch streifte er allein von der großen Heerstraße unterhalb Umballa nach dem Dorfe zu, dessen Priester ihm Opium gegeben halte; der gütige Himmel aber, der Lamas beschützt, leitete ihn, der gedankenvoll und arglos im Zwielicht durch die Ähren schritt, zu des Risaldars Tür. Hier hätte es bald ein schweres Mißverständnis gegeben, denn der alte Soldat fragte, warum der Freund der Sterne desselben Weges allein, erst sechs Tage vorher gekommen sei.

„Das kann nicht sein," meinte der Lama. „Er ist zu seinem eigenen Volk zurückgegangen."

Sein Wirt bestand darauf. „In jener Ecke saß er vor fünf Nächten und erzählte hundert lustige Geschichten. Wahr ist, er verschwand etwas plötzlich in der Dämmerung, nachdem er närrische Reden mit meiner Enkelin geführt. Er wächst zusehends, aber es ist derselbe Freund der Sterne, der mir das wahre Wort von dem Kriege brachte. Habt Ihr Euch getrennt?"

„Ja – und nein," erwiderte der Lama. „Wir – wir haben uns nicht ganz getrennt, aber die Zeit ist noch nicht reif, wo wir zusammen wandern können. Er erwirbt Weisheit an einem anderen Ort. Wir müssen warten."

Ganz gleich – aber, wenn es nicht der Knabe war, wie käme es, daß er beständig von Dir sprach?"

„Und was sagte er?" fragte der Lama eifrig.

„Süße Worte – hundert, tausend, daß Du sein Vater und seine Mutter wärest und all dergleichen. Schade, daß er nicht in den Dienst der Königin tritt. Er ist ohne Furcht."

Diese Nachricht beunruhigte den Lama, der noch nicht wußte, wie gewissenhaft Kim den mit Mahbub Ali geschlossenen und von Oberst Creighton widerwillig genehmigten Kontrakt innehielt.

„Man kann kein junges Pony fern vom Spiel halten," sagte der Roßkamm, als der Oberst behauptete, dies Vagabundieren durch Indien in Ferienzeiten sei ein Unsinn. „Verbietet man ihm zu gehen und kommen, wie er mag, so wird er sich nicht um Verbot kümmern. Und, wer soll ihn wieder einfangen? Oberst Sahib, nur einmal in tausend Jahren wird ein Roß, so geeignet für das Spiel, geboren wie dieses, unser Füllen. Und wir haben Männer nötig."

Kapitel 10.

Lurgan Sahib sprach sich nicht so entschieden aus, aber sein Rat schloß sich dem Mahbubs an, und das Resultat war günstig für Kim. Er wußte nun etwas Besseres zu tun, als Lucknow in Verkleidung zu verlassen, und war Mahbub irgendwie durch eine Nachricht erreichbar, so suchte er ihn in seinem Lager auf und nahm seine Verwandlung unter des Pathans Auge vor. Hätte der kleine Tuschkasten, den er in der Schulzeit beim Kartenzeichnen brauchte, von seiner Verwendung in den Ferien reden können, so wäre Kim wohl relegiert worden. – Einmal zog er mit Mahbub und drei Wagen voll Pferden bis nach dem prächtigen Bombay, und Mahbub schmolz fast vor Zärtlichkeit: als Kim eine Reise durch den Indischen Ozean auf einem Kauffahrteischiff vorschlug, um Golf-Araber zu kaufen, die, wie er von einem Untergebenen des Händlers Abdul Rahman erfahren halte, bessere Preise erzielten, als die Kabuli-Pferde. Mit diesem bedeutenden Kaufmann wußte er anzuknüpfen, als Mahbub mit einigen Gleichgläubigen bei einem großen Haj-Schmaus war.

Bei dem Rückwege über Karachi, zur See, machte Kim die erste Bekanntschaft mit der Seekrankheit. Er saß an dem vorderen Gatter über der Luke, fest überzeugt, daß er vergiftet sei. Des Babus famose Medizin-Schachtel erwies sich nutzlos, obgleich sie in Bombay frisch gefüllt war. Mahbub hatte Geschäfte in Quetta, und dort verdiente Kim, mit Mahbubs Erlaubnis, sein Brot und etwas mehr als Küchenjunge im Hause eines fetten Kommissariats-Sergeanten. In einem unbewachten Augenblick nahm er aus dessen Bureau-Schrank ein kleines, in Pergament gebundenes Hauptbuch, das anscheinend nur Verkäufe von Rindvieh und Kamelen betraf, und im Mondenschein, hinter einem Hintergebäude liegend, kopierte er daraus. Dann legte er das Buch wieder an seinen Platz, verließ auf Mahbubs Rat seinen Dienst ohne Lohn und traf sechs Meilen weiter unten mit Mahbub wieder zusammen, die saubere Kopie auf der Brust tragend.

„Dieser Sergeant ist ein kleiner Fisch," erklärte Mahbub, „mit der Zeit werden wir größere fangen. Dieser verkauft nur Ochsen zu zwei verschiedenen Preisen – zu einem Preise für sich selbst, zu einem anderen für die Regierung – was, glaube ich, keine Sünde ist."

„Warum durfte ich das kleine Buch nicht mitnehmen und vollständig kopieren?"

„Das hätte ihn erschreckt, und er würde seine Vorgesetzten benachrichtigt haben. Dadurch hätten wir vielleicht eine große Zahl neuer Flinten verloren, die ihren Weg, von Quetta nach dem Norden suchen. Das Spiel ist zu weit ausgedehnt, man sieht nur wenig davon zurzeit."

„Oho!" machte Kim und hielt den Mund. Das war in den Monsoon-Ferien, nachdem er den Preis in Mathematik erhalten. Die Weihnachts-Ferien – abgerechnet einige Tage für Privat-Amusements – brachte er bei Lurgan Sahib zu. Dort saß er meist vor einem lodernden Holzfeuer – auf dem Wege nach Jakko lag in dem Jahre vier Fuß tief Schnee – der kleine Hindu war fort, um verheiratet zu werden – und half Lurgan Perlen aufreihen. Nebenbei hatte er ganze Kapitel aus dem Koran auswendig zu lernen und zu wiederholen, bis er sie mit dem Hin- und Herwiegen und dem genauen Tonfall eines Mullah vortragen konnte. Ferner lernte er die Namen und Eigenschaften einheimischer Heilmittel kennen, wie die dunklen Sprüche, die beim Verordnen derselben hergesagt werden müssen. Am Abend schrieb er Zauberformeln auf Pergamente, kunstvoll ausgearbeitete Pentagramme mit den Namen von Teufeln Murra und Awan, dem Begleiter von Königen, gekrönt. In praktischer Weise unterwies Lurgan ihn in seiner eigenen Gesundheitspflege, im Heilen von Fieberanfällen und Anwendung einfacher

Arzneimittel auf der Wanderung. Eine Woche vor der Abreise sandte Oberst Creighton – und das war nicht hübsch – eine Reihe von Prüfungs-Fragen, die sich nur mit Ruten und Ketten und Winkeln befaßten.

In den nächsten Ferien zog er mit Mahbub aus und auf einem Kamel, im tiefen Sand fast versinkend, war er dem Verdursten nahe. Sie kamen nach der geheimnisvollen Stadt Bikaneer, wo die Brunnen vierhundert Fuß tief und fast durchaus mit Kamelknochen bekleidet sind. Es war nicht erheiternd für Kim, daß der Oberst – in Nichtachtung des Kontraktes – ihm befahl, eine Karte von der wilden, ummauerten Stadt anzufertigen. Und da es auffallend wäre, wenn mohammedanische Pferdejungen oder Pfeifenreiniger Vermessungsketten um die Hauptstadt eines unabhängigen einheimischen Staates zögen, so war Kim gezwungen, seine Distanzen mit Hilfe der Perlen eines Rosenkranzes abzuschreiten. Zu Teilungen benutzte er gelegentlich den Kompaß, hauptsächlich nach Dunkelwerden, wenn die Kamele gefuttert halten, und mit Hilfe seines kleinen Tuschkastens mit sechs Farbentäfelchen und drei Pinseln brachte er etwas zu Stande, das nicht ungleich der Stadt Jeysalmir war. Mahbub lachte und riet ihm, auch einen geschriebenen Bericht zu machen, und auf den letzten Seiten eines großen Rechnungsbuches, das unter der Klappe von Mahbubs Lieblingssattel lag, fertigte Kim ihn aus.

„Er muß alles enthalten, was Du gesehen, berührt und beobachtet hast. Schreibe, als wenn der Jung-i-Lat (Oberbefehlshaber) selbst im Geheimen mit einer großen Armee, um in den Krieg zu ziehen, gekommen wäre."

„Wie groß die Armee?"

„Oh, ein halbes Lakh (Ostindisch: Hälfte von 100 000) Männern."

„Torheit! Bedenke doch, wie selten und wie schlecht die Brunnen in dem Sande sind. Nicht tausend Männer könnten ihren Durst löschen."

„Dann schreibe das nieder – auch die alten Brüche in den Mauern – und wo das Brennholz geschnitten wird – und wie das Temperament und die Gesinnung des Königs ist. Ich bleibe hier bis alle meine Pferde verkauft sind. Ich will einen Raum beim Torvorbau mieten und Du bist mein Buchhalter. Es soll ein gutes Schloß an der Tür sein."

Der Bericht, in der fließenden, deutlichen St. Xaviers-Handschrift und die braun und gelbe, mit Lack überzogene Karte war noch vor einigen Jahren vorhanden. (Ein nachlässiger Schreiber verdarb sie mit Notizen über die zweite

Dienstreise nach Leistan von E. 23., jetzt aber werden die Bleistift-Bemerkungen ziemlich verwischt sein.) Am zweiten Tage der Rückreise übersetzte Kim, bei der Flamme einer Öllampe schwitzend, Mahbub einen Bericht. Der Pathan erhob sich und beugte sich über die bunten Satteltaschen.

„Ich wußte, er würde eines Ehrenkleides würdig werden und hielt es bereit," sagte er lächelnd. „Wäre ich Emir von Afghanistan (und wir werden ihn eines Tages sehen) so würde ich Deinen Mund mit Gold füllen." Er breitete die Gewänder feierlich zu Kims Füßen aus. Da war eine goldgestickte, zu einem Kegel aufsteigende Turban-Mütze von Peshawur, mit einem Turban-Tuch, das in einer breiten Goldfranze endete. Da war eine gestickte Weste von Delhi, die über einem milchweißen, an der rechten Seite schließenden, prächtig niederwallenden Hemde getragen wurde: grüne Pyjamas mit geflochtener, seidener Taillenschnur, und damit nichts fehle, Pantoffeln von russischem Leder, himmlisch riechend, mit kokett aufgebogenen Spitzen.

„An einem Mittwoch und in der Morgenfrühe neue Kleider anzulegen, ist gefährlich," sprach Mahbub feierlich. „Und wir dürfen nicht vergessen, daß es böses Volk in der Welt gibt. Also!"

Er krönte die Herrlichkeiten, die Kim vor Entzücken den Atem benahmen, durch einen mit Perlmutter und Nickel beschlagenen 9 mm-Revolver mit Selbstentladung.

„Ich wollte erst eine kleinere Bohrung nehmen, besann mich aber, daß diese hier Gouvernements-Kugeln faßt. Mit diesen kann ein Mann überall hin- und hergehen – besonders über die Grenze. Steh auf und laß Dich betrachten." Er klopfte Kim auf die Schulter. „Mögest Du nimmer ermüden zu schauen, Pathan! Oh, die Herzen, die da brechen, die Augen, die sich abwenden werden unter halb geöffneten Lidern!"

Kim drehte sich rundum, streckte die Zehe und fühlte mechanisch nach dem Schnurrbart, der just zu sprossen begann; dann bückte er sich auf Mahbubs Füße nieder, um diese, da sein Herz zu voll für Worte war, mit seinen bebenden Händen zu streicheln. Mahbub kam ihm zuvor und umarmte ihn.

„Mein Sohn," sprach er, „bedarf es der Worte zwischen uns? Aber ist nicht die kleine Waffe zum Entzücken? Alle sechs Kartuschen kommen mit einer Drehung heraus. Man soll sie auf der Brust nächst der Haut tragen, damit sie immer wie geölt bleibt. Trage sie sonst nirgends und so es Gott gefällt, wirst Du eines Tages einen Mann damit töten."

„Oha!“ rief Kim kläglich, „wenn ein Sahib einen Menschen tötet, wird er im Gefängnis gehängt.“

„Wahr: aber einen Schritt jenseit der Grenze sind die Leute vernünftiger. Tue sie weg, aber füttere sie zuvor. Was nützt eine ungespeiste Flinte?“

„Wenn ich in die Madrissah zurückgehe, muß ich sie Dir wiedergeben. Sie gestatten keine Waffe. Du wirst sie mir aufbewahren?“

„Sohn, ich bin der Madrissah müde, wo sie einem Manne die besten Jahre nehmen, um ihn zu lehren, was er nur auf der Heerstraße lernen kann. Die Torheit der Sahibs hat weder Kopf noch Fuß. Schadet nichts. Kann sein, dieser geschriebene Bericht erspart die fernere Sklaverei; und Gott weiß, wir brauchen Männer, mehr und mehr, für das Spiel.“

Mit verbundenem Mund, um sich vor dem wehenden Sand zu schützen, wanderten sie durch die Salzwüste nach Jodhpore, wo Mahbub und sein schöner Neffe Habib-Ullah viel Geschäfte machten, und dann – traurig, in europäischen Kleidern, aus denen er fast herausgewachsen war – fuhr Kim in zweiter Klasse nach St. Xavier zurück. Drei Wochen später traf Oberst Creighton, der in Lurgans Laden nach dem Preise von Thibetanischen Geisterdolchen fragte, Mahbub Ali als offenbaren Meuterer an. Lurgan Sahib operierte als Reserve.

„Das Pony ist fertig – vollendet – mit Maul und Schritt – Sahib. Von nun an, wenn es zum Spaß festgehalten wird, wird es von Tag zu Tag seine guten Manieren verlieren. Nehmt ihm den Zügel vom Nacken und laßt ihn los,“ sprach der Pferdehändler. „Wir haben ihn nötig.“

„Aber er ist noch so jung, Mahbub – kaum sechzehn – nicht so?“

„Als ich fünfzehn alt war, Sahib, hatte ich meinen Mann geschossen und meinen Mann gezeugt.“

„Du verstockter, alter Heide.“ Creighton wandte sich zu Lurgan. Der schwarze Bart nickte dem scharlachgefärbten des Afghanen Beifall zu.

„Ich würde ihn längst verwandt haben,“ sagte Lurgan. „Je jünger je besser. Deshalb lasse ich meine Kostbaren Juwelen von einem Kinde hüten. Ihr habt ihn mir gesendet, ihn auf die Probe zu stellen. Ich prüfte ihn in jeder Weise: er ist der einzige Knabe, den ich nicht dahin bringen Konnte, Dinge zu sehen –“

„Im Krystall – im Tintentopf?“ fragte Mahbub.

„Nein. Unter meiner Hand. Das ist mir noch nicht vorgekommen. Das zeigt, daß er stark genug ist – aber Ihr meint, Oberst Creighton, das ist nicht so leicht, wie es aussieht – jeden nach seinem Willen tun zu lassen? Und das war vor drei Jahren. Seit der Zeit habe ich ihn vieles gelehrt, Oberst Creighton. Ich glaube, Ihr verwertet ihn jetzt nicht richtig."

„Hm! Kann sein, Ihr habt Recht. Aber, wie Ihr wißt, ist augenblicklich keine offizielle Arbeit für ihn da."

„Laßt ihn aus – laßt ihn rennen," unterbrach Mahbub. „Wer erwartet von einem Füllen, daß es gleich schwere Lasten trägt? Laßt ihn auf gut Glück mit den Karawanen laufen wie unsere weißen Kamel-Füllen. Ich würde ihn zu mir nehmen, aber –"

„Da ist im Süden eine Kleinigkeit zu tun, wobei er sehr nützlich sein könnte," meinte Lurgan, mit besonders sanftem Ton, seine schweren, blau getuschten Augenlider senkend.

„E. 23. hat das in Händen," sagte Creighton, rasch einfallend.

„Er darf nicht dorthin. Außerdem versteht er nicht Türkisch."

„Beschreibt ihm nur das Format und den Geruch der Briefe, die wir brauchen," beharrte Lurgan, „und er wird sie uns bringen."

„Nein. Das ist Arbeit für einen Mann," sagte Creighton. Es betraf eine halsbrecherische Angelegenheit, eine ungehörige, aufwieglerische Korrespondenz zwischen einer Person, die sich als allein maßgebende Autorität in allen Dingen der mohammedanischen Religion durch alle Welt betrachtete, und einem jüngeren Mitglied eines königlichen Hauses, das wegen Frauenraubes auf britischem Territorium in den Geheimakten geführt wurde. Der muselmännische Erzbischof war emphatisch und überarrogant, der junge Prinz nur aufgebracht wegen sogenannter Verkürzung seiner Privilegien gewesen; aber er mußte verhindert werden, eine Korrespondenz weiter zu führen, die ihn schließlich kompromittieren konnte. Einer der Briefe war schon abgefaßt, aber der Finder wurde später, als arabischer Handelsmann gekleidet, tot am Wege gefunden; dies berichtete E. 23. (der die Arbeit übernommen) pflichtgemäß.

Diese Fakten und einige andere, nicht zu veröffentlichende, ließen Mahbub und Lurgan die Köpfe schütteln.

„Laßt ihn denn mit dem Roten Lama gehen," sagte, mit sichtlicher Überwindung, der Roßkamm. „Er hat den alten Mann lieb. Er kann wenigstens bei dem Rosenkranz seine Schritte abzählen lernen."

„Ich hatte mich ein paarmal mit dem alten Mann zu beschäftigen – brieflich," sprach Creighton lächelnd. „Wohin geht er?"

„Er ist diese drei Jahre auf- und abgewandert im Lande. Er sucht einen Strom des Heils. Gottes Fluch über alle –" Mahbub verstummte plötzlich. „Er hat Quartier im Tempel der Tirthankeers oder zu Buddh Gaya, wenn er von der Wanderschaft kommt. Alsdann geht er nach der Madrissah, um den Knaben zu sehen: wir wissen es, denn der Knabe wurde zwei- oder dreimal deswegen bestraft. Er ist ganz verrückt, aber ein friedlicher Mann. Ich habe ihn getroffen. Auch der Babu hat mit ihm zu tun gehabt. Wir beobachteten ihn diese drei Jahre. Rote Lamas sind nicht so häufig in Indien, daß man die Spur verlieren könnte."

„Babus sind zuweilen sonderbar," sprach Lurgan nachdenklich. „Wißt Ihr, was Hurree Babu wirklich will? Er will Mitglied der Königlichen Akademie der Wissenschaften werden durch seine ethnologischen Berichte. Ich teilte ihm alles mit, was Mahbub und der Knabe mir über den Lama gesagt. Hurree Babu geht nach Benares – auf seine eigenen Kosten, denke ich."

„Ich nicht," sagte Creighton kurz. Er hatte, aus lebhafter Neugier zu erfahren, was der Lama eigentlich war, Hurrees Reisekosten bezahlt.

„Und er wandte sich an den Lama, wegen Unterweisung über Lamaismus und Teufelstänze und Zauberformeln, verschiedene Male in diesen drei Jahren. Heilige Jungfrau! All das hätte er von mir schon vor Jahren erfahren können. Ich glaube, Hurree Babu wird zu alt für das Umherstreifen. Er sammelt lieber Erfahrungen über Sitten und Lebensweise. Ja, er strebt danach, ein F. R. S. zu werden." (Fellow of the Royal Society, Mitglied der Akademie der Wissenschaften.)

„Hurree denkt gut von dem Knaben, wie?"

„Oh, sehr! Wir hatten einige heitere Abende zusammen hier in meiner kleinen Behausung. Aber es wäre schade, den Knaben mit Hurree in den ethnologischen Dienst übergehen zu lassen."

„Nicht für einen ersten Versuch. Was sagt Ihr, Mahbub? Lassen wir den Jungen sechs Monate mit dem Lama gehen! Später wollen wir sehen. Er kann wenigstens Erfahrungen sammeln."

„Die hat er schon, Sahib – er kennt seinen Weg wie ein Fisch das Wasser, in dem er schwimmt. Aber jedenfalls wäre es richtig, ihn aus der Schule zu nehmen.“

„Gut also,“ sprach Creighton halb zu sich selbst. „Er soll mit dem Lama gehen, und will Hurree Babu ein Auge auf sie haben, um so besser. Der Lama wird den Knaben nicht in Verlegenheit bringen, wie Mahbub. Sonderbar – dieser Wunsch ein F. R. S. zu werden! Und doch wie menschlich! Er paßt auch am besten für Ethnologie, Hurree –“

Weder Geld noch Bevorzugung würde Creighton bewogen haben, den Indischen Geheim-Dienst zu verlassen, aber tief in der Seele trug er den Ehrgeiz, F. R. S. hinter seinen Namen zu setzen. Gewisse Ehren waren durch Findigkeit und Hilfe von Freunden zu erzielen; aber, nach seinem besten Ermessen, konnte nur ein Leben voll wertvoller Arbeit einen Mann in die Gesellschaft erheben, die er seit Jahren mit Berichten über fremde asiatische Kulturen und unbekannte Sitten bombardierte. Neun von zehn Männern würden die Langeweile eines Abends in der Akademie fliehen, Creighton aber würde dieser Zehnte sein. Zuweilen sehnte er sich lebhaft nach dem behaglichen London, in die überfüllten Räume, wo silberhaarige und kahlköpfige Herren, die nichts von militärischen Angelegenheiten verstehen, spektroskopische Untersuchungen niedriger Pflanzenarten der eisigen Tundras oder elektrische Flugmaschinen vornehmen oder Apparate handhaben, um das linke Auge eines weiblichen Moskitos in millimetrische Teile zu schneiden. Nach Recht und Billigkeit hätte die Geographische Gesellschaft ihn berufen sollen; aber Männer sind so launisch wie Kinder bei der Wahl ihres Spielzeugs. – Creighton lächelte und dachte um so besser über Hurree Babu, da er mit ihm gleichen Ehrgeiz teilte.

Er legte den Geisterdolch aus der Hand und blickte zu Mahbub auf.

„Wann können wir das Füllen aus dem Stall holen?“ fragte der Pferdehändler, in seinem Auge lesend.

„Hm! Wenn ich jetzt seine Entlassung anordne, was wird er, denkt Ihr, tun? Ich habe noch niemals die Erziehung von so einem geleitet.“

„Zu mir wird er kommen,“ sagte Mahbub rasch. „Lurgan und ich werden ihn für die Reise vorbereiten.“

„So sei es denn. Sechs Monate mag er gehen wohin er will. Wer aber bürgt für ihn?“

Lurgan neigte leicht den Kopf. „Er wird nicht plaudern, wenn Ihr *das* fürchtet, Oberst Creighton."

„Er ist immerhin noch ein Knabe."

„J – ja; aber erstens, hat er nichts zu erzählen und zweitens, weiß er, was die Folge sein würde. Auch hat er Mahbub sehr lieb und mich ein wenig."

„Wird er Gehalt beziehen?" fragte der praktische Pferdehändler.

„So viel als zu Nahrung und Wasser notwendig ist. Zwanzig Rupien im Monat."

Ein Vorzug des Geheim-Dienstes ist, daß keine ermüdende Revision stattfindet. Der Dienst wird lächerlich knapp gehalten, aber die Fonds werden von Männern verwaltet, die weder die Aufführung der einzelnen Posten in den Rechnungen noch Quittungen verlangen. Mahbubs Auge leuchtete auf mit einer fast eines Sikhs würdigen Freude am Gelde und selbst Lurgans unbewegliches Gesicht belebte sich. Er dachte der Zeit, da Kim in das Große Spiel eingefügt würde, das, über ganz Indien verbreitet, weder Tag noch Nacht ruht; und der Ehre und des Ansehens, das ihm, als Lehrer dieses Schülers zu Teil werden würde von den wenigen Auserwählten. Lurgan Sahib hatte E. 23. aus einem verwilderten, frechen, verlogenen kleinen Kerl aus den nordwestlichen Provinzen zu dem gemacht, was E. 23. jetzt war.

Die Freude seiner Lehrer war aber nur schwach und bleich neben Kims Freude, als der Direktor von St. Xavier ihm ankündigte, daß Oberst Creighton ihn rufen lasse.

„Ich vermute, O'Hara," sprach der Direktor, „daß der Oberst Ihnen eine Stelle als Meß-Assistent im Kanal-Departement ausgewirkt hat. Das ist der Lohn für Fleiß in Mathematik. Es ist ein großes Glück für Sie, denn Sie sind erst siebzehn Jahre alt; aber Sie begreifen, daß Sie nicht dauernd angestellt werden, bevor Sie Ihre Examen im Herbst bestanden haben. Sie müssen also nicht wähnen, daß Sie zum Vergnügen in die Welt hinaus gehen oder daß Ihr Glück nun ein für allemal gemacht ist. Es bleibt noch viel schwere Arbeit für Sie zu tun. Nur wenn es Ihnen gelingt „pukka" zu werden, können Sie es bis zu vierhundert und fünfzig monatlich bringen." Hierauf gab der Direktor ihm noch gute Lehren betreffs Führung, Sitten und Moral. – Ältere Schüler, die noch keine Aussicht auf Stellung hatten, sprachen wie nur Anglo-Indische Burschen sprechen können, von Begünstigung und Bestechung. Der junge Cazalet, dessen Vater seine Pension in Chunar verzehrte, sprach es unverblümt aus, daß Oberst Creightons

Interesse für Kim direkt väterlich sei; und Kim, statt ihm zu vergelten, fluchte nicht einmal. Er dachte nur an das in Aussicht stehende Vergnügen, an Mahbubs gestrigen, in nettem Englisch geschriebenen Brief, der ihn für Nachmittag nach einem Hause hinbestellte, dessen Erwähnung allein des Direktors Haar vor Entsetzen gesträubt haben würde.

Am selben Abend sprach Kim zu Mahbub, bei dem Gepäckwagen auf der Lucknow-Station stehend: „Ich fürchtete, daß, bevor ich heraus wäre, mir das Dach noch auf den Kopf fallen könnte. Oh, mein Vater, ist es denn wirklich wahr?“

Mahbub schnappte mit den Fingern als Zeichen, daß alles wahr sei, und seine Augen funkelten wie rote Kohlen.

„Wo ist dann meine Pistole, daß ich sie trage?“

„Sachte! Ein halbes Jahr magst Du noch ohne Fersenstrick laufen. Das erbat ich für Dich von Oberst Creighton Sahib, mit zwanzig Rupien monatlich. Der alte Rot-Hut weiß, daß Du kommst.“

„Ich will Dir Dustoorie (Kommission) zahlen, drei Monate lang,“ sprach Kim ernsthaft. „I – ja, zwei Rupien von meinem Gehalt jeden Monat. Vor allem aber muß ich dies los werden.“ Er zupfte an seinen dünnen Leinwandhosen und zerrte an seinem Kragen. „Ich habe alles, was ich auf der Landstraße brauche, bei mir. Meinen Koffer habe ich Lurgan Sahib gesendet.“

„Der Dir seine Salaams sendet – Sahib.“

„Lurgan Sahib ist ein sehr kluger Mann. Und was wirst Du jetzt tun, Mahbub?“

„Ich gehe wieder nordwärts in dem Großen Spiel. Was sonst? Bist Du noch immer gewillt, dem alten Rot-Hut zu folgen?“

„Vergiß nicht, er macht mich zu dem, was ich bin – obwohl er es nicht wußte. Jahr auf Jahr sendet er das Geld für meine Erziehung.“

„Das hätte ich auch tun können,“ brummte Mahbub, “wäre es mir nur in meinen Dickkopf gekommen. Laß uns gehen. Die Lampen sind schon angezündet; es wird Dich niemand im Basar bemerken. Wir gehen nach Huneefas Haus.“

Auf dem Wege dahin gab Mahbub Kim fast dieselben Ratschläge, die Lemuel (arabischer König) von seiner Mutter empfing, und, sonderbar genug, er war sehr darauf bedacht, hervorzuheben, wie Huneefa und ihresgleichen Könige zugrunde gerichtet hätten.

„Und dabei erinnere ich mich," sprach er schelmisch, „eines, der da sagte: Trau einer Schlange mehr als einer Dirne und einer Dirne mehr als einem Pathan. Nun, ausgenommen das von den Pathans, da ich selbst einer bin, ist alles Übrige wahr. Besonders wahr ist es in dem Großen Spiel, denn nur die Weiber sind schuld, wenn Pläne mißlingen, nur Weiber sind schuld, wenn wir im Morgengrauen mit durchschnittener Kehle am Wege liegen. So geschah es dem und dem –," er gab die grausigsten Details.

„Warum denn aber –?" Kim stockte vor einer schmutzigen Treppe, die in die warme Dunkelheit eines oberen Raumes im Hofe hinter Azim Ullahs Tabakladen führte. Die den Raum kennen, nennen ihn das Vogelbauer – so voll ist er von Wispern und Pfeifen und Flüstern. Das Zimmer, mit seinen unsauberen Kissen und halb ausgerauchten Pfeifen, roch abscheulich nach kaltem Tabak. In einer Ecke lag eine große, unförmliche, in grünliche Gaze gehüllte Frau, Stirn, Nase, Ohr, Nacken, Brust, Arme und Fußknöchel mit plumpen, einheimischen Schmucksachen beschwert. Bewegte sie sich, so war es, als ob kupfernes Geschirr aneinander klirrte. Eine magere Katze miaute hungrig draußen vor dem Fenster. Kim blieb verwirrt neben dem Türvorhang stehen.

„Ist das die Remonte, Mahbub?" frug Huneefa mit träger Stimme, kaum die Pfeifenspitze von den Lippen nehmend. „Oh, Buktanoos!" – wie meist alle von ihrer Art schwor sie bei den Djinns – „Oh, Buktanoos! Er ist hübsch anzuschauen."

„Das bezieht sich auf den Pferdehandel," erklärte Mahbub. Kim lachte.

„Solche Rede hörte ich seit meinem sechsten Tag," erwiderte er, sich im Hellen niederlegend, „wohin soll sie führen?"

„Zu einer Beschützung. Heute Abend ändern wir Deine Farbe. Der Schlaf unter den Dächern hat Dich weiß gemacht wie eine Mandel. Huneefa kennt das Geheimnis einer Farbe, die haftet – kein Anmalen, das zwei oder drei Tage hält. Auch gegen Zufälle auf der Reise stärken wir Dich. Das ist *mein* Geschenk für Dich, mein Sohn. Lege alles Metallische, was Du an Dir trägst, ab und hierher. Mach' Dich bereit, Huneefa."

Kim zog seinen Kompaß hervor, seinen Tuschkasten und den frisch gefüllten Arznei-Kasten. Diese Dinge hatten ihn auf allen Wegen begleitet, und er schätzte sie in kindlicher Weise sehr hoch.

Das Weib erhob sich langsam und bewegte sich mit vorgestreckten Händen vorwärts. Kim sah, daß sie blind war. „Nein, nein," murmelte sie, „der Pathan spricht wahr, meine Farbe schwindet nicht in einer Woche oder einem Monat, und die, die ich beschütze, sind in starker Hut."

„Wenn fern und allein, ist es bös, plötzlich fleckig und aussätzig zu werden," sprach Mahbub. „So lange Du bei mir warst, konnte ich Dich behüten, und ein Pathan hat gesunde Haut. Entkleide Dich bis zu den Hüften und schau, wie Du gebleicht bist." Huneefa tastete sich aus einem hinteren Raum zurück. „Es schadet nicht, daß sie nicht sehen kann." Er nahm eine Zinnschale aus ihrer mit Ringen überladenen Hand. Der Farbstoff schien blau und klebrig. Kim probierte ihn auf seinem Rücken mit einem Klümpchen Baumwolle; Huneefa hörte es. „Nein, nein," rief sie, „so nutzt es nichts, nur mit den richtigen Zeremonien. Die Farbe ist das Wenigste. Ich verleihe Dir den vollen Schutz des Weges."

„Jadoo?" (Magie) rief Kim halb erschrocken. Die weisen, blicklosen Augen waren ihm unheimlich. Mahbubs Hand legte sich auf seinen Nacken und drückte ihn nieder, bis er mit der Nase fast den Boden berührte.

„Sei ruhig. Nichts Übles geschieht Dir, mein Sohn. Ich opfere mich für Dich."

Kim konnte nicht sehen, was die Frau tat, er hörte nur einige Minuten das Klick-Klack ihrer Schmucksachen. Ein Zündholz leuchtete in der Dunkelheit auf, er hörte das wohlbekannte knisternde Geräusch von angezündeten Weihrauchkörnern. Der Raum füllte sich mit Rauch, schwer, aromatisch, betäubend. In wachsender Bewußtlosigkeit vernahm er die Namen von Teufeln – von Zulbazan, dem Sohn des Ebis, der in Bazaren und Paraos sein Wesen treibt und gottlose Bosheiten auf den Halteplätzen an der Wegseite verübt – von Dulhan, der unsichtbar über Moscheen schwebt, sich in die Pantoffeln der Gläubigen schleicht und sie am Beten hindert – von Musboot, dem Dämon der Lüge und der Panik. Bald flüsterte Huneefa ihm ins Ohr, bald hörte er sie wie aus weiter Entfernung reden. Sie berührte ihn mit schauderhaft weichen Fingern, und Mahbubs Griff lastete auf seinem Nacken,– bis der Knabe, endlich losgelassen, völlig bewußtlos lag.

„Allah! Wie er kämpfte! Es wäre uns nie gelungen, ohne daß wir ihn betäubten. Das macht, nehme ich an, sein weißes Blut," erklärte Mahbub. „Fahre fort mit Dawut (Beschwörung). Gib ihm vollen Schutz."

„Oh, Hörer! Du, der hört mit Ohren, sei gegenwärtig! Höre, o Hörer!" Huneefa wehklagte, ihre toten Augen wandten sich nach Westen. Der dunkle Raum war voller Wehklagen und Schnaufen.

Auf dem äußeren Balkon richtete eine plumpe Gestalt ihren runden Kugelkopf empor und hustete nervös.

„Unterbrich nicht diese bauchrednerische Zauberei, meine Freundin," sprach sie auf Englisch, „ich bin der Meinung, daß es Dich wohl verdrießen mag, aber ein erleuchteter Beobachter ist nicht so leicht aus der Fassung zu bringen."

„Ich will auf ihr Verderben sinnen! Oh, Prophet, habe Nachsicht mit den Ungläubigen! Laß sie eine Weile in Frieden!" Huneefas Antlitz, nun nordwärts gedreht, verzerrte sich schrecklich, und es war, als ob Stimmen von der Decke herab ihr antworteten.

Hurree Babu nahm sein Notizbuch wieder vor und bewegte sich auf der Schwelle des Balkons hin und her, aber seine Hände zitterten. Huneefa, in einer Art trunkener Extase, wiegte sich, mit gekreuzten Beinen neben Kims stillem Haupte sitzend, hin und her, und rief in der alten Ordnung des Rituals Teufel nach Teufel an und befahl ihnen, dem Knaben fern zu bleiben, möge er unternehmen, was es auch sei.

„Mit ihm sind die Schlüssel der geheimen Dinge. Keiner kennt sie neben ihm. Er weiß, was auf dem trockenen Lande ist, und er weiß, was in dem Meere ist!" Wieder brachen die unheimlichen, wispernden Antworten hervor.

„Ich – ich nehme an, daß nichts Verderbliches bei dieser Operation ist," sagte der Babu, die bebenden und zuckenden Halsmuskeln Huneefas, die jetzt mit Zungen sprach, anstarrend. „Es – es ist doch wohl nicht wahrscheinlich, daß sie den Knaben umgebracht hat? Wenn ja – verweigere ich mein Zeugnis beim Verhör ... Welchen hypothetischen Teufel nannte sie zuletzt?"

„Babuchen," sagte Mahbub im Dialekt, „ich habe keinen Respekt vor den Teufeln von Hind, aber mit den Söhnen von Eblis ist das eine andere Sache; und ob sie nun jumalee (wohlwollend) oder jullalee (bösartig) sind, jedenfalls lieben sie die Kafirs (Ungläubigen) nicht."

„Dann, meinst Du, wäre es besser, ich ginge?“ sagte Hurree Babu, sich halb erhebend. „Sie sind natürlich entkörperte Phänomene. Spencer sagt –“

Huneefa's Krisis endete wie gewöhnlich nach solchem Vorgang in einem Paroxismus von Heulen. Schaum auf den Lippen, lag sie erschöpft und bewegungslos neben Kim, und die wahnsinnigen Stimmen schwiegen.

„Uah! Das Werk wäre vollbracht. Dem Knaben wird wohl sein, und Huneefa ist sicherlich Meisterin in Zauberkünsten. Hilf sie bei Seite schleppen, Babu. Fürchte Dich nicht.“

„Wie könnte ich fürchten, was nicht existiert?“ sagte Hurree Babu, Englisch sprechend, um sich zu beruhigen. – „Es ist ein eigen Ding, die Magie zu scheuen und zu verachten – und ihr doch heimlich nachzuspüren; Folklore-Berichte für die Akademie zu sammeln und an alle Mächte der Finsternis zu glauben.“

Mahbub schüttelte sich vor Lachen. Er kannte Hurree von der Wanderschaft her. „Laß uns die Malerei fertig machen,“ sprach er. „Der Knabe ist gut beschützt, wenn – wenn die Herren der Lüfte Ohren haben zu hören. Ich bin ein Sufi (Freidenker); aber wenn man einer Frau, einem Hengst oder einem Teufel die schwache Seite abgewinnen kann, warum denn auf eine andere Seite gehen und sich einen Tritt holen? Bringe Du den Knaben auf den Weg, Babu, und paß auf, daß der alte Rot-Hut den nicht aus unserem Bereich leitet. Ich muß zu meinen Pferden zurück.“

„Sehr wohl,“ sagte Hurree Babu. „Für den Augenblick sieht der Knabe sonderbar aus.“

Um den dritten Hahnenschrei erwachte Kim, mit dem Gefühl, als habe er tausend Jahre geschlafen. Huneefa, in ihrer Ecke, schnarchte laut. Mahbub war fort.

„Ich hoffe, man hat Euch nicht erschreckt,“ sprach eine fettige Stimme an seiner Seite. „Ich überwachte die ganze Operation, welche sehr interessant, vom ethnologischen Standpunkt aus, war. Es war höchstklassige Dawut.“

„Huh!“ machte Kim, Hurree Babu erkennend, der verbindlich lächelte.

„Ich hatte auch die Ehre, Euer gegenwärtiges Kostüm von Lurgan Sahib zu überbringen. Es ist nicht meine offizielle Obliegenheit, solchen Flittertand an Untergebene abzuliefern, aber“ – er kicherte – „Euer Fall ist als eine Ausnahme in den Büchern vermerkt. Ich hoffe, Mr. Lurgan wird meine Tat notieren.“

Kim gähnte und reckte sich. Es war angenehm, sich wieder in losen Kleidern zu bewegen. „Was ist dies?“ Er betrachtete neugierig den schweren, von nordischen Gerüchen durchzogenen Düffelstoff.

„Oho! Das ist das unverdächtige Kleid eines Chela, der dem Dienst eines lamaistischen Lamas zugewiesen ist. Vollständig in jeder Beziehung,“ sprach Hurree Babu und ging schwerfällig auf den Balkon, um seine Zähne aus einem Wasserkühler zu reinigen. „Ich bin der Meinung, es ist nicht genau die Religion des alten Herrn, sondern eher abweichend von ihr. Ich habe über diese Dinge der Asiatischen Vierteljahrsschrift Berichte erstattet, die man aber ablehnte. Sonderbar, daß der alte Herr selbst aller Religiosität bar ist. Er nimmt es nicht im Geringsten genau.“

„Kennt Ihr ihn denn?“

Hurree Babu hielt die Hand in die Höhe, um anzudeuten, daß er mit dem vorgeschriebenen Zeremoniell beschäftigt sei, das ein wohlerzogener Bengale beim Zähneputzen und solchen Dingen beobachtet. Dann rezitierte er in englischer Sprache ein Arya-Somey-Gebet theistischer Natur und stopfte sich den Mund mit Pan und Betel.

„O-a! Ja. Ich traf ihn einige Mal zu Benares und Buddh Gay und befragte ihn über religiöse Punkte und Teufel-Anbetung. Er ist rein agnostisch gesinnt – eben so wie ich.“

Huneefa regte sich im Schlaf und Hurree Babu stürzte nervös nach der kupfernen Weihrauchschale, die farblos schwarz im Morgenlicht erschien, tauchte einen Finger in den angesammelten Ruß und fuhr damit diagonal über sein Gesicht.

„Wer starb in Deinem Hause?“ fragte Kim im Dialekt.

„Niemand. Aber sie könnte den bösen Blick haben – die Zauberin,“ entgegnete der Babu.

„Was wirst Du jetzt unternehmen?“

„Ich will Dich auf den Weg nach Benares bringen, wenn Du dahin gehst und Dir mitteilen, was Du von „Uns“ wissen mußt.“

„Ich komme. Um wie viel Uhr geht der Zug?“

Er erhob sich, blickte sich in dem öden Zimmer um und in das wachsgelbe Gesicht Huneefas, beim Schimmer der tief stehenden Sonne. „Muß ich der Hexe was bezahlen?“

„Nein. Sie hat Dich durch Zauber geschützt gegen alle Gefahren und alle Teufel – im Namen ihrer Teufel. Es war Mahbubs Wunsch.“ Auf Englisch: „Er ist sehr in der Bildung zurück, an solchem Aberglauben zu hängen. Es ist ja nur Bauchredekunst. Bauchsprache –“

Kim schnappte mechanisch mit den Fingern, um jedes Übel abzuwenden – Mahbub, wußte er, sann auf keins – das aus den Manipulationen Huneefas ihn befallen könnte und Hurlee kicherte wieder, vermied aber sehr vorsichtig beim Durchschreiten des Zimmers in Huneefas über den Boden gestreckten Schatten zu treten. Hexen, wenn ihre Zeit über ihnen ist, können eines Mannes Seele an den Fersen festhalten, wenn er in ihren Schatten tritt.

„Nun, hört wohl zu,“ sprach der Babu, als sie draußen waren. „Zum Teil werden die Zeremonien, denen wir hier beiwohnten, auch bei der Lieferung von wirkungsvollem Zauberschutz für *Die* von unserm Departement angewendet. Fühlt an Euern Hals, Ihr findet da ein kleines silbernes, sehr billiges Amulett. Das ist *Unseres* . Versteht Ihr?“

„O–a, ja – hawa-dilli,“ sagte Kim, an seinen Hals fühlend.

„Huneefa macht sie für zwei Rupien, zwölf Annas, eingeschlossen – o, alle Arten von Exorcismus. Sie sind ganz allgemein, ausgenommen, daß sie meist von schwarzer Email sind und inwendig ein Zettel liegt mit Namen von einheimischen Heiligen und solchem Zeug. Das ist Huneefas Werk, seht Ihr? Huneefa liefert sie nur für uns und tut sie es einmal nicht, so legen wir, bevor wir sie ausgeben, ein kleines Stück von einem Türkis hinein. Mr. Lurgan liefert das; eine andere Hilfsquelle gibt es nicht. Ich aber habe dies alles erdacht. Es ist geradezu unoffiziell, natürlich, aber paßt gut für Untergeordnete. Oberst Creighton weiß nichts davon. Er ist Europäer. Der Türkis ist in Papier gewickelt... ja, dies ist der Weg zur Station ... Nun, vermutlich geht Ihr mit dem Lama, später, hoffe ich, mit mir oder mit Mahbub. Nehmt an, wir gerieten in eine verdammt kritische Lage. Ich bin ein ängstlicher Mann – sehr ängstlich – aber ich sage Euch, ich bin öfter in verdammt kritischen Lagen gewesen als ich Haare auf dem Kopf habe. Dann sprecht Ihr: „Ich bin Sohn des Zaubers“ – Sehr gut.“

„Ich verstehe nicht ganz. Man darf auch hier nicht hören, daß wir Englisch sprechen.“

„Sehr wohl. Ich bin nur ein Babu, der mit seinem Englisch prahlt. Wir Babus sprechen alle Englisch, um damit zu prahlen,“ sagte Hurree, sein Schultertuch flott schwenkend. „Was ich sagen wollte: „Sohn des Zaubers“ bedeutet, daß Ihr Mitglied der Sat Bhai – der Sieben Brüder sein könntet – was Hindi *und* Tantric (Lehre der Tantras) ist. Es wird allgemein angenommen, daß es eine erloschene Genossenschaft ist, ich aber habe Berichte geschrieben, um zu beweisen, daß sie noch existiert. Ihr seht, es ist alles mein Gedanke. Sehr wohl! Sat Bhai hat viele Mitglieder und vielleicht – ehe sie Euch flott die Gurgel abschneiden – geben sie Euch eine Chance zum Leben. Das ist jedenfalls nützlich. Und überdies, diese närrischen Eingeborenen – wenn sie nicht gar zu exaltiert sind – besinnen sich, ehe sie einen Mann töten, wenn er sagt, daß er irgend einer spezifischen Organisation angehört, seht Ihr? Ihr sprecht also, wenn Ihr in kritischer Lage seid: „Ich bin Sohn des Zaubers“ und Ihr gewinnt – vielleicht – ah – günstigen Wind. Das ist nur für außergewöhnliche Gelegenheiten oder wenn Ihr Unterhandlungen mit einem Unbekannten anknüpfen wollt. Versteht Ihr ganz genau? Seht wohl! Nehmt nun an, ich, oder ein anderer von unserm Departement, träte in ganz fremder Kleidung zu Euch. Mich würdet Ihr nicht erkennen, wenn ich wollte, was wettet Ihr? Ich werde es Euch eines Tages beweisen. Ich komme also als Ladakhi-Händler – o, als irgend etwas – und ich spreche zu Euch: „Ihr wollt kostbare Steine kaufen?“ Ihr antwortet: „Sehe ich aus, wie einer, der kostbare Steine kauft?“ Und ich spreche: „Selbst ein sehr armer Mann kann Türkisen oder Tarkeean kaufen.“

„Das ist Kichree“ (Kedjeree, ind. Gericht aus Reis, Erbsen, Zwiebeln usw. Mischmasch) sagte Kim – „Pflanzen-Curry.“

„Natürlich ist es das. Ihr sprecht: „Laß mich das Tarkeean sehen.“ Ich sage: „Es ward von einem Weibe gekocht und ist vielleicht nicht gut für Deine Kaste.“ Dann sprecht Ihr: „Es gibt keine Kaste, wenn Männer Tarkeean sehen – wollen.“ Ihr pausiert ein wenig zwischen den Worten „sehen – wollen.“ Das ist das ganze Geheimnis. Die kleine Pause zwischen den Worten.“ Kim wiederholte versuchsweise diese Worte.

„Sehr wohl! Dann, wenn Zeit dazu ist, zeige ich Euch meinen Türkis und Ihr wißt wer ich bin, und dann tauschen wir Ansichten und Dokumente und solche Dinge aus. Und so ist es mit jedem von uns. Zuweilen reden wir von Türkisen, zuweilen von Tarkeean, aber stets mit der kleinen Pause zwischen den Worten. Es ist ganz leicht. Zuerst: „Sohn des Zaubers“, wenn Ihr in kritischer Lage seid. Vielleicht hilft Euch das – vielleicht nicht. Dann: Das, was ich Euch von Tarkeean sagte, wenn Ihr offizielle Geschäfte mit einem Fremden verhandeln wollt. Jetzt, natürlich, habt Ihr keine offiziellen Geschäfte, Ihr seid – ah – ah! Supernumerar auf Probe. Ganz einziges Specimen. Wäret Ihr Asiate von Geburt, könntet Ihr frischweg verwendet werden; dies halbe Jahr Urlaub soll Euch entenglischen, seht Ihr? Der Lama erwartet Euch, denn ich habe ihn halb offiziell unterrichtet, daß Ihr alle Euere Examina bestanden und bald Regierungs-Anstellung zu gewärtigen habt. Oh, ho! Ihr seid jetzt auf Vergünstigungsration gesetzt, seht Ihr? Wenn Ihr aber angerufen werdet, um Söhnen des Zaubers beizustehen, so versucht es flottweg. Nun sage ich Euch Lebewohl, mein lieber Kerl, und ich hoffe, Ihr werdet Euch – ha – das Oberste zu unterst – gut herausziehen."

Hurree Babu trat einige Schritte in das Gedränge am Eingang der Station zurück und – war verschwunden. Kim tat einen tiefen Atemzug und schüttelte sich. Er fühlte den nickelbeschlagenen Revolver auf seiner Brust, das Amulett an seinem Hals; Bettelschale, Rosenkranz, Geisterdolch (Mr. Lurgan hatte nichts vergessen) waren zur Hand, nebst Medikamenten, Tuschkasten und Kompaß; und in einem alten, abgenutzten, mit Schildkrötenschalen-Muster gestickten Geldgürtel lag der Sold für einen Monat. Könige konnten nicht reicher sein. Er kaufte von einem Hindu Zuckerwerk in einer Blattdüte und aß voller Entzücken, bis ein Polizist ihn von den Stufen verwies.

Kapitel 11.

Es folgte eine plötzliche, natürliche Reaktion.

„Nun bin ich allein – ganz allein," dachte Kim. „In ganz Indien ist keiner so allein wie ich. Stürbe ich heute, wer würde davon sprechen – und zu wem? Lebe ich aber, und Gott ist gütig – dann wird ein Preis auf meinen Kopf gesetzt, denn ich bin ein Sohn des Zaubers – ich, Kim."

Sehr wenige Weiße, aber viele Asiaten können sich in Verzückung versetzen durch fortgesetztes Wiederholen ihres eigenen Namens und indem sie den Geist ungestört sich versenken lassen in das, was persönliche Identität genannt wird. Wird man älter, so schwindet diese Gabe gewöhnlich, aber so lange sie vorhanden, kann sie in jedem Augenblick herbeigerufen werden.

„Wer ist Kim – Kim – Kim?"

Er hockte, die Hände im Schoß gefaltet, die Pupillen zu Stecknadelspitzen zusammengezogen, entfernt von jedem anderen Gedanken, in einem Winkel des geräuschvollen Warteraumes. In einer Minute, in einer halben Sekunde, das fühlte er, würde er an der Lösung des gewaltigen Rätsels sein; hier aber, wie es immer geschieht, fiel sein Geist herab von jenen Höhen mit der Schnelligkeit eines verwundeten Vogels und, die Augen mit der Hand bedeckend, schüttelte er den Kopf.

Ein Hindu mit langem Haar, ein Bairagi (heiliger Mann), der eben ein Billett gelöst hatte, hielt vor ihm still in dem Moment und starrte ihn aufmerksam an.

„Ich auch habe es verloren," sprach er betrübt. „Es ist eines der Tore zu dem Weg, für mich aber hat es sich seit vielen Jahren geschlossen."

„Was soll die Rede?" fragte Kim verlegen.

„Du wolltest da mit Deinem Geist ergründen, was für ein Ding Deine Seele sein möchte. Der Anfall kam plötzlich. Ich weiß. Wer sollte wissen, wenn nicht ich? Wohin gehst Du?"

„Nach Kashi" (Benares).

„Dort sind keine Götter. Ich habe sie geprüft. Ich gehe nach Prayag (Allahabad) zum fünften Male – den Pfad zur Erleuchtung suchend. Von welchem Glauben bist Du?"

„Ich auch bin ein Sucher," sagte Kim, eines von des Lamas Lieblingsworten brauchend. „Obwohl," er vergaß für den Augenblick seine nordische Kleidung – „obwohl Allah allein weiß, was ich suche."

Der alte Mann schob die Bairagi-Krücke in seine Armhöhle und setzte sich auf ein Stück rötliches Leopardenfell nieder, als Kim beim Ausrufen des Zuges nach Benares gerade aufstehen mußte.

„Gehe in Hoffnung, kleiner Bruder," sprach er. „Es ist ein langer Weg zu den Füßen des Einen; aber dahin wandern wir alle."

Kim fühlte sich nicht mehr so verlassen nach diesen Worten, und ehe er zwanzig Meilen in dem gedrängt vollen Wagen hinter sich hatte, erheiterte er seine Reisegefährten mit einer Reihe der wunderbarsten Geschichten von seinen und seines Meisters magischen Kräften.

Benares zeigte sich als eine besonders schmutzige Stadt, aber es gefiel ihm, daß sein Kleid respektiert wurde. Wenigstens ein Drittel der Bevölkerung betet beständig zu einer oder der anderen Gruppe der vielen Millionen Gottheiten, und so wird jede Art heiliger Männer verehrt. Kim wurde nach dem ungefähr eine Meile außerhalb der Stadt gelegenen Tempel der Tirthanker von einem ihm zufällig begegnenden Farmer aus dem Punjab geleitet, einem Kamboh von der Jullundur-Straße, der vergeblich jeden Gott seiner Heimatstätte um Genesung seines kleinen Sohnes angefleht hatte und nun, als letzte Hilfe, Benares versuchte.

„Du kommst vom Norden?“ fragte er, sich schwerfällig durch die engen, übelriechenden Straßen schleppend, ähnlich seinem Lieblingsochsen zu Hause.

„Oh, ich kenne das Punjab. Meine Mutter war eine Pahareen, mein Vater aber kam von Amritzar, bei Jandiala,“ sagte Kim, seine geläufige Zunge für die Reise vorbereitend.

„Jandiala–Jullundur? Oho! Dann sind wir so etwas wie Nachbarn.“ Er nickte zärtlich dem wimmernden Kinde in seinen Armen zu. „Wem dienest Du?“

„Einem sehr heiligen Mann in dem Tempel der Tirthanker.“

„Alle sind sie heilige Männer und alle sehr geldgierig,“ sagte der Jat mit Bitterkeit. „Ich bin um die Säulen gewandert, durch die Tempel gegangen, bis meine Füße geschunden waren, aber das Kind ist nicht die Spur besser. Und die Mutter ist ebenfalls krank ... still, still, mein Kleiner ... gaben ihm einen anderen Namen, als das Fieber kam. Wir steckten ihn in Mädchenkleider. Es gibt nichts, was wir nicht taten. Da sagte ich zu seiner Mutter, als sie mein Bündel nach Benares packte – sie hatte mit mir gehen wollen – ich sagte: Sakhi Sarwal Sultan wird uns am besten helfen. Seine Güte kennen wir, aber die Götter da unten sind uns fremd.“ Das Kind bewegte sich auf dem Lager der es fest umschließenden Arme und blickte nach Kim unter seinen schweren Augenlidern hervor.

„Und war alles umsonst?“ fragte Kim mit halbem Interesse.

„Alles umsonst – alles umsonst“, sagte das Kind mit vor Fieber zuckenden Lippen.

„Die Götter gaben ihm wenigstens einen guten Verstand,“ sprach der Vater mit Stolz. „Zu denken, daß er so klug zugehört hat! Dort ist Dein Tempel. Nun, ich bin ein armer Mann – ich habe mit vielen Priestern zu tun gehabt – aber mein Sohn ist mein Sohn, und wenn ein Geschenk für Deinen Meister ihn heilen kann – ich bin zu Ende mit meinem Verstand.“

Kim bedachte sich eine Weile mit stolzem Gefühl. Vor drei Jahren würde er rasch Vorteil aus der Lage gezogen haben, ohne weiter nachzudenken; jetzt aber zeigte die Achtung, die der Jat ihm zollte, daß er ein Mann war. Überdies hatte er selbst schon einige Male Fieber gehabt und war klug genug zu erkennen, daß hier Hunger die Ursache war.

„Ruf ihn heraus und ich will ihm eine Schuldverschreibung auf mein bestes Joch Ochsen geben, wenn er mein Kind kuriert."

Kim hielt vor der geschnitzten Außentür des Tempels. Ein weißgekleideter oswalischer Geldwechsler aus Ajmir, der seine Wuchersünden eben wieder frisch getilgt hatte, fragte ihn, was er wollte.

„Ich bin Chela des Teshoo Lama, eines Heiligen von Bhotiyal – da drinnen. Er befahl mir zu kommen. Ich warte. Willst Du ihm das sagen?"

„Vergiß nicht das Kind," rief der ungeduldige Jat, und brüllte darauf in Punjabisch: „Oh, Heiliger – oh, Schüler des Heiligen – oh, Götter über allen Welten – sehet die Trauer an Eurer Pforte sitzen." Der Ruf ist so gewöhnlich in Benares, daß die Vorübergehenden nicht einmal den Kopf wandten.

Der Oswale, in Frieden mit der Menschheit, brachte die Botschaft in die Dunkelheit hinter sich und die ungezählten, östlichen Minuten verstrichen, denn der Lama schlief in seiner Zelle und kein Priester wollte ihn wecken. Als das Klick-Klack seines Rosenkranzes endlich die Stille des inneren Hofes, wo die ruhevollen Bildnisse der Arhats stehen, unterbrach, flüsterte ein Novize ihm zu: „Dein Chela ist hier," und der alle Mann vergaß das Ende seines Gebets und schritt vorwärts.

Kaum erschien die hohe Gestalt in der Pforte, als der Jat herbei eilte und, das Kind emporhaltend, rief: „Blicke auf dieses, Heiliger; und so die Götter wollen, wird er leben – leben!"

Er tastete in seinen Gürtel und zog eine kleine Silbermünze hervor.

„Was bedeutet dies?" Der Lama sah Kim an. Auffällig war, daß er weit besser Urdu sprach als damals, unter Zam-Zammah; aber der Jat wollte kein Privat-Gespräch aufkommen lassen.

„Es ist nur ein Fieber," sagte Kim. „Das Kind ist nicht gut ernährt."

„Er wird von jeder Kleinigkeit krank und seine Mutter ist nicht hier."

„Erlaubst Du, Heiliger, daß ich helfe?"

„Wie! Sie haben Dich zu einem Heiler gemacht?“ rief der Lama. „Warte hier,“ und er setzte sich zu dem Jat auf die unterste Tempelstufe, indes Kim die kleine Betelschachtel behutsam öffnete. In der Schule hatte er geplant, wie er als ein Sahib zurückkommen und den alten Mann necken wollte, bevor er sich zu erkennen gab – Knabenträume. Er war ernst in diesem Auswählen der Medikamente, nur zuweilen von einer Pause zum Nachdenken und einer gemurmelten Anrufung unterbrochen. Chinin hatte er in Pastillen und dunkelbraune Fleischtäfelchen – vermutlich von Rindfleisch – doch das war nicht *seine* Sache.

„Nimm also diese sechs,“ sprach Kim, sie dem Vater reichend. „Preise die Götter und koche drei davon in Milch, die anderen drei in Wasser. Wenn er die Milch getrunken hat, gib ihm dieses (es war die Hälfte einer Chinin-Pastille) und hülle ihn warm ein. Wenn er erwacht, gib ihm die in Wasser gekochten drei und die zweite Hälfte dieser weißen Pille. Ferner ist hier eine andere braune Medizin, die er auf dem Wege heimwärts nehmen mag.“

„Götter! Welche Weisheit!“ rief der Kamboh, starr vor Staunen.

Es war alles, dessen Kim sich entsann aus seiner eigenen Behandlung bei einem Fall von herbstlicher Malaria – nur, daß er noch etwas Geplapper hinzufügte, um dem Lama ein wenig zu imponieren.

„Gehe nun! Am Morgen komme wieder.“

„Aber der Preis – der Preis,“ rief der Jat, sich in die Brust werfend. „Mein Sohn ist mein Sohn. Wie kann ich nun, da er wieder gesund werden soll, zu seiner Mutter zurückkommen und sprechen: ich fand Hilfe am Wege und gab nicht einmal eine Schale Milch dafür?“

„Sie sind alle gleich, diese Jats,“ sprach Kim ruhig. „Der Jat stand auf seinem Misthaufen, als die Elefanten des Königs vorbei kamen. „Oh, Treiber,“ rief er, „wie teuer verkaufst Du diese kleinen Esel?““

Der Jat brach in ein schallendes Gelächter aus, entschuldigte sich aber sofort bei dem Lama. „So pflegt man bei uns zu sagen – ja, es ist die Redekunst meines Landes. So sind wir alle, wir Jats. Morgen werde ich mit dem Kinde kommen und der Segen der Götter meiner Heimstätte – welches gute kleine Götter sind – sei mit Euch beiden. Nun, Sohn, werden wir wieder stark. Speie es nicht aus, kleines Prinzlein! König meines Herzens, speie es nicht aus, und am Morgen werden wir wieder starke Männer sein, Wettkämpfer und Keulenschwinger.“

Er ging, leise singend und summend fort. Der Lama wandte sich zu Kim und seine ganze liebevolle alte Seele strahlte aus seinen schmalen Augen.

„Die Kranken heilen, ist Verdienst sammeln; zuvor aber muß man Weisheit erwerben. Das war weise gehandelt, oh, Freund aller Welt."

„Durch Dich, Heiliger, bin ich weise gemacht," sprach Kim, das eben gespielte kleine Spiel vergessend, St. Xavier vergessend, vergessend sein weißes Blut, ja selbst das Große Spiel, und nach Mohammedaner-Art sich niederwerfend in den Staub des Jain-Tempels, um seines Meisters Füße zu berühren. „Meine Kenntnisse danke ich Dir. Drei Jahre habe ich Dein Brot gegessen. Meine Zeit ist um. Von der Schule bin ich entlassen. Ich komme zu Dir."

„Das ist meine Belohnung. Tritt ein! Tritt ein! Und alles ist wohl beendet?" Sie traten in den inneren von der Nachmittagssonne goldig überstrahlten Hof. „Stehe still, daß ich Dich anschaue. So!" Er betrachtete ihn kritisch. „Er ist nicht länger ein Kind; er ist ein Mann, reif an Weisheit, ein wandernder Arzt. Ich tat wohl – ich tat wohl, als ich Dich den Männern in Waffen überließ in jener dunklen Nacht. Erinnerst Du Dich unseres ersten Tages, unter Zam-Zammah?"

„Oho," sagte Kim, „erinnerst Du Dich, wie ich vom Wagen sprang, den ersten Tag, als ich –"

„Als Du eintratest in die Pforte des Wissens. Ja. Und des Tages, wo wir die Kuchen zusammen aßen, hinter dem Fluß bei Nucklao. Aha! Oft hast Du für mich gebettelt, aber an dem Tage bettelte ich für Dich."

„Mit gutem Grund. Ich war ein Schüler hinter den Toren des Wissens und wie ein Sahib gekleidet. Vergiß nicht, Heiliger," fuhr Kim scherzend fort, „ich bin noch heute ein Sahib – durch Deine Gunst."

„Wahr. Und ein Sahib in hoher Achtung. Komme mit in meine Zelle, Chela."

„Wie kannst Du das wissen?"

Der Lama lächelte. „Zuerst durch Briefe des guten Priesters, den wir in dem Lager der bewaffneten Männer trafen; jetzt ist er nach seinem eignen Lande zurückgekehrt und ich sende das Geld seinem Bruder." Oberst Creighton, der das Vertrauensamt übernommen hatte, als Vater Victor mit den Mavericks nach England ging, war allerdings nicht des Kaplans Bruder. „Aber ich verstehe nicht wohl Sahib-Briefe. Sie müssen mir übersetzt werden. Ich wählte einen sicheren Weg. Oft, wenn ich von meiner Suche zurückkam zu diesem Tempel, der mir stets ein Nest war, traf ich hier einen, der Erleuchtung suchte – einen Mann von

Leh – der, wie er sagte, ein Hindu gewesen war – aber müde all der Götter." Der Lama zeigte auf die Arhats hin.

„Ein fetter Mann?" fragte Kim, mit den Augen zwinkernd.

„Sehr fett. Ich bemerkte aber bald, daß sein Geist sich ganz und gar mit wertlosen Dingen beschäftigte – wie mit Dämonen und Zauberformeln und der Art und Gewohnheit unseres Teetrinkens in den Klöstern und auf welche Weise wir unsere Novizen einführten. Ein Mann, überschwänglich in Fragen; aber er war Dein Freund, Chela. Er erzählte mir, daß Du auf dem Wege zu großen Ehren als ein Schriftgelehrter wärest. Und ich sehe. Du bist ein Arzt."

„Ein Schreiber bin ich, wenn ich ein Sahib bin und die Jahre, die ein Sahib darauf verwenden muß, habe ich hinter mir. Aber all das ist Nebensache, wenn ich zu Dir als Dein Schüler komme."

„Eine Novize bist Du gewesen. Bist Du von der Schule gänzlich entlassen? Ich möchte Dich nicht unreif haben."

„Ich bin ganz frei. Zur rechten Zeit erhalte ich Dienst als Schreiber unter der Regierung –"

„Nicht als ein Krieger. Das ist gut."

„Aber jetzt bin ich hier, um mit Dir zu wandern. Deshalb kam ich her. Wer hat diese ganze Zeit für Dich gebettelt?" fuhr Kim rasch fort, um seine Rührung zu verbergen.

„Sehr oft bettelte ich selbst; aber, wie Du weißt, bin ich selten hier, nur wenn ich komme, um meinen Schüler wieder zu sehen. Von einem Ende zum andern von Hind bin ich gewandert zu Fuß und in dem Zug. Ein großes und ein wundervolles Land! Aber, wenn ich hier einkehre, ist es, als wäre ich in meinem eigenen Bhotiyal."

Er schaute sich mit Wohlgefallen in der kleinen, reinlichen Zelle um. Ein niedriges Polster war sein Sitz, auf dem er sich niederließ, mit gekreuzten Beinen in der Stellung des Bodhisat, der aus Betrachtungen erwacht. Ein schwarzer, kaum zwanzig Zoll hoher Tisch von Eichenholz, kupferne Teelassen tragend, stand vor ihm. In einer Ecke befand sich ein kleiner Altar, ebenfalls aus schwerem, geschnitztem Eichenholz mit einer Statue des sitzenden Buddha aus vergoldetem Kupfer, einer Lampe, einer Zündholzbüchse und einigen kupfernen Blumentöpfen.

„Der Hüter der Bildnisse in dem Wunder-Haus erwarb Verdienst, indem er mir dies alles schenkte," sprach der Lama, Kims Auge folgend. „Wenn man fern ist von seinem eigenen Lande, wecken solche Dinge die Erinnerung, und wir müssen den Herrn verehren, denn Er zeigte den Weg. Sieh!" Er wies auf einen sonderbar aufgerichteten Hügel von gefärbtem Reis, der von einem phantastischen Ornament aus Metall gekrönt war, „als ich noch Abt war in meinem eignen Platz – bevor ich besseres Wissen erlangte – brachte ich täglich diese Gabe dar. Es ist das Opfer des Universums für den Herrn. So bieten wir zu Bhotiyal jeden Tag die Welt dem Höchst Vortrefflichen Gesetz als Opfer dar. Und ich tue es selbst jetzt noch, obwohl ich weiß, daß der Vortreffliche erhaben ist über Habsucht und Geiz." Er schnupfte aus seiner Dose.

„Es ist wohlgetan, Heiliger," sagte Kim, sich in die Kissen lehnend, sehr glücklich, aber auch sehr schläfrig.

„Und," der alte Mann lachte in sich hinein, „ich male auch Bilder von dem Rad des Lebens. Alle drei Tage ein Bild. Ich war damit beschäftigt, oder, kann auch sein, ich halte gerade meine Augen ein wenig geschlossen, als sie mir Deine Botschaft brachten. Es ist gut, daß Du da bist. Ich will Dich meine Kunst lehren – nicht aus Stolz – aber weil Du lernen mußt. Die Sahibs besitzen nicht *alle* Weisheit dieser Welt."

Unter dem Tisch hervor zog er ein Blatt sonderbar riechendes, gelbes, chinesisches Papier, Pinsel und ein Täfelchen chinesischer Tusche. Mit klarsten, schärfsten Linien hatte er darauf das große Rad mit seinen sechs Speichen gezeichnet, dessen Achse die in einer Gestalt vereinten Tiere Schwein, Schlange und Taube bilden (Unwissenheit, Zorn, Wollust), und dessen Felder den ganzen Himmel und die ganze Hölle und allen Wechsel menschlichen Lebens bedeuten. Man erzählt, daß der Bodhisat selbst es zuerst mit Reiskörnern in Staub zeichnete, um seinen Schülern den Zusammenhang der Dinge zu erklären. Wie es so von Generation zu Generation kam, kristallisierte es sich zu einer wunderbaren, gewissermaßen verabredeten Figur, die von Hunderten kleiner Zeichen wimmelte, deren jedes eine besondere Bedeutung hatte. Es gibt nur wenige, die dieses gezeichnete Gleichnis zu deuten vermögen, und vielleicht nicht zwanzig auf der ganzen Welt, die es ohne Vorlagen genau wiederzugeben vermöchten. Und von diesen zwanzig wiederum bleiben nur drei übrig, die es sowohl zu zeichnen wie auszulegen wissen.

„Ich habe ein wenig zeichnen gelernt", sagte Kim. „Aber dies ist ein Wunder über Wunder."

„Vor vielen Jahren habe ich es gemalt," sprach der Lama. „Es gab eine Zeit, wo ich ein Bild fertig malte zwischen einer und der nächsten Nacht. Ich will Dich die Kunst lehren, nach gehöriger Vorbereitung; und ich will Dir die Bedeutung des Rades klar machen."

„Wir nehmen also unsere Wanderschaft wieder auf?"

„Unsere Wanderschaft und unsere Suche. Ich wartete nur auf Dich. In hundert Träumen ward es mir verkündet – besonders aber in dem, den ich träumte in der Nacht nach dem Tage, wo die Pforte des Wissens zum erstenmal hinter Dir sich schloß – daß ohne Dich ich meinen Strom nicht finden würde. Wieder und immer wieder, Du weißt es, suchte ich den Gedanken zu bannen, weil ich ein Blendwerk fürchtete. Deshalb wollte ich Dich nicht mit mir nehmen an dem Tage zu Lucknow, wo wir die Kuchen miteinander aßen. Ich wollte Dich nicht mit mir nehmen, bis die Zeit reif und günstig war. Von den Hügeln bis zur See und von der See bis zu den Hügeln bin ich gewandert, aber es war vergebens. Da gedachte ich der Jataka."

Er erzählte Kim die Geschichte von dem Elefanten mit der Beinfessel, die er den Jan-Priestern so oft erzählt.

„Weiterer Offenbarungen bedarf es nicht," fuhr er heiter fort, „Du warst mir als Hilfe gesendet. Ohne diese Hilfe konnte meine Suche nicht gelingen. Deshalb wollen wir wieder zusammen ausziehen und unsere Suche ist sicher."

„Und wohin gehen wir?"

„Was liegt daran, Freund der ganzen Welt? Die Suche, sage ich, ist sicher. Wenn die Not es erfordert, wird der Strom zu unseren Füßen aus der Erde hervorbrechen. Ich erwarb Verdienst, da ich Dich zu den Toren des Wissens sandte, ich gab Dir das Juwel, das Weisheit heißt. Du kehrtest zurück, ich sah es eben – ein Nachfolger Sakyamunis, des Arztes, dessen Altäre viele in Bhotiyal sind. Es genügt. Wir sind zusammen und alles ist, wie vordem – Freund der ganzen Welt – Freund der Sterne – mein Chela!"

Dann sprachen sie von weltlichen Dingen; bemerkenswert war, daß der Lama nie nach Einzelheiten des Lebens in St. Xavier frug, noch den geringsten Wunsch äußerte, von den Sitten und Gebräuchen der Sahibs zu hören. Er lebte nur in der Vergangenheit und erinnerte sich jedes Schrittes ihrer ersten wundervollen gemeinschaftlichen Reise; er lächelte dabei und rieb sich die Hände, bis er, sich zusammenrollend, in den plötzlichen Schlaf des hohen Alters sank.

Kim sah den letzten staubigen Sonnenschein aus dem Hofe schwinden und spielte mit seinem Geisterdolch und Rosenkranz. Das Getöse von Benares, der ältesten aller Städte der Erde, die Tag und Nacht wach ist vor den Göttern, schallte rund um die Mauern, wie die Wogen der See gegen einen Wellenbrecher. Hin und wieder schritt ein Jain-Priester mit einer kleinen Opfergabe für die Götterbilder durch den Hof, seinen Weg vorher fegend, um kein lebendes Wesen zu zerstören. Eine Lampe schimmerte und der Laut eines Gebetes folgte. Kim sah nach den Sternen, die einer nach dem andern hervortraten in dem feuchtwarmen Dunkel, bis er in Schlaf fiel am Fuße des kleinen Altars. In dieser Nacht träumte er nur Hindostianisch, nicht ein Wort Englisch...

„Heiliger, denke an das Kind, dem wir die Medizin gaben," sprach Kim, als der Lama gegen drei Uhr morgens aus Träumen erwachend, die Pilgerfahrt antreten wollte, „der Jat wird mit dem Tageslicht hier sein."

„Du hast wohl gesprochen. In meiner Eile würde ich ein Unrecht begangen haben." Er setzte sich wieder auf die Kissen und nahm seinen Rosenkranz vor. „In Wahrheit, alte Menschen sind wie Kinder," sagte er betrübt. „Sie wünschen etwas – siehe da! – es muß sogleich erfüllt werden, sonst werden sie zornig und weinen. Oft auf meiner Wanderschaft war ich bereit, mit dem Fuß zu stampfen, wenn ein Ochsenkarren mir den Weg versperrte, ja selbst wenn es nur eine Staubwolke war. Das war nicht so, als ich noch ein Mann war – vor langer Zeit. Trotzdem ist es sündhaft –"

„Aber, Heiliger, Du bist doch wirklich alt."

„Das Ding ist geschehen. Eine Ursache ist in die Welt gegangen und wer, krank oder gesund, wissend oder unwissend, alt oder jung, könnte die Wirkung dieser Ursache zügeln? Steht das Rad still, wenn ein Kind es dreht – oder ein Trunkener? Chela, dies ist eine große und eine schreckliche Welt."

„Ich finde sie gut." Kim gähnte. „Ist etwas zu essen da? Seit gestern Abend habe ich nicht gegessen."

„Ich hatte vergessen, was Du brauchst. Dort ist kalter Reis und guter Tee von Bhotiyal."

„Weit können wir nicht gehen mit solchem Stoff." Kim sehnte sich, wie ein Europäer, nach Fleischnahrung, die in einem Jain-Tempel nicht zu erlangen ist. Doch statt mit der Bettelschale hinaus zu gehen, beruhigte er seinen Magen mit Klümpchen von kaltem Reis. Die Morgendämmerung brachte den Farmer, redselig stotternd vor Dankbarkeit.

„In der Nacht brach sich das Fieber und der Schweiß kam," rief er. „Fühlt ihn an. Seine Haut ist frisch. Ihm schmeckten die gesalzenen Täfelchen und die Milch trank er mit Gier." Er zog das Tuch vom Gesicht des Kindes, das Kim schläfrig anlächelte. Eine Gruppe von Jain-Priestern, schweigend, aber ganz Aufmerksamkeil, hatte sich bei der Tempeltür gesammelt. Sie wußten und Kim sah, daß sie wußten, wie der alte Lama seinen Schüler gefunden hatte. Höflich, wie sie sind, hatten sie sich während der Nacht weder durch Gegenwart, noch Wort, noch Bewegung aufgedrängt, wofür Kim ihnen, bei Sonnenaufgang, sich dankbar erwies.

„Danke den Göttern der Jains, Bruder," sprach er zu dem Jat, den Namen der Götter nicht wissend. „Das Fieber ist wirklich gebrochen."

„Schauet! Sehet!" rief der Lama, vor Freude strahlend, seinen Gastgebern zu. „Gab es jemals solchen Chela? Er folgt unserm Herrn, dem Heiler."

Die Jains erkennen offiziell alle Götter des Hindu-Glaubens an, ebensowohl den Lingam, wie die Schlange. Sie tragen die Schnur der Brahmahnen und sind Anhänger jedes Rechtes der Kasten-Vorschrift der Hindu. Aber, weil sie den Lama kannten und liebten, weil er ein alter Mann war, weil er den Weg suchte, weil er ihr Gast war und endlich – weil er nachts oft lange Gespräche mit dem Oberpriester führte, der ein so freidenkender Metaphysiker, als je einer ein Haar siebzig Mal gespalten – deshalb nickten sie dem Lama Beifall zu.

„Vergiß aber nicht," – Kim beugte sich über das Kind – „dieses Übel kann wiederkehren."

„Nicht, wenn Du das richtige Zaubermittel hast," erwiderte der Vater.

„Aber wir gehen bald fort."

„Wahr," sprach der Lama, sich an alle Jains wendend. „Wir gehen jetzt zusammen auf die Suche, von der ich oft geredet. Ich wartete, bis mein Chela reif wäre. Schauet ihn an! Wir gehen nach dem Norden. Niemals wieder werde ich auf diesen Ort meiner Ruhe blicken, o Männer des guten Willens."

„Ich aber bin kein Bettler." Der Landmann sprang auf, das Kind an sich pressend.

„Schweige. Störe den Heiligen nicht," rief ihm ein Priester zu.

„Geh," flüsterte Kim. „Triff uns wieder unter der großen Eisenbahnbrücke, und um aller Götter unseres Punjab willen, bringe Futter mit – Curry, Hülsenfrucht, in Fett gebacken" Kuchen und Zuckerwerk. Besonders Zuckerwerk. Beeile Dich." Die Blässe des Hungers kleidete Kim gut, als er dastand, schlank und schmächtig, in seinen dunkelfarbigen, wallenden Gewändern, eine Hand auf dem Rosenkranz, die andere wie zum Segnen ausgestreckt, eine Stellung, die er dem Lama getreu nachahmte. Ein europäischer Zuschauer hätte sagen können, er gliche einem auf einem Kirchenfenster gemalten jungen Heiligen mehr, als einem Jungen im Wachsen, der bleich vor Hunger ist.

Lang und förmlich wurde der Abschied, dreimal beendet und dreimal von vorn angefangen. Der Sucher, er – der den Lama vom fernen Tibet her nach diesem Hafen geladen hatte, ein haarloser Asket, mit silberweißem Antlitz – nahm nicht teil daran: er weilte, wie immer, in Betrachtungen unter den Götterbildern. Die anderen waren menschlicher, nötigten dem alten Manne kleine Gaben auf, eine Betelschachtel, einen neuen, eisernen Federkasten, einen Beutel für Eßwaren und dergleichen mehr, warnten ihn vor den Gefahren der Welt draußen und prophezeiten ein glückliches Ende der Suche.

Kim indessen, einsamer denn je, hockte auf den Stufen und fluchte in St. Xaviers Art.

„Aber es ist mein eigener Fehler," dachte er. „Mit Mahbub oder Lurgan Sahib aß ich ihr Brod; in St. Xavier drei Mahlzeiten am Tage. Hier kann ich zusehen, wo ich etwas bekomme. Ich fühle mich nicht wohl. Wie würde mir ein Teller mit Fleisch behagen ... Heiliger, bist Du zu Ende?"

Der Lama, beide Hände erhoben, begann eine letzte Segenspendung in zierlichem Chinesisch. „Ich muß mich auf Deine Schultern lehnen," sprach er, als die Tempelpforte sich hinter ihnen schloß. „Wir werden steif, glaube ich."

Das Gewicht eines sechs Fuß hohen Mannes ist nicht leicht zu stützen durch Meilen von gedrängt vollen Straßen, und Kim, außerdem mit Bündeln und Päckchen für die Reise beladen, war froh, den Schatten der Eisenbahnbrücke zu erreichen.

„Hier essen wir," sagte er entschlossen, als der Kamboh, blau gekleidet und lächelnd, in Sicht kam, einen Korb in einer Hand, das Kind an der anderen.

„Greift zu, Heilige," rief er aus fünfzig Fuß Entfernung. (Auf einer flachen Stelle unter dem ersten Brückenbogen waren sie sicher vor den Blicken hungriger Priester.) „Reis und Curry, Kuchen, noch warm und gut gewürzt mit Hing (Asafötida), Käse und Zucker. König meiner Felder" – dies zu seinem kleinen Sohn – „laß uns diesen heiligen Männern zeigen, daß wir Jats von Jullundur einen Dienst vergelten können... ich hatte gehört, daß die Jains nur essen, was sie selbst gekocht haben, aber wahrlich," – er blickte höflich weg nach dem breiten Strom – „wo kein Auge ist, ist keine Kaste."

„Und wir," sagte Kim, sich umdrehend und eine Blattschüssel für den Lama füllend, „sind erhaben über alle Kasten."

Schweigend sättigten sie sich an der guten Speise. Erst, als er das Letzte von dem klebrig süßen Stoff von seinem Finger abgeleckt, bemerkte Kim, daß auch der Kamboh reisefertig dastand.

„Wenn wir denselben Weg haben," sagte er hastig, „gehe ich mit Dir. Man findet nicht oft einen Wundertäter, und das Kind ist noch schwach. Aber ich bin auch kein schwaches Rohr." Er hob seinen Lathi empor, einen fünf Fuß langen Bambusstock, mit polierten Eisenringen umgeben, und schwang ihn durch die Luft. „Man sagt, die Jats wären streitsüchtig, doch das ist nicht wahr. Nur wenn man uns in die Quere kommt, dann sind wir wie unsere Büffel."

„So ist es," sagte Kim. „Und ein guter Stock ist ein guter Beweis."

Der Lama blickte in ruhiger Stimmung stromaufwärts, wo in grauer Perspektive unaufhörlich die Rauchsäulen von den Verbrennungs-Plätzen aufstiegen. Hin und wieder, ungeachtet aller behördlichen Verordnungen, trieben Überreste von halb verbrannten Leichen auf dem rasch fließenden Strom abwärts.

„Ohne Dich," sprach der Kamboh, das Kind an seine rauhe Brust pressend, „wäre ich vielleicht heute dorthin gegangen – mit diesem hier. Die Priester lehren uns, daß Benares heilig ist – was niemand bezweifelt – und daß es begehrenswert ist, dort zu sterben. Ihre Götter aber kenne ich nicht, und Geld fordern sie auch; und hat man sein Gebet verrichtet, so behauptet irgend ein geschorener Kopf, es sei wertlos, wenn man nicht aufs neue betet. Wasch Dich hier! Wasch Dich dort! Begieße, bade, trinke und sammle Blumen – aber jedes

Mal bezahle die Priester. Nein, das Punjab für mich und die Erde des Jullundur-Landes für die beste Scholle darauf."

„Ich habe oft gesagt – in dem Tempel, glaube ich – daß, wenn die Not es erheischt, der Fluß zu unseren Füßen sich auftun wird. Deshalb wollen wir jetzt nordwärts wandern," sprach der Lama, sich erhebend. „Ich erinnere mich eines angenehmen, von Fruchtbäumen umgebenen Platzes, wo man in Betrachtungen sich ergehen kann – und wo die Luft kühler ist. Sie kommt dort von den Bergen und von dem Schnee der Berge."

„Wie ist der Name des Ortes?" fragte Kim.

„Wie sollte ich das wissen? Warst Du nicht – nein, das war, nachdem die Armee aus der Erde herauswuchs und Dich fortführte. Dort weilte ich im Nachsinnen in einem Raume unter dem Taubenschlag – hätte sie nur nicht immerwährend geredet."

„Oho! die Frau von Kulu. Das ist bei Saharunpore."

„Wie führt der Geist Deinen Meister? Wandert er zu Fuß wegen früherer Sünden?" fragte leise der Jat. „Es ist ein weiter Weg bis Delhi."

„Nein," antwortete Kim. „Ich will um ein Billet für den Zug betteln." In Indien bekennt man sich nicht zum Besitz von Geld.

„Dann im Namen der Götter, laßt uns den Feuerwagen nehmen. Mein Sohn ist am besten in den Armen seiner Mutter aufgehoben. Die Regierung legt uns viele Steuern auf, aber ein Gutes gibt sie uns, den Zug, der Freunde verbindet, und die Sehnsucht haben, zusammenführt. Ein wundervolles Ding ist der Zug."

Einige Stunden später drängten sie sich in den Zug hinein und schliefen wahrend der Tageshitze. Der Kamboh quälte Kim mit Fragen nach des Lamas Leben und Tun und erhielt merkwürdige Antworten. Kim sah behaglich in die ebene, nordwestliche Landschaft hinaus und plauderte mit den ein- und aussteigenden Passagieren. Noch heute halten die indischen Landleute die Fahrkarten und das Abknipsen der Fahrkarten für eine unerklärliche Unterdrückung. Sie begreifen nicht, warum, wenn sie für ein Zauberpapier bezahlt haben, Fremde große Stücke von dem Zauber abreißen. So gibt es immer noch lange und heftige Debatten zwischen den Reisenden und Billettabnehmern. Kim half dabei einige Male mit ernstem Rat und zeigte seine Klugheit vor dem Lama und dem bewundernden Kamboh. Bei Somna sandte das Schicksal ihm etwas zum nachdenken. Da polterte, als der Zug schon in

Bewegung war, ein armer, magerer, kleiner Mann in den Wagen – ein Mahratta – wie Kim aus der Form des fest anliegenden Turbans schloß. Sein Gesicht war zerschnitten, sein Obergewand, von Musselin, zerrissen und ein Bein verbunden. Er erzählte ihnen, daß ein Bauernwagen umgestürzt und er beinahe getötet worden wäre; er wollte jetzt nach Delhi, wo sein Sohn lebte. Kim betrachtete ihn genauer. Wenn er, wie er erzählte, auf der Erde hin und her gerollt wäre, so hätte seine Haut geschrammt sein müssen. Aber alle seine Wunden schienen Schnitte zu sein, und durch einen einfachen Fall vom Wagen konnte ein Mann nicht so in Schrecken gesetzt sein. Als er mit zitternden Fingern das zerrissene Tuch um seinen Hals festknüpfen wollte, legte er ein Amulett blos, von der Art, die man Herzstärker nennt. Amulette sind gewöhnlich genug, aber nicht solche, die an plattiertem Kupferdraht hängen, noch weniger solche von schwarzer Emaille auf Silber. Außer dem Lama und dem Kamboh war niemand in dem Abteil, das glücklicherweise ein altmodisches, abgeschlossenes war. Kim tat, als ob er sich die Brust kratzen wollte und legte dabei sein eigenes Amulett blos. Des Mahrattas Gesicht veränderte sich sofort, und er legte sein Amulett frei auf die Brust.

„Ja," wandte er sich an den Kamboh, „ich war in Eile, und der Wagen, von einem Mischling geführt, prallte mit einem Rad an einen Brückenpfeiler und außer dem Schaden, den ich nahm, ging eine volle Schüssel von „Tarkeean" verloren. Ich war kein Sohn des Zaubers (glücklicher Mann) an dem Tage."

„Das war ein großer Verlust," sagte der Kamboh, so gleichgültig wie möglich. Seine Erfahrungen in Benares hatten ihn mißtrauisch gemacht.

„Wer kochte es?" fragte Kim.

„Ein Weib." Der Mahratta hob die Augen.

„Aber jedes Weib kann Tarkeean kochen," sagte der Kamboh. „Es ist ein gutes Currygericht."

„O ja," sagte der Mahratta, „es ist ein gutes Currygericht."

„Und billig," sagte Kim. „Aber, was meint die Kaste?"

„O, es gibt keine Kaste, wo Männer Tarkeean sehen – – wollen," erwiderte der Mahratta in dem vorgeschriebenen Tonfall. „In wessen Dienst bist Du?"

„In dem Dienst dieses Heiligen." Kim zeigte auf den glücklichen, schläfrigen Lama, der mit einem Ruck bei dem vielgeliebten Wort erwachte.

„Ah, er ward vom Himmel gesendet, um mir zu helfen. Freund aller Welt ist er genannt. Auch Freund der Sterne nennt man ihn. Er wandelt als ein Heiliger – seine Zeit ist reif. Groß ist seine Weisheit."

„Und ein Sohn des Zaubers," flüsterte Kim. Der Kamboh zündete eilig seine Pfeife an, aus Furcht, daß der Mahratta ihn anbettelte.

„Und wer ist das?" fragte der Mahratta, nervös seitwärts schielend.

„Einer, dessen Kind ich – wir heilen, der uns sehr verpflichtet ist. – Setze Dich ans Fenster, Mann von Jullundur. Hier ist ein Kranker."

„Humpf! Ich habe gar kein Verlangen, mit herumgelaufenen Landstreichern zusammen zu sitzen. Meine Ohren sind nicht lang, und ich bin kein neugieriges Weib." Der Jat ließ sich schwer in eine entfernte Ecke fallen.

„Bist Du etwas wie ein Heiler? Ich bin zehn Klafter tief in Not," flüsterte, an das letzte Wort Kims anknüpfend, der Mahratta.

„Der Mann ist über und über voll Wunden," wandte Kim sich an den Kamboh. „Ich will versuchen, ihn zu heilen. Niemand störte mich, als ich Dein Kind behandelte."

„Ich verdiene Tadel," sagte demütig der Kamboh. „Ich schulde Dir das Leben meines Sohnes. Du bist ein Wundertäter – ich weiß es."

„Zeige mir die Schnitte." Kim neigte sich über des Mahrattas Brust, vom Klopfen seines Herzens fast erstickend, denn dies war das Große Spiel aus dem ff. „Nun erzähle mir Deine Geschichte, Bruder, schnell, indem ich Zaubersprüche murmele."

„Ich komme vom Süden, wo ich mein Werk zu tun hatte. Einen von uns haben sie auf der Landstraße erschlagen. Hast Du es gehört?" Kim schüttelte den Kopf. Er wußte natürlich nichts über den Vorgänger des E. 23., der unten im Süden, im Anzug eines arabischen Händlers, tot gefunden war. „Nachdem ich einen gewissen Brief gefunden, den ich suchen sollte, eilte ich davon. Ich entkam aus der Stadt und kam nach Mhow. So sicher fühlte ich mich, daß ich nicht einmal mein Äußeres änderte. In Mhow erhob ein Weib Klage gegen mich wegen Juwelen-Diebstahls in der Stadt, die ich eben verlassen. Da merkte ich, daß die Meute hinter mir war. Aus Mhow entrann ich bei Nacht mittels Bestechung der Polizei, die ohne Zweifel ebenfalls bestochen war, um mich in die Hände meiner Feinde zu liefern. Darauf verbarg ich mich eine Woche als Büßer in einem Tempel in der allen Stadt Chitor; aber ich wußte nicht, wohin mit dem Brief, den ich bei mir hatte. Endlich begrub ich ihn unter dem Stein der Königin zu Chitor, an dem Platz, der uns allen bekannt ist."

Kim wußte nichts davon, aber nicht um die Welt hätte er die Erzählung unterbrochen.

„Zu Chitor, siehst Du, war ich ganz in des Königs Macht; denn Kotah ostwärts ist außer dem Gesetz der Königin (von England, Viktoria), und Jeypur und Gwalior liegen ebenfalls ostwärts. Spione liebt man nicht, und Gerechtigkeit gibt es nicht. Ich wurde gejagt wie ein nasser Schakal, aber ich schlug mich durch bis Bandakui. Da hörte ich, daß ich eines Mordes angeklagt war in der Stadt, aus der ich eben kam – des Mordes an einem Knaben. Sie hatten beides zur Stelle, die Leiche und den Zeugen."

„Aber gibt es keinen Schutz bei der Regierung?"

„Für uns von dem Spiel gibt es keinen Schutz. Wenn wir sterben, sterben wir. Unser Name wird in dem Buch ausgelöscht – das ist alles. In Bandakui, wo einer von uns lebt, suchte ich die Spur zu verwischen, indem ich mein Gesicht änderte und mich zum Mahratten machte. So kam ich nach Agra und wollte nun nach Chitor zurück, um den Brief zu holen. So sicher dachte ich ihnen entwischt zu sein. Deshalb sandte ich niemandem ein Telegramm, um anzugeben, wo der Brief sich befinde. Ich wünschte alle Ehre für mich zu haben."

Kim nickte. Diese Empfindung verstand er gut.

„Aber in Agra, als ich durch die Straßen ging, hielt mich ein Mann wegen Schulden an, brachte Zeugen vor, und man schleppte mich vor Gericht hierhin und dahin. O, sie sind schlau dort im Süden! Er gab mich als seinen Baumwoll-Agenten an. Möge er in der Hölle dafür braten."

„Und warst Du das?"

„O Tor! Der Mann, den man wegen des Briefes suchte, war ich! Ich flüchtete mich durch den Schlachthof und kam bei dem Hause des Juden heraus, der, einen Auflauf befürchtend, mich weiter beförderte. Zu Fuß kam ich bis Somna, ich hatte nur noch Geld zu einem Billett nach Delhi – und dort, als ich mit Fieber in einem Graben lag, sprang einer aus dem Gebüsch und stach mich und zerschlug mich und durchsuchte mich von Kopf bis Fuß – im Angesicht des Zuges!"

„Wie kam es, daß er Dich nicht vollständig tötete?"

„So dumm sind sie nicht. Wenn ich in Delhi, auf Veranlassung von Advokaten, wegen erwiesener Mordtat, verhaftet werde, so verfällt mein Leib dem Staat, der ihn fordert. Dann werde ich unter Bewachung zurück befördert und dann – sterbe ich langsam – als ein Beispiel für uns übrige. Der Süden ist nicht mein Geschmack! Im Kreise, wie – eine Ziege mit einem Auge – irrte ich umher. Seit zwei Tagen habe ich nichts gegessen. Ich bin gezeichnet," – er berührte die schmutzige Bandage seines Beines – „so daß sie mich zu Delhi erkennen müssen."

„So lange Du im Zuge bleibst, bist Du wenigstens sicher."

„Sei ein Jahr in dem Großen Spiel und sage mir das dann wieder! In Delhi werden die Drähte gegen mich in Bewegung sein, jeder Schnitt, jeder Lumpen auf meinem Leibe wird beschrieben. Zwanzig – hundert – wenn nötig – werden bezeugen, daß ich den Knaben erschlug. Da ist nichts zu machen!"

Kim kannte genug von dem Charakter der Eingeborenen, um zu wissen, daß es so war, daß selbst der Leichnam des Knaben zur Stelle sein würde. – Des Mahratten Finger Zuckten vor Schmerz. Der Kamboh stierte verdrossen aus seiner Ecke heraus; der Lama war bei seinem Rosenkranz. Kim machte sich an des Mannes Brust zu schaffen, als ob er ärztlich untersuchte und dachte sich – Zaubersprüche murmelnd – einen Plan aus.

„Hast Du auch einen Zauber, meine Gestalt zu verändern? Sonst bin ich ein toter Mann. Hätte ich nur zehn – nur fünf Minuten Zeit gehabt, wäre ich nicht so gehetzt worden, so hätte ich – –"

„Ist er jetzt geheilt, Wundertäter?" fragte neidisch der Kamboh. „Gesungen hast Du lang genug."

„Nein. Für seine Wunden gibt es, sehe ich, keine Heilung, wenn er nicht drei Tage im Gewande eines Bairagi sitzt."

Diese Art Buße wird fetten Handelsleuten gewöhnlich von ihren geistlichen Beratern vorgeschrieben.

„Ein Priester sucht immer wieder einen Priester zu machen," war die Erwiderung. Wie meist rohe und vorurteilsvolle Leute, Konnte er seine Junge nicht vor Verhöhnung der Kirche hüten.

„Also muß Dein Sohn ein Priester werden! Mir scheint, er muß wieder von meinem Chinin nehmen."

„Wir Jats sind alle Büffel," sagte der Jat, wieder Kleinlaut werdend.

Kim strich eine Fingerspitze voll bitteren Zeuges auf des Kindes bebende schmale Lippen. „Ich habe von Dir nichts verlangt als Speise. Mißgönnst Tu mir die? Ich will diesen Mann heilen. Habe ich Deine Erlaubnis – Fürst?"

Des Mannes große Fäuste flogen flehend in die Höhe. „Nein – nein. Verspotte mich nicht."

„Es beliebt mir, diesen Kranken zu heilen. Du sollst Verdienst erwerben, indem Du mir beistehst. Welche Farbe hat die Asche in Deinem Pfeifenkopf? Weiß? Das ist günstig. Ist rohes Turmevic (Gelbwurz) unter Deinen Speiseresten?"

„Ich – ich –"

Öffne Dein Bündel!"

Es enthielt die gewöhnliche Sammlung kleiner Abfälle: Flicken von Zeug, quacksalberische Medikamente, billige Jahrmarkts-Geschenke, ein Tuch voll Atta (graues, grob gemahlenes Mehl), Röllchen von Bauern-Tabak, wohlfeile Pfeifenrohre und ein Pack Curry, in eine Decke gewickelt. Kim durchsuchte alles mit der Miene eines weisen Zauberers, mohammedanische Beschwörungen murmelnd.

„Dies ist Weisheit, die ich von den Sahibs lernte," flüsterte er dem Lama zu: und wenn man an seine Erziehung bei Lurgan denkt, war das Wahrheit. „Die Sterne künden ein großes Unheil im Schicksal dieses Mannes, das – das setzt ihn in Schrecken. Soll ich es verhindern?"

„Freund der Sterne, Du hast stets das Rechte erwählt. Handle nach Deinem Belieben. Ist es eine neue Heilung?"

„Rasch! Mach rasch! Ehe der Zug hält."

„Eine Heilung von dem Schatten des Todes," flüsterte Kim. Er mischte das Mehl mit Kohlen- und Tabaksasche in dem Pfeifenkopf von rotem Ton. E. 23. nahm schweigend seinen Turban ab und schüttelte sein langes schwarzes Haar herunter.

„Das ist mein Essen, Priester," grollte der Jat.

„Ein Büffel in dem Tempel! Hast Du gewagt, herzusehen? Narren muß man etwas vormachen. Aber hüte Deine Augen. Bemerkst Du schon einen Nebel vor ihnen? Ich rettete das Kind und als Dank – oh. Du Schamloser!"

Der Mann wich vor Kims scharfem, ernsten Blick zurück.

„Soll ich Dich verfluchen, oder soll ich –“ Er riß das äußere Tuch vom Bündel und warf es über den gesenkten Kopf. „Wage nur den Wunsch, herzublicken und – und selbst ich kann Dich nicht retten. Sitz still! Sei stumm!“

„Ich bin blind – stumm. Nur verfluche mich nicht! Ko – Komm her, Kind! Wir wollen Blindekuh spielen. Um meinetwillen, piep nicht unter dem Tuch hervor.“

„Ich sehe Hoffnung,“ flüsterte E. 23. „Was für einen Plan hast Du?“

„Das kommt später,“ sagte Kim, ihm das leichte Hemd herabziehend. E. 23. wich zurück mit der Scheu des Nordwestlers vor Entblößung seines Körpers.

„Was heißt Kaste, wenn es uns an den Hals geht?“ meinte Kim, das Hemd bis auf die Hüften niederstreifend.

„Wir müssen Dich zu einem gelben Saddhu machen. Entkleide Dich – entkleide Dich rasch und schüttele das Haar über die Augen, während ich die Asche streue. Nun ein Kasten-Abzeichen auf Deine Stirn.“ Er nahm aus dem Kleinen Tuschkasten unter seinem Gewand ein Täfelchen Karminlack.

„Bist Du nur ein Anfänger?“ fragte E. 23., buchstäblich um sein Leben ringend, indem er seine Körperhüllen abstreifte und nackt, nur mit dem Hüftentuch, dastand, indeß Kim ihm ein vornehmes Kastenzeichen auf die mit Asche beschmierte Stirn kleckste.

„Seit zwei Tagen erst in das Spiel eingetreten, Bruder,“ antwortete Kim. „Schmiere mehr Asche auf Deine Brust.“

„Hast Du wohl einen Arzt – für kranke Perlen getroffen?“

Er faßte sein langes, fest verschlungenes Turbantuch, und mit flinker Hand rollte er es um und über seine Stiften, nach dem verwickelten Muster eines Saddhu-Gurtes.

„Hah! Erkennst Du seine Hand? Eine Weile war er mein Lehrer. Wir müssen Deine Beine verbinden. Asche heilt Wunden. Beschmiere sie nochmals.“

„Einst war ich sein Stolz. Du aber bist fast geschickter als ich. Die Götter sind uns gnädig! Gib mir *das* .“

Es war eine Zinnbüchse mit Opiumpillen zwischen dem Kehricht des Bündels. E. 23. verschluckte eine halbe Handvoll. „Sie sind gut gegen Hunger, Angst und Kälte. Und sie machen die Augen rot,“ erklärte er. „Nun habe ich wieder Mut zum Spiel. Es fehlt mir nur die Zunge eines Saddhu. Was machen wir mit den alten Kleidern?“

Kim rollte sie fest zusammen und stopfte sie in die lockeren Falten seines Unterkleides. Mit gelber Ockerfarbe schmierte er breite Streifen auf Brust und Beine, auf den Hintergrund von Mehl, Asche und Turmeric.

„Das Blut auf Deinem Leib, Bruder, genügt um Dich zu hängen.“

„Kann sein; aber nicht Grund genug, ihn aus dem Fenster zu werfen ... Es ist getan.“ Seine Stimme klang hell vor Entzücken über die Verkleidung. „Wende Dich um, o Jat! Und schau!“

„Die Götter mögen uns schützen!“ rief der Kamboh unter seiner Kopfdecke heraus springend wie ein Büffel aus dem Schilf. „Wo aber ist der Mahratta geblieben? Was hast Du mit ihm angefangen?“

Kim war von Lurgan Sahib erzogen; und E. 23. durch die Art seiner Tätigkeit kein schlechter Schauspieler. Statt des verängstigten zitternden Hausierers lehnte da in der Ecke mit auf dem Sitz gekreuzten Beinen ein mit Asche beschmierter, gelbstreifig bemalter Saddhu, aus dessen geschwollenen Augen (Opium wirkt schnell auf leeren Magen) List und Frechheit leuchtete. Kims braunen Rosenkranz trug er am Halse und ein ärmliches Stück geblümten Kattuns um die Schultern. Das Kind versteckte sein Gesicht an des erstaunten Vaters Brust.

„Schau auf, Prinzlein! Wir reisen mit Zauberern, aber Dir werden sie nichts tun. O, weine nicht ... Wozu heilt man heute ein Kind, wenn man es morgen durch Furcht töten will?“

„Das Kind wird Glück haben in seinem ganzen Leben, denn es hat einer wunderbaren Heilung beigewohnt. Als ich noch ein Kind war, machte ich schon Menschen und Pferde aus Ton.“

„Das tat ich auch schon,“ piepte das Kind. „Und Sir Banas kommt in der Nacht hinten in unsere Küche und macht sie lebendig.“

„Du also fürchtest Dich vor nichts, he, Prinzlein?“

„Ich fürchte mich, weil mein Vater sich fürchtete. Ich fühlte seine Arme beben.“

„Oh, furchtsames Hühnchen!“ sagte Kim, und der beschämte Jat lachte. „Ich habe den armen Hausierer geheilt. Er muß nun seinen Verdienst und seine

Rechnungsbücher im Stich lassen und drei Nächte an der Wegseite sitzen, um der Bosheit seiner Feinde Herr zu werden. Die Sterne sind gegen ihn."

„Je weniger Wucherer, desto besser, sage ich. Aber Saddhu oder nicht Saddhu, er soll mir den Stoff um seine Schultern bezahlen."

„So? Aber das da auf Deiner Schulter ist Dein Kind, das vor noch nicht zwei Tagen dem Scheiterhaufen verfallen war. Noch eins muß ich Dir sagen. Ich machte diese Wunderheilung in Deiner Gegenwart, weil die Not groß war. Ich änderte des Kranken Leib und Seele. Aber, o Mann von Jullundur, wenn Du jemals bei irgendeiner Gelegenheit Dich dessen entsinnst, was Du hier gesehen, sei es bei den Ältesten unter dem Dorfbaum oder in Deinem eigenen Hause oder in Gegenwart Deines Priesters, wenn er Dein Vieh segnet, so soll eine Seuche unter Deine Büffel kommen, und eine Flamme auf Dein Dach, und Ratten in Deine Korntenne und der Fluch der Götter über Deine Felder, daß sie verdorren vor Deinen Füßen und hinter Deiner Pflugschar." Diesen Teil einer Verwünschung hatte Kim in den Tagen seiner Unschuld von einem Fakir am Taksali-Tor aufgeschnappt.

„Höre auf, Heiliger! Aus Barmherzigkeit, höre auf!" rief der Jat. „Verfluche meinen Haushalt nicht. Ich sah nichts. Ich hörte nichts. Ich bin Deine Kuh." Und er streichelte Kims nackten Fuß, der rhythmisch den Boden klopfte.

„Aber da es Dir erlaubt wurde, mir beizustehen mit ein bißchen Mehl und ein bißchen Opium und solchen Kleinigkeiten, die anzunehmen ich Dir die Ehre erwies, so werden die Götter Dir dies vergelten durch einen Segen –" den Kim endlich, zu des Mannes unendlicher Erleichterung erteilte, und den er von Lurgan Sahib gelernt hatte.

Der Lama starrte hierbei aufmerksamer durch seine Brillengläser als er es bei der Verkleidung getan.

„Freund der Sterne," sprach er, „Du hast große Weisheit erworben. Hüte Dich, daß sie nicht Stolz gebiert. Kein Mann, der das Gesetz vor Augen hat, wird übereilt von etwas reden, das er gesehen, oder das ihm begegnet ist."

„Nein – nein – wahrlich nicht," rief der Bauer, voller Angst, daß der Meister es noch schlimmer machen könnte als der Schüler.

E. 23. mit offenem Munde, lag im Banne des Opiums, der für einen erschöpften Asiaten Fleisch, Tabak und Medizin zugleich ist.

So, schweigend in Mißverständnis und Angst, erreichten sie Delhi zur Zeit, als die Lampen angezündet wurden.

Kapitel 12.

„Ich habe wieder Mut gefaßt," sprach E. 23, unter dem Schutz des Treibens auf dem Bahnsteig. „Hunger und Angst verwirrten mich, sonst hätte ich an solche Rettung denken müssen. Ich hatte Recht. Sie sind auf der Jagd nach mir. Du hast mein Leben gerettet."

Ein Trupp gelb behoster punjabischer Polizisten unter Führung eines schwitzenden, hastigen jungen Engländers, teilte die um die Wagen sich drängende Menge. Hinterher schritt bedächtig, unauffällig wie eine Katze, eine kleine, fette Person, die aussah, wie ein Advokaten-Schreiber.

„Schau, der junge Sahib liest von dem Papier ab. Meine Personal-Beschreibung ist in seiner Hand," sagte E. 23. „Sie gehen von Wagen zu Wagen wie Fischer, die einen Teich mit dem Netz ausfischen."

Als die Prozession ihre Abteilung erreichte, zählte E. 23. seine Perlen mit beständigem Schaukeln seines Oberkörpers, während Kim ihn verspottete, daß er in der Trunkenheil seine geringelte Feuerzange, das Abzeichen des Saddhu, verloren habe. Der Lama, tief in Betrachtung versunken, starrte vor sich hin und der Bauer, verstohlen blinzelnd, suchte seine Sachen zusammen.

„Nichts hier als ein Haufen heiliger Bagage," sagte der Engländer mit lauter Stimme und schritt weiter unter einem unzufriedenen Gemurmel; denn eingeborene Polizei bedeutet für den Eingeborenen Erpressung.

„Die Schwierigkeit nun," flüsterte E. 23, „liegt darin, eine Drahtung zu senden, um den Ort anzugeben, wo ich den Brief, den zu finden ich ausgeschickt wurde, verborgen habe. In dieser Verkleidung kann ich nicht auf das Telegraphenamt gehen."

„Ist es nicht genug, daß ich Deinen Kopf gerettet habe?"

„Nicht wenn die Arbeit unvollendet bleibt. Hat der Arzt kranker Perlen Dir niemals so gesprochen? Da kommt ein anderer Sahib! Ah!"

Dies war ein ziemlich großer Distrikt-Polizei-Inspektor, von gelblicher Gesichtsfarbe – begürtet, behelmt, mit blanken Sporen und allem sonstigen

Zubehör, der seinen dunklen Schnurrbart zwirbelte. „Was für Narren sind diese Sahibs von der Polizei!“ sagte Kim belustigt.

E. 23. blickte flüchtig unter seinen Lidern hervor. „Gut bemerkt,“ murmelte er mit gänzlich veränderter Stimme. „Ich will einmal Wasser trinken. Bewahre mir meinen Platz auf.“

Er stolperte hinaus, dem Engländer fast in die Arme und wurde in plumpem Urdu deshalb ausgescholten.

„Tum mut? Bist Du betrunken? Du mußt nicht um Dich stoßen, als gehörte die Delhi-Station Dir allein, mein Freund.“

E. 23., ohne eine Miene zu verziehen, antwortete mit einem Strom der schmutzigsten Schimpfwörter, was Kim natürlicher Weise sehr belustigte, es erinnerte ihn an die Trommlerjungen und Barackenfeger in Umballa in der schrecklichen Zeit seines ersten Schulunterrichts.

„Mein gutes Närrchen, Mickle – jao!“ kauderwelschte der Engländer. „Geh zurück in Deinen Wagen.“ Schritt für Schritt, ehrerbietig rückwärts gehend, kletterte der gelbe Saddhu in seinen Wagen und mit gedämpfter Stimme verfluchte er den Polizei-Inspektor bis in die fernste Nachkommenschaft, fluchte beim Stein der Königin – hier sprang Kim beinahe empor – fluchte bei dem Schreiben unter dem Königin-Stein und bei einer Sammlung von Göttern von ganz fremden Namen.

„Ich verstehe nicht, was Du sagst,“ – der Engländer wurde rot vor Zorn – „aber es muß ein Stück der verdammtesten Frechheit sein. Marsch da, heraus mit Dir!“

E. 23. schien nicht zu verstehen und zeigte mit ernster Miene seine Fahrkarte vor, die der Engländer ihm ärgerlich aus der Hand riß.

„Oh, zoolum! Welche Gewalttätigkeit!“ grollte der Jat aus seinem Winkel. „Noch dazu für so einen kleinen Spaß.“ Er hatte bei des Saddhus Zungenfertigkeit gelächelt. „Deine Zaubermittel tun heute keine gute Wirkung, Heiliger.“

Der Saddhu folgte dem Mann von der Polizei, bittend und schmeichelnd. Der große Haufe der Reisenden, mit Bündeln und Kindern beschäftigt, hatte diesen Vorfall nicht beachtet. Kim schlüpfte hinter dem Saddhu hinaus, denn es war ihm durch den Kopf geschossen, daß er vor drei Jahren, nahe bei Umballa, Zeuge war, wie dieser selbe dumme jähzornige Sahib derbe Anzüglichkeiten gegen eine alte Dame vorbrachte.

„Nun ist's gut," flüsterte der Saddhu Kim zu, eingeklemmt in dem rufenden, schreienden Gedränge, einen persischen Windhund vor seinen Füßen und einen Käfig voll kreischender Falken, in Obhut eines Rajput-Falkoniers, im Rücken. „Jetzt ist er hin, um Nachricht über den Brief zu geben, den ich verbarg. Man sagte mir, er wäre in Peshawur. Ich hätte aber wissen können, daß er – wie das Krokodil – immer in einer anderen Furt ist, als wo man ihn sucht. Aus der augenblicklichen Gefahr hat er mich gerettet, aber mein Leben danke ich Dir."

„Ist er denn auch einer von Uns?" Kim duckte sich durch unter der fettigen Armhöhle eines Kameltreibers von Mewar und prallte gegen einen Trupp schwatzender Sikh-Matronen.

„Nicht weniger als der Größte. Wir haben beide Glück. Ich werde ihm berichten, was Du getan hast. Ich bin sicher unter seinem Schutz."

Er arbeitete sich durch das Gedränge, das die Wagen belagerte, hindurch und hockte sich nieder auf der Bank, nahe dem Telegraphen-Büro.

„Gehe zurück, damit Dein Platz Dir nicht genommen wird! Trage keine Sorge um das Werk, Bruder, oder um mein Leben. Du hast mir Zeit zum Aufatmen verschafft, und Strickland Sahib hat mich an Land gezogen. Wir werden noch zusammen in dem Spiel arbeiten. Fahrwohl!"

Kim eilte nach seinem Magen, verwirrt, wie trunken. Es wurmte ihn, daß ihm der Schlüssel zu den Geheimnissen um ihn her fehlte.

„Ich bin nur ein Anfänger in dem Spiel, das ist sicher," flüsterte er, seinen Sitz in dem gedrängt vollen Abteil einnehmend. „Ich hätte mich nicht in Sicherheit bringen können, wie der Saddhu tat. Er wußte, daß es am dunkelsten unter der Lampe ist. Ich hätte nicht daran gedacht, unter Flüchen Enthüllungen zu machen ... und wie geschickt war der Sahib! Aber dennoch ... ich habe einem das Leben gerettet ... wo ist der Kamboh geblieben, Heiliger?"

„Eine Furcht packte ihn," erwiderte der Lama, mit einem Hauch von sanfter Malize. „Er sah Dich in einem Augenblinzeln den Mahratta zu einem Saddhu umwandeln, um ihn vor Unheil zu schützen. Das erschreckte ihn. Dann sah er den Saddhu geradezu in die Hände der Polizei fallen – alles Wirkung Deiner Kunst. Da raffte er seinen Sohn auf und floh, denn, sagte er, Du habest einen friedlichen Handelsmann in einen Schreihals verwandelt, der unflätige Reden den Sahibs gegenüber führte, und er fürchtete ein ähnliches Schicksal. Wo ist der Saddhu?"

„Bei der Polizei,“ sagte Kim, „... aber ich rettete doch des Kambohs Kind.“

Der Lama schnupfte ruhig.

„Ach, Chela, sieh wie betört Du bist! Das Kind des Kamboh heiltest Du, um Verdienst zu erwerben. Bei dem Mahratta aber wandtest Du Zauberworte an, mit stolzem Tun – ich beobachtete Dich – und ließest Deine Blicke seitwärts schweifen, um einen alten Mann und einen törichten Bauer in Erstaunen zu setzen, daher Angst und Argwohn.“

Kim beherrschte sich mit einer Anstrengung über sein Alter hinaus. Wie jeden jungen Burschen, verdroß es ihn, gescholten oder falsch beurteilt zu werden; er befand sich aber jetzt in einer Klemme. Der Zug rollte aus Delhi in die Nacht hinein.

„Gewiß ist,“ murmelte er, „daß ich Unrecht tat, wenn ich Dich gekränkt habe.“

„Es ist mehr, Chela. Du hast eine Tat in die Welt entsendet, und wie die Kreise eines in den Teich geworfenen Steines sich weiter und weiter verbreiten, so die Folgen Deiner Tat, Du kannst nicht wissen, wie weit.“

Dies nicht zu wissen war gut für Kims Eitelkeit wie für des Lamas Seelenfrieden, wenn wir bedenken, daß eben in Simla eine abgekürzte Drahtung die Ankunft von E. 23. zu Delhi meldete und was noch wichtiger: den Verbleib eines Briefes den zu – entwenden E. 23 beauftragt war. Zufällig hatte auch gerade ein übereifriger Polizist einen höchst ergrimmten Baumwoll-Makler aus Ajmir, unter Beschuldigung eines in einem fernen südlichen Staat begangenen Mordes, verhaftet, der sich auf dem Bahnsteig in Delhi vor einem Mr. Strickland verteidigte, indes E. 23. auf Seitenwegen dahintrollle, bis in das verschlossene Herz der Stadt Delhi. Innerhalb zweier Stunden erreichten mehrere Telegramme den zornigen Minister eines südlichen Staates, die meldeten, daß jede Spur eines verwundeten Mahratta verloren sei; und zur selben Zeit, als der gemächlich fahrende Zug bei Saharunpore hielt, schlug die letzte Bewegung des Steines, den Kim geworfen, gegen die Stufen einer Moschee im fernen Roum – wo sie einen frommen Mann im Gebet störte.

Der Lama verrichtete das seine in umständlicher Weise neben einem taufeuchten Obstspalier nahe dem Bahnsteig, beglückt durch den klaren Sonnenschein und die Gegenwart seines Schülers. „Wir wollen diese Dinge hinter uns lassen,“ sprach er, auf die eherne Maschine und die glitzernden Schienen weisend. „Das Rütteln des Zuges, obwohl er ein wundervolles Ding ist, hat meine Knochen zu Wasser gemacht. Von jetzt an wollen wir freie Luft versuchen."

„Laß uns nach dem Haufe der Kulu-Frau gehen."

Kim schritt heiter aus unter seinen Bündeln. Am frühen Morgen ist der Weg nach Saharunpore rein und duftig. Er gedachte der Morgen zu St. Xavier, und dies verdoppelte sein schon dreifach verdoppeltes Vergnügen.

„Woher denn diese frische Hast? Verständige Menschen laufen nicht wie junge Hühnchen in der Sonne herum. Wir haben Hunderte und Hunderte von Kos gemacht, und bis jetzt war ich kaum einen Augenblick mit Dir allein. Wie kannst Du Belehrung empfangen im wüsten Gedränge? Wie ich, überschwemmt von Flut von Worten, über den Weg meditieren?"

„Ihre Zunge ist also nicht kürzer geworden mit den Jahren?" Der Schüler lächelte.

„So wenig wie ihre Begier nach Zaubermitteln. Ich entsinne mich, als ich einst von dem Rad des Lebens redete" – der Lama tappte auf seiner Brust herum nach der letzten Kopie – „da fragte sie nur nach den Teufeln, die Kinder belagern. Sie soll Verdienst erwerben, indem sie für unsern Unterhalt sorgt – in einer kurzen Weile – bei späterer Gelegenheit – langsam, langsam. Jetzt wollen wir gemächlich wandern und achten auf die Kette der Dinge. Die Suche ist sicher."

So wanderten sie mit Muße unter und zwischen den blütevollen Fruchtgärten – auf der Straße von Aminabad, Sahaigunge, Akrola bei der Furt und Klein-Phulesa – die Linie der Sewaliks im Norden und hinter ihnen wieder die Schneegipfel.

Nach langem, süßem Schlaf unter den glänzenden Sternen folgte die herrliche, ruhige Wanderung durch erwachende Dörfer; die Bettelschale wurde schweigend vorgehalten, die Blicke aber schweiften, trotz des Gesetzes, nach dem Himmelsgewölbe oben.

Dann wieder fand Kim seinen Meister unter einem Mango oder im leichteren Schatten eines weißen Doon (Gummibaum, Siris), und sie aßen und tranken in Ruhe. Am die Mittagsmahlzeit, nach kurzen Wanderungen und Gesprächen, schliefen sie und traten erfrischt, bei kühleren Lüften, wieder in die Welt. Die Nacht fand sie auf dem Wege in neues Gebiet, auf ein Dorf zugehend, das in der flachen Marsch weit hinaus sichtbar wurde.

Da erzählten sie ihre Geschichten – eine neue jeden Abend, soweit es Kim betraf – und da wurden sie willkommen geheißen von dem Priester oder dem Dorfältesten, nach dem Brauch des gastfreundlichen Ostens. Wenn die Schatten kürzer wurden und der Lama sich schwerer auf Kim stützte, wurde das Rad des Lebens hervorgeholt, unter rein abgewischten Steinen glatt gelegt und Kreis auf Kreis mit einem Strohhalm nachgewiesen. Zier saßen die Götter in der Höhe – und sie waren Träume von Träumen. Hier war unser Himmel und die Welt der Halbgötter – Reiter, die zwischen den Bergen kämpften. Hier waren die Torturen, den Tieren zugefügt – Seelen, welche die Leiter emporsteigen und niedersteigen, deren Wege man nicht durchkreuzen soll. Hier waren die Höllen, die heißen und die Kalten, der Aufenthalt der gequälten Geister. Möge der Chela studieren die Leiden, die aus Unmäßigkeit entstehen – geschwollener Magen und brennende Eingeweide. Gehorsam, mit gebeugtem Haupt und flinkem, braunem Finger dem Zeigenden folgend, studierte der Chela. Als sie aber an die Menschenwelt kamen, die geschäftig und nutzlos gerade über den Höllen ist, wurde seine Aufmerksamkeit abgelenkt, denn draußen am Wege drehte sich das Rad selbst, warm, lebendig, essend, trinkend, feilschend, heiratend, zankend. Oft nahm der Lama die lebenden Bilder zum Gegenstand seines Textes und forderte Kim auf, zu beachten, wie das Fleisch tausend und tausend Gestalten annimmt, begehrenswerte und verabscheuenswerte, nach Menschenschätzung, aber in Wahrheit nach beiden Richtungen nichts bedeutend? und wie der dumme Geist, sklavisch gebunden an Eber, Taube und Schlange, lüstern nach Betelnuß, einem neuen Joch Ochsen, nach Weibern und der Gunst der Könige, verurteilt ist, dem Körper zu folgen durch alle die Himmel und alle die Höllen und den Weg immer von neuem wieder zu machen. Zuweilen lauschte ein Mann oder eine Frau dem Ritual – es war nichts anderes – und warf, wenn die große, gelbe Karte ausgebreitet lag, eine Blume oder eine Hand voll Kouris (Zahlmuscheln) auf den Rand derselben. Es befriedigte diese Demütigen, einem Heiligen begegnet zu sein, der bewegt werden könnte, sie in sein Gebet einzuschließen.

„Heile sie, wenn sie krank find," sprach der Lama, als Kims Tatendrang wieder erwachte. „Heile sie, wenn sie Fieber haben, aber niemals wende Zaubermittel an. Gedenke dessen, was den Mahratta befiel."

„So wäre alles Tun vom Übel?" erwiderte Kim, unter einem großen Baum an der Kreuzung der Straße nach Doon liegend und den kleinen Ameisen zuschauend, die ihm über die Hand liefen.

„Sich der Tat zu enthalten, ist wohlgetan – ausgenommen, sie werde getan, um Verdienst zu erwerben.“

„Hinter den Toren des Wissens lehrte man uns, sich der Tat Zu enthalten, sei eines Sahib unwürdig.“

„Freund der ganzen Welt,“ der Lama blickte Kim gerade ins Gesicht – „ich bin ein alter Mann, der sich an Bildern erfreut, wie Kinder tun. Für die, die dem Wege folgen, gibt es weder Schwarz noch Weiß, weder Hind noch Bhotiyal. Wir alle sind Seelen, die Erlösung suchen. Welche Weisheit Du auch bei den Sahibs erlernt haben magst – wenn wir meinen Strom erreichen, wirst Du von allem Wahn befreit werden – an meiner Seite. Hai! meine Knochen ächzen nach dem Strome, wie sie ächzten in dem Eisenbahnzug; aber mein Geist sitzt über den Knochen und wartet. Die Suche ist sicher.“

„Ich habe verstanden. Darf ich eine Frage stellen?“

Der Lama neigte sein stattliches Haupt.

„Drei Jahre lang habe ich Dein Brot gegessen – Du weißt es – Heiliger, woher kam –?“

„Es ist viel Reichtum, wie Menschen es nennen, in Bhotiyal,“ erwiderte gelassen der Lama. „Daheim an meinem eigenen Platz genieße ich das Wahnbild der Ehre. Ich fordere, was ich brauche. Mit den Rechnungen habe ich nichts zu tun. Das ist Sache des Klosters – Ai! die schwarzen, hohen Sitze in dem Kloster und die Novizen, alle in Reihe und Glied.“

Und er erzählte, mit dem Finger im Staube zeichnend, von dem großartigen, prachtvollen Ritual in den mit Schutzdächern gegen Lawinen versehenen Kathedralen; von Prozessionen und Teufelstänzen, von der Verwandlung von Mönchen und Nonnen in Schweine, von heiligen Städten, die fünfzehnlausend Fuß hoch in der Luft schweben, von Intriguen zwischen Kloster und Kloster, von Stimmen zwischen den Hügeln und von der geheimnisvollen Fata morgana, die auf dem weißen Schnee tanzt. Er sprach selbst von Lhassa und von dem Talai Lama, den er gesehen und angebetet hatte.

Jeder lange Tag, der dahinschwand, ward zu einer Barrière, die Kim von seiner Rasse und seiner Muttersprache absonderte. Allmählich fing er an, wieder im Dialekt zu denken und zu träumen. Mechanisch folgte er den vorgeschriebenen Formen beim Essen und Trinken, wie der Lama sie beobachtete. Die Gedanken des allen Mannes wandten sich mehr und mehr seinem Kloster zu, wie seine

Blicke dem ewigen Schnee. Sein Fluß machte ihm nur wenig Sorge noch. Ab und zu nur blickte er lange, lange Zeit nach einem Gebüsch oder einem Zweig, erwartend, wie er sagte, daß die Erde sich spalte und die Segnung offenbare; aber er war befriedigt durch die Nähe seines Schülers und erfreut durch den warmen Wind, der von der Doon (Ebene oder Hochebene) her weht. Hier waren nicht Ceylon, nicht Buddh Gaya oder Bombay, auch nicht grasüberwachsene Ruinen, über welche er vor zwei Jahren, so schien es, gestolpert war. Er sprach von diesen Plätzen wie ein Gelehrter, ohne Ruhmsucht, wie ein Sucher, der in Demut wandelt, wie ein alter Mann, weise und maßvoll, das Wissen beleuchtend durch hellen, inneren Einblick. Nach und nach, in unzusammenhängender Weise, jede Geschichte durch einen Vorgang am Wege hervorgerufen, erzählte er von seinen Wanderungen aufwärts und abwärts in Indien, und Kim, der ihn geliebt hatte, ohne zu wissen warum, wußte jetzt, warum er ihn liebte. So waren sie glückselig beieinander, enthielten sich, wie vorgeschrieben, böser Worte und begieriger Wünsche, aßen mäßig, lagen nicht auf weichen Betten und trugen keine reichen Gewänder. Ihr Magen zeigte ihnen die Zeit an, und das Volk gab ihnen zu essen. Sie waren Herren in den Dörfern Aminabao, Sahaigunge, Akrola an der Furt und Phulesa, wo Kim seelenlosen Weibern einen Segen erteilte.

Neuigkeiten reisen schnell in Indien, und nur zu bald schlürfte durch das Ährengelände ein weißbärtiger Diener, ein magerer, trockener Oorya, der einen Korb mit Früchten – Kabul-Trauben und goldene Orangen – trug und sie bat, seiner Herrin, die traurig in ihrem Gemüt sei, weil der Lama sie so lange vernachlässigte, die Ehre ihrer Gegenwart zu schenken.

„Nun entsinne ich mich“ – der Lama sprach, als sei ihm die ganze Sache fremd gewesen. – „Sie ist tugendhaft – aber eine ungeordnete Schwätzerin.“

Kim saß auf der Kante eines Futtertroges und erzählte den Kindern des Dorfschmiedes Märchen.

„Sie will nur wieder um einen Sohn mehr für ihre Tochter betteln,“ sagte er. „Ich kenne sie. Lasse sie Verdienst erwerben. Sage ihr, wir würden kommen.“

Sie wanderten durch die Felder, elf Meilen in zwei Tagen, und wurden am Ziele mit Aufmerksamkeiten überschüttet.

Die alte Dame hielt auf Gastfreundschaft nach altem Brauch und zwang ihren Schwiegersohn, der unter dem Pantoffel stand, die Mittel dafür herzugeben. Und um Frieden zu haben, borgte er das Geld. Das Alter hatte weder ihre Junge noch ihr Gedächtnis geschwächt, und von einem diskret vergitterten oberen Fenster, in Hörweite von einem Dutzend Dienern, rief sie Kim Schmeicheleien entgegen, die ein europäisches Auditorium in reines Entsetzen gestürzt haben würden.

„Ja, Du bist noch immer der schamlose Bettelbube vom Parao," schrillte sie. „Ich habe Dich nicht vergessen. Wasche Dich und iß. Der Vater von meiner Tochter Sohn ist ein wenig ausgegangen, und wir armen Frauen gelten nichts und sind stumm."

Dies zu beweisen, überschüttete sie den ganzen Haushalt mit einem schonungslosen Wortschwall, bis Speise und Trank zur Stelle war, und am Abend, dem dampfdurchräucherten Abend, der sich kupfer- und türkisfarbig über die Felder breitete, beliebte es ihr, ihren Palankin bei rauchigem Fackellicht in den unsauberen Hof tragen zu lassen, und da, hinter nicht zu fest geschlossenen Vorhängen, schwatzte sie.

„Wäre der Heilige allein gekommen, würde ich ihn ganz anders empfangen haben; aber mit diesem Schelm – wer kann da vorsichtig genug sein?"

„Maharanee," sagte Kim, wie immer den pomphaftesten Titel anwendend, „ist es meine Schuld, daß kein anderer als ein Sahib – ein Sahib von der Polizei – die Maharanee, deren Gesicht er sah, nannte–"

„Chitt! Das war auf der Pilgerfahrt. Wenn wir reisen – Du kennst das Sprichwort –"

„Nannte die Maharanee eine Herzbrecherin, eine Spenderin des Entzückens?"

„Das noch zu wissen! Wahrhaftig. Das tat er. Das war zur Zeit der Blüte meiner Schönheit." Sie schüttelte sich, wie ein Papagei sich behaglich schüttelt über einem Zuckerstückchen. „Nun erzähle mir von Deinem Gehen und Kommen – so viel, als man ohne sich zu schämen anhören kann. Wieviele Mädchen und wessen Weiber hangen an Deinen Augenwimpern? Du kommst von Benares? Ich wollte dieses Jahr wieder dorthin, aber meine Tochter – wir haben nur zwei Söhne. Phaïi! Das ist die Wirkung dieser niedrigen Ebene. In Kulu sind die Männer Elefanten. Aber ich wollte Deinen Heiligen bitten – tritt beiseile, Schelm – wollte bitten um einen Zauber gegen beklagenswerte Kolik mit Blähungen, die meiner Tochter Ältesten in Mango-Zeilen befallt. Vor zwei Jahren gab er mir ein mächtiges Zaubermittel."

„Oh, Heiliger!" rief Kim, unendlich belustigt durch des Lamas klägliches Gesicht.

„Es ist wahr. Ich gab ihr eins für Blähungen."

„Für Zähne – Zähne – Zähne," fuhr die alte Dame dazwischen.

„Heile sie, wenn sie krank sind," wiederholte Kim mit Wohlbehagen, „aber niemals brauche Zaubermittel. Gedenke, was den Mahratta befiel."

„Vor zwei Jahren war es; sie ermüdete mich mit unaufhörlichen Bitten." Der Lama stöhnte, wie der ungerechte Richter vor ihm gestöhnt haben mag. „So geschieht es – merke es Dir, mein Chela – daß selbst diejenigen, die dem Weg folgen wollen, beiseile geschleudert werden durch müßige Frauen. Drei volle Tage, als das Kind krank war, redete sie auf mich ein."

„Arre! und zu wem sonst sollte ich reden? Des Knaben Mutter wußte nichts; und der Vater – in den Nächten des kalten Wetters war es – „Betet zu den Göttern," sprach der und, fürwahr, drehte sich um und schnarchte."

„Ich gab ihr den Zauber. Was soll ein aller Mann tun?"

„Sich der Tat zu enthalten, ist wohlgetan – nur wenn wir Verdienst erwerben wollen –"

„Oh, Chela, wenn Du mich verlassest, bin ich ganz allein."

„Die Milchzähne bekam er jedenfalls leicht", sagte die alte Dame. „Aber ein Priester ist wie der andere."

Kim hustete strenge. So jung er war, verdroß ihn ihr unhöfliches Geschwätz. „Den Weisen unnütz zu belästigen, heißt Unheil heraufbeschwören."

„Ein sprechender „Mynah" ist in den Ställen, der genau den Ton des Familienpriesters nachahmt," – der Stoß kam mit dem wohlbekannten Schütteln des juwelenbedeckten Zeigefingers. „Möglich, daß ich nicht ehrerbietig gegen meine Gäste war, aber wenn Ihr *ihn* gesehen hättet, wie er die Fäuste in den Leib drückte, der wie ein halb ausgewachsener Kürbis war, und schrie: „Hier sitzt der Schmerz!" so würdet Ihr mir verzeihen. Ich bin schon halb Willens, die Arzenei von dem Hakim (gelehrter Arzt) zu nehmen. Er verkauft sie billig, und sicherlich, ihn macht sie so fett wie Shivs eigenen Ochsen. Er versagt keine Heilmittel, aber ich war ängstlich für das Kind wegen der ungünstigen Farbe der Flaschen."

Der Lama war unter Schutz dieses Monologs verschwunden in der Richtung nach dem für ihn bereiteten Raum.

„Du hast ihn geängstigt, so scheint es," sagte Kim.

„O nein. Er ist ermüdet, und ich vergaß, daß ich eine Großmutter bin. (Nur eine Großmutter sollte ein Kind überwachen. Mütter sind zum Gebären gut.) Morgen, wenn er sieht, wie meiner Tochter Sohn gewachsen ist, wird er mir den Zauber schreiben. Dann mag er auch die Medikamente des neuen Hakim beurteilen.“

„Wer ist der Hakim, Maharanee?“

„Ein Wanderer, wie Du bist, aber ein sehr anständiger Bengale von Dacca – ein Meister der Medizin. Er befreite mich von einer Beklemmung nach Fleischgenuß durch eine kleine Pille, die wie ein losgelassener Teufel wühlte. Er reist jetzt umher und verkauft Präparate von großem Wert. Er hat selbst Papiere, in Angrezi (Englisch) gedruckt, die bezeugen, was er bewirkt hat bei schwachrückigen Männern und schlaffen Weibern. Vier Tage ist er hier, aber da er hörte, daß Ihr kommen würdet, (Hakims und Priester sind Schlangen und Tiger in der ganzen Welt), hat er sich, glaube ich, versteckt.“

Während sie Atem schöpfte nach diesem Ausbruch, murmelte der alte Diener, der gerade ungescholten an der Grenze des Fackellichtes saß: „Dieses Haus ist ein Stall für Charlatans und – Priester. Laß den Knaben aufhören, Mangoes zu essen ... aber wer kann eine Großmutter zur Vernunft bringen?“ Er erhob die Stimme und meldete respektvoll: „Sahiba, der Hakim schläft nach seinem Mahl. Er ist in dem Raum hinter dem Taubenschlag.“ Kim fuhr auf wie ein Terrier auf dem Anstand. Einen Bengalen, der in Calcutta studiert hatte und ein Verkäufer wertvoller Medikamente war, aus der Fassung zu bringen und an Unverschämtheit zu überbieten, schien ihm ein köstlicher Spaß. Es ziemte sich nicht, daß der Lama und zufällig auch er selbst zurückgesetzt würde wegen so eines. Er kannte die sonderbaren Inserate in Misch-Masch-Englisch auf den hinteren Seiten der einheimischen Blätter. Die Jungen in St. Xavier brachten sie verstohlener Weise mit, um sich mit ihren Kameraden darüber lustig zu machen. Die Sprache der dankbaren Patienten, die ihre Krankheitssymptome aufzählten, ist höchst einfach und ergötzlich. Der Oorya, nicht unwillig, einen Schmarotzer gegen den anderen auszutauschen, schlich sich fort nach dem Taubenschlag.

„Ja,“ sagte Kim ziemlich verächtlich, „ihr Warenvorrat ist ein wenig gefärbtes Wasser und viel Unverschämtheit. Ihre Beute sind heruntergekommene Könige und überfutterte Bengalen. Ihren Hauptnutzen beziehen sie von Kindern, die nicht geboren werden.“

Die alte Dame schüttelte sich vor Lachen. „Sei nicht neidisch. Zauber ist besser, he? Ich habe dem nie widersprochen. Sieh, daß der Heilige mir am Morgen einen guten Zauber schreibt."

„Nur Unwissende widersprechen," brummte eine schwerfällige, fette Stimme in der Dunkelheit, und eine Gestalt kam herbei und hockte nieder. „Nur Unwissende leugnen den Wert von Arzeneimitteln."

„Eine Ratte fand ein Stück Turmeric. Sprach sie: Ich will einen Spezereiladen eröffnen," gab Kim zurück.

Die Schlacht war nun hübsch eingeleitet, und die alte Dame richtete sich steif auf, um zuzuhören.

„Des Priesters Sohn weiß den Namen seiner Amme und den dreier Gottheiten. Sprach er: Hört mich, oder ich verfluche Euch bei drei Millionen Göttern." Zweifellos, dieser Unsichtbare hatte einige Pfeile in seinem Köcher. Er fuhr fort: „Ich bin nur ein Lehrer des Alphabet. Ich habe alle Weisheit von den Sahibs gelernt."

„Die Sahibs werden nie alt. Sie tanzen und spielen wie Kinder, wenn sie Großväter sind. Eine starkrückige Brut," piepste die Stimme im Innern des Palankins.

„Ich habe auch unsere Medikamente für Kopfhautausschlag bei hitzigen, heftigen Männern; Siná, wohl gemischt, wenn der Mond in dem rechten Haus steht: gelbe Erde habe ich – Arplan von China, die einem Manne seine Jugend wiedergibt, zur Verwunderung seines Hauswesens; Safran von Kashmir und den besten Salep von Kabul. Viele Menschen starben, bevor –"

„Das glaube ich sicher," sagte Kim.

„Sie kannten den Wert meiner Heilmittel. Ich gebe meinen Kranken nicht nur die Tinte, mit der ein Zauber geschrieben ist, sondern heiße und reinigende Arzeneien, die über das Übel herfallen und mit ihm ringen."

„Sehr mächtig tun sie das," seufzte die alte Dame.

Die Stimme ließ eine endlose Geschichte vom Stapel laufen von Schiffbruch und Unglück, verziert mit vielen Protesten gegen die Regierung. „Nur mein Schicksal, das alles übersteigt, ist schuld, daß ich nicht im Dienst der Regierung angestellt bin. Ich habe einen akademischen Grad von der großen Schule zu Kalkutta – wohin vielleicht der Sohn dieses Hauses gehen wird."

„Gewiß soll er das. Wenn unseres Nachbars Balg in wenigen Jahren ein F. A. werden konnte, (Magister der philosophischen Fakultät),“ – sie brauchte die englische Bezeichnung, die sie oft gehört – „wie viel leichter werden so kluge Kinder, wie ich kenne, Preise davontragen im reichen Kalkutta.“

„Noch niemals,“ sprach die Stimme, „habe ich solche Kinder gesehen, die in günstiger Stunde geboren, für ein langes Leben ausersehen, zu beneiden wären – wäre nur nicht die Kolik, die, wenn sie zu schwarzer Cholera wird – sie – ach! fortraffen kann, wie Tauben.“

„Hai mai!“ rief die alte Dame, „Kinder zu loben, ist gefährlich, sonst würde ich gern zuhören. Das Haus da hinten ist aber jetzt unbehütet, und bei dieser weichen Luft merken die Menschen leicht, daß sie Männer und Frauen sind, man weiß das ... Der Kinder Vater ist fort und ich muß Chowkedar (Wächter) sein in meinen alten Tagen. Up! Up! Hebt den Palankin

auf. Der Hakim und der junge Priester müssen es unter sich ausmachen, ob Zauber oder Medizin besser wirkt. Ho! faules Volk, schafft Tabak her für die Gäste und – tragt mich rund herum um die Heimstätte!“

Der Palankin rollte fort, von zerstreuten Fackeln und einer Herde von Hunden begleitet. Zwanzig Dörfer umher kannten die Sahiba – ihre Schwächen, ihre Zunge und ihre große Mildtätigkeit. Zwanzig Dörfer betrogen sie, nach unsterblichem Brauch, aber keiner würde unter ihrer Gerichtsbarkeit gestohlen oder geraubt haben, gelte es, was es wolle. Nichtsdestoweniger tat sie sich auf ihre peinlich genaue Aufsicht viel zu gut; den Lärm, der daher gemacht wurde, konnte man halbwegs nach Mussoorie hören.

Kim war zurückhaltend, wie ein Prophet, der einem andern begegnet. Der Hakim, noch am Boden hockend, schob mit wohlwollendem Fuß ihm seine Pfeife hin, und Kim zog an dem guten Kraut. Die herumbummelnden Zuschauer erwarteten eine ernsthafte, fachgemäße Debatte und vielleicht Freimedizin.

„Vor Unwissenden von Medizin zu reden, ist ebenso verlorene Mühe, als einem Pfau das Singen beizubringen,“ sagte der Hakim.

„Zu viel Höflichkeit ist oft Unhöflichkeit,“ erwiderte Kim.

„Hu! Ich habe ein Geschwür am Bein,“ rief ein Küchenjunge. „Sieh es Dir an.“

„Geht! Macht Euch fort!“ sagte der Hakim. „Ist das hier Sitte, geehrte Gäste zu belästigen? Ihr drängt Euch zusammen wie Büffel.“

„Wenn die Sahiba das wüßte," – begann Kim.

„Ahi! Ahi! Kommt fort. Die sind Fleisch für unsere Herrin. Wenn die Kolik ihres jungen Shaitans (Teufel) kuriert ist, dürfen wir armes Volk vielleicht –"

„Die Herrin futterte Dein Weib, als Du dem Geldverleiher den Kopf zerschmettert hattest und im Gefängnis saßest. Wer sagt etwas gegen die Herrin?" Der alte Diener drehte heftig den weißen Schnurrbart unter dem jungen Mondlicht. „Ich bin verantwortlich für die Ehre dieses Hauses. Geht!" Und er trieb die Leute vor sich her.

Sagte der Hakim, kaum die Lippen bewegend: „Wie befinden Sie sich, Mr. O'Hara? Es freut mich höchlichst, Sie wiederzusehen."

Kims Hand preßte den Pfeifenstiel. Irgendwo auf der freien Heerstraße würde ihn diese Begegnung nicht so in Erstaunen gesetzt haben, aber hier, in diesem ruhigen Stauwasser des Lebens, war er nicht auf Hurree Babu gefaßt. Es verdroß ihn auch, daß er übertölpelt war.

„Aha! Ich sagte es Euch in Lucknow – resurgam – ich werde wieder erscheinen, und Ihr werdet mich nicht erkennen. Wie viel wettetet Ihr doch – he?"

Er kaute nachlässig Cardamom-Samen, atmete aber unruhig.

„Aber, Babuji, was führte Euch her?"

„Ah! *Das* ist die Frage, wie Shakespeare sagt. Ich kam, um Euch zu gratulieren zu Eurer außerordentlich wirksamen Leistung in Delhi. Oah! Ich sage Euch, wir alle sind stolz auf Euch. Es war sehr flott und geschickt. Unser gemeinschaftlicher Freund – er ist mein alter Freund. Er ist in einigen verdammt kritischen Lagen gewesen. Jetzt ist er wohl wieder in ähnlichen. Er erzählte es mir; ich erzählte es Mr. Lurgan, und der ist erfreut, daß Ihr so flott graduiert. Das ganze Departement ist erfreut."

Zum ersten Male durchschauerte Kim die stolze Freude an einem Lob der Obrigkeit, (es konnte aber auch eine bestrickende Falle sein) einem bestrickenden Lob von seinesgleichen, einer Würdigung von seinen Kollegen. Die Welt bietet nichts, was sich mit dieser Freude messen könnte. Aber, rief der Orientale in ihm: Babus reisen nicht, um Komplimente auszurichten.

„Erzähle Deine Geschichte, Babu," sprach er ernsthaft.

„Oah, es ist nichts. Nur, daß ich in Simla war, als die Drahtung eintraf, bezüglich dessen, was unser gemeinschaftlicher Freund verborgen hatte, und der alte Creighton –" er sah Kim an, um zu beobachten, welchen Eindruck dieses Stück Dreistigkeit machen würde.

„Der Oberst Sahib," korrigierte der Schüler aus St. Xavier.

„Natürlich. Er fand mich gerade nicht stark beschäftigt, und ich mußte nach Chitor, um den abscheulichen Brief zu holen. Ich liebe den Süden nicht – zu viel Eisenbahnfahrt; aber ich bezog gute Reisevergütung. Ha! Ha! Ich treffe auf dem Rückweg unseren gemeinschaftlichen Freund in Delhi. Er liegt jetzt still und sagt, Saddhu-Verkleidung gefällt ihm besonders. Nun, da höre ich, was Ihr getan, so gut, so geschickt in der dringenden Gefahr des Augenblicks. Ich sage unserem gemeinschaftlichen Freund: Er trägt die Butter von der Semmel davon, beim Zeus! Es war großartig. Ich komme, um Euch das zu sagen."

„Hm!"

Die Frösche waren laut in den Gräben und der Mond am Untergehen. Irgend ein müßiger Diener war herausgekommen, um sich mit der Nacht zu unterhalten und eine Trommel zu schlagen. Kims nächste Frage war im Dialekt.

„Wie konntest Du uns folgen?"

„Oah! Das war nichts. Ich weiß von unserem gemeinschaftlichen Freund, Ihr geht nach Saharunpore. So komme ich her. Rote Lamas sind keine gefährlichen Personen. Ich kaufe mir meinen Arzneikasten, und ich bin sehr guter Arzt, wirklich. Ich gehe nach Akrola an der Furt, und ich höre alles über Euch, und ich rede hier, und ich rede dort. Alles gemeine Volk weiß, was Ihr tut. Ich weiß, wie die gastfreundliche, alte Dame die Dooli (Tragsessel) sendet. Sie haben hier viele Erinnerungen an die Besuche des alten Lama. Ich weiß, alle Damen können ihre Hände nicht fern halten von Arzneien. So bin ich Doktor und – Ihr hört mir zu? Ich denke, es ist sehr gut. Mein Wort darauf, Mr. O'Hara, sie wissen alles von Euch und dem Lama auf fünfzig Meilen weit – das gemeine Volk. So komme ich. Habt Ihr etwas dagegen?"

„Babuji," sagte Kim, in das breite, grienende Gesicht aufblickend, „ich bin ein Sahib."

„Mein lieber Mister O'Hara –"

„Und ich hoffe, das große Spiel zu spielen."

„Departementsmäßig seid Ihr jetzt mein Unterbeamter."

„Warum also sprichst Du, wie ein Affe auf dem Baum? Männer laufen einem nicht nach von Simla her und verkleiden sich, um ein paar süße Worte zu reden. Ich bin kein Kind. Sprich, Hindi, und laß uns an den Dotter des Eies kommen. Du bist hier – und von zehn Worten, die Du sprichst, ist nicht eines wahr. Warum bist Du hier? Gib eine gerade Antwort."

„Das ist so sehr störend bei den Europäern, Mister O'Hara. Ihr solltet das in Eurem Alter doch wissen."

„Aber ich will es wissen," sagte Kim lachend. „Wenn es das Spiel ist, kann ich vielleicht etwas helfen. Wie kann ich etwas tun, wenn Du wie die Katze um den heißen Brei herumgehst?"

Hurree Babu langte nach der Pfeife und zog, bis sie wieder gurgelte.

„Nun will ich Dialekt sprechen. Ihr sitzt in der Klemme, Mister O'Hara ... es betrifft den Stammbaum eines weißen Hengstes."

„Noch? Das ist ja längst zu Ende."

„Wenn jedermann tot ist, ist das große Spiel zu Ende. Nicht früher. Hört mich an bis zu Ende. Es waren fünf Könige, die bereiteten einen plötzlichen Krieg vor. Drei Jahre sind es her, als Dir Mahbub Ali den Stammbaum des weißen Hengstes gab. Infolge der Nachricht und ehe sie bereit waren, überfiel sie unsere Armee."

„Aha – achttausend Mann mit Kanonen. Ich erinnere mich der Nacht."

„Aber der Krieg ging nicht vorwärts. Das ist so Gewohnheit der Regierung. Die Truppen wurden zurückgezogen, weil man die fünf Könige für eingeschüchtert hielt, und es nicht billig ist, Soldaten zu futtern da oben zwischen den hohen Pässen. Hilás und Benár – Rajahs mit Flinten übernahmen es für einen gewissen Preis, die Pässe gegen alles vom Norden Kommende zu bewachen. Beide beteuerten Freundschaft und Furcht." Kichernd brach er ab und fuhr auf Englisch fort: „Selbstverständlich erzähle ich Euch dies nicht offiziell; nur, um die politische Situation klar zu stellen, Mister O'Hara. Offiziell bin ich weit entfernt, eine Handlung meiner Vorgesetzten zu kritisieren. Nun fahre ich fort. – Der Regierung gefiel das; sie sucht stets Ausgaben zu vermeiden; und es wurde ein Kontrakt geschlossen, daß Hilás und Benár für so und so viel Rupien monatlich die Pässe bewachen sollten, sobald die Truppen der Regierung entfernt wären. Um diese Zeit – es war, als wir beide uns zuerst trafen – ward ich, der Teehändler in Leh war, Zahlmeister bei der Armee. Ich wurde zurück gelassen, um die Kulis zu bezahlen, die neue Wege zwischen den Bergen machen sollten. Dieses Wegegraben war ein Teil des Kontraktes zwischen Benár, Hilás und der Regierung."

„So – und dann?"

„Ich sage Euch, es war abscheulich kalt da oben, noch dazu nach der Sommerzeit," sagte Hurree Babu zutraulich.

„Jede Nacht war ich in Angst, daß diese Benár-Leute mir die Kehle abschnitten um des Geldkastens wegen. Meine eingeborene Sepoy-Garde, die lachte mich aus! Donnerwetter! Ich bin ein so furchtsamer Mann. Das ist nicht wichtig. Der Unterhaltung wegen fahre ich fort ... Ich meldete öfter, daß diese zwei Könige sich dem Norden verkauft hätten, und Mahbub Ali, der noch weiter nordwärts war, bestätigte dies. Es geschah nichts; nur meine Füße erfroren, und eine Zehe fror ab. Ich meldete, daß die Wege, für die ich die Arbeiter bezahlte, für die Füße von Fremden und Feinden gegraben würden."

„Für?"

„Für die Russen. Die Sache war offenes Geheimnis unter den Kulis, und sie hatten ihren Spaß daran. Da wurde ich zurückberufen, um mit der Zunge zu melden, was ich wußte. Mahbub kam auch südwärts. Sehet das Ende! Dieses Jahr nach der Schneeschmelze" – er schauderte wieder – „kommen zwei Fremde unter dem Vorwand, wilde Ziegen schießen zu wollen. Sie führen Flinten mit sich, aber auch Ketten und Richtscheite und Kompasse."

„Oho! Die Sache wird klarer."

„Sie werden von Hilás und Benár wohl aufgenommen. Sie machen große Versprechungen. Sie reden, wie das Mundstück eines Kaisers, von Schenkungen. Die Täler hinauf, die Täler hinab gehen sie und sprechen: „Hier ist ein Platz, um eine Feldschanze aufzurichten; hier könnt Ihr eine Festung erbauen. Hier könnt Ihr die Straße gegen eine Armee behaupten," – dieselbe Straße, für die ich monatlich die Rupien auszahlte. Die Regierung weiß es, tut aber nichts. Die drei anderen Könige, die *nicht* für Bewachung der Pässe bezahlt sind, berichten durch einen Eilboten über den Treubruch von Benár und Hilás. Als alles Böse geschehen ist, seht Ihr? – Als diese beiden Fremden, mit Richtscheit und Kompaß, die fünf Könige glauben machen, daß eine große Armee morgen oder übermorgen die Pässe überschwemmen wird – Gebirgler sind alle Narren – da kommt Befehl an Hurree Babu: „Gehe nordwärts und siehe, was jene Fremden tun." Ich sage zu Creighton Sahib: „Dies ist doch kein Prozeß, daß wir umherlaufen, um Beweise aufzutreiben ...“ Mit einem Ruck kehrte er wieder zum Englischen zurück: „Donnerwetter!“ sagte ich, „warum, in Teufels Namen, gebt Ihr nicht irgend einem braven Manne unoffiziellen Befehl, sie zu vergiften, um ein Beispiel zu statuieren? Es ist, wenn Ihr die Bemerkung gestattet, sehr tadelnswerte Schlappheit von Eurer Seite.“ Und Oberst Creighton – lachte mich aus. Das kommt von Eurem abscheulichen englischen Hochmut. Ihr denkt, es wagt niemand zu konspirieren. Das ist alles Blödsinn.“

Kim rauchte langsam und überlegte die Sache mit seiner raschen Auffassung.

„So gehst Du also vorwärts, um den Fremden zu folgen?“

„Nein – um ihnen zu begegnen. Sie kommen nach Simla, um die Köpfe und Hörner zum Präparieren nach Calcutta abzusenden. Die Herren sind sehr jagdlustig und die Regierung gewährt ihnen gefällige Erlaubnis. Natürlich, das tun wir immer. Das ist unser britischer Stolz.“

„Was ist denn aber von ihnen zu fürchten?“

„Donnerwetter, Schwarze sind sie nicht. Mit schwarzem Volk kann ich natürlich alles Mögliche anfangen. Sie sind Russen und sehr vorurteilslos. Ich – ich möchte nichts mit ihnen zu tun haben ohne einen Zeugen.“

„Würden sie Dich denn töten?“

„Oah, das tut nichts. Ich bin Herbert Spencerianer genug, um einer Kleinigkeit wie dem Tod, der doch einmal mein Los ist, entgegen zu gehen, wißt Ihr. Aber – aber sie könnten mich prügeln.“

„Warum?“

Hurree Babu schnappte ungeduldig mit den Fingern. „Natürlich werde ich mich ihrem Lager zugesellen in untergeordneter Eigenschaft, vielleicht als Dolmetscher, oder als Blödsinniger, oder Hungriger oder so etwas. Und dann muß ich, denke ich, aufschnappen, was ich kann. Das ist so leicht für mich, als vor der alten Dame den Doktor spielen. Nur – nur – Ihr seht, Mister O'Hara, ich bin unglücklicherweise Asiate, was in mancher Beziehung nachteilig ist, und bin ebenfalls Bengale – ein furchtsamer Mann.“

„Gott schuf den Hasen und den Bengalen. Ist das schimpflich?“ sagte Kim, das Sprichwort anführend.

„Das ist Descendenz-Theorie, Naturnotwendigkeit, denke ich, aber das Faktum bleibt in seinem *cui bono* . Ich bin, o! furchtbar furchtsam! – Ich erinnere mich, einmal auf dem Wege nach Lhassa wollten sie mir den Kopf abschneiden. (Nein, ich bin niemals nach Lhassa gekommen.) Ich setzte mich nieder und weinte, Mister O'Hara, ich hatte Vorempfindung von chinesischer Folter. Ich vermute nicht, daß diese Gentlemen mich foltern werden, aber es ist besser, für mögliche Fälle europäischen Beistand in Bereitschaft zu haben." Er hustete und spuckte das Cardamon aus. „Es ist ein vollständig unoffizieller Vorschlag, auf den Ihr „Nein, Babu" antworten könnt. Wenn Ihr nicht gerade dringende Geschäfte mit Eurem alten Mann vorhabt. Könnt Ihr ihn vielleicht – etwas vom Wege ablenken; vielleicht kann ich seine Phantasie beschäftigen – ich möchte mit Euch in amtlicher Berührung bleiben, bis ich diese jagdlustigen Burschen finde. Ich habe eine große Meinung von Euch, seitdem ich meinen Freund in Delhi traf. Euren Namen werde ich meinem offiziellen Bericht einverleiben, sobald die Angelegenheit endgültig erledigt ist. Das wird eine nette Feder auf Euren Hut. Dies ist es, warum ich wirklich gekommen bin."

„Humpf! Das Ende der Geschichte mag wahr sein, aber wie steht es mit der Einleitung?"

„Von den fünf Königen? Oah, die steckt voller Wahrheit, haufenweise, mehr, als Ihr ahnt," sagte Hurree ernsthaft. „Ihr kommt mit – he? Ich gehe von hier gerade in die Doon, sie ist grün, mit blumigen Wiesen. Ich werde nach Mussoovie gehen – gutes, altes Mussoovie Pahar, wie die Damen und Herren sagen. Dann bei Rampur nach China hinein. Das ist der einzige Weg, den sie kommen können. Ich warte nicht gern in der Kälte, oder warten muß ich auf sie. Ich will mit ihnen nach Simla. Der eine Russe, wißt Ihr, ist ein Franzose, und ich verstehe Französisch ganz flott. Ich habe Freunde in Chandernagore."

„*Er* würde sich jedenfalls freuen, die Berge wieder zu sehen," sagte Kim nachdenklich. „Diese letzten zehn Tage hat er von nichts anderem gesprochen. Wenn wir zusammen gehen –"

„Oah! Auf dem Wege können wir uns ganz fremd bleiben, wenn Euer Lama das will. Ich werde vier oder fünf Meilen voraus gehen. Eile hat Hurree nicht; Ihr folgt mir. Zeit genug bleibt uns. Sie werden komplottieren und vermessen, und topographische Aufnahmen machen, natürlich. Ich werde morgen fortgehen und Ihr den folgenden Tag, wenn es Euch beliebt. Überlegt es Euch bis morgen. Verflucht! Es ist beinahe Morgen." Er gähnte laut und ohne weiteres Wort stolperte er nach seiner Schlafstelle. Kim schlief wenig: er dachte nach in Hindostanisch:

„Mit Recht nennt man das Spiel groß! Vier Tage war ich Küchenjunge bei der Frau des Mannes in Quetta, dem ich das Buch stahl. Und das war ein Teil des Großen Spiels! Vom Süden her, Gott weiß wie weit – kam der Mahratta, der das Große Spiel um Gefahr seines Lebens spielte. Jetzt soll ich fern und fern in den Norden hinein und das Große Spiel spielen. Wahrlich, es geht wie ein Schauer durch ganz Hind. Und meinen Anteil und meine Freude daran" – er lächelte der Dunkelheit zu – „danke ich dem Lama. Auch Mahbub Ali – auch Creighton Sahib – aber am meisten dem Heiligen. Er hat Recht – eine große und eine wundervolle Welt – und ich bin Kim – Kim – Kim – allein – einer – in der Mitte von allem. Aber diese Fremden mit Kette und Richtscheit will ich sehen ..."

„Was war das Resultat der Unterhaltung gestern Abend?" fragte der Lama nach beendetem Gebet.

„Es kam ein umherstreifender Verkäufer von Medikamenten – ein Schmarotzer der Sahiba – ich bewies ihm durch Argumente und Gebete, daß unser Zauber seine gefärbten Wasser übertreffe."

„Alas! Mein Zauber! Wünscht die tugendhafte Frau noch immer, einen zu bekommen?"

„Sehr dringend wünscht sie es."

„Dann muß er geschrieben werden oder sie macht mich taub mit ihrem Lärm." Er tastete nach seinem Federkasten.

„In den Ebenen ist immer zu viel Volk," sagte Kim. „In den Bergen, so höre ich, soll es ruhiger sein."

„Oh! Die Berge, und der Schnee auf den Bergen!"

Der Lama riß ein kleines Stück Papier ab, wie es in ein Amulett paßt.

„Aber was weißt Du von den Bergen?"

„Sie sind sehr nahe." Kim öffnete die Tür und blickte auf die lange, ruhevolle Linie der Himalayas, die im Morgengold erglühte. „Nur einmal, im Kleide eines Sahib, setzte ich einen Fuß hinein."

Der Lama sog die Luft sehnsüchtig ein.

„Wenn wir nordwärts wandern" – Kim richtete die Frage an die aufgehende Sonne – „könnte dann nicht viel Mittagshitze vermieden werden, wenn man wenigstens zwischen den niedrigeren Bergen wandelte? ... Ist der Zauber geschrieben, Heiliger?“

„Ich habe die Namen von sieben albernen Teufeln geschrieben; keiner von ihnen ist ein Körnchen Staub auf der Straße wert. So ziehen törichte Frauen uns ab von dem Weg.“

Hurree Babu kam hinter dem Taubenschlag hervor. Er wusch seine Zähne mit ostentativem Ritual. Vollfleischig, schwerhüftig, stiernackig und mit tiefer Stimme, glich er nicht gerade einem furchtsamen Mann. Kim gab ihm ein unmerkliches Zeichen, daß alles in bestem Zuge sei, und als die Morgentoilette beendet war, kam Hurree Babu herbei, um dem Lama in blumenreicher Sprache Ehrfurcht zu erweisen. Sie aßen jeder für sich, und nachdem erschien die alte Dame, mehr oder weniger verschleiert, an einem Fenster und nahm die Kapitelfrage der Kolik, von grünen Mangofrüchten verursacht, wieder auf. Des Lamas ärztliche Kenntnisse beschränkten sich auf Sympathie. Er glaubte, daß der Dung von einem schwarzen Pferde, mit Schwefel gemischt und in eine Schlangenhaut gewickelt, ein bedeutendes Mittel gegen Cholera sei; aber der Symbolismus interessierte ihn weit mehr als die Wissenschaft. Hurree Babu erwiderte, daß er nur ein unerfahrener Stümper in den Mysterien wäre, aber er wisse – und dafür danke er den Göttern – daß er sich in Gegenwart eines Meisters befinde. Er selbst hatte seinen Unterricht bei den Sahibs, die keine Rücksicht auf die Unkosten nehmen, in dem vornehmen Kollegium von Calculta erhalten; aber er war immer der erste, anzuerkennen, daß eine Weisheit hinter der Weisheit dieser Erde bestehe – die hohe und einsame Erleuchtung der Meditation. Kim hörte mit Neid zu. Der Hurree Babu seiner Bekanntschaft, der schmutzige, demonstrative, furchtsame, war verschwunden – verschwunden der unverschämte Medizin-Verkäufer der letzten Nacht. Hier war ein höflicher, glatter, aufmerksamer – ein bescheidener Sohn der Erfahrung und des Mißgeschicks. Die alte Dame vertraute Kim an, daß diese Auseinandersetzungen über ihren Horizont gingen. Sie war für Zaubermittel, mit viel Tinte geschrieben, die man abwusch, verschickte und fertig war. Was wäre sonst der Nutzen der Gottheiten? Sie fand Gefallen an Männern und Frauen, sie hatte kleine Könige gekannt und sprach von ihnen und von ihrer eignen Jugend und Schönheit – sprach von Verheerungen durch Leoparden, von exzentrischer asiatischer Liebesglut; von Verteilung der Steuern, Pachtzins, von Begräbnis-Zeremonien, von ihrem Schwiegersohn (dies mit nicht mißzuverstehenden Anspielungen), von der Sorge für die Jugend und dem Mangel an Bescheidenheit bei den Alten.

Und Kim, so voll Interesse an dem Leben dieser Welt wie sie, die es bald verlassen mußte, saß, die Füße unter sein Gewand gezogen, und lauschte begierig. Der Lama aber verwarf, eine nach der andern, jede Art von Heiltheorie, die Hurree Babu anführte.

Am Nachmittag verschnürte der Babu seinen messingbeschlagenen Medizinkasten, nahm seine Patent-Leder-Schuhe für feierliche Gelegenheiten in eine, seinen blau und weißen Sonnenschirm in die andere Hand und zog ab, nordwärts, nach der Doon zu, wo, wie er sagte, von den kleineren Königen jener Gegend nach ihm verlangt wurde.

„Wir wollen in der Kühle des Abends fortgehen, Chela," sagte der Lama. „Dieser Doktor, bewandert in Physik und Höflichkeit, bestätigt, daß das Volk zwischen diesen Bergen fromm und großmütig ist und sehr eines Lehrers bedarf. In kurzer Zeit – so sagt der Hakim – finden wir kühle Luft und den Geruch der Pinien."

„Ihr geht nach den Bergen, und auf der Kulu-Straße? Oh, dreifach Glückliche!" schrillte die alte Dame. „Wäre ich nicht so überladen mit der Sorge für die Heimstätte, ich würde den Palankin ... aber das wäre unschicklich und würde meine Reputation untergraben. Ho! Ho! Ich kenne den Weg – jeden Schritt auf dem Wege kenne ich. Gastfreundschaft findet Ihr überall – hübschen Leuten versagt man sie nicht. Mundvorrat herrichten lassen. Ein Diener, der Euch auf den Weg bringt? Nein? Dann will ich Euch wenigstens noch gutes Essen kochen."

„Welch eine Frau ist die Sahiba!" rief der alte Diener, als ein Lärm in den Küchenräumen losbrach. „Nie, in allen ihren Jahren hat sie nie einen Freund vergessen, nie einen Feind vergessen. Und ihre Kocherei – uah!" Er rieb sich den Magen.

Da waren Kuchen, da war Zuckerwerk, da gab es kaltes Huhn, mit Reis und Pflaumen zu Brei gekocht – genug, um Kim wie ein Maultier zu beladen.

„Ich bin alt und überflüssig. Niemand liebt mich noch und niemand respektiert mich – aber wenige können es mir gleich tun, wenn ich die Götter anrufe und über meine Kochtöpfe stürze. Kommt wieder, oh, brave Leute. Heiliger und Schüler, kommt wieder. Das Zimmer ist stets bereit; der Willkommen ist stets bereit ... Paß auf, daß die Weiber Deinen Chela nicht zu sehr verfolgen ... ich kenne die Frauen von Kulu. Gib acht, Chela, daß er Dir nicht davonläuft, wenn er seine Berge wieder riecht ... Hai! Kippe den Reisbeutel nicht um, das Unterste zu oberst ... Segne den Haushalt, Heiliger, und vergib den Dienern ihre Dummheiten."

Sie wischte sich die alten roten Augen mit einem Zipfel des Schleiers und gluckste tiefkehlig.

„Frauen schwatzen," sagte der Lama. „Aber das ist eine Frauenschwäche. Ich gab ihr einen Zauber. Sie ist auf dem Rad und ganz in dem Schein dieses Lebens befangen, aber nichtsdestoweniger, Chela, ist sie tugendhaft, freundlich, gastfrei – mit vollem und eifrigen Herzen. Wer darf sagen, daß sie nicht Verdienst erwirbt?"

„Nicht ich, Heiliger," sagte Kim, den reichlichen Proviant fester auf die Schulter bindend. „In meinem Kopf – hinter meinen Augen – habe ich ein Bild zu entwerfen versucht von so einer, befreit von dem Rad – nichts begehrend, nicht schwätzend – eine Nonne, sozusagen."

„Und, o Schelm?"

„Ich kann das Bild nicht machen."

„Noch ich. Aber vor ihr liegen noch viele, viele Millionen von Leben. Sie wird in jedem vielleicht ein wenig Weisheit erlangen."

„Und wird sie auf diesem Wege vergessen, wie Gerichte mit Safran gekocht werden?"

„Deine Gedanken sind auf wertlose Dinge gerichtet. Aber geschickt ist sie. Ich fühle mich ganz gestärkt. Wenn wir die Vorberge erreichen, werde ich mich noch kräftiger fühlen. Der Hakim sprach wahr, da er mir diesen Morgen sagte: ein Hauch von den Schneegipfeln verjüngt einen Mann um zwanzig Jahre des Lebens. Wir wollen für kurze Zeit aufwärts steigen, zu den Bergen – den hohen Bergen – aufwärts zu dem Rauschen des Schneewassers und der Bäume. Der Hakim sagte, wir könnten jederzeit wieder in die Ebenen zurückkehren, denn wir werden ja die herrlichen Plätze nur streifen. Der Hakim ist voller Gelehrsamkeit, aber keineswegs stolz. Ich sprach zu ihm – während Du mit der Sahiba redetest – von einem gewissen Schwindel im Hinterkopf, der mich in der Nacht befällt, und er sagte, der käme von außerordentlicher Hitze und würde durch kühle Luft geheilt. Beim Nachsinnen wunderte ich mich, daß ich nicht an so ein einfaches Heilmittel gedacht hatte."

„Sprachst Du ihm auch von Deiner Suche?“ fragte Kim, ein wenig eifersüchtig. Er wollte den Lama durch seine eigenen Worte lenken – nicht durch die Kniffe von Hurree Babu.

„Natürlich. Ich erzählte ihm meinen Traum, und wie ich Verdienst erwarb, indem ich veranlaßte, daß Du Missen erlangtest.“

„Du sagtest nicht, daß ich ein Sahib bin?“

„Wozu? Ich sagte Dir oft, wir sind nur zwei Seelen, die Rettung suchen. Er sagte – und er hat Recht – daß der Strom des Heiles hervorbrechen wird, wie ich träumte – vor meinen Füßen, wenn die Zeit gekommen. Fand ich den Weg, siehst Du, der mich befreien soll von dem Rad, soll ich dann sorgen, den Weg zu finden durch die Felder der Erde, die Illusion sind? Das wäre töricht. Ich habe meine Träume, die Nacht auf Nacht sich wiederholen; ich habe die Jâtaka; und ich habe Dich, Freund der ganzen Welt. Es war geschrieben in Deinem Horoskop, daß ein Roter Stier auf grünem Feld – ich habe es nicht vergessen – Dich zu Ehren bringen sollte. Wer als ich sah die Prophezeiung erfüllt? Wahrlich, ich war das Werkzeug. Du wirst meinen Strom finden und dafür das Werkzeug sein. Die Suche ist sicher!“

Er wandte sein elfenbeingelbes Antlitz den winkenden Zügeln zu; sein Schalten schritt ihm voraus im Staube. –

Kapitel 13.

„Wer in die Berge geht, geht zu seiner Mutter.“

Sie hatten die Sewaliks und die halb tropische Doon durchquert, Mussoovie hinter sich gelassen und gingen nordwärts auf schmalen Bergpfaden. Tag auf Tag führte sie weiter in die zusammengedrängten Berge und Tag auf Tag sah Kim des Lamas Kräfte sich verjüngen. Zwischen den Terrassen der Doon hatte er auf des Knaben Schulter gelehnt und die Halteplätze am Wege benutzt. Bei dem hohen Aufstieg nach Mussoovie rüttelte er sich zusammen wie ein alter Jäger, der ein wohlbekanntes Jagdgebiet wieder erblickt; und statt erschöpft hinzusinken, schlang er seine langen Gewänder um sich, tat einen tiefen Atemzug in der diamantklaren Luft und schritt aus wie nur ein Bergbewohner kann. Kim, in der Ebene geboren und aufgezogen, schwitzte und keuchte. „Das ist *mein* Land,“ sagte der Lama. „Mit Such-zen verglichen, ist dies flacher als ein Reisfeld.“ Und fest, mit kräftig aushebenden Lenden, schritt er aufwärts. Aber bei dem steilen Abstieg (dreitausend Fuß in drei Stunden) lief er Kim geradezu weg, und Kim ächzte, denn sein Rücken schmerzte ihn von der Anstrengung und seine große Zehe wurde fast abgeschnitten von der hanfenen Sandalenschnur. Unermüdet, mit langen Schritten, streifte der Lama durch schattenübersprenkelte Deodar-Haine, durch farren-geschmückte Wälder von Eichen, Birken, Stechpalmen, Rhododendren und Kiefern; hinaus auf Bergrücken, die sonnenverbranntes schlüpfriges Gras bedeckte, und wieder zurück in des Waldlands Kühle, bis die Eiche dem Bambus und der Palme des Tales Platz machte. Im Zwielicht, rückwärts blickend auf die ungeheuren Grate hinter ihm und auf die feine schwache Linie des Weges, den sie gekommen, plante der Lama, mit dem unternehmenden Ausblick des Gebirglers, kräftige Märsche für den Morgen. Und in der Mitte eines emporsteigenden Engpasses, der auf Spiti und Kulu führte, blieb er stehen und streckte sehnsuchtsvoll die Hände aus gegen die hohen Schneegipfel am Horizont. In der Morgendämmerung schimmerten sie in der Höhe metallisch rot, unten tiefblau, wenn die Könige dieser Wildnis – Kedarnath und Badrinath – den ersten Kuß der Sonne empfingen. Den Tag über lagen sie wie geschmolzenes Silber in der Sonne, und abends legten sie ihre Juwelen an. Anfangs sandten sie den Wanderern mildere Winde zu, willkommen zum Klettern über gigantische Bergrücken; aber nach wenigen Tagen, in der Höhe von neun- oder zehntausend Fuß, wurden die Winde schneidend, und Kim gab den Gebirglern eines Dorfes gnädig Erlaubnis, Verdienst zu erwerben, indem sie ihm einen Rock von grobem Düffel schenkten. Der Lama sprach milde sein Erstaunen aus, daß man die messerscharfen Winde tadelte, die die Jahre von seinen Schultern nahmen.

„Dies sind nur die niedrigen Hügel, Chela. Es gibt erst Kälte, wenn wir in die wahren Berge kommen."

„Luft und Wasser sind gut und das Volk ist fromm, aber das Essen ist sehr schlecht," murrte Kim, „und wir gehen, als wären wir verrückt oder – Engländer. Es friert auch in der Nacht."

„Ein wenig, kann sein; aber nur gerade so viel, daß alte Knochen sich des Sonnenscheins mehr erfreuen. Wir müssen nicht immer weiche Betten und reichliches Essen haben."

„Wir könnten wenigstens auf der Straße bleiben."

Kim, als Mann der Ebene, zog den gut gehaltenen, wenn auch nur sechs Fuß breiten Weg vor, der sich durch die Berge schlängelte; der Lama, als Tibetaner, konnte der Versuchung nicht widerstehen, abkürzende Wege über Bergvorsprünge und kiesbedeckte Abhänge zu machen. Er erklärte seinem lahmenden Schüler, daß ein in den Bergen Aufgewachsener die Richtung eines Bergpfades voraus wisse und wenn niedrig hängende Wolken dem kurz ausschreitenden Fremden dies unmöglich machten, so wäre das nicht der Fall für den Eingeweihten. Nach langen Stunden anstrengenden Bergsteigens – in zivilisierten Gegenden hätte man es eine starke Leistung genannt – keuchten sie über Bergrücken, gingen seitwärts über Erdrutsche und kamen durch einen Wald mit einem Abstieg von 45 Grad wieder auf die Straße herab. Der Straße entlang befanden sich Dörfer der Bergbewohner, Erd- und Lehmhütten, Holzhäuschen, roh mit der Axt gezimmert, gleich an den Abhängen klebenden Schwalbennestern, auf kleinen Flecken zusammengedrängt, halbwegs abwärts an, einem, dreitausend Fuß niederfallenden Sturz, in Winkel zwischen Klippen, die jeden wandernden Windstoß wie in einem Schornstein fingen, eingeklemmt, oder, für die Sommerweide bestimmt, auf einem Rücken kauernd, der im Winter unter zehn Fuß hohem Schnee begraben lag. Und das Volk, das blaßgelbe, schmutzige, in Düffel gekleidete Volk mit nackten Beinen und Gesichtern fast wie Eskimos, drängte herbei und betete an. Die Ebenen, sanft und höflich, hatten den Lama behandelt wie einen heiligen Mann unter heiligen Männern. Die Berge aber beteten ihn an als den Vertrauten aller Teufel. Sie haben einen halbverwischten Buddhismus, durchsetzt mit einer Naturanbetung von so phantastischer Art, wie ihre eigene, terrassenförmig abgestufte Landschaft. Sie erkannten den großen Hut, den klappernden Rosenkranz und die seltenen chinesischen Textsprüche als eine hohe Macht an und sie verehrten den Mann unter dem Hut.

„Wir sahen Dich herunterkommen, über die schwarzen Brüste von Eua," sagte ein Betah, der ihnen eines Abends Käse, sauere Milch und steinhartes Brot gab.

„Wir kommen nicht oft dahin, ausgenommen wenn kalbende Kühe sich im Sommer verirren. Es lebt ein scharfer Wind dort zwischen den Steinen, der Menschen niederwirft an den stillsten Tagen. Aber was fragen Männer wie Ihr nach dem Teufel von Eua!"

Trotz wunder Füße, trotz Schwindels vom Niederschauen und trotz bebender Fibern fand Kim Freude an den Tagesmärschen, wie ein Knabe in St. Xavier an dem Lobe seiner Kameraden, wenn er den Preis gewann beim Viertelmeilen-

Rennen auf der Ebene. Der Schweiß auf diesen Bergen trieb Butter- und Zuckersäfte aus seinem Blut. Die trockene Luft, die er in der Höhe mächtiger Pässe stoßweise einatmete, stärkte und wölbte seinen Brustkorb, und die gewellten Hochebenen bildeten und formten die Muskeln von Arm und Schenkel.

Oft sannen sie nach über das Rad des Lebens, um so mehr, als der Lama sagte, daß sie jetzt frei waren von seinen sichtbaren Versuchungen. Wenn sie nicht gerade einen grauen Adler sahen oder auch einen grabenden, wühlenden Bären, oder einen gefleckten Leoparden, der eine Ziege verschlang in der Dämmerung, in einem stillen Tale trafen und hier und da einen Vogel mit glänzendem Gefieder, so waren sie allein mit den Winden und dem Gras, das unter den Winden sang. Die Frauen in den rauchigen Hütten, über deren Dächer die beiden hingingen, wenn sie von den Bergen herunterstiegen, waren unsauber und unliebenswürdig, Frauen, die vielen Männern gehörten und einen Kropf hatten. Die Männer waren Holzschläger, wenn sie nicht Ackerbauer waren, sanftmütig und unglaublich einfältig. Und damit angenehme Unterhaltung nicht fehle, sandte ihnen das Schicksal den höflichen Doktor aus Dacca, der sie auf dem Wege einholte, und der für sein Essen Salben gegen Kröpfe gab, wie auch Ratschläge, um den Frieden zwischen Weibern und Männern wieder herzustellen. Er schien diese Berge so gut zu kennen wie den Dialekt der Berge und wies dem Lama die Richtung nach Ladakh und Tibet. Er sagte, sie könnten jeden Augenblick in die Ebenen zurückgelangen; indes wäre für die, die Berge liebten, dieser Weg ergötzlich. Das wurde nicht alles aus einmal gesagt, aber gelegentlich, bei abendlichem Zusammentreffen auf den Dreschtennen, wenn die Patienten besorgt waren, wenn der Doktor rauchte und der Lama schnupfte. Kim aber schaute nach den winzigen Kühen, die auf den Dächern grasten, und seine Seele folgte den Augen über tiefblaue Abgründe zwischen Bergkette und Bergkette. Und heimliche Gespräche gab es in den dunklen Gehölzen, wenn der Doktor Kräuter suchte und Kim als aufknospender Arzt ihn begleitete.

„Ihr seht, Mister O'Hara, ich weiß beim Kuckuck nicht, was ich tun werde, wenn ich unsere jagdlustigen Freunde treffe, aber wenn Ihr gütigst in Sicht meines Sonnenschirmes bleiben wollt, der ein hübsch fester Punkt ist für Kataster-Arbeiten, so wird mir das angenehm sein.“

Kim sah hinaus in die Wildnis von Bergspitzen. „Dies ist nicht mein Gebiet, Hakim. Leichter fände ich eine Laus in einem Bärenfell.“

„Oah, das ist gerade meine Stärke. Eile gibt es für Hurree nicht. Vor kurzem waren sie in Leh. Sie sagten, sie wären mit ihren Hörnern und Köpfen und allem von dem Kara Korum herunter gekommen. Ich fürchte nur, sie haben alle ihre Briefe und kompromittierenden Dinge zurückgeschickt in russisches Territorium. Natürlich werden sie so weit wie möglich nach dem Osten gehen – just um zu zeigen, daß sie niemals in westlichen Staaten gewesen. Ihr kennt die Berge nicht?“ Er kratzte mit einem Zweig auf der Erde. „Seht her! Sie sollten über Srinagar oder Abbottabad hereingekommen sein. *Das* wäre ihr kürzester Weg – am Fluß herunter, bei Bunji und Astor. Aber sie haben im Westen Unfug getrieben. So“ – er zog eine Linie von links nach rechts – „so marschieren sie und marschieren sie fort, ostwärts, nach Leh (ah! es ist kalt hier) und den Indus hinab nach Han-lé (ich kenne den Weg) und dann hinunter, seht Ihr, nach Bushahr und in das Tal von Chini. Das habe ich festgestellt, indem ich die Leute, die ich so flott kuriere, ausfragte. Unsere Freunde haben lange genug umhergestreift, um Eindruck zu hinterlassen; so sind sie weithin bekannt. Ihr werdet sehen, ich fange sie irgendwo im Chini-Tal. Bitte, haltet ein Auge auf meinen Sonnenschirm.“

Der Sonnenschirm nickte wie eine vom Wind bewegte Glockenblume in den Tälern und an den Berghängen, und zur gehörigen Zeit trafen ihn der Lama und Kim, die nach dem Kompaß marschierten, wenn er zur Abendzeit Salben und Pulver verkaufte. „Wir kamen auf dem oder dem Wege,“ sagte der Lama, mit dem Finger rückwärts nach den Bergketten deutend, und der Sonnenschirm erging sich in Komplimenten.

In einer kalten Mondnacht kreuzten sie einen verschneiten Paß. Der Lama watete bis an die Knie im Schnee, wie eines der langhaarigen, backtrischen Kamele, die man in Kaschmir-Serai trifft, und neckte Kim, wenn er zurückblieb. Sie überschritten Lager von leichtem Schnee und schneebedecktem Schiefer und suchten Zuflucht vor einem Sturm in einem Lager von Tibetanern, die ihre kleinen Schafe, jedes mit einem Säckchen Borax auf dem Rücken, hinunter trieben. Sie kamen über grasige, noch mit Schnee besprenkelte Hügelrücken in einen Wald und aus diesem wieder auf Weidegrund. Aber all ihr Wandern machte auf Kedarnath und Badrinath keinen Eindruck; und erst nach tagelangen Märschen sah Kim, hoch auf einem Hügelchen von nur zehntausend Fuß Höhe stehend, daß ein Horn der beiden großen Herren seine Umrißlinie, wenn auch noch so wenig, verändert hatte.

Endlich betraten sie eine Welt für sich, ein Tal von Schichtungen, wo die hohen Hügelzüge von dem bloßen Geröll und Abfall nur der Kniee der Berge gebildet waren. Hier brachte ein Tagesmarsch sie scheinbar nicht weiter als der gehemmte Fuß einen Träumenden in seinem Angsttraum trägt. Sie erklommen mühevoll eine Bergschulter, und siehe da, sie erwies sich als ein nur vorgeschobener Buckel eines Hauptstockes. Ein Wiesenrund enthüllte sich, wenn sie es erreichten, als ein weites Tafelland, das sich weit hinab ins Tal dehnte. Drei Tage später schien es nur eine unbedeutende Erdfalte südwärts zu sein.

„Sicherlich, die Götter leben hier," sagte Kim, überwältigt von dem Schweigen und dem großartigen Anblick der ziehenden und sich verteilenden Wolkenschatten nach dem Regensturm.

„Vor langer, langer Zeit," sprach der Lama, wie zu sich selbst, „ward der Herr gefragt, ob die Welt ewig bestehen würde. Hierauf erteilte der höchst Vortreffliche keine Antwort .. Als ich in Ceylon war, bestätigte ein weiser Sucher dies aus der Lehre, die in Pali geschrieben ist. Sicherlich, seit wir den Weg zur Freiheit kennen, wäre diese Frage ohne Nutzen, aber – siehe und erkenne den Wahn, Chela! Dieses sind die wahren Berge. Sie sind wie meine Berge, bei Such-zen. Niemals gab es solche Berge."

Über ihnen, noch unendlich hoch über ihnen, türmte sich die Erde aufwärts bis zur Schneegrenze, wo von Ost nach West, Hunderte von Meilen weit, wie mit einem Lineal abgeschnitten, die kühnen Horste endeten. Über diesen, in aufgetürmten Klippen und Blöcken, streben die Felsen, mit ihren Häuptern den weißen Qualm zu durchdringen. Über diesen wieder, ohne Wechsel seit Beginn der Welt, aber wechselnd bei jeder Laune von Wind oder Sonne, lag der ewige Schnee. Sie konnten dunkle Flecken auf seinem Antlitz sehen, wo der Sturm mit wanderndem Getriebe einen Tanz aufführte. Unter ihnen glitt der Wald hinein in eine blaugrüne Fläche, die sich Meilen und Meilen weit dehnte. Unter dem Wald war ein Dorf, von umhergestreuten terrassirten Feldern und absteigenden Weideplätzen umgeben; und unter dem Dorf, sie wußten es, wenn auch ein tobender, grollender Gewittersturm ihn augenblicklich unsichtbar machte, war ein Abhang, der zwölf- bis fünfzehnhundert Fuß tief hinunter stieg in das feuchte Tal, wo die Ströme sich sammeln, die die Mütter des jungen Sutluj sind.

Wie gewöhnlich hatte der Lama Kim auf Viehpfaden und Nebenwegen weit von der Hauptstraße weggeleitet, auf welcher Hurree Babu, „der furchtsame

Mann," drei Tage vorher hingezogen war, in einem Sturm, dem neun unter zehn Männern mit vollstem Recht aus dem Wege gegangen wären. Hurree war kein Schütze; der Schlag eines Gewehrdrückers ließ ihn die Farbe wechseln, aber er war, wie er selbst sagte – „ein flotter Ausschreiter" – und mittels eines billigen Krimstechers hatte er das ausgedehnte Tal mit einigem Erfolg durchstöbert. Überdies sind Zelte von hellem Segeltuch im Grünen weithin sichtbar. Auf einer Dreschtenne zu Ziglaur sitzend, in einer Entfernung von zwanzig Meilen für den Adlerflug und vierzig auf dem Wege, hatte Hurree Babu alles, was er sehen wollte, gesehen, nämlich zwei kleine Punkte, heute gerade unterhalb der Schneelinie, und morgen vielleicht sechs Zoll abwärts an der Hügelkante. – Erst einmal eingearbeitet und in Bewegung gesetzt, machten seine nackten, fetten Beine erstaunliche Märsche; und während noch der Lama und Kim in einer feuchten Hütte zu Ziglaur das Ende des Sturmes abwarteten, führte ein nasser, fettiger, aber lächelnder Bengale sich bei zwei durchweichten, verschnupften Fremden ein und sprach sein feinstes Englisch, durchsetzt mit den abscheulichsten Phrasen. Er war, wilde Pläne in einem Kopf herum wälzend, angekommen auf den Flügeln eines Wettersturmes, der eine Tanne zersplittert über ihr Lager hingeschleudert hatte. Dies hatte einigen Dutzend sehr eindrucksfähiger Gepäck-Kulis die Überzeugung beigebracht, daß der Tag für weitere Reise ungünstig wäre, und wie auf Verabredung warfen sie alle gleichzeitig ihre Last zur Erde, wie störrische Pferde.

Sie waren Untertanen eines Berg-Rajahs, der ihre Dienste, wie es der Brauch ist, zugunsten seiner Privatkasse vermietete, und ihre Not zu vermehren, hatten die fremden Sahibs sie schon mit ihren Flinten bedroht. Die meisten kannten Flinten und Sahibs von altersher; sie waren Spürhunde und Shikkarris (Jäger) aus den nördlichen Ebenen, kühn hinter Bären und wilden Ziegen her, aber so hatte man sie noch nie behandelt. Jetzt nahm der Wald sie an seinen Busen, und trotz Lärm und Flüchen lieferte er sie nicht wieder aus. Der Babu hatte nicht nötig, sich blödsinnig zu stellen oder er hatte eine andere List ersonnen, um aufgenommen zu werden. Er rang seine nassen Kleider aus, zog die Patent-Lederschuhe an, öffnete seinen blau und weißen Sonnenschirm, und mit gezierter Haltung, während ihm das Herz gegen die Rippen klopfte, stellte er sich vor als: „Agent seiner Königlichen Hoheit, des Rajahs von Rampur, meine Herren. Was Kann ich für Sie tun?"

Die Herren waren entzückt. Der eine war augenscheinlich ein Franzose, der andere ein Russe; sie sprachen nicht viel schlechter englisch als der Babu. Seine höflichen Dienste waren ihnen erwünscht. Ihre eingeborenen Diener hatten sie in Leh krank zurückgelassen, sie waren weiter geeilt, um ihre Jagdbeute nach Simla zu schaffen, ehe die Felle von Motten zerfressen würden. Sie hatten ein Empfehlungsschreiben – der Babu salaamte orientalisch bei dessen Vorzeigung – an alle Beamte der Regierung. Nein, sie hatten keine andere Jagdpartie auf ihrem Wege getroffen. Sie brauchten niemand. Sie hatten alles bei sich. Sie wünschten nur baldmöglichst weiterzukommen. Darauf erspähte der Babu einen niedergekauerten Bergbewohner zwischen den Bäumen, und mit wenigen Worten und ein wenig Silber (im Staatsdienst kann man nicht ökonomisch sein, wenn auch das Herz ob solcher Verschwendung blutet) brachte er die elf Kulis nebst drei Rachzüglern zum Vorschein: der Babu, meinten sie. könne wenigstens Zeuge sein, wie sie behandelt würden.

„Mein Königlicher Herr – er wird sehr erzürnt sein; diese Leute sind eben nur gemeines Volk und grob unwissend. Wenn Ew. Gnaden diesen unglücklichen Zwischenfall gütigst übersehen wollten, würde es mich freuen. Der Regen wird bald aufhören, dann können wir aufbrechen. Sie haben gejagt, wie? Das ist ein nobler Sport!“

Er hüpfte behende von einem Zelte zum anderen, als ob er jeden kegelförmigen Zipfel in Ordnung bringen wollte. Der Engländer ist gewöhnlich nicht vertraut mit dem Asiaten, aber er würde einen dienstfertigen Babu nicht zurückstoßen, wenn er zufällig ein Zelt mit einer Decke von rotem geölten Leinen umgekippt hätte. Er würde den Babu aber auch nicht zum Trinken oder Fleischessen nötigen. Die Fremden taten dies alles und stellten viele Fragen – besonders wegen Frauen – und Hurree antwortete heiter und natürlich. Sie gaben ihm ein Glas von einer weißlichen Flüssigkeit, ähnlich Branntwein, zu trinken und dann noch eins, und alsbald verließ ihn sein abgemessenes Wesen. Er wurde geschwätzig und sprach indiskret und unanständig von der Regierung, die ihm die Erziehung eines weißen Mannes aufgezwungen und den Gehalt eines weißen Mannes versagt hatte. Er plapperte Geschichten her von Unterdrückung und Unrecht, bis ihm die Tränen über die Backen flössen um das Elend seines Landes. Dann stolperte er davon, sang bengalische Liebeslieder und sank auf einen nassen Baumstumpf hin. Nie wohl ward ein unglücklicheres Produkt der englischen Herrschaft in Indien Ausländern aufgedrängt.

„Sie sind alle so,“ sagte der eine Sportsmann zum anderen auf französisch. „Wenn wir in das richtige Indien kommen, wirst Du es selbst finden. Seinen

Rahjah möchte ich wohl besuchen. Man könnte da ein höfliches Wort sprechen. Möglich, daß er von uns gehört hat und uns gefällig sein möchte."

„Wir haben keine Zeit. Wir müssen so rasch es geht nach Simla kommen," erwiderte der andere. „Ich wünsche, wir hätten unsere Berichte von Hilás oder selbst von Leh zurückgesendet."

„Die englische Post ist besser und sicherer. Bedenke nur, wie leicht sie uns alles gemacht haben, und beim Himmel, sie machen es uns noch leichter. Ist es unglaubliche Dummheit?"

„Es ist Stolz – Stolz, der bestraft zu werden verdient und bestraft werden wird."

„Ja, einen Bruder vom Kontinent in solchem Spiel zu hindern, wäre etwas. Ein Risiko ist dabei; aber dieses Volk – bah! Es ist zu sorglos."

„Stolz – nichts als Stolz, Freund."

„Was, zum Teufel, nutzt es nun, daß Chandernagore so nahe bei Kalkutta liegt," dachte Hurree Babu, mit offenem Munde schnarchend, „wenn ich ihr Französisch nicht verstehen kann. Sie sprechen so furchtbar schnell. Da wäre es noch besser gewesen, ihnen die Gurgel flott abzuschneiden."

Als er sich wieder zeigte, klagte er über Kopfschmerz, war niedergeschlagen und fürchtete, in seiner Trunkenheit indiskret geredet zu haben. Er liebte die englische Negierung: sie war die Quelle aller Wohlfahrt und Ehre, und sein Zerr in Rampur war derselben Meinung. Hierauf verspotteten ihn die beiden und wiederholten seine früheren Reden, bis der arme Babu, aus seiner Verschanzung herausgetrieben, mit geziertem Lächeln und schlauem Blinzeln sich gezwungen sah – die Wahrheit zu sprechen. Als er später Lurgan diese Geschichte erzählte, bedauerte dieser lebhaft, nicht an Stelle der stumpfsinnigen Kulis gewesen zu sein, die, mit Strohmatten über den Köpfen, im Wasser platschend auf gutes Wetter warteten. Alle ihre Sahibs, rauh gekleidete Männer, die jedes Jahr freudig wieder in ihre auserwählten Nester hier oben kamen, hatten Diener und Köche, die oft Bergleute waren. Diese Sahibs reisten ohne jedes Gefolge. Deshalb waren sie arme Sahibs, die nicht wissen, was sich gehört: denn Kein Sahib, der seine fünf Sinne hat, würde sich von einem Bengalen beraten lassen. Aber der Bengale wußte mit ihrer Sprache umzuspringen und hatte ihnen Geld gegeben. An selbstverständliche schlechte Behandlung durch Leute ihrer eigenen Farbe gewöhnt, vermuteten sie irgendwo eine Falle und hielten sich bereit, fortzulaufen, sobald die Gelegenheit sich bot.

Durch die reine, köstlich nach frischer Erde riechende Luft leitete der Babu den Weg abwärts, stolz an der Spitze der Kulis und in Demut hinter den Fremden gehend. Seine Gedanken waren viele und verschiedene und würden seine Gefährten ungemein interessiert haben. Er war ein angenehmer Führer, stets beflissen, auf die Schönheiten des Gebietes seines königlichen Herrn aufmerksam zu machen. Er bevölkerte die Berge mit allem, was seine Gefährten zu morden wünschten – mit Thär, Steinbock, Schraubenhornziege und – Bären, so viel es ihnen beliebte. Er redete über Botanik und Ethnologie mit unschuldigster Verkehrtheit, und sein Schatz von einheimischen Legenden – er war fünfzehn Jahre hindurch Vertrauens-Agent des Staates, mußte man bedenken – war unerschöpflich.

„Dieser Kerl ist wahrhaftig ein Original," sagte der Größere der beiden Fremden.

„Er repräsentiert im Kleinen das Indien des Übergangs," sagte der Russe, „das monströse Zwittertum von Ost und West. *Wir* verstehen mit Orientalen umzugehen."

„Er hat sein eigenes Vaterland verloren und kein neues gewonnen. Er haßt seine Eroberer gründlich. Höre, er vertraute mir in letzter Nacht" – usw.

Unter dem gestreiften Sonnenschirm strengte Hurree Babu Kopf und Ohr an, dem rasch gesprochenen Französisch zu folgen, und hatte daneben beide Augen auf ein Zelt voll von Karten und Dokumenten gerichtet – extra groß und doppelt bedeckt mit geöltem roten Leinen. Er wollte nicht gerade stehlen. Er wollte nur wissen, was zu stehlen wäre, und – wenn es gestohlen wäre – wie damit fortzukommen. Er dankte allen Göttern von Hindostan und Herbert Spencer, daß einige Wertsachen zu stehlen vorhanden waren.

Am zweiten Tage stieg der Weg steil aufwärts zu einem grasbedeckten Gebirgsvorsprung, und hier, ungefähr am Sonnenuntergang, trafen sie einen alten Lama – die Fremden nannten ihn einen Bonzen – der mit gekreuzten Beinen vor einer geheimnisvollen, mit Steinen niedergehaltenen Karte saß, die er einem jungen Manne, augenscheinlich ein Neophit von besonderer, wenn auch ungewaschener Schönheit, erklärte. Der gestreifte Sonnenschirm war schon weithin in Sicht gewesen, und Kim hatte vorgeschlagen, auszuruhen, bis – er sie erreichte.

Hurree Babu, erfinderisch wie der gestiefelte Kater, rief, auf die Gruppe weisend: „Ah! Da ist eminent heiliger Mann dieser Gegend. Vermutlich Untertan meines königlichen Herrn."

„Was macht er da? Es ist höchst sonderbar."

„Er erklärt ein heiliges Bild – ganz Handarbeit." Die Nachmittags-Sonne, die schon niedrig stehend, das Gras goldrot färbte, floß auch über die unbedeckten Köpfe der beiden Männer. Die verdrossenen Kulis, froh der Unterbrechung, standen still und warfen ihre Ladung ab.

„Schau," sagte der Franzose, „es ist wie ein Bild bei dem Ursprung einer neuen Religion – der erste Lehrer und der erste Schüler. Ist er ein Buddhist?"

„Von irgend einer untergeordneten Art," meinte der andere. „In den Bergen leben keine wahren Buddhisten. Aber betrachte die Falten seines Gewandes. Und seine Augen – wie unverschämt! Es ist, als wollten sie uns fühlen lassen, wie unreif wir noch sind!" Der Sprecher schlug ungeduldig gegen ein hohes Gestrüpp.

„Bis jetzt haben wir noch nirgendwo unsere Spur hinterlassen; *das* , siehst Du, quält mich." Er blickte finster auf des Lamas friedliches Gesicht und die monumentale Ruhe seiner Haltung.

„Habe Geduld. Wir werden beide unsere Spur noch hinterlassen – wir – unreifes Volk. Zeichne doch inzwischen sein Bild ab."

Der Babu trat würdevoll heran. Seine Haltung und ehrerbietige Sprache stand wenig im Einklang mit seinem Blinzeln gegen Kim.

„Heiliger, dies sind Sahibs. Meine Medizin half ihnen gegen Rheumatismus, und ich gehe mit nach Simla, um ihre Genesung zu überwachen. Sie wünschen, Dein Bild Zu betrachten."

„Die Kranken zu heilen, ist wohlgetan," sprach der Lama. „Dies ist das Rad des Lebens, dasselbe Bild, das ich Dir in der Hütte zu Ziglaur zeigte, als der Regen fiel."

„Und Dich es erklären zu hören." –

Des Lamas Augen leuchteten auf bei der Aussicht auf neue Zuhörer. „Es ist gut, den höchst Vortrefflichen Weg zu demonstrieren. Haben sie Kenntnis des Hindi, so wie der Hüter der Bildnisse?"

„Ein wenig, vielleicht.“

Der Lama bog den Kopf zurück und, einfach wie ein Kind, das sich in ein neues Spiel vertieft, begann er mit voller Stimme die Anrufung, die der Doktor der Theologie der Lehre voraus gehen läßt. Die Fremden lauschten, auf ihre Alpenstöcke gelehnt. Kim, demütig am Boden hockend, sah nach dem roten Sonnenlicht auf ihren Gesichtern und dem Ineinanderfließen und Schwinden ihrer langen Schatten. Sie trugen unenglische Leder-Gamaschen und sonderbare Gürtelriemen, die ihn dunkel an die Bilder in einem Buch der Bibliothek von St. Xavier erinnerten: „Abenteuer eines jungen Naturforschers in Mexiko,“ war der Titel. Ja, sie sahen ähnlich aus wie der köstliche M. Sumichrast der Erzählung und durchaus nicht wie so „hoch gewissenloses Volk“ laut Hurree Babus Einbildungskraft. Die erdfarbenen Kulis hockten stumm und ehrerbietig in angemessener Entfernung, und der Babu, dessen leichtes Gewand wie eine Feldfahne im feuchten Winde flatterte, stand da mit der Miene des glücklichen Besitzers.

„Das sind die Leute,“ flüsterte Hurree Kim zu, als das Ritual fortschritt und die beiden Weißen dem Strohhalm folgten, der von der Hölle zum Himmel und wieder rückwärts wies. „Alle ihre Bücher sind in dem großen Zelt mit der rötlichen Decke – Bücher, Berichte und Karten – und ich sah einen Königsbrief, den entweder Hilás oder Benár geschrieben hat. Sie bewahren ihn sehr sorgsam. Sie haben nichts zurückgesendet von Leh oder Hilás; das ist sicher.“

„Wer ist bei ihnen?“

„Nur die Bettel-Kulis. Sie haben keine Diener. Sie sind so verschlossen. Sie kochen ihr Essen selbst.“

„Aber was habe ich zu tun?“

„Warte ab und sieh. Nur, wenn mir etwas Menschliches begegnet, so weißt Du, wo die Papiere sind.“

„Diese Sache läge besser in Mahbub Alis Hand, als in eines Bengalen,“ meinte Kim verächtlich.

„Es gibt mehr Wege zum Liebchen hinaufzugelangen, als an der Wand hinaufzuklettern.“

„Seht hier die Hölle, für Habsucht und Geiz bestimmt. Auf der einen Seite die Begierde, auf der anderen Seite die Ungeduld.“ Der Lama wurde warm bei seinem Vortrag, und einer der Fremden zeichnete ihn in dem rasch schwindenden Licht.

„Jetzt ist's genug," sagte der Mann plötzlich in brüsker Weise. „Ich kann ihn nicht verstehen, aber ich will das Bild haben. Er ist ein größerer Künstler als ich. Frage ihn, ob er es verkaufen will."

„Er sagt „Nein, Sar," berichtete der Babu. Der Lama würde eben so wenig seine Karte einem zufällig getroffenen Fußwanderer überlassen haben, als ein Erzbischof die heiligen Gefäße seiner Kathedrale verpfänden würde. Tibet ist voll von billigen Darstellungen des Rades; der Lama aber war nicht nur ein Künstler, sondern auch ein reicher Abt in seiner Heimat.

„Vielleicht in drei Tagen oder in vier oder in zehn Tagen, wenn ich sehe, daß der Sahib ein Sucher ist und von gutem Verständnis – werde ich selbst ihm ein anderes malen. *Dieses* aber ist für die Unterweisung eines Novizen bestimmt. Sage ihm das, Babu."

„Er wünscht es aber gleich zu haben – für Geld."

Der Lama schüttelte langsam sein Haupt und faltete die Karte zusammen. Der Russe sah nur einen schmutzigen alten Mann wegen eines schmutzigen Stückes Papier schachern. Er zog eine Handvoll Rupien aus der Tasche und griff, halb scherzend, nach der Karte, die beim Festhalten des Lamas zerriß. Ein leises Murmeln des Entsetzens kam von den Kulis her. Sie waren aus Spiti und dem Anschein nach gute Buddhisten. Der Lama erhob sich bei der Kränkung; seine Hand faßte nach dem eisernen Federkasten, der die Waffe des Priesters ist; und der Babu tanzte vor Aufregung.

„Nun siehst Du es – siehst Du es, warum ich Zeugen haben wollte. Sie sind höchst vorurteilsfreie Leute. O, Sar! Sar! Ihr dürft keinen heiligen Mann beleidigen?"

„Chela, er hat das Geschriebene Wort entweiht."

Und ehe Kim ihn abwehren konnte, hatte der Russe den alten Mann ins Gesicht geschlagen. Im nächsten Augenblick aber rollte er kopfüber den Berg hinab, Kims Hand an seiner Kehle. Der Schlag hatte alle bisher unbekannten irischen Teufel wach gerufen in des Knaben Blut und der plötzliche Fall seines Feindes tat das Übrige. Der Lama, halb betäubt, sank auf die Kniee. Die Kulis flohen mit ihrer Last so rasch bergan, wie es Talbewohner nur in der Ebene können. Sie hatten eine ungeheuere Gotteslästerung gesehen, und sie mußten fliehen, ehe die Götter und Teufel der Hügel Rache nahmen. Der Franzose stürzte, nach seinem Revolver tappend, auf den Lama zu, mit der unklaren Idee, ihn zum Geisel für seinen Gefährten zu machen. Ein Schauer von scharfen Steinen – Gebirgler sind gute Zieler – trieb ihn fort und ein Kuli von Ao-chung riß den Lama mit in die Flucht hinein. Das Alles hatte sich so schnell abgespielt wie die Abenddämmerung im Hochgebirge.

„Sie haben die Bagage mitgenommen und alle Flinten," brüllte der Franzose und feuerte blindlings in das Halbdunkel hinaus.

„Wohl wahr, Sar! Wohl wahr! Aber schießt nicht! Ich muß zur Hilfe eilen." Und Hurree, den Abhang hinunter stampfend, purzelte buchstäblich über den erstaunten, aber entzückten Kim, der gerade den Kopf seines atemlosen Feindes gegen einen Felsen bumste.

„Geh zurück zu den Kulis," flüsterte der Babu ihm ins Ohr. „Sie haben das Gepäck. Die Papiere sind in dem Zelt mit der roten Decke; aber sieh sie alle durch. Nimm ihre Papiere und besonders den Murasla (Königsbrief). Geh! Der andere kommt!"

Kim kletterte aufwärts. Eine Revolverkugel schlug ihm zur Seite gegen den Felsen an; er kauerte, wie ein Rebhuhn, nieder.

„Wenn Ihr schießt," schrie Hurree nach oben, „werden die Kulis herunterkommen und uns vernichten. Den andern Herrn habe ich gerettet, Sar. Dies ist eine ganz besonders gefährliche Geschichte."

„Donnerwetter!" Kim dachte englisch. „Dies ist eine verdammt kritische Lage; aber es ist Selbstverteidigung." Er faßte nach Mahbubs Geschenk auf seiner Brust, und unsicher – er hatte die Waffe noch nie gebraucht, abgesehen von einigen Versuchsschüssen in der Wüste von Bikaner – drückte er den Revolver ab.

„Was habe ich gesagt, Sar!" Der Babu schien zu weinen.

„Kommt herunter und helft mir, ihn wieder ins Leben zu rufen. Unser aller Leben hängt an einem Haar, sag ich Euch."

Das Schießen hörte auf. Man hörte polternde Schritte, und Kim eilte aufwärts durch die Dunkelheit, fluchend wie ein Eingeborener und fauchend wie eine Katze.

„Haben sie Dich verwundet, Chela?" erklang des Lamas Stimme über ihm.

„Nein. Und Du?“ Er verschwand in einer Gruppe verkrüppelter Föhren.

„Nicht verwundet. Komm hinweg. Wir gehen mit diesen Leuten nach Shamlegh – unter – dem – Schnee.“

„Aber nicht ehe wir Gerechtigkeit geübt haben,“ rief eine Stimme. „Ich habe die Flinten der Sahibs, alle vier. Laßt uns hinunter gehen.“

„Er schlug den Heiligen – wir sahen es! Unser Vieh wird unfruchtbar werden – unsere Weiber werden aufhören zu gebären! Der Schnee wird auf uns niederfallen, wenn wir heimwärts gehen ...“

Die aufgeregten Kulis drängten sich in den Föhren zusammen, in ihrer Furcht und Panik waren sie zu allem fähig. Der Mann aus Ao-chung ruckte ungeduldig am Schlußhahn seines Gewehres und wollte hinuntersteigen.

„Warte ein wenig. Heiliger; sie sind noch nicht weit fort; warte, bis ich wiederkomme.“

„Ich bin es, der Unrecht erlitten hat,“ sprach der Lama, die Hand an die Stirn legend.

„Darum eben,“ war die Antwort.

„Wenn ich es übersehe, sind Euere Hände rein, überdies, Ihr erwerbt Verdienst durch Gehorsam.“

„Warte,“ beharrte der Mann, „wir wollen nachher zusammen nach Shamlegh gehen.“

Einen Augenblick, kaum so lange wie man eine Patrone in den Verschluß des Gewehrs schiebt, zögerte der Lama. Dann stand er auf und legte einen Finger auf des Mannes Schulter.

„Hast Du gehört? Ich sage, es soll nicht getötet werden – ich – der Abt von Such-zen war. Trägst Du Verlangen, als Ratte wiedergeboren zu werden oder als Schnecke unter dem Efeu – als Wurm im Leib des niedrigsten Tieres – Ist es Dein Wunsch, zu –“

Der Ao-chunge fiel auf seine Knie, denn die Stimme dröhnte wie ein tibetanischer Teufels-Gong.

„Ai! Ai!“ schrien die Spiti-Männer, „verwünsche uns nicht – verwünsche ihn nicht. Es war nur sein Eifer, Heiliger! ... Wirf das Gewehr von Dir, Narr!“

„Unwille auf Unwille! Übel auf Übel! Es soll nicht getötet werden. Laßt die Priester-Schläger in die Sklaverei ihrer eigenen Taten gehen. Gerecht und untrüglich ist das Rad und weicht nicht ein Haarbreit ab! Sie werden noch viele Male wiedergeboren werden – in Qual.“ Sein Kopf sank nieder und er stützte sich schwer auf Kims Schulter.

„Ich kam nahe an großes Unrecht, Chela,“ sprach er leise in dem Schweigen unter den Föhren. „Ich war in Versuchung, die Kugel abzuschießen; und wahr ist es, in Tibet würde ein schwerer und ein langsamer Tod ihr Los gewesen sein ... Er schlug mich ins Gesicht... auf das Fleisch ...“ Er glitt schwer atmend auf den Boden nieder und Kim hörte das überanstrengte Herz klopfen und aussetzen.

„Haben sie ihn zu Tode getroffen?“ fragte der Ao-chunge und die andern standen stumm dabei.

Kim kniete in tödlicher Angst neben dem Körper. „Nein,“ rief er endlich leidenschaftlich, „es ist nur Schwäche.“ Er besann sich, daß er ein weißer Mann war und daß weißer Männer Hilfsmittel in seiner Hand waren.

„Öffnet die Zelte!“ rief er. „Die Sahibs werden Arznei haben.“

„Oho! Die kenne ich,“ lachte der Mann. „Nicht umsonst war ich fünf Jahre Pankling Sahibs Shikarri. Ich habe sie auch geschmeckt. Schaut her!“

Er zog aus seiner Brust eine Flasche billigen Whiskys, wie er in Leh Pfadfindern verkauft wird, und goß geschickt ein wenig zwischen des Lamas Zähne.

„So machte ich es, als Pankling Sahib sich jenseits Astor den Fuß verstauchte. Oho! Ich habe schon in ihre Körbe geschaut – in Shamlegh wollen wir redlich teilen. Gebt ihm etwas mehr. Es ist gute Medizin. Fühlt, sein Herz geht schon besser. Legt seinen Kopf nieder und reibt ihm die Brust ein wenig. Wenn er etwas gewartet hätte, bis ich die Sahibs zur Rechenschaft gezogen, würde dies nicht passiert sein. Aber vielleicht werden die Sahibs uns nun verfolgen. Dann wäre es doch keine Sünde, sie mit ihren eigenen Flinten totzuschießen, he?“

„Einer hat bereits seine Bezahlung,“ murmelte Kim. „Ich trat ihm in die Rippen, als wir bergab rollten. Wollte, ich hätte ihn getötet.“

„Man kann wohl kühn sein, wenn man nicht in Rampur lebt,“ sagte einer, dessen Hütte nur wenige Meilen von des Rajahs baufälligem Palaste lag. „Wenn wir uns einen schlechten Namen bei den Sahibs machen, braucht man uns nicht mehr als Shikarris.“

„Oh, aber dies sind keine Angrezi-Sahibs (Engländer), nicht freundliche Männer wie Fostum Sahib oder Yankling Sahib. Dies sind Fremde – die können nicht Angrezi sprechen, wie Sahibs tun."

Der Lama hustete, richtete sich auf und griff nach seinem Rosenkranz.

„Es soll nicht getötet werden," murmelte er. „Gerecht ist das Rad! Übel auf Übel –"

„Nein, Heiliger. Wir sind alle hier," sagte der Ao-chung-Mann, schüchtern des Lamas Füße streichelnd. „Keiner soll getötet werden, wenn Du es nicht befiehlst. Ruhe ein wenig. Wir wollen hier ein kleines Lager machen und später, wenn der Mond aufgeht, gehen wir nach Shamlegh-unter-dem-Schnee."

„Nach einem Schlag," sprach bedeutungsvoll ein Spiti-Mann, „ist es geraten zu schlafen."

„Es ist gleichsam ein Schwindel in meinem Hinterkopf und ein Schmerz darin. Laß mich den Kopf auf Deinen Schoß legen, Chela. Ich bin ein alter Mann, aber nicht frei von Leidenschaft ... Wir müssen an die Ursache der Dinge denken."

„Gebt ihm eine Decke. Ein Feuer dürfen wir nicht anzünden, sonst würden die Sahibs es sehen."

„Besser ist es, nach Shamlegh zu gehen, nach Shamlegh wird uns niemand folgen," sagte der ängstliche Rampur-Mann.

„Ich war Fostum Sahibs Shikarri, und ich bin Yankling Sahibs Shikarri. Ohne diesen verfluchten Kerl wäre ich jetzt bei Yankling Sahib. Zwei Männer sollen unten mit Gewehren aufpassen, daß die Sahibs nicht neue Torheiten machen. Ich will diesen Heiligen nicht verlassen."

Sie setzten sich etwas entfernt vom Lama nieder und ließen eine Wasserpfeife rund gehen, deren Gefäß eine alte Whiskyflasche war. Das Glimmen der roten Kohle, als die Pfeife von Hand zu Hand ging, warf einen Schein auf die blinzenden Augen, die hohen chinesischen Backenknochen und die ochsenartigen Gurgeln, die halb in den dunklen Düffelfalten um ihre Schultern verschwanden. Sie sahen aus wie Kobolde aus einer verzauberten Grube, wie eine feierliche Versammlung von Berggeistern. Und während sie sprachen, wurden die Stimmen der Schneewasser rund umher schwächer, denn der Nachtfrost hemmte die Flüßchen und hielt sie gefangen.

„Wie er aufstand gegen uns!“ sagte voll Bewunderung ein Spiti-Mann. „Ich erinnere mich, wie ein alter Steinbock am Ladakh-Wege, den Dupont Sahib in die Schulter geschossen hatte, genau so gegen uns aufstand. Dupont Sahib war ein guter Jäger.“

„Nicht so gut wie Pankling Sahib.“ Der Ao-chung-Mann nahm einen Schluck aus der Whisky-Flasche und ließ sie rund gehen. „Nun hört mich – wenn Kein anderer denkt, es besser zu wissen –“

Die Herausforderung wurde nicht angenommen.

„Wenn der Mond aufgeht, gehen wir nach Shamlegh. Dort wollen wir das Gepäck ehrlich teilen. Ich bin zufrieden mit dieser kleinen neuen Flinte und allen Patronen.“

„Sind die Bären nur gefährlich, wenn sie Dich treffen?“ fragte einer, der an der Pfeife sog.

„Nein; aber Moschus-Felle sind jetzt sechs Rupien das Stück wert, und Deine Weiber können das Segeltuch von den Zelten und etwas Kochgeschirr bekommen. Wir wollen das alles in Shamlegh ordnen, vor Morgengrauen. Dann gehen wir alle unserer Wege und vergessen, daß wir jemals diese Sahibs gesehen oder Dienste bei ihnen genommen haben. Wer kann dann noch sagen, daß wir ihr Gepäck gestohlen haben?“

„Das ist gut für Dich! Aber was wird unser Rajah sagen?“

„Wer soll es ihm berichten? Diese Sahibs, die unsere Sprache nicht sprechen, oder der Babu, der aus eignem Antrieb uns Geld gegeben hat? Wird der eine Armee gegen uns führen? Welcher Beweis liegt vor? Was wir nicht brauchen, werfen wir nach Shamlegh-Mitte, wo bis jetzt kein Mensch hingekommen ist.“

„Wer ist diesen Sommer auf Shamlegh? Es ist nur ein Weideplatz, mit drei oder vier Hütten.“

„Die Frau von Shamlegh. *Sie* liebt die Sahibs nicht. Die andern können durch kleine Geschenke gewonnen werden; und hier ist genug für uns alle.“ Er klopfte auf den nächsten wohlgefüllten Korb.

„Aber – aber“ –

„Ich sage Euch, sie sind keine wahren Sahibs. Alle ihre Felle und Köpfe sind im Basar von Leh gekauft. Ich kenne die Zeichen. Ich zeigte sie Euch schon auf dem letzten Marsch.“

„Wahr. Es sind alles gekaufte Felle und Köpfe. Einige hatten schon Motten."

Das war ein schlaues Argument, und der Ao-chung-Mann kannte seine Leute.

„Im schlimmsten Fall werde ich es Yankling Sahib erzählen. Er ist ein lustiger Mann und wird lachen. Wir tun keinem Sahib, den wir kennen, Unrecht. *Diese* aber sind Priester-Schläger. Sie jagten uns in Furcht. Wir flohen! Wer weiß, wo wir das Gepäck fallen ließen? Meint Ihr, Yankling Sahib würde der Polizei von da unten erlauben, über seine Hügel zu laufen und sein Wild aufzustören? Es ist ein weiter Schrei von Simla nach Chini und weiter noch von Shamlegh nach Shamlegh-Mitte."

„So mag es sein: aber ich trage das große Zelt. Den Korb mit dem roten Überzug, den die Sahibs jeden Morgen selbst packten."

„Das ist ein Beweis, daß sie keine wahren Sahibs sind," sagte der verschlagene Shamlegh-Mann. „Wer hat jemals gehört, daß Fostum Sahib oder Yankling Sahib oder selbst der kleine Peel Sahib, der in der Nacht aufsitzt, um Serus zu schießen, – ich sage, wer hat je gehört, daß diese Sahibs in die Zügel gekommen wären ohne einen Koch von da unten und einen Träger und – und alle Arten von wohlbezahltem, hochfahrendem und tyrannischem Volk in ihrem Gefolge? Was können *diese* Sahibs uns anhaben? Was ist's mit dem Zelt?"

„Nichts. Nur, daß es voll ist von dem Geschriebenen Wort – Bücher und Papiere, in die sie selbst geschrieben haben, und sonderbare Werkzeuge, wie zum Gottesdienst."

„Shamlegh-Mitte wird sie alle aufnehmen."

„Wahr! Aber wenn wir dadurch die Götter der Sahibs beleidigen? Ich gehe nicht so mit dem Geschriebenen Wort um. Und ihre metallenen Götzenbilder kenne ich erst recht nicht. Sie sind keine Hausgeräte für einfältige Bergleute."

„Der alte Mann schläft noch. Hst! Wir wollen seinen Chela fragen." Der Ao-chung-Mann erfrischte sich wieder und blähte sich als Wortführer.

„Wir haben hier," flüsterte er, „ein Zelt, dessen Eigenschaften wir nicht kennen."

„Aber ich kenne sie," sagte Kim leise. Der Lama atmete in leichtem, natürlichem Schlaf und Kim hatte über Hurrees letzte Worte nachgedacht. Als ein Spieler des Großen Spiels war er gerade jetzt geneigt, dem Babu alle

Hochachtung zu zollen. „Es ist ein Zelt mit rotem Überzug, voll von wunderbaren Dingen, die Toren nicht in Händen haben sollten.'

„Sagte ich es nicht?“ Sagte ich es nicht?“ rief der Träger des Ballens. „Glaubst Du, es wird uns verraten?“

„Nicht, wenn man es mir gibt. Ich will den Zauber austreiben. Sonst aber kann es großes Unheil bringen.“

„Ein Priester nimmt immer seinen Anteil.“ Der Whisky demoralisierte den Aochung-Mann.

„Mir liegt nichts daran,“ antwortete Kim, mit der Schlauheit seines Mutterlandes. „Teilt es unter Euch und sehet, was kommt.“

„Nicht ich. Ich scherzte nur. Gib den Befehl. Es ist mehr als genug für uns alle da. Wir gehen unseres Weges gegen Shamlegh im Morgendämmern.“

Sie verabredeten immer von neuem ihre harmlosen kleinen Pläne und Kim erschauerte vor Kälte und Stolz. Der Humor der Situation kitzelte das Irische und das Orientalische in seiner Seele. Die Emissäre gefürchteter nordischer Mächte, vielleicht so hochstehend in ihrem eigenen Lande wie Mahbub oder Oberst Creighton hier, lagen plötzlich hilflos niedergeworfen. Einer von ihnen, das wußte er allein, würde für einige Zeit lahm sein. Sie hatten Königen Versprechungen gemacht. Diese Nacht lagen sie irgendwo da unten, ohne Wagen, ohne Nahrung, ohne Zelt, ohne Gewehre – und wäre Hurree Babu nicht bei ihnen, auch ohne Führer. Und dieser Zusammenbruch ihres Großen Spiels (Kim fragte sich, wem sie es wohl berichten würden), diese kopflose Flucht durch die Nacht war weder durch eine List Hurree Babus noch durch einen Anschlag Kims herbeigeführt; nur einfach, hübsch und unvermeidlich: wie die Gefangennahme von Mahbubs Fakir-Freunden durch einen eifrigen jungen Polizeibeamten zu Umballa.

„Da liegen sie – und haben nichts; und beim Zeus! es ist kalt. Und hier bin ich mit all ihren Sachen. Wie wütend sie sein werden! Um Hurree tut es mir leid.“

Das Mitleid für den Bengalen hätte er sparen können, denn wenn Hurree auch körperlich litt, so war er doch aufgebläht vor Stolz. Eine Meile bergabwärts, an der Grenze des Kiefernwaldes traktierten zwei halb erfrorene Männer (der eine von ihnen von heftigen Schmerzen geplagt) sich gegenseitig mit heftigen Beschuldigungen und schimpften nebenbei auf den Babu, der vor Schrecken erstarrt schien. Sie forderten von ihm einen Operationsplan. Er erklärte: Sie könnten zufrieden sein, daß sie überhaupt noch lebten; daß ihre Kulis, wenn sie nicht heimlich hinterher schlichen, jetzt nicht mehr zu erreichen wären; daß der Rajah, sein Herr, neunzig Meilen weit weg wäre und ebenso weil entfernt, ihnen Geld zu borgen, als ihnen ein Gefolge nach Simla zu geben; daß er vielmehr sie ins Gefängnis sperren würde, wenn er erführe, daß sie einen Priester geschlagen hätten. Er verbreitete sich weitläufig über diese Sünde und deren mögliche Folgen, bis sie ihm befahlen, von etwas anderem zu sprechen. Ihre einzige Hoffnung, sagte er darauf, wäre eine bescheidene Flucht von Dorf zu Dorf, bis sie zivilisierte Gegenden erreichten, und zum hundertsten Mal, mit strömenden Tränen, richtete er an die hohen Sterne die Frage: „Warum die Sahibs einen heiligen Mann geschlagen."

Zehn Schritte in die Dunkelheit hinein hätten genügt, Hurree aus ihrem Bereich und in ein Dorf zu bringen, wo er Obdach und Speise gefunden hätte und wo glattzüngige Doktoren seltene Gäste waren. Aber er zog es vor, trotz Kälte, Magenknurren, Schimpfreden und gelegentlicher Schläge, in der Gesellschaft seiner geehrten Dienstherren zu bleiben. Gegen einen Baumstumpf zusammengedrückt, schnuffelte er kummervoll "Und hast Du bedacht," fragte der Nichtverwundete heftig, „welche Art Schauspiel wir geben würden, wenn wir durch diese Berge kriechen, zwischen diesen Ureinwohnern herum?"

Hurree Babu hatte die letzten Stunden an nichts anderes gedacht: aber die Frage war nicht an seine Adresse gerichtet.

„Wir können nicht weit kommen! Ich kann kaum gehen," stöhnte Kims Opfer.

„Vielleicht wird der heilige Mann barmherzig sein in versöhnlicher Liebe, Sar – sonst –"

„Ich verspreche mir ein besonderes Vergnügen davon, meinen Revolver in den jungen Bonzen zu entleeren, sobald ich ihn wieder treffe," war die unchristliche Antwort.

„Revolver! Rache! Bonze!" Hurree kroch in sich zusammen. Der Krieg schien von neuem auszubrechen.

„Denkst Du nicht an unsern Verlust? Das Gepäck! Unsere Sachen!" Er hörte den Sprecher buchstäblich tanzen vor Wut. „Alles was wir trugen! Alles was wir gespart! Unser Gewinn! Die Arbeit von acht Monaten! Begreifst Du, was das sagen will? „Sicher, *wir* verstehen mit Orientalen umzugehen!" Oh, Du hast es gut gemacht!"

Sie zankten sich in verschiedenen Sprachen. Hurree lächelte. Kim war bei den Zelten, und in den Zelten lagen acht Monate guter Diplomatie. Es war nicht möglich, sich mit dem Knaben in Verbindung zu setzen, aber er war zuverlässig. Im übrigen würde er die Regie der Reise durch die Berge so führen, daß Hilas, Bunar und noch vierhundert Meilen Hügelstraße die Geschichte genau behalten würden mindestens für eine Generation. Leute, die nicht einmal ihre eigenen Kulis beaufsichtigen können, werden in den Bergen nicht respektiert und der Gebirgler hat sehr viel Sinn für Humor.

„Wenn ich es selbst getan hätte," dachte Hurree, „hätte es nicht besser gehen können; und nun wo ich es überlege, verflucht! habe ich es selbst arrangiert. Wie geschickt ich es gemacht habe! Ich dachte es aus, als ich eben den Hügel hinabrannte. Die Beleidigung war ein Zufall, aber ich allein – habe sie ausgenutzt – ha! Sie war es verdammt wert! Bedenke den moralischen Effekt auf dieses unwissende Volk! Keine Verträge – keine Papiere – keine geschriebenen Dokumente – und ich als Vermittler für sie! Wie ich mit dem Oberst lachen will! Ich möchte ihre Papiere auch haben, aber man kann nicht zu gleicher Zeit auf zwei Plätzen im Räume sein – das ist leider klar!"

Kapitel 14.

Beim Mondaufgang brachen die Kulis auf. Der Lama, durch Schlaf und den Alkohol erfrischt, bedurfte nur der leichten Stütze von Kims Schulter, um vorwärts zu kommen – ein schweigsamer, rasch ausschreitender Mann. Eine Stunde wohl gingen sie über schieferbestreuten Rasen, bogen um die Schulter einer gewaltigen Klippe und erreichten eine Gegend, wo jede Aussicht auf das Chini-Tal abgesperrt war. Ein ungeheurer Weidegrund stieg fächerförmig empor bis zu dem ewigen Schnee: an seinem Fuße lag ein Stück flachen Landes, auf dem einige schmutzige Holzhütten standen. Hinter diesen – nach Gebirgsart waren sie an der Kante aller Dinge angeklebt – fiel der Grund zweitausend Fuß steil ab nach Shamlegh-Mitte, wohin noch keines Menschen Fuß gelangte.

Die Leute machten keine Anstalt den Raub zu teilen, bis sie den Lama in dem besten Raum des Platzes gebettet sahen. Kim massierte ihm die Füße nach muselmännischer Manier.

„Wir werden Essen schicken," sagte der Ao-chung-Mann, „und das rote Zelt. Nach der Dämmerung wird nichts mehr vorhanden sein, was gegen uns zeugen könnte. Wenn irgend etwas in dem Zelt nicht gebraucht wird, mach es so –"

Er zeigte nach dem Fenster, das sich öffnete nach dem Abgrund, der von dem vom Schnee zurückgestrahlten Mondlicht erfüllt war und warf eine leere Whiskyflasche hinaus.

„Unnütz auf den Fall zu horchen," sagte er, „hier ist das Ende der Welt," und fort war er. Der Lama blickte hinaus mit Augen, die wie gelbe Opale glänzten. Von dem mächtigen Horn vor ihm streckten sich weiße Spitzen sehnsüchtig nach dem Mondlicht empor. Das übrige war wie die Dunkelheit des zwischen den Sternen befindlichen Raumes.

„Dies," sprach der Lama, „sind in Wahrheit meine Berge. Hier sollte ein Mensch verbleiben, festgehalten über der Welt, entfernt von Wünschen, unermeßliche Gedanken denkend."

„Ja; wenn er einen Chela hat, der ihm Tee bereitet, der ihm die Decke unter dem Kopf faltet und kalbende Kühe hinausjagt."

Eine rauchende Lampe brannte in einer Nische; ihr Licht ward vom Mondlicht niedergedämpft, und in dem gemischten Schein bewegte Kim sich wie ein schlanker Geist und beugte sich hier über den Beutel von Eßwaren, dort über das Teegeschirr.

„Ah! Nun habe ich mein Blut gekühlt und doch klopft und trommelt mein Kopf, und es liegt ein Reif um meinen Hinterkopf."

„Kein Wunder. Es war ein starker Schlag. Möge der, der ihn austeilte –"

„Ohne meine eigene Leidenschaft würde nichts Böses geschehen sein."

„Böses? Du hast die Sahibs vom Tode gerettet, den sie hundertfach verdient hatten."

„Die Lektion hast Du nicht gut gelernt, Chela." Der Lama ruhte jetzt auf einer zusammengelegten Decke, und Kim besorgte seine abendliche Arbeit. „Der Schlag war nur ein Schatten auf einem Schatten. Böses in sich selbst – meine Beine sind seit einigen Tagen etwas müde – es begegnete Bösem in mir – Verdruß, Zorn und eine Lust, Böses zu vergelten. Das rang in meinem Blut, weckte Unruhe im Magen und betäubte mein Ohr." Er nahm den Becher aus Kims Hand und trank zeremoniös brühheißen Tee. Wäre ich frei von

Leidenschaft gewesen, würde der Schlag nur körperliches Übel verursacht haben – eine Hautschürfung, eine Narbe – eine Täuschung. Aber mein Geist war nicht geläutert, und eine Lust drang plötzlich in ihn ein, die Spiti-Männer nicht vom Töten abzuhalten. In Bekämpfung dieser Lust ward meine Seele hin und her geworfen und gezerrt, schlimmer als tausend Schläge. Erst, nachdem ich den Segen wiederholt halte (er meinte die buddhistischen Segnungen), ward mir Ruhe. Aber das Böse, das mir durch die Sorglosigkeit eines Augenblicks eingepflanzt wurde, wirkt seinem Ende zu. Gerecht ist das Rad, weicht nicht um eines Haares Breite ab! Lerne die Lektion, Chela."

„Sie ist zu hoch für mich," murmelte Kim. „Ich bin noch immer ganz erschüttert. Es freut mich, daß ich den Mann verwundete."

„Ich fühlte das, als ich auf Deinen Knien schlief, in dem Walde dort unten. Es beunruhigte mich in meinen Träumen – das Böse aus Deiner Seele war in meine übergegangen. Doch auf der andern Seite habe ich Verdienst erworben, indem ich zwei Leben rettete – das Leben derjenigen, die mir Unrecht taten. Nun will ich in die Ursache der Dinge sehen. Das Schiff meiner Seele schwankt."

„Schlafe und werde wieder kräftig. Das ist das Weiseste."

„Ich meditiere: es ist nötiger als Du weißt."

Stunde auf Stunde, bis zum Morgendämmern, bis das Mondlicht auf den hohen Bergspitzen erbleichte, und das, was wie ein schwarzer Gürtel an den fernen Bergen erschienen, sich als ein Wald von zartem Grün erwies, starrte der Lama fest auf die Wand. Zuweilen stöhnte er. Außerhalb der verriegelten Tür, wo sich ausgetriebene Rinder vor ihrem früheren Stall sammelten, gaben sich die Leute von Shamlegh und die Kulis dem Raub in Saus und Braus hin. Der Aochung-Mann war ihr Anführer und nachdem sie die Konserven-Büchsen der Sahibs versucht und gut gefunden hatten, war kein Halten mehr. Die Kleider der Fremden endeten auf dem Kehrichthaufen von Shamlegh. –

Als Kim nach einer Nacht voll böser Träume in den Morgennebel hinaus trat, um seine Zähne zu bürsten, nahm eine Frau von heller Gesichtsfarbe, mit türkisenbesetztem Kopfschmuck, ihn beiseite und sprach:

„Die andern sind fort. Sie ließen Dir dies Zelt, wie sie versprochen. Ich habe nicht gern mit Sahibs zu tun, aber Du wirst uns zum Dank einen Zauber machen. Wir wollen nicht, daß Klein-Shamlegh einen schlechten Namen bekommt wegen des – Zufalls. Ich bin das Weib von Shamlegh." Sie blickte ihn mit kühnen, glänzenden Augen an, nicht mit dem verstohlenen Blick einer Gebirglerin.

„Ganz sicher. Aber es muß im Geheimen geschehen." Sie hob das schwere Zelt wie ein Spielzeug auf und warf es in ihre eigene Hütte.

„Hinaus und verriegele die Tür. Laß keinen nahe kommen, bis es getan ist."

„Aber dann – werden wir miteinander reden?"

Kim kippte das Zelt auf dem Boden um; ein Wasserfall von Vermessungs-Instrumenten, Büchern, Tagebüchern, Briefen, Karten und sonderbar riechenden einheimischen Briefschaften schoß hervor. Zuletzt kam ein gestrickter Beutel, der ein versiegeltes, vergoldetes und bemaltes Dokument barg, wie ein König es dem ansendet. Kim hielt vor Freude den Atem an und betrachtete die Situation vom Standpunkt eines Sahibs.

„Die Bücher brauche ich nicht. Es sind Logarithmen, vermutlich Meßdienst betreffend." Er legte sie zur Seite. „Die Briefe verstehe ich nicht, aber Oberst Creighton wird sie verstehen. Sie müssen alle aufbewahrt werden. Die Karten – sie zeichnen bessere Karten als ich – natürlich. Alle die einheimischen Briefe – oho! und besonders der Murasla." Er schnüffelte an dem gestickten Beutel. „Der muß von Hilás oder Benár sein, und Hurree Babu hat wahr gesprochen. Donnerwetter! Das ist ein seiner Fund. Wollte, daß Hurree es wüßte ... das übrige muß zum Fenster hinaus." Er hielt einen prächtigen prismatischen Kompaß und die glänzende Spitze eines Theodolits in der Hand. Aber, immerhin, ein Sahib darf doch nicht stehlen, und die Sachen könnten später ein unangenehmer Beweis werden. Er suchte jedes Papierschnitzel, jede Karte und den Königsbrief zusammen und machte davon ein glattes Paket. Die drei Bücher mit Metallbeschlägen und fünf abgenutzte Taschenbücher legte er beiseite.

„Die Briefe und den Murasla muß ich unter meinem Rock und Gürtel tragen; die geschriebenen Bücher müssen in den Futterbeutel. Es wird sehr schwer werden. Hier ist nichts weiter; wenn noch etwas da war, so haben die Kulis es in das Khud (Chutu: Landschaft in Ost-Asien) geworfen. So wäre alles in Ordnung. Nun gehe Du hinterher." Er packte alles, was er los sein wollte, wie ein Zelt zusammen und hob es auf die Fensterschwelle. Tausend Fuß tiefer lag eine lange, träge, rundschulterige Bank von Nebel, noch nicht von der Morgensonne berührt. Unter dieser ein Wald von hundertjährigen Föhren. Er konnte die grünen Baumspitzen, wenn ein Wirbelwind den Nebel teilte, wie ein Bett von Moos heraufschimmern sehen.

„Nein! Ich glaube nicht, daß jemand da hinterher steigt." Der herumgewirbelte Korb spie seinen Inhalt aus. Der Theodolit schlug gegen eine vorstehende Klippe und zersplitterte wie Glas. Die Bücher, Tintenfässer, Tuschkasten, Kompasse und Lineale glichen einen Augenblick einem Bienenschwarm. Dann war alles verschwunden und ob auch Kim, halb aus dem Fenster gebogen, seine jungen Ohren anstrengte, kein Laut drang aus dem Abgrund herauf.

„Nicht für fünfhundert, nicht für tausend Rupien könnte man sie wieder kaufen," dachte er betrübt. „Es ist sehr verschwenderisch, aber ich habe doch alles andere – alles, was sie gearbeitet haben – hoffe ich. Nun, wie zum Kuckuck, kann ich Hurree Babu benachrichtigen, und was zum Kuckuck soll ich tun? Und mein alter Mann ist krank. Die Briefe muß ich in Öltuch wickeln, sonst werden sie feucht. Das muß zuerst geschehen; und ich bin ganz allein!" Er machte ein neues Paket, preßte das steife Öltuch an den Ecken fest zusammen: sein Vagabundenleben hatte ihn so methodisch gemacht, wie einen alten Jäger – und packte mit besonderer Sorgfalt die Bücher in den Futtersack.

Die Frau rüttelte an der Tür.

„Du hast keinen Zauber gemacht?" fragte sie, umherblickend.

„Es ist nicht nötig." Kim hatte die Notwendigkeit einer kleinen Plauderei vollständig vergessen. Die Frau lachte unehrerbietig über seine Verlegenheit.

„Nicht nötig – für Dich. Du kannst mit einem Wink Deines Auges einen Zauber machen. Aber denke an uns armes Volk, wenn Du fort bist. Sie waren in letzter Nacht alle zu betrunken, um auf eine Frau zu hören. Du bist nicht betrunken?"

„Ich bin ein Priester." Kim hatte sich wieder gesammelt und die Frau, die nichts weniger als unschön war, verfolgte ihr Ziel weiter.

„Ich sagte es ihnen, die Sahibs würden wütend sein, würden dem Rajah Bericht geben und sie in Untersuchung bringen. Und der Babu ist auch bei ihnen, und Schreiber haben lange Zungen."

„Ist das alles, was Dich beunruhigt?" Der Plan war schon fertig in Kims Kopf und er lächelte vergnügt.

„Nicht alles," sagte die Frau, ihm die harte, braune Hand, die mit silbergefaßten Türkisen überladen war, entgegen streckend.

„Ich kann das in einem Augenblick ändern," fuhr er rasch fort. „Der Babu ist derselbe Hakim (Du hast von ihm gehört?), der durch die Hügel bei Ziglaur wanderte. Ich kenne ihn."

„Für Geld wird er alles verraten. Sahibs können nicht einen Gebirgler vom anderen unterscheiden, aber Babus haben Augen für Männer – und Weiber."

„Bringe ihm ein Wort von mir."

„Für Dich würde ich alles tun."

Er nahm das Kompliment ruhig an, wie Männer es in einem Lande tun, wo Frauen den Hof machen, riß ein Blatt aus seinem Notizbuch und schrieb mit Bleistift in plumpem Shikast – der Schrift, die unartige, kleine Jungen brauchen, wenn sie Unsinn an die Wände schmieren: „Habe alles, was sie geschrieben, ihre Karten des Landes und viele Briefe. Besonders den Murasla. Sage mir, was ich tun soll. Ich bin zu Shamlegh unter dem Schnee. Der alle Mann ist krank."

„Bringe ihm dies. Es wird ihm den Mund verschließen. Er Kann noch nicht weit fort sein."

„Wahrlich, nein. Sie sind noch in dem Wald am Gebirgsvorsprung. Unsere Kinder haben sie dort bewacht, bis es hell wurde, und haben ihre Meldungen heraufgerufen, wenn sie weitergingen." Kim war erstaunt. Von der Grenze der Weide her kam ein schriller, habichtähnlicher Triller. Ein Kind, das die Schafe hütete, hatte ihn von einem Bruder oder einer Schwester an der anderen Seite des Abhangs, der das Tal von Chini übersah, aufgenommen.

„Meine Gatten sind auch dort, um Holz zu sammeln."

Sie zog eine Hand voll Wallnüsse aus ihrem Gewand, brach eine auf und begann zu essen. Kim heuchelte volle Unwissenheit.

„Kennst du nicht die Bedeutung der Wallnuß, Priester?" fragte sie schmeichelnd und reichte ihm die geteilten Schalen.

„Ein guter Gedanke!" Er schob das Stückchen Papier rasch zwischen beide. „Hast Du etwas Wachs, um sie über diesem Brief zusammen zu kleben?"

Die Frau seufzte laut und Kim lenkte ein.

„Es gibt erst einen Lohn, wenn der Dienst vollführt ist. Trage dies dem Babu hin und sage, der Sohn des Zaubers sende es."

„Ai! wirklich, wirklich! Ein Zauberer, der aussieht wie ein Sahib."

„Nein, Sohn des Zaubers! Und frage, ob Du eine Antwort bringen sollst."

„Wenn er aber zudringlich wird? Ich – ich bin ängstlich." Kim lachte. „Er ist, glaube ich, sehr müde und sehr hungrig. Die Berge machen kühle Bettgenossen. Hai, meine –" er halte es auf der Zunge, „Mutter" zu sagen, verwandelte es aber in „Schwester" – „Du bist eine Kluge und verständige Frau. Wissen jetzt wohl alle die Dörfer schon, was den Sahibs passiert ist – he?"

„Sicher. Um Mitternacht war die Neuigkeit in Ziglaur; morgen wird sie in Kotgarh sein. Beide Dörfer werden sich ärgern und fürchten."

„Nicht nötig. Sage den Dörfern, sie sollen die Sahibs gut futtern und in Frieden ziehen lassen. Mir müssen sie möglichst still aus unseren Tälern fortschaffen. Stehlen ist eine Sache – morden eine andere. Der Babu wird mich verstehen, und es werden keine Klagen hinterher kommen. Sei flink. Ich muß meinen Meister pflegen, wenn er erwacht."

„So sei es. Nach dem Dienst – sagtest Du? – kommt die Belohnung. Ich bin das Weib von Chamlegh, und ich werde von dem Rajah erhalten. Ich bin keine gewöhnliche Kinder-Gebärerin. Shamlegh ist Dein, Huf und Hörn und Haut, Milch und Butter. Wenn Du es nicht magst, laß es bleiben."

Sie wandte sich entschlossen und begann, in den Morgen hineinzugehen, der fünfzehnhundert Fuß über ihnen aufglomm. Ihre silbernen Halsketten klirrten auf ihrer breiten Brust. Kim dachte nach, diesmal im Dialekt, wahrend er die Ecken des Öltuchs mit Wachs festklebte.

„Wie kann ein Mann dem Weg folgen oder dem Großen Spiel, wenn er immer von den Weibern verfolgt wird? Erst war es das Mädchen in Akrola bei der Furt, dann die Frau des Küchenjungen hinter dem Taubenschlag – die übrigen nicht zu zählen – und nun kommt diese hier! So lang ich ein Kind war, war das ganz gut, aber jetzt bin ich ein Mann, und sie wollen mich nicht als Mann betrachten. Wallnüsse, fürwahr! Ho! Ho! In den Ebenen sind es Mandeln!"

Er ging hinaus, um Almosen zu sammeln – nicht mit der Bettelschale, die war für dort unten gut – sondern wie ein Prinz. Shamleghs Sommer-Bevölkerung besteht aus drei Familien – vier Frauen und acht oder neun Männern. Sie waren sämtlich vollgestopft mit Büchsenfleisch und gemischten Getränken, vom Ammoniak-Chinin an bis zum weißen Wodka – denn sie hatten ihren vollen Anteil an dem Diebstahl gehabt. Die netten kontinentalen Zelte waren längst zerschnitten und geteilt, und Bratenpfannen aus Aluminium lagen umher.

Sie betrachteten die Gegenwart des Lamas als ein Schutzmittel gegen alle Konsequenzen und brachten, vollkommen unbußfertig, Kim von dem Besten, was sie noch hatten, bis hinab zu einem Trunk Chang, dem Gerstenbier, das von Ladakh kommt. Dann tauten sie im Sonnenschein auf und saßen, die Füße über unermeßliche Abgründe baumelnd, schwatzend und lachend und rauchend da. Sie beurteilten Indien und die Regierung nur nach dem, was sie von wandernden Sahibs, denen sie als Shikarris dienten, gehört hatten. Kim bekam Geschichten erzählt von angeschossenen Steinböcken, von Ringelhorn-Ziegen, von Sahibs (spätfliegende Fledermaus), die von Sahibs gejagt wurden, welche seit zwanzig Jahren in ihren Gräbern lagen – jede Geschichte gleichsam von rückwärts beleuchtet, wie Baumwipfel vom Blitz.

Sie erzählten ihm von ihren Krankheiten und, was wichtiger war, von den Krankheiten ihrer Kleinen, sicherfüßigen Rinder: von Kleinen Märschen bis Kotgarh, wo die fremden Missionare wohnen und selbst noch weiter bis nach dem wunderbaren Simla, wo die Straßen mit Silber gepflastert sind und jeder Dienst bekommen kann bei den Sahibs, die in zweirädrigen Wagen fahren und Geld mit Schaufeln austeilen. Bald gesellte der Lama, schwer und nachdenklich daher schreitend, sich zu den am Abhang schwatzenden Gruppen, die ihm breiten Raum gaben. Die dünne Luft erfrischte ihn. Er setzte sich zu ihnen, und sie warfen, wenn die Rede stockte, Steine in die Leere. Dreißig Meilen entfernt, wie der Adler fliegt, lag die nächste Bergkette, besäumt, durchzogen und punktiert mit kleinen Flecken von Gebüsch – die in der Tat Wälder waren von der Ausdehnung eines starken Tagesmarsches – und hinter dem Dorfe schnitt der Shamlegh selbst jede Aussicht südwärts ab. Man saß gleichsam in einem Schwalbennest unter dem Dachgiebel der Welt.

Von Zeit zu Zeit streckte der Lama seine Hand aus, und mit leise geflüsterten Sprüchen wies er auf den Weg nach Spiti und nordwärts über den Parungla.

„Dort wo die Hügel am dichtesten liegen, liegt Dech'en, (er meinte Han-lé) das große Kloster. s'Tag-stanras-ch'en erbaute es, und von ihm gibt es eine Sage.“

Und er erzählte sie, eine phantastische Geschichte, voll von Zauberei und Wundern, die Shamlegh in keuchendes Erstaunen setzte. Sich etwas westlich wendend, spähte er nach den grünen Hügeln von Kulu und suchte Kailung unter den Gletschern. „Denn von dort her kam ich in den alten, alten Tagen. Von Leh kam ich, über den Baralachi.“

„Ja, ja, wir kennen das,“ rief das weit reisende Volk von Shamlegh.

„Und ich schlief zwei Nächte bei den Priestern von Kailung. Dies sind die Hügel meines Entzückens! Schatten, gesegnet über allen Schatten! Hier öffneten meine Augen sich für diese Welt. Dort fand ich Erleuchtung: und dort gürtete ich meine Lenden für die Suche. Aus den Hügeln kam ich – den hohen Hügeln und den starken Winden. Oh, gerecht ist das Rad!" Er segnete alle nach einander – die mächtigen Gletscher, die nackten Felsen, die gehäuften Moränen und Schieferberge. Er segnete trockenes Hochland und verborgenen Salzsee, uralte Bäume und fruchtbares, wasserdurchrieseltes Tal; und Kim staunte über seine Gemütserregung.

„Ja – ja. Unseren Hügeln gleicht nichts anderes," rief das Volk von Shamlegh und fing an sich zu wundern, daß Menschen in den heißen, schrecklichen Ebenen lebten, wo die Rinder so groß wie Elefanten sind und nicht an den Bergkanten pflügen können; wo Dorf an Dorf stößt, hundert Meilen weit, wie sie gehört; wo die Leute gleich truppweise stehlen und was die Räuber übrig lassen, von der Polizei weggenommen wird.

So verstrich der stille Vormittag und als er endete, stieg Kims Botin von dem steilen Weidegrund herauf, so ruhigen Atems, wie beim Beginn des Marsches.

„Ich sandte dem Hakim eine Nachricht," erklärte Kim, als sie ihre Verbeugung machte.

„Hat er sich den Götzendienern zugesellt? Nein – ich erinnere mich, er machte eine Heilung an einem von ihnen. Er hat Verdienst erworben, wenn auch der Geheilte seine Stärke auf Böses verwendete. Gerecht ist das Rad! Was von dem Hakim?"

„Ich fürchtete, daß Du Schaden genommen hättest, und – ich wußte, daß er weise ist." Kim nahm die verklebten Wallnußschalen und las auf der Rückseite seines Briefes, englisch geschrieben, folgendes: „Geehrtes empfangen. Kann gegenwärtig nicht loskommen von gegenwärtiger Gesellschaft. Werde sie nach Simla bringen. Nachdem hoffe ich Dich einzuholen. Zwecklos, wütende Gentlemen weiter zu begleiten. Kehre auf demselben Wege zurück; werde Dich überholen. Hoch befriedigt über Korrespondenzen – meiner Voraussicht zu danken." Er schreibt, Heiliger, er will den Götzendienern entwischen und zu uns zurückkehren. Sollen wir nun in Shamlegh ihn erwarten?"

Der Lama blickte lange und liebevoll auf die Berge und schüttelte sein Haupt.

„Das darf nicht sein, Chela. Ich wünsche es mit all meinen Knochen, aber es ist verboten. Ich habe das Wesen der Dinge geschaut.“

„Warum darf es nicht sein, da die Hügel Dir Tag auf Tag Deine Kräfte wieder geben? Bedenke, wir waren schwach und hinfällig dort unten in der Doon.“

„Ich bekam nur Kräfte, um Böses zu tun und zu vergessen. Ein Zänker und ein Renommist auf den Bergen war ich.“ Kim verbiß ein Lächeln. „Gerecht und vollkommen ist das Rad und weicht nicht ein Haarbreit ab. Als ich ein Mann war – vor langer Zeit – pilgerte ich zu Guru Ch'wan unter den Pappeln, (er zeigte nach Bhotan zu) wo sie das Heilige Roß bewahren.“

„Stille, seid stille,“ rief Shamlegh mit einer Stimme. „Er spricht von Jam-lin-nin-K'or, dem Roß, das in einem Tag rund um die Welt gehen kann.“

„Ich spreche nur zu meinem Chela,“ sagte der Lama mit sanftem Vorwurf, und sie zerstreuten sich wie Reif auf südlichen Dachrinnen. „In jenen Tagen suchte ich nicht Wahrheit, sondern das Gerede des Dogmas. Alles Wahn! Ich trank das Bier und aß das Brot von Guru Ch'wan. Nächsten Tages sprach einer: „Wir ziehen aus zum Kampf gegen Sangor Gutok drunten im Tal, zu bestimmen, (siehe wieder, wie Begierde an Zorn gebunden ist!) welcher Abt im Tale herrschen und den Gewinn von den Gebetbüchern haben soll, die sie drucken in Sangor Gutok.“ Ich ging – und wir fochten einen Tag.“

„Aber wie, Heiliger?“

„Mit unseren Federkasten, wie ich Dir zeigen könnte .. Ich sage, wir fochten unter den Pappeln, beide Aebte und alle Mönche, und einer spaltete mir die Stirn bis auf den Knochen. Sieh her!“ Er schob den Hut zurück und zeigte eine zusammengeschrumpfte, silberige Narbe. „Gerecht und vollkommen ist das Rad! Gestern juckte die Narbe und nach fünfzig Jahren kam mir die Erinnerung, wie ich sie erhielt und an das Antlitz dessen, der mich verwundet hatte – ich verweilte ein wenig in Träumereien. Es folgte das, was Du sahest – Streit und Torheit. Gerecht ist das Rad! Des Götzendieners Schlag fiel auf die Narbe. Dann ward ich in meiner Seele erschüttert; meine Seele ward verdunkelt, und das Schiff meiner Seele schwankte auf den Wassern des Wahns. Nicht, bevor ich nach Shamlegh kam, konnte ich meditieren über den Grund der Dinge, oder erspüren die treibenden Graswurzeln des Bösen. Ich mühte mich die ganze lange Nacht.“

„Aber Heiliger, Du bist unschuldig an allem Bösen. Möge ich Dein Opfer sein!“

Kim war aufrichtig betrübt um des alten Mannes Kummer und unwillkürlich entschlüpfte ihm Mahbub Alis Phrase.

„Im Morgendämmern," fuhr der Lama ernster fort und der Rosenkranz klapperte zwischen seinen Fingern, „kam mir Erleuchtung. Hier ist sie ... ich bin ein alter Mann ... in den Bergen geboren, in den Bergen aufgewachsen ... soll ich nie wieder zwischen meinen Bergen niedersitzen. Drei Jahre wanderte ich durch Hind, aber – kann Erde stärker sein als Mutter Erde? Mein törichter Leib sehnte sich von drunten nach den Bergen oben und nach dem Schnee auf den Bergen. Ich sagte, und es ist wahr, meine Suche ist sicher. So wandte ich mich, durch mich selbst überredet, von dem Hause der Kulu-Frau bergwärts. Den Hakim trifft kein Tadel. Er – der Begierde folgend – sagte voraus, daß die Berge mich stark machen würden. Sie machten mich stark, um Böses zu tun und meiner zu vergessen. Ich ergötzte mich am Leben und an der Lust des Lebens. Ich begehrte steile Abhänge zu erklimmen, ich blickte umher, um solche zu finden. Ich maß die Stärke meines Körpers – welches Sünde ist – an den hohen Bergen. Ich spottete Deiner, als Dein Atem kurz wurde unter Jamnotri. Ich spöttelte, als Du das Gesicht abwandtest vom Schnee auf dem Paß."

„Aber das war kein Unrecht. Ich *fürchtete* mich. Es war berechtigt. Ich bin kein Gebirgler; und ich liebte Dich noch mehr um Deiner neuen Stärke willen."

„Mehr als einmal, ich erinnere mich," er legte seine Wange kummervoll auf seine Hand, „haschte ich nach Deinem und des Hakims Lob für die bloße Kraft meiner Beine. So folgte Böses auf Böses, bis der Becher voll war. Gerecht ist das Rad. Drei Jahre hindurch erwies All-Hind mir alle Ehren – von dem Born der Weisheit in dem Wunderhause, bis" – er lächelte – „bis zu einem kleinen Kind, das bei der großen Kanone spielte. – Die Welt bereitete mir meine Straße. Und warum?"

„Weil wir Dich liebten. Es ist nur das Fieber von der Aufregung. Ich selbst bin noch krank und angegriffen."

„Nein! Es ist, weil ich auf dem Weg war – gestimmt gleich einer Cymbel auf den Willen des Gesetzes – und abwich von der Satzung. Der Ton ward gebrochen: folgte die Strafe. In meinen eigenen Bergen, an der Grenze meines eigenen Landes, auf der Stelle selbst meiner bösen Begierde kommt der Schlag – hier!" (Er berührte seine Stirn.) „Wie ein Novize geschlagen wird, wenn er die Becher nicht richtig stellt, so bin ich geschlagen, der ich Abt von Such-zen war. Kein Wort, siehst Du, aber ein Schlag, Chela."

„Aber die Sahibs wußten nicht, wer Du warst, Heiliger!“

„Wir paßten gut zusammen. Unwissenheit und Begierde eint sich mit Unwissenheit und Begierde und erzeugt wurde Zorn. Der Schlag war mir, der ich nicht besser bin als ein umherschweifender Yak, ein Zeichen, daß mein Platz nicht hier ist. Wer die Ursache einer Handlung lesen kann, ist halbwegs zur Freiheit!

„Zurück auf den Pfad,“ sagt der Schlag. „Die Berge sind nicht für Dich. Du kannst nicht Freiheit wählen und in Knechtschaft der Begierde des Lebens liegen.“

„Hätten wir doch nie den dreimal verfluchten Russen getroffen!“

„Unser Herr selbst kann das Rad nicht rückwärts drehen. Und für das Verdienst, das ich erworben hatte, wird mir jetzt noch ein Zeichen.“ Er griff mit der Hand unter sein Gewand auf der Brust und zog das Rad des Lebens hervor. „Sieh her! Ich betrachtete dieses, nachdem ich meditiert halte. Nicht mehr als meines Fingernagels Breite blieb unzerrissen durch den Götzendiener.“

„Ich sehe.“

„So groß denn ist die Spanne meines Lebens in diesem Körper. Ich habe dem Rad gedient in all meinen Tagen. Jetzt dient das Rad mir. Ohne das Verdienst, das ich erwarb, indem ich Dich auf den Weg leitete, würde mir jetzt noch ein anderes Leben auferlegt sein, bevor ich meinen Strom gefunden hätte. Ist es klar, Chela?“

Kim starrte auf die schmählich zerstörte Karte. Der Riß ging in der Diagonale von links nach rechts; ging vom Elften Hause, wo Wunsch dem Kind Entstehung gibt (so wird es von den Tibetanern gezeichnet) hinüber durch die Menschen- und die Tierwelt, bis zum Fünften Hause, dem leeren Haus der Sinne. Die Logik war unwiderlegbar.

„Bevor Unser Herr Erleuchtung gewann,“ der Lama faltete mit Ehrfurcht alles wieder zusammen, „nahte Ihm die Versuchung. Auch mir nahte die Versuchung, aber es ist vorüber. Der Pfeil fiel in den Ebenen – nicht in den Bergen. Deshalb: was machen wir hier?“

„Sollen wir nicht wenigstens auf den Hakim warten?“

„Ich weiß, wie lange ich lebe in diesem Körper. Was kann ein Hakim tun?“

„Aber Du bist ganz krank und erschüttert. Du kannst nicht gehen.“

„Wie kann ich krank sein, wenn ich Freiheit sehe?“ Er richtete sich unsicher auf die Füße.

„Erst muß ich Speise aus dem Dorfe holen. Oh, der mühselige Weg!“ Kim fühlte, daß er auch der Ruhe bedurfte.

„Das ist nach dem Gesetz. Laß uns essen und gehen. Der Pfeil fiel in den Ebenen ... aber ich gab der Begierde nach. Mach Dich bereit, Chela.“

Kim wandte sich zu der Frau mit dem Türkisenkopfschmuck, die müßig Steinchen über die Klippe warf. Sie lächelte ihm freundlich zu.

„Ich fand ihn, wie einen verirrten Büffel im Kornfeld – den Babu; niesend und schnaufend. Er war so hungrig, daß er seine Würde vergaß und mir schöne Worte machte. Die Sahibs haben nichts.“ Sie streckte die leere Hand aus. „Einer hat arge Brustschmerzen. Dein Werk?“

Kim nickte mit strahlendem Auge.

„Zuerst sprach ich zu dem Bengalen, später zu den Leuten eines nahe liegenden Dorfes. Die Sahibs werden die Nahrung, die sie bedürfen, erhalten und die Leute werden kein Geld fordern. Der Raub ist schon verteilt. Der Babu lügt den Sahibs etwas vor. Warum bleibt er bei ihnen?“

„Weil er ein großmütiges Herz hat.“

„Nie hat ein Bengale ein Herz größer als eine getrocknete Wallnuß gehabt. Aber das ist nicht wichtig ... nun, was die Wallnüsse anbetrifft – nach dem Dienst kommt die Belohnung. Ich sagte es, das Dorf ist Dein.“

„Schade für mich,“ begann Kim. „Ich hatte es mir so schön gedacht – (wozu die Schmeicheleien, die für die Gelegenheit paßten, anführen?) Er seufzte tief ... „Aber mein Meister, durch eine Vision geleitet –“

„Huh! Alle Augen sehen nur nach der gefüllten Bettelschale.“

„– wendet sich von diesem Dorfe wieder den Ebenen zu.“

„Befiehl ihm zu bleiben.“

Kim schüttelte den Kopf. „Ich kenne meinen Heiligen und seinen Zorn, wenn man ihm widersteht,“ sprach Kim nachdrucksvoll. „Seine Flüche machen die Berge beben.“

„Schade, daß sie ihn nicht schützen konnten, als man ihm den Kopf zerschlug! Ich hörte, Du wärest der Tigerherzige, der den Sahib niederstreckte. Laß den alten Mann noch ein wenig weiter träumen. Bleibe!"

„Bergfrau," sagte Kim mit Strenge, die jedoch das weiche Oval seines jungen Gesichts nicht härter machte, „diese Dinge sind zu hoch für Dich."

„Die Götter mögen uns gnädig sein! Seit wann sind Männer und Weiber etwas anderes als Männer und Weiber?"

„Ein Priester ist ein Priester. Er sagt, er will in dieser Stunde gehen. Ich bin sein Chela und ich gehe mit ihm. Wir haben Speise für die Reise nötig. Er ist in allen Dörfern ein geehrter Gast, aber" – er lächelte kindlich – „das Essen hier ist gut. Gib mir etwas."

„Und wenn ich Dir nichts gebe? Ich bin das Weib von Shamlegh."

„Dann verwünsche ich Dich – ein wenig – nicht viel – aber genug, daß Du daran denkest." Er mußte wieder lächeln.

„Du hast mich schon verwünscht durch Deinen Augenniederschlag und das emporgerichtete Kinn. Verwünschungen? Was kümmern mich Worte?" Sie preßte die Hände auf den Busen. „Aber ich will nicht, daß Du im Unwillen von mir gehst und schlecht von mir denkst, als wäre ich eine Gras- und Kuhdung-Sammlerin, und nicht eine Frau von Wert."

„Ich denke nichts," sagte Kim, „als daß ich traurig bin, weil ich fort muß und daß ich müde und hungrig bin. Hier ist der Beutel."

Die Frau entriß ihm zornig den Beutel. „Ich war eine Närrin," rief sie. „Wer ist Deine Frau in den Ebenen? Ist sie blond oder schwarz? Einst war ich schön. Lachst Du? Einst, vor langer Zeit, glaubst Du mir nicht? sah ein Sahib mich günstig an. Einst, vor langer Zeit, trug ich europäische Kleider in dem Missions-Haus dorten." Sie wies nach Kotgarh hin. „Einst, vor langer Zeit, war ich Ker-lis-ti-an und sprach englisch wie die Sahibs sprechen. Ja. Mein Sahib sagte, er würde zurückkehren und mich freien – ja, freien. Er ging fort – ich hatte ihn gepflegt, als er krank war – aber er kehrte nie zurück. Da sah ich, daß die Götter der Kerlistis lügen und ich ging wieder zu meinem eignen Volk... Seitdem habe ich keinen Sahib wieder angesehen. (Lache nicht über mich. Der Anfall ist vorüber, kleines Priesterchen.) Dein Gesicht und Dein Gang und Deine Rede erinnerte mich an meinen Sahib, obwohl Du nur ein wandernder Bettler bist, dem ich ein Almosen reiche. Mich verfluchen? Du kannst weder verfluchen noch segnen!"

Sie legte die Finger an die Lippen und lachte bitter. „Deine Götter sind Lügen: Deine Taten sind Lügen: Deine Worte sind Lügen. Es sind keine Götter in all den Himmeln. Ich weiß es. Einen Augenblick wähnte ich, mein Sahib wäre zurückgekommen, und er war mein Gott. Ja, einst spielte ich auf dem Piano in dem Missions-Haus zu Kotgarh. Jetzt gebe ich Almosen – Priestern, die Heiden sind.“ Sie sprach nicht weiter englisch und band den übervollen Beutel zu.

„Ich warte auf Dich, Chela,“ sprach der Lama, der an dem Türpfosten lehnte.

Die Frau überflog mit den Augen die hohe Gestalt. „Er gehen! Er kommt keine halbe Meile weit. Wohin sollen alle Knochen wandern?“

Kim, bestürzt durch das verfallene Aussehen des Lamas, und den gewichtigen Umfang des Beutels, verlor die Fassung.

„Was geht es Dich an, Weib von bösem Wunsch, wie weit er kommt?“

„Nichts – eher Dich etwas, Priester mit dem Sahib-Gesicht. Willst Du ihn auf Deinen Schultern tragen?“

„Ich gehe in die Ebenen. Niemand darf mich am Rückweg hindern. Ich habe gerungen mit meiner Seele, bis ich kraftlos war. Mein törichter Leib ist verbraucht, und wir sind noch fern von den Ebenen.“

„Schau hin!“ sagte sie einfach und trat zurück, damit Kim seine gänzliche Hilflosigkeit erblicke. „Verfluche mich. Vielleicht gibt ihm das Kraft zurück. Mach einen Zauber! Ruf Deinen großen Gott an. Du bist ein Priester.“

So wandte sie sich ab.

Der Lama hatte sich schlaff niedergesetzt, seine Hände hielten sich an dem Türpfosten. Ein alter Mann erholt sich nicht so leicht wie ein Knabe von solcher Erschütterung. Die Schwäche beugte ihn zur Erde, aber die Augen, die auf Kim ruhten, blickten lebendig und flehend.

„Es wird alles gut werden,“ fügte Kim. „Die dünne Luft greift Dich an. Bald gehen wir. Es ist die Bergkrankheit. Auch ich bin etwas Krank in der Brust“ ... er kniete nieder und tröstete ihn mit kindlichen Worten, wie sie ihm auf die Lippen kamen. Die Frau trat wieder ein und, straff aufgerichtet, sprach sie:

„Deine Götter können nicht helfen? Versuche meine! Ich bin das Weib von Shamlegh.“ Sie ließ einen heiseren Ruf hören und herbei kamen aus einem Kuh-Gehege ihre beiden Gatten und zwei andere Männer, mit einer Dooli, der rohen einheimischen Tragbahre der Hügel, die gebraucht wird, um Kranke zu transportieren und um Staatsvisiten zu machen. „Dieses Rindvieh ist Dein," sie ließ sich nicht einmal herab, die Männer anzusehen, „so lange Du ihrer bedarfst."

„Mir wollen aber nicht den Simla-Weg gehen," rief der Gatte Nr. 1. „Wir wollen den Sahibs nicht nahe kommen."

„Sie werden nicht fortlaufen, wie die anderen taten, auch kein Gepäck stehlen. Zwei von ihnen sind Schwächlinge. Faßt die Deichselstangen an, Sonoo und Taree." Sie gehorchten rasch. „Niedriger! Und hebt den alten Mann hinauf. Ich will auf das Dorf und auf Euere tugendhaften Weiber acht geben, bis Ihr wiederkommt."

„Wann wird das sein?"

„Fragt die Priester. Belästigt mich nicht. Bindet den Futterbeutel unten an, er behält so besseres Gleichgewicht."

„O, Heiliger!" rief Kim beruhigter, als der Lama nach der Tragbahre schwankte. „Deine Berge sind gütiger als unsere Ebenen. Es ist ein wahres Königsbett, ein Platz der Ehre und Ruhe. Und wir danken es der –"

„Frau vom bösen Wunsch. Ich brauche Deine Segnungen so wenig wie Deine Verwünschungen. Es ist *mein* Befehl, nicht Deiner. Hebt auf und fort! Bleibe! Hast Du Geld für die Reise?"

Sie winkte Kim nach ihrer Hütte und bückte sich nach einer abgenutzten englischen Schatulle unter ihrer Bettstatt.

„Ich brauche nichts," sprach Kim, ärgerlich, wo er hätte dankbar sein sollen. „Ich bin schon überladen mit Deinen Gunstbezeigungen."

Sie blickte mit sonderbarem Lächeln auf ihn und legte eine Hand auf seine Schulter. „Danke mir wenigstens. Ich bin häßlich und eine Bergfrau, aber, wie Deine Rede geht: ich habe Verdienst erworben. Soll ich Dir zeigen, wie die Sahibs danken?" Und ihre harten Augen wurden weicher.

„Ich bin nur ein wandernder Priester," sagte Kim und seine Augen antworteten den ihrigen. „Du bedarfst weder meines Segens noch meines Fluches."

„Nein. Aber warte einen Augenblick. – Du kannst die Dooli mit zehn Schritten überholen – *wenn* Du ein Sahib wärest – soll ich Dir zeigen, was Du dann tun würdest?"

„Wie, wenn ich es errate?“ sagte Kim, und sie mit dem Arm umfassend. küßte er ihre Wange und fügte auf englisch hinzu: „Ich danke Dir sehr, meine Liebe.“ Küssen ist den Asiaten tatsächlich unbekannt; das mag der Grund sein, daß sie sich mit weit offenen, erschreckten Augen rückwärts beugte.

„Das nächste Mal,“ fuhr Kim fort, „mußt Du Deinen Heiden-Priestern gegenüber nicht so sicher sein. Nun muß ich Abschied nehmen.“ Er hielt, nach europäischer Art, seine Hand hin. Sie ergriff sie mechanisch. „Leb wohl, meine Liebe.“

„Leb wohl, und – und –“ Wort auf Wort kam ihr das Englisch wieder – „und wirst Du wiederkommen? Leb wohl, und – der Gott segne Dich.“

Eine halbe Stunde später, als die knarrende Bahre den Hügelpfad, der südöstlich von Shamlegh abweicht, aufwärts rüttelte, erblickte Kim vor der Hüttentür eine kleine Gestalt, die mit einem weißen Lappen wehte.

„Sie hat vor allen anderen Verdienst erworben,“ sprach der Lama. „Denn einem Manne auf den Weg zur Freiheit zu helfen, ist fast so viel, als hätte sie selbst ihn gefunden.“

„Hm!“ machte Kim, an das Geschehene denkend.

„Mag sein, daß auch ich Verdienst erworben habe ... wenigstens hat sie mich nicht wie ein Kind behandelt.“

Er hakte sein Gewand fest, wo er die Karten und Dokumente bewahrte, schnallte den Futtersack fester, legte die Hand auf den Rand der Bahre und krümmte sich nieder zu dem langsamen Schritt der knurrenden Ehemänner.

„Diese auch erwerben Verdienst,“ sprach der Lama, nach einigen Meilen.

„Mehr noch, sie werden in Silber bezahlt,“ meinte Kim. Das Weib von Shamlegh hatte es ihm gegeben; und es war in der Ordnung, folgerte er, daß ihre Männer es zurückverdienten.

Kapitel 15.

Zweihundert Meilen nördlich von Chini, an der blauen Schiefergrenze von Ladakh, finden wir Yankling Sahib, den lustigen Mann, wütend durch ein Fernglas in die Berge spähend nach einer Spur von seinem Lieblingsträger, einem Mann aus Aochung. Aber dieser Überläufer, mit einer neuen Mannlicher Flinte und zweihundert Patronen, treibt sich irgendwo herum und schießt Moschustiere für den Markt; und in nächster Saison wird Yankling Sahib hören, wie schwer krank er gelegen hat.

Über die Täler von Bushahr – die weitsichtigen Adler der Himalayas schwärmen ab vor seinem weiß und blau gestreiften Sonnenschirm – eilt ein Bengale, einst fett und wohl aussehend, jetzt mager und erschöpft. Er hat den Dank zweier distinguierten Fremden empfangen, die er nicht ungeschickt nach dem Tunnel von Mashobra, der zu der großen und heiteren Hauptstadt Indiens führt, gelotset hat. Es war nicht seine Schuld, daß, durch feuchte Nebel am Sehen verhindert, er sie an der Telegraphen-Station und der europäischen Kolonie von Kotgarh vorbei geführt hatte. Es war nicht seine Schuld, sondern die der Götter, von welchen er so fesselnd erzählte, daß er sie über die Grenze von Nahan befördert hatte und daß der Rajah dieses Staates sie für desertierte englische Soldateska hielt. Hurree Babu sprach so lange von der Größe und dem Ruhm seiner Begleiter in ihrem eigenen Lande, bis das einfältige Königlein gnädig lächelte. Er redete in gleicher Weise zu jedem der fragte – oftmals – laut – und mit Variationen. Er bat um Speise, sorgte für Unterkunft, erwies sich als geschickter Arzt bei einer Rippenverletzung, wie sie durch Hinabrollen an einer steinigen Hügelseite entstehen kann, kurz, machte sich in jeder Beziehung unentbehrlich. Der Beweggrund seiner edelmütigen Handlung gereichte ihm zur Ehre. Gleich Millionen von Mit-Sklaven betrachtete er Rußland als den großen Befreier im Norden. Er war ein furchtsamer Mann. Er hatte gefürchtet, seine erlauchten Dienstherren nicht schützen zu können vor dem Haß einer aufgeregten Landbevölkerung. Ihm selbst war es ziemlich gleichgültig, ob ein heiliger Mann geschlagen würde oder nicht, aber ... er war sehr dankbar und aufrichtig erfreut, getan zu haben, was in seinen schwachen Kräften stand, um ihr Abenteuer – abgerechnet den Verlust ihrer Bagage – zu einem erfolgreichen Ende zu führen. Die Schläge hatte er vergessen, behauptete, es wären gar keine Schläge ausgeteilt in der unheilvollen ersten Nacht unter den Föhren. Er forderte weder rückständigen Lohn noch Kostgeld; aber wenn sie ihn dessen würdig hielten, würden sie ihm ein Zeugnis schreiben? Es könnte ihm später nützlich sein, wenn andere, ihre Freunde, über die Pässe kämen. Er bat sie, seiner in ihrer künftigen Größe zu gedenken, denn er „meinte untertänigst", daß auch er, Mohendro Lal Dutt, M. A. (Mitglied der militärischen Akademie) von Calcutta, dem Staate einen kleinen Dienst erwiesen hatte.

Sie schrieben ihm ein Zeugnis, lobten seine Höflichkeit, Hilfsbereitschaft und seine nie fehlende Sicherheit als Führer. Er schob es in seinen Gürtel und schluchzte vor Rührung – sie hatten so manche Gefahr zusammen bestanden. – Zur heißen Nachmittagszeit führte er sie durch die überfüllte Hauptstraße Simlas zur Vereinsbank von Simla, wo sie sich identifizieren wollten, und verschwand dann, wie eine Dämmerungswolke über Jakko.

Seht ihn dort – zu dünn geworden, um zu schwitzen, zu eilig, um die Medikamente in seinem kleinen messingbeschlagenen Koffer anzubieten, den Abhang von Shamlegh erklimmen – ein rechtschaffener, fehlerloser Mann. Seht ihn, alles Babutum abgelegt, am Nachmittag auf einem Bett rauchend, während eine Frau mit türkisenbeschlagener Kopfzier südwärts zeigt über das schäbige Grasland. „Tragbahren," sagt sie, „gehen nicht so schnell wie ein unbeladener Mann, aber seine Vögel könnten doch jetzt schon in der Ebene sein. Der heilige Mann hatte nicht bleiben wollen, obgleich Lispeth ihn gebeten." Der Babu stöhnt tief, gürtet seine Lenden und geht wieder fort. Er liebt es nicht, nach Dunkelwerden zu wandern; seine Tagesmärsche aber – es ist niemand da, um sie in ein Buch einzutragen – würden Leute, die seine Rasse verspotten, in Erstaunen setzen. Freundliche Dorfleute, die sich des Arznei-Verkäufers von Dacca erinnern, geben ihm Schutz gegen die bösen Geister der Wälder. Er träumt von den Göttern Bengalens, von Universitäts-Lehrbüchern und der Akademie der Wissenschaften in London, England. In der Morgendämmerung geht der auf- und abhüpfende, blau und weiße Sonnenschirm weiter.

An der Grenze der Doon, Mussoovie weit hinten und die Ebene in goldenem Staub im Vordergrund, hält eine abgenutzte Tragbahre, auf der – alle Berge wissen es – ein kranker Lama ruht, der einen Fluß zu seiner Heilung sucht. Dörfer haben sich fast geschlagen um die Ehre, die Bahre zu tragen, denn nicht nur hat der Lama ihnen Segnungen gegeben, sondern sein Schüler auch gutes Geld – voll ein Drittel von Sahibs-Preisen. Zwölf Meilen täglich hat die Dooli gemacht, die fettigen, abgeriebenen Deichselstangen zeigen es, und auf von Sahibs selten benutzten Wegen.

Über den Nilang-Paß im Sturm, wo der treibende Schneestaub jede Falte im Gewande des unbewegten Lamas füllte; zwischen den schwarzen Hörnern des Raieng, wo sie das Pfeifen der wilden Ziegen durch die Wolken hörten, in ermüdendem Gleiten auf schiefrigem Grunde, eingeklemmt zwischen Schulter und Kiefer in den gefährlichen Windungen der gesprengten Straße unterhalb Bhagirati, schwankend und knarrend im langsamen Trott bergab in das Tal der

Wasser – eilig hin über die dampfenden Ebenen dieses eingeschlossenen Tales – aufwärts wieder und hinaus, den brüllenden Sturzbächen von Kedarnath entgegen; um die Mittagszeit niedergestellt im schattigen Dunkel mitleidiger Eichenwälder, von Dorf zu Dorf in der Dämmerungskühle (wenn selbst Frommen es nicht zu verübeln ist, daß sie über ungeduldige, heilige Männer fluchen) oder bei Fackellicht, wo selbst die Furchtlosesten an Geister denken – so erreichte die Dooli endlich ihre letzte Station. Die kleinen Gebirgler schwitzen in der mäßigeren Hitze der niedrigeren Sewaliks und sammeln sich um die Priester, um ihren Segen und ihre Bezahlung zu erhalten.

„Ihr habt Verdienst erworben," sprach der Lama. „Verdienst, größer als Ihr wißt, und, Ihr kehrt zurück zu den Bergen." Er seufzte.

„Sicher. Nach den hohen Bergen, so bald als möglich." Die Träger reiben sich die Schultern, trinken Wasser, speien es wieder aus und binden ihre Strohsandalen fest. Kim – sein Gesicht sieht müde und erschöpft aus – zahlt mit kleinem Silbergeld aus seinem Gürtel, hebt den schweren Futterkorb von der Bahre, zwängt ein Oeltuch-Paket – es sind heilige Schriften – unter sein Brustgewand und hilft dem Lama auf die Füße. Frieden ist wieder in den Augen des alten Mannes; er fürchtet nicht mehr, daß die Berge niederstürzen und ihn zerschmettern, wie in der schrecklichen Nacht, als der überflutete Strom sie zurückhielt.

Die Männer heben das Dooli auf und entschwinden dem Blick zwischen den Haufen von Gestrüpp.

Der Lama hebt die Hand gegen den Wall der Himalayas.

„Nicht unter euch, o Gesegnete unter allen Bergen, fiel der Pfeil Unseres Herrn! Und niemals wieder werde ich euere Luft atmen!"

„Aber Du bist zehnmal stärker in dieser guten Luft," sagte Kim und seiner müden Seele tat der Anblick der ährenreichen, sanften Ebene wohl. „Hier, oder hier herum fiel der Pfeil, ja. Wir wollen sehr langsam gehen, vielleicht ein Kos den Tag, denn die Suche ist sicher. Aber der Sack wiegt schwer."

„Ah! Unsere Suche ist sicher. Ich bin aus großer Versuchung hervorgegangen."

Sie wanderten jetzt nur einige Meilen täglich und Kims Schultern trugen die ganze Last – das Gewicht eines alten Mannes, das Gewicht des schweren Speisekorbes mit den geschlossenen Büchern, die Last der Schriften aus seiner Brust und die der Tagebücher. Er bettelte, wenn die Dämmerung kam, legte die

Decken für des Lamas Meditation, hielt das müde Haupt auf seinem Schoß während der Nachmittags-Hitze, wehrte ihm die Fliegen ab, bis ihn der Nacken schmerzte, bettelte wieder am Abend und rieb des Lamas Füße, der ihm lohnte mit Versprechung, von Freiheit – für heute – morgen – oder spätestens den folgenden Tag.

„Nie gab es solch einen Chela! Ich zweifle zuweilen, daß Ananda treuer sorgte für Unsern Herrn. Und Du bist ein Sahib? Als ich ein Mann war – vor langer Zeit – vergaß ich das. Jetzt blicke ich oft auf Dich und jedesmal erinnere ich mich, daß Du ein Sahib bist. Es ist sonderbar."

„Du hast gesagt, es ist weder schwarz noch weiß. Was quälst Du mich mit solcher Rede, Heiliger? Laß mich den andern Fuß reiben. Es reizt mich. Ich bin kein Sahib. Ich bin Dein Chela und mein Kopf ist schwer auf meinen Schultern."

„Noch ein wenig Geduld. Wir erreichen Freiheit zusammen. Dann werde ich und Du, auf dem fernen Ufer des Stromes, zurückblicken auf unser Leben, wie wir in den Bergen unseren Tagesmarsch hinter uns ausgebreitet erblickten. Vielleicht war auch ich einmal ein Sahib."

„War nie ein Sahib gleich Dir, ich schwöre es."

„Ich bin sicher, der Hüter der Bildnisse in dem Wunderhaus war in vergangenem Leben ein sehr weiser Abt. Aber selbst seine Brille macht meine Augen nicht sehend. Es fallen Schatten, wenn ich scharf sehen möchte. Tut nichts – wir kennen die Listen des armen törichten Leichnams – Schatten, die sich wieder in Schatten wandeln. Ich bin gefesselt durch die Täuschung von Zeit und Raum. Wie weit kamen wir heute im Fleisch?"

„Vielleicht ein halbes Kos." (Dreiviertel Meile.) „Und es war ein mühseliger Marsch."

„Eine halbe Meile? Ha! Ich wanderte zehntausend Tausend im Geiste. Wie wir alle eingebunden und eingewickelt und eingeschlossen sind in diesen sinnlosen Dingen." Er sah auf seine abgezehrte, blaugeaderte Hand, die die Perlen so schwer fand.

„Chela, hast Du nie den Wunsch mich zu verlassen?"

Kim dachte an das Öltuch-Paket und die Bücher im Speisekorb. Wenn ein ordnungsmäßig Vorgesetzter ihn von diesen befreien könnte, möchte seinetwegen das Große Spiel sich selbst spielen, ihn würde es nicht kümmern. Sein Kopf war heiß und müde und ein Husten, der aus der Brust kam, quälte ihn.

„Nein," antwortete er fast finster. „Ich bin weder ein Hund noch eine Schlange, daß ich beiße, wo ich gelernt habe zu lieben."

„Du bist zu zart für mich." „Auch das nicht. Doch habe ich in einer Angelegenheit, ohne Dich zu fragen, gehandelt. Ich habe durch das Weib, das uns heute Morgen die Ziegenmilch gab, eine Botschaft an die Kulu-Frau gesendet, daß Du ein wenig schwach wärest und einer Tragbahre bedürftest. Ich machte mir Vorwürfe im Geist, daß ich es nicht gleich tat, als wir in die Ebene kamen. Wir wollen hier bleiben, bis die Tragbahre kommt."

„Ich bin es zufrieden. Sie ist eine Frau mit einem Herzen von Gold, wie Du sagst, aber eine Schwätzerin – etwas von einer Schwätzerin."

„Sie wird Dich nicht ermüden. Ich habe dafür gesorgt, Heiliger; mein Herz ist sehr schwer wegen so mancher Unachtsamkeit gegen Dich." Ein hysterisches Zucken stieg in seine Kehle. „Ich habe Dich zu viel gehen lassen; ich habe nicht immer gute Nahrung für Dich gebracht. Ich habe die Hitze nicht beachtet; ich habe mit den Leuten auf der Straße geredet und Dich allein gelassen. Ich habe – ich habe ... Hai mai! Aber ich liebe Dich ... und es ist nun alles zu spät ... ich war ein Kind. Oh, warum war ich nicht ein Mann!" ...

Überwältigt von Anstrengung, Müdigkeit und der für seine Jugend zu schweren Last, brach Kim zu des Lamas Füßen schluchzend zusammen.

„Welche Torheit," sprach sanft der alte Mann. „Nie bist Du eines Haares Breite abgewichen vom Wege des Gehorsams. Mich vernachlässigt? Kind, ich habe von Deiner Kraft gelebt, wie ein alter Baum von dem Kalk einer neuen Mauer. Tag, auf Tag, seit wir von Shamlegh niederstiegen, habe ich Stärke von Dir gestohlen. Dadurch, nicht durch Deine Sünde, bist Du schwach geworden. Es ist der Körper – der dumme, törichte Körper – der jetzt spricht. Nicht die sichere Seele. Tröste Dich! Erkenne wenigstens die Teufel, gegen die Du kämpfest. Sie sind erdgeboren – Kinder des Wahns. Wir wollen zu der Frau von Kulu gehen. Sie mag Verdienst erwerben, indem sie uns Obdach gibt und besonders mich pflegt. Du sollst frei umhergehen, bis Deine Kräfte wiederkehren. Ich hatte den törichten Leib vergessen. Wenn einer zu tadeln ist, bin ich es. Aber wir sind zu nahe den Pforten der Erlösung, um Unrecht abzuwägen. Ich müßte Dich loben, aber wozu? In kurzer Zeit – in sehr kurzer Zeit – werden wir über allem „Wozu" sein."

Und er liebkoste und tröstete Kim mit weisen Sprüchen und Textstellen, mit Bezug auf das Kleine, wenig verstandene Tier, unseren Körper, der, nur eine

Täuschung – dennoch sich aufspielen will als die Seele – uns so den Weg verdunkelnd, und eine Unzahl unnützer Teufel herauf beschwörend.

„Hai! Hai! Laß uns von der Kulu-Frau sprechen. Meinst Du, sie wird einen neuen Zauber für ihre Enkel verlangen? Als ich ein junger Mann war, vor sehr langer Zeit, war ich von solchen und anderen Künsten geplagt, und ich ging zu einem Abte – einem sehr weisen Mann, und einem Sucher nach Wahrheit: nur wußte ich das damals nicht. Richte Dich auf und höre, Kind meiner Seele! Ich erzählte meine Geschichte. Sprach er zu mir: „Chela, wisse dies! Es gibt viele Lügen in der Welt und nicht wenige Lügner; aber kein Lügner ist so schlimm wie unser Körper; nur in seinen Empfindungen ist er wahr." Dies erwägend, fühlte ich mich beruhigt. Und in seiner großen Güte erlaubte er mir, Tee in seiner Gegenwart zu trinken. Erlaube Du mir jetzt Tee zu trinken, denn ich bin durstig."

Mit Lachen unter Tränen küßte Kim dem Lama die Füße und bereitete den Tee.

„Du stützest Dich auf mich, Heiliger, mit dem Körper; ich aber stütze mich auf Dich mit etwas anderem. Weißt Du es?"

„Mag sein, ich habe es erraten," sagte der Lama schelmisch. „Wir müssen das ändern." –

Mit Stoßen und Knarren und sehr wichtig tuend, kam nichts Geringeres angewackelt als der Lieblings-Palankin der Sahiba, zwanzig Meilen weit dem Lama entgegengesandt, in Obhut des graubärtigen alten Oorya-Dieners; und als sie alle zusammen die unordentliche Ordnung des weißen, lärmvollen Hauses hinter Saharunpore endlich erreicht hatten, traf der Lama seine Maßregeln.

Sprach die Sahiba von einem oberen Fenster herab, nach vorausgeschickten Komplimenten, freundlich: „Was nützt es, daß eine alte Frau einem alten Manne Ratschläge gibt? Ich sagte Dir – ich *sagte* Dir, Heiliger, Du müßtest ein Auge auf Deinen Chela haben! Wie hast Du es getan? Verantworte Dich nicht! Ich weiß Bescheid. Er ist den Weibern nachgelaufen. Sieh seine Augen an – hohl und eingesunken – und die verräterische Linie von der Nase abwärts! Er ist ausgesogen! Pfui! Pfui! Und noch dazu ein Priester!"

Kim blickte auf, zu ermüdet um zu lächeln, und schüttelte verneinend den Kopf.

„Scherze nicht," sprach der Lama, „ *die* Zeit ist vorüber. Wir sind hier wegen großer Bedrängnis. Eine Krankheit der Seele ergriff mich in den Bergen und ihn eine Krankheit des Leibes. Seit der Zeit habe ich von seiner Kraft gelebt – ich habe ihn aufgegessen."

„Kinder alle beide – jung wie alt," schnappte sie, aber machte keinen Scherz weiter. „Möge die Gastfreundschaft hier Euch wieder herstellen. Warte ein wenig; ich will hinunter kommen, wir wollen von den Bergen sprechen."

Um die Abendzeit – ihr Schwiegersohn war zu Hause und sie brauchte den Hof nicht zu inspizieren – kam sie auf den Grund der Sache, die der Lama ihr mit leiser Stimme erklärte. Die beiden alten Häupter nickten weise gegeneinander. Kim war nach einem Raum, der ein Bett enthielt, getaumelt und warf sich erschöpft nieder. Der Lama hatte verboten, ihm selbst Decken zu breiten oder Speise zu bringen.

„Ich weiß – ich weiß!" plapperte sie. „Wer wüßte es besser als ich? Wir, die wir niedersteigen zu den Feuer-ghats, wir klammern uns an die Hände derjenigen, die heraufsteigen von dem Flusse des Lebens mit vollen Wasserkrügen – ja, bis an den Rand vollen Wasserkrügen. Ich tat dem Knaben Unrecht. Er lieh Dir seine Stärke? Es ist wahr, wir Alten verzehren die Jungen täglich. Es geziemt uns, ihn wieder zu Kräften zu bringen."

„Du hast schon oft Verdienst erworben –"

„*Mein* Verdienst? Was ist es? Alter Sack voll Knochen, der Curry-Fleisch kocht für Männer, die nicht fragen: Wer hat es gekocht? Wenn mein Verdienst für meinen Großsohn aufgespeichert werden könnte –" für den, der Leibschmerzen hatte?"

„Zu denken, daß der Heilige das noch weiß! Das muß ich seiner Mutter erzählen. Es ist eine ganz besondere Ehre! Sie wird stolz sein! Ja, der, der Leibschmerzen hatte – der Heilige erinnert sich."

„Mein Chela ist mir, was ein Sohn den Unerleuchteten."

„Sag lieber Großsohn. Mütter haben nicht die Weisheit unserer Jahre. Wenn ein Kind schreit, denken sie, der Himmel fällt ein. Eine Großmutter aber ist weit genug entfernt von dem Schmerz des Gebärens wie von dem Vergnügen die Brust zu geben, um genau zu wissen, ob ein Kind aus purer Bosheit schreit oder weil es Blähungen hat. Und da Du gerade wieder von Blähungen redest – es könnte sein, daß ich den Heiligen als er zuletzt hier war, beleidigte, weil ich zu sehr um Zauber quälte –"

„Schwester," sprach der Lama, die Form der Anrede wählend, die ein buddhistischer Mönch zuweilen gegen eine Nonne anwendet, „wenn Zauber Dich beruhigen können –"

„Sie sind besser als zehntausend Arzte."

„Ich sage, wenn Zauber Dich beruhigen, dann will ich, der ich Abt von Such-zen war, so viele machen, wie Du begehrst. Ich habe nie Dein Antlitz gesehen – "

„Das halten selbst die Affen, die unsere Mispeln stehlen, für einen Gewinn. Hi! Hi!"

„Aber Du hast, wie der, der dort schläft," – er nickte nach der geschlossenen Tür des Gastzimmers hin – sagte: „ein Herz von Gold ... und im Geist ist er mir ein wahrer Großsohn."

„Gut! Ich bin des Heiligen Kuh!" Dies war purer Hinduismus, aber der Lama beachtete es nicht. „Ich bin alt, ich habe Söhne im Fleische geboren! Oh, einst konnte ich den Männern gefallen! Jetzt kuriere ich sie." Er hörte ihre Armspangen klirren, als wenn sie die Arms entblößte um zuzugreifen. „Ich will den Knaben zu mir nehmen und ihn in Schlaf bringen und ihn füttern und ihn ganz gesund machen. Hai! Hai! Wir alten Leute wissen noch etwas."

Daher fand Kim, als er mit schmerzenden Gliedern die Augen öffnete und nach der Küche gehen wollte, um seines Meisters Essen zu holen, heftigen Widerstand: und eine verschleierte Gestalt an der Tür, neben dem grauen Diener, zählte ihm genau vor, was er *nicht* tun sollte.

„Du mußt haben? – Du sollst nichts haben. Was? Ein verschlossener Koffer, in dem heilige Bücher verschlossen werden müssen? Oh, das ist etwas anderes. Der Himmel verhüte, daß ich zwischen einen Priester und seine Gebete trete! Er soll gebracht werden und Du sollst den Schlüssel behalten."

Sie schoben den Koffer unter sein Bett, und mit einem Stöhnen der Erleichterung schloß er Mahbubs Pistole, das Öltuch-Brief-Paket und die Tagebücher ein. Sonderbarerweise hatte das Gewicht auf seinen Schultern ihn weniger gedrückt, als das auf seiner armen Seele. Sein Genick schmerzte nachts unter dieser Last.

„Deine Krankheit ist ungewöhnlich für die Jugend unserer Tage," sprach die Sahiba, „denn die Jugend hat verlernt, die Alten zu pflegen. Schlaf ist das

Heilmittel für Dich und gewisse Tränke." Und Kim versank in die Leere, die ihn halb ängstigte, halb besänftigte.

Sie braute Tränke in einem mysteriösen asiatischen Ersatz von Destillations-Raum – Flüssigkeiten, die pestilenzialisch rochen und noch schlimmer schmeckten. Sie beugte sich über Kim, bis sie hinunter gewürgt waren und war unerschöpflich in Fragen, wenn sie wieder herauf kamen. Sie legte einen Tabu auf den Vorhof und erzwang seine Beachtung durch einen bewaffneten Mann. Zwar, die Wache war über siebzig Jahre und ihr in der Scheide steckendes Schwert hörte beim Griff auf; aber immerhin repräsentierte sie die Autorität der Sahiba, und Lastwagen, schwatzende Diener, Kälber, Hunde, Hennen und dergleichen hatten einen weiten Bogen zu machen. Dann suchte sie unter der Menge armer Verwandten (Haushalts-Hunde nennen wir sie), die sich in den Hintergebäuden zusammendrängten, die Witwe eines Vetters hervor, die geübt war in, was die Europäer, die nichts davon verstehen, Massage nennen. Diese, mit einer Assistentin, packten Kim, schoben ihn ostwärts und westwärts, damit die geheimnisvollen Erdströmungen, die den menschlichen Leib durchrieseln, helfen aber nicht hindern sollten, und nahmen ihn stückweise vor, Muskel für Muskel, Knochen für Knochen, Sehne für Sehne und schließlich Nerv für Nerv. Kim, zu einer unzurechnungsfähigen breiigen Masse geknetet, halb hypnotisiert durch das ewige Niederfallen und Zurückschlagen der unbequemen Kopftücher, die die Augen verhüllen, glitt zehntausend Meilen weit weg in Schlummer. Sechsunddreißig Stunden hielt der Schlaf an, der sich einsaugte wie Regen nach der Dürre.

Dann fütterte sie ihn und das Haus wirbelte von ihrem Lärm. Sie befahl, Hühner zu schlachten, Gemüse herbeizuschaffen (der schwerfällige Gärtner, fast so alt, wie sie selbst, schwitzte), nahm Gewürze und Milch und Zwiebeln und kleine Fische aus den Bächen, forderte Zitronen zu Sherbet, Wachteln aus der Erdgrube, briet Hühnerleber mit geschabtem Ingwer am Spieß.

„Ich habe etwas von dieser Welt gesehen," sprach sie über dem Haufen von Schüsseln, „es gibt nur zwei Arten von Frauen darin; die, die dem Manne die Stärke nehmen und die, die sie ihm zurückgeben. Einst gehörte ich zu den Ersten, jetzt zu den Letzten. Nein – spiele nicht das Priesterlein gegen mich aus. Es war nur ein Scherz? aber wenn er Dir jetzt nicht gefällt, wird er Dir gefallen, wenn Du wieder auf der Heerstraße bist, Kusine" – dies zu der armen Verwandten, die nie aufhörte, die Mildtätigkeit ihrer Patronesse auszuposaunen – – „seine Haut blüht wie die eines frisch gestriegelten Pferdes. Wir arbeiten, um

Juwelen zu polieren, die vielleicht einem Tanzmädchen hingeworfen werden – he?"

Kim saß aufrecht und lächelte. Die furchtbare Schwäche hatte er abgeschüttelt wie einen alten Schuh. Seine Zunge juckte wieder nach freier Rede, während vor einer Woche kaum noch ein kleines Wort, wie von Asche beschwert, hervorkam. Der Schmerz im Genick (er mußte von dem Lama angesteckt sein) war verschwunden mit dem Dengfieber und dem üblen Geschmack im Munde. Die beiden alten Frauen, wenig vorsichtig mit ihren Schleiern, kluckten so lustig wie die Hennen, die durch die offene Tür hereinkamen.

„Wo ist mein Heiliger?" fragte Kim.

„Hör ihn! Dein Heiliger ist wohl," schnappte sie maliziös, „obwohl das nicht seine Schuld ist. Wüßte ich einen Zauber, um ihn weise zu machen, würde ich meine Juwelen dafür hingeben. Das gute Futter, das ich selbst gekocht, nicht zu essen – zwei Nächte in den Feldern herum zu rennen mit leerem Bauch – und zuletzt in einen Graben zu fallen – nennst *Du das* Heiligkeit? Und dann, wenn er das Stückchen von meinem Herzen, das von der Angst um Dich übrig geblieben, vor Sorge fast gebrochen hat, spricht er, er habe Verdienst erworben. Oh, alle Männer sind sich gleich! Aber das ist noch nicht genug – er sagt mir, daß er befreit von jeder Sünde ist. Ich hätte ihm das sagen können, ohne daß er sich über und über naß machte! Nun ist er wohl – dies passierte vor einer Woche – aber solche Heiligkeit kann mir gestohlen werden! Ein Baby von drei Jahren würde es nicht so machen. Beunruhige Dich nicht um den Heiligen. Wenn er nicht in unsern Wassergräben herumwatet, bewacht er Dich mit beiden Augen."

„Ich erinnere mich nicht, ihn gesehen zu haben. Ich erinnere mich nur, daß die Nächte und die Tage sich öffneten und schlossen wie schwarze und weiße Bretter. Ich war nicht krank: ich war nur müde."

„Eine Lethargie, die von rechtswegen ein Schock Jahre später kommt. Aber jetzt ist alles vorüber."

„Maharanee," begann Kim, aber nach einem Blick in ihr Auge wandelte er diesen Titel in das Wort der tiefsten Liebe – „Mutter, ich schulde Dir mein Leben. Wie soll ich Dir danken? Zehntausend Segnungen über Dein Haus, und –"

„Das Haus kann ohne Segen fertig werden." (Es ist unmöglich, die Worte der alten Dame genau wieder zu geben.) „Danke den Göttern als Priester, wenn Du willst, mir aber danke, wenn Du danken willst, wie ein Sohn. Habe ich Dich geschoben und gehoben und gehackt und Deine zehn Zehen gedreht, um mir Textsprüche an den Kopf werfen zu lassen? Irgendwo muß Dich ja eine Mutter zu ihrem Herzeleid geboren haben! Was warst Du ihr nütze – Sohn?"

„Ich hatte keine Mutter, meine Mutter," sprach Kim. „Sie starb, so sagte man mir, als ich noch klein war."

„Hai mal! Dann kann also niemand sagen, daß ich sie beraubt habe – wenn Du weiter wanderst und dieses Haus nur eins unter vielen ist, die Dir Obdach gewährten und vergessen wurden nach einem leicht hingeworfenen Segen –" sie stampfte mit dem Fuß gegen die arme Verwandte: „Trage die Schüsseln ins Haus. Was sollen die abgestandenen Speisen hier, o Weib von bösem Geist?"

„Ich ha-habe auch einen Sohn geboren zu meiner Zeit, aber er starb," wimmerte die gebeugte Gestalt hinter dem Kopftuch, Du weißt, daß er starb! Ich wartete nur auf Deinen Befehl, die Platte fortzunehmen."

„Ich bin das Weib vom bösen Geist," rief die alte Dame reuevoll. „Wir, die wir niedersteigen zu der Chattris, klammern uns hart an die Träger der Chattris. Wenn man nicht mit tanzen kann beim Feste, muß man eben aus dem Fenster schauen und Großmutterspielen nimmt alle Zeit in Anspruch. Dein Meister gibt mir jetzt alle Zauber, die ich wünsche für den Ältesten meiner Tochter, aus dem Grunde – nicht wahr? daß er jetzt ganz frei von Sünde ist. Der Hakim ist sehr herunter gekommen. Er geht herum und vergiftet meine Diener, da er nichts Besseres hat."

„Welcher Hakim, Mutter?"

„Derselbe Dacca-Mann, der mir die Pille gab, die mich in drei Stücke riß. Vor einer Woche tauchte er auf, wie ein verlaufenes Kamel und versicherte, daß Du und er wie Blutbrüder gewesen seid auf der Kulu-Straße, und tat so, als trüge er große Sorge um Deine Gesundheit. Er war sehr mager und hungrig; ich gab Befehl, ihn zu füttern – ihn und seine Sorge!"

„Ich möchte ihn sehen, wenn er hier ist."

„Er kommt fünfmal am Tage und hext meinen Knechten Geschwüre an, um sich selber vor Apoplexie zu schützen. Er ist so voll Sorge um Deine Gesundheit, daß er den ganzen Tag nicht von der Küchentür weicht und sich mit kleinen Brocken hinhält. Er wird kleben bleiben. Wir werden ihn nicht wieder los."

„Schicke ihn mir, Mutter" – der Schelm kehrte in Kims Auge zurück – „ich will es versuchen."

„Ich will ihn schicken, aber ihn abzuschütteln, ist vergebliche Mühe. Wenigstens war er so vernünftig, den Heiligen aus dem Wassergraben zu fischen; und dadurch, wie der Heilige *nicht* sagte, Verdienst zu erwerben."

„Er ist ein sehr weiser Hakim. Schicke ihn zu mir, Mutter."

„Priester, der einen Priester lobt? Ein Wunder! Wenn er aber Dein Freund ist (Ihr zanktet Euch bei Eurem letzten Zusammensein!), dann will ich ihn hier mit Pferdestricken anbinden und – ihm hinterher ein Kasten-Essen geben, mein Sohn ... Stehe auf und sieh Dir die Welt an! Dies im Bett liegen ist die Mutter von siebzig Teufeln ... mein Sohn! Mein Sohn!"

Sie trottete fort und beschwor einen Sturm im Kochhaus herauf und beinahe noch in ihrem Schatten rollte der Babu herein, bis an die Schultern wie ein römischer Imperator gekleidet, frisiert wie Titus, barhaupt, mit neuen Patent-Lederschuhen, im höchsten Stand von Fett, Freude und Begrüßungen ausschwitzend.

„Donnerwetter, Mister O'Hara, es ist eine flotte Freude, Euch wieder zu sehen. Ich will so höflich sein, die Tür zu schließen. Schade, daß Ihr krank seid. Seid Ihr sehr krank?"

„Die Papiere – die Papiere aus dem Zelt. Die Karten und der Murasla!" Er reichte ungeduldig den Schlüssel hin: seine Seele verlangte danach, den Raub los zu werden.

„Ihr habt recht. Es ist korrekt departementsmäßig, wie Ihr die Sache anfaßt. Habt Ihr auch alles?"

„Alles Geschriebene aus dem Zelt habe ich genommen. Das Übrige habe ich den Berg hinunter geworfen." Er hörte den Schlüssel im Schloß sich drehen, das Schieben des schwer zu bewegenden Öltuchballens, das Rascheln von Papieren. Das Bewußtsein, daß all dieses während der Krankheit unter ihm lag, hatte ihn gequält – eine Last, die er nicht los werden konnte. Er fühlte sein Blut wieder leichter fließen, als Hurree, sich wie ein Elefant aufrichtend, ihm jetzt die Hand schüttelte.

„Das ist sein! Das ist vortrefflich, Mr. O'Hara! Ihr habt – ha! ha! den ganzen Sack voll diplomatischer Kniffe mit Stumpf und Stiel stibitzt. Sie sagten mir, die Arbeit von acht Monaten wäre zu Wasser geworden! Zum Teufel! wie sie mich geprügelt haben! ... sieh da, der Brief von Hilás!" Er las eine oder zwei Zeilen höfisches Persisch, welches die Sprache autorisierter und nicht autorisierter

Diplomatie ist. „Mister Rasch Sahib hat eben seinen Fuß in die Höhle gesetzt. Er wird offiziell zu erklären haben, wie, zum Kuckuck, er dazu kam, dem Zaren Liebesbriefe zu schreiben. Und da sind sehr künstlerische Karten ... und da sind drei oder vier Premierminister dieser Gegenden in die Korrespondenz verwickelt. Bei Gott, Sar! Die britische Regierung wird die Thronfolge in Hilás und Benár ändern und neue Regenten einsetzen. Verrat – niedrigster ... aber Ihr versteht nicht – he?“ „Ist alles in Deinen Händen?“ fragte Kim. Er wollte nur dieses wissen. „Ihr könnt darauf wetten, daß ich alles habe.“ Er stopfte den ganzen Fund an seinem Körper herum, wie nur Orientalen es können. „Soll alles an das Departements-Bureau gehen! Die alte Dame meint, ich wäre nun ein bleibendes Inventarstück geworden, aber ich werde nun mit allem geradewegs abmarschieren. Mr. Lurgan wird ein stolzer Mann werden. Offiziell seid Ihr mit untergeben, aber meinem mündlichen Rapport werde ich Euren Namen einverleiben. Schade, daß wir keine schriftlichen Rapporte geben dürfen! Wir Bengalen excellieren gerade in der Kunst.“ Er warf den Schlüssel zurück und zeigte den leeren Koffer. „Gut. Es ist gut. Ich war sehr müde. Auch mein Heiliger war krank. Und fiel er in –“ „Och, ja. Ich bin sein guter Freund, sage ich Euch. Er benahm sich höchst sonderbar, als ich Euch nachkam. und ich dachte, er hätte vielleicht die Papiere. Ich folgte ihm deshalb in seinen Meditationen und verhandelte auch ethnologische Fragen mit ihm. Ihr müßt wissen, ich bin jetzt hier nur eine sehr unbedeutende Persönlichkeit im Vergleich zu seinen Zaubermitteln. Donnerwetter, O'Hara! wißt Ihr, daß er mit Krämpfen behaftet ist? Katalepsie – wenn nicht Epilepsie! Ich fand ihn in solchem Zustand unter einem Baum, in articulo mortem, und er sprang auf und lief in einen Graben, und ohne mich wäre er ertrunken. Ich zog ihn heraus.

„Weil ich nicht da war!“ sagte Kim. „Er hätte sterben können.“

„Ja, er hätte sterben können. Aber nun ist er trocken und er behauptet, Transfiguration erlebt zu haben.“ Der Babu tickte bezeichnend an seine Stirn. „Ich machte Notizen über seine Behauptungen für die Akademie der Wissenschaften –. Ihr müßt bald gesund werden und nach Simla kommen. Bei Lurgan will ich Euch meine Geschichte erzählen. Es war köstlich. Der Rand ihrer Hosen war ganz zerfetzt, und der alte Rahan Rajah hielt sie für europäische desertierte Soldateska.“

„Oh, die Russen? Wie lange waren sie mit Dir zusammen?“

„Einer war ein Franzose. Oh, Tage und Tage und Tage! Jetzt meint alles Bergvolk, daß alle Nüssen Bettler sind. Verflucht! Nicht einen verdammten Lappen hatten sie, wenn ich ihnen nicht dazu half. Und ich erzählte dem gemeinen Volk – oah! *solche* Geschichten und Anekdoten. Bei Lurgan will ich Euch alles erzählen. Wir wollen – ah! eine lustige Nacht haben. Es ist Wasser auf Euer beider Mühle! Ja, und sie schrieben mir ein Zeugnis. Das war ein köstlicher Spaß. Ihr hättet sie auf der Vereinsbank sehen sollen, wie sie sich identifizierten! Dank dem allmächtigen Gott, daß Ihr ihre Papiere so gut verwahrtet! Ihr lacht jetzt nicht; aber wenn Ihr wieder gesund seid, werdet Ihr lachen. Nun will ich direkt nach der Eisenbahn und fort. Ihr werdet alle Anerkennung für Euer Spiel finden. Wann kommt Ihr mir nach? Wir sind sehr stolz auf Euch, wenn Ihr uns auch viel Sorge machtet. Und besonders Mahbub."

„Ah, Mahbub! Und wo ist er?"

„Verkauft Pferde – hier in der Nachbarschaft natürlich."

„Hier! Warum? Sprich langsam. Es ist mir noch immer dumpf im Kopf."

Der Babu schielte scheu an seiner Nase herab. „Wohl, Ihr wißt, ich bin furchtsamer Mann und Verantwortlichkeiten vermeide ich. Ihr waret krank, seht Ihr, und ich wußte nicht, wo. Zum Kuckuck, alle die Papiere steckten und wie viele da waren. Als ich nun hier ankam, schickte ich heimlich eine Drahtung an Mahbub – er war in Meerut bei den Rennen – und meldete ihm, wie die Dinge hier standen. Er kommt an mit seinen Leuten; er berät mit dem Lama, und dann schimpft er mich einen Narren und ist sehr grob. –"

„Aber warum? Warum?"

„Das frage ich auch. Ich regte nur an, daß, wenn jemand die Papiere gestohlen hätte, ich irgend einen guten, starken, braven Mann haben möchte, um sie wieder zu stehlen. Ihr wißt, wie wichtig die Papiere sind und Mahbub Ali wußte nicht, wo Ihr waret."

„Mahbub Ali sollte stehlen im Hause der Sahiba? Du bist toll, Babu!" sagte Kim mit Entrüstung.

„Ich mußte die Papiere haben. Nimm an, sie hätten sie gestohlen? Es war nur praktische Suggestion, denke ich. Es gefällt Euch nicht, he?"

Ein einheimisches – nicht zu wiederholendes – Sprichwort zeigte Kims Mißbilligung.

„Nun wohl," – Hurree zuckte mit den Schultern – „über den Geschmack läßt sich nicht streiten. Mahbub war auch ärgerlich. Er hat hier herum Pferde verkauft, und er sagt, die alte Dame ist durchaus „pukka" (tadellos) und würde solche unnoble Dinge nicht tun. Es geht mich nichts mehr an. Ich habe die Papiere und die moralische Stütze durch Mahbub hat mich erfreut. Ich sage Euch, ich bin ein furchtsamer Mann, aber, wie es auch zugehen mag, je furchtsamer ich bin, je mehr gerate ich in verdammt kritische Situationen. Ich war froh, daß Ihr mit mir nach Chini ginget und bin froh, daß Mahbub hier in der Nähe war. Die alte Dame ist zuweilen sehr ungehalten auf mich und meine wundervollen Pillen"

„Allah, Hab Erbarmen!" rief Kim belustigt, „welch ein Wunder von Tier ist ein Babu! Und der Mann ging allein – wenn er gehen konnte – mit beraubten, wütenden, fremden Leuten!"

„Och, das war nichts, als sie erst mit Prügeln fertig waren: wenn aber die Papiere verloren gegangen wären, hätte es flotter Ernst werden können. Mahbub hat mich ja beinahe auch geprügelt und ohne Ende mit dem Lama zusammengesteckt. In Zukunft werde ich fest bei ethnologischen Untersuchungen bleiben. Nun lebt wohl, Mister O'Hara. Wenn ich eile, Kann ich noch den 4.25 Zug nach Umballa erreichen. Es wird hübsch, wenn wir bei Mister Lurgan unsere Geschichten erzählen. Ich werde offiziell berichten, daß es Euch besser geht. Adieu, mein lieber Kerl, und wenn Ihr einmal wieder aufgeregt seid, bitte, dann braucht nicht mohammedanische Schimpfworte in tibetanischem Kleide."

Er schüttelte zweimal Kim die Hände – ein Babu bis zur Fußsohle – und öffnete die Tür. Sobald das Sonnenlicht auf sein noch triumphierendes Gesicht fiel, war er wieder der unterwürfige Quacksalber von Dacca.

„Er beraubte sie," dachte Kim, seinen eigenen Anteil an dem Spiel vergessend, „er überlistete sie, er belog sie, wie – ein Bengale. Sie geben ihm ein Zeugnis. Er macht sie zum Gespött, mit Gefahr seines Lebens – ich würde nicht zu ihnen hinunter gegangen sein nach den Pistolenschüssen – und dann nennt er sich einen furchtsamen Mann ... ja, ein furchtbarer Mann ist er. Ich muß wieder in die Welt hinaus."

Anfangs schwankten seine Beine wie abgenutzte Pfeifenrohre, und die Flut des Sonnenlichtes betäubte ihn. Er hockte bei der weißen Mauer nieder, und seine Gedanken wanderten zwischen den Vorfällen auf der langen Dooli-Reise und den Schwächeanfällen des Lama hin und her, und jetzt, wo der Antrieb zum Gespräch fehlte, überkam ihn das Mitleid mit sich selbst, von dem er, wie so viele Kranke, großen Vorrat hatte. Das geschwächte Gehirn scheute vor der Berührung mit der Außenwelt zurück, wie ein junges, zum erstenmal wund geriebenes Pferd vor dem Sporn. Es war genug, voll genug, daß der Raub aus dem Zelt aus seinen Händen, aus seinem Besitz fort war. Er versuchte, an den Lama zu denken, wie der wohl in den Graben geraten war – aber die ungeheure Größe der Welt, wie sie ihm durch das Hofgitter erschien, zerriß wieder die Gedankenkelle. Dann blickte er auf die Bäume, die weiten Felder, die Hütten, die zwischen den Aehren sich bargen – blickte mit Augen, die unfähig waren, die Gestalt und den Umfang der Dinge zu begreifen, starrte wohl eine halbe Stunde lang. Ihm war, als wäre seine Seele außer Verbindung mit seiner Umgebung, wie ein müßiges, bei Seite geworfenes Zahnrad, außer Verbindung mit der Maschinerie. Die Lüfte wehten über ihm, die Papageien schrieen über ihm, der Lärm des übervollen Hauses hinter ihm – Gezanke, Befehle, Schelle – schlug an taube Ohren.

„Ich bin Kim. Ich bin Kim. Und was ist Kim?" Seine Seele wiederholte es wieder und wieder.

Er wollte nicht weinen – war niemals weniger zum Weinen aufgelegt – aber plötzlich tropften dumme Tränen über seine Wange – und mit einem fast vernehmbaren Ticken fühlte er die Schleusen seines Wesens sich neu eröffnen auf die Welt außerhalb. Gegenstände, die einen Augenblick zuvor dem Auge unklar erschienen, nahmen bestimmte Gestalt an. Die Straße war zum Gehen da, die Häuser zum Bewohnen, die Rinder, um getrieben zu werden, Felder zum Pflügen, Männer und Frauen, um mit ihnen zu reden. Alles war wahr und real – fest auf die Füße gestellt, vollkommen verständlich – Art von seiner Art – nicht mehr, nicht weniger. Er schüttelte sich wie ein Hund, dem eine Fliege im Ohr sitzt, und schlenderte aus dem Tor. Sprach die Sahiba, der wachsame Augen diese Neuigkeit überbrachten: „Laßt ihn gehen. Mein Teil habe ich getan. Mutter Erde muß das Übrige tun. Wenn der Heilige zurückkehrt aus Meditationen, meldet es ihm." Eine halbe Meile entfernt stand vor einem jungen Feigenbaum, auf einem Kleinen Hügel, der einen Aussichtspunkt auf frischgepflügte Flächen bildete, ein leerer Ochsenwagen. Kims Augenlider, in der weichen Luft gebadet, wurden schwer, als er ihm nahe kam. Der Boden war reiner, guter Staub – nicht neues Grün, das lebend schon halb gestorben ist – nein, hoffnungsreicher Staub, der den Samen alles Lebens in sich trägt. Kim fühlte ihn zwischen den Zehen, liebkoste ihn mit den Händen, und Glied für Glied, wollüstig seufzend, streckte er sich in voller Länge aus im Schatten des aus Holz genagelten Karrens. Und Mutter Erde war so treu wie die Sahiba. Die durchhauchte ihn und gab wieder, was er verloren durch langes Liegen im Bett, abgeschlossen von ihren segensreichen Strömungen. Sein Kopf lag hingegeben an ihrer Brust, und seine Hände waren ihren stärkenden Kräften überlassen. Der vielwurzelige Baum über ihm und auch das tote, von Menschenhand zusammengefügte Holz wußte, was er suchte: nur er selbst wußte es nicht. Stunde auf Stunde lag er in tiefstem Schlaf.

Gegen den Abend, als der Staub heimkehrender Viehherden den Horizont trübte, kam der Lama und Mahbub Ali, vorsichtig auftretend; man hatte ihnen im Hause gesagt, wohin Kim gegangen.

„Allah! Welcher Narrenstreich, hier im offenen Felde zu liegen," murmelte der Pferdehändler. „Er hätte hundertmal totgeschossen werden können – aber dies ist allerdings nicht die Grenze."

„Und," sprach der Lama, immer dasselbe wiederholend, „solchen Chela gab es noch nie. Milde, höflich, klug, von verträglichem Gemüt, ein frohes Herz auf der Wanderschaft, nichts vergessend, gelehrt, wahrhaftig und gefällig. Groß ist sein Lohn!"

„Ich kenne den Knaben – wie ich sagte."

„Und besaß er immer alle die Vorzüge?"

„Einige davon – aber einen Rot-Hut-Zauber, um ihn übermäßig wahrheitsliebend zu machen, habe ich bis jetzt nicht gefunden. Sicher aber ist er hier gut gepflegt worden."

„Die Sahiba hat ein Herz von Gold," sprach ernsthaft der Lama. „Sie betrachtet ihn wie ihren Sohn."

„Hmpf! Halb Kind scheint das zu tun. Ich wollte nur nachsehen, ob der Knabe nicht zu Schaden gekommen und sich wieder frei bewegen könnte. Wie Du weißt, waren er und ich alte Freunde in den ersten Tagen unserer gemeinschaftlichen Pilgerfahrt."

„Dies ist ein Band zwischen uns." Der Lama setzte sich nieder. „Wir sind nun am Ende der Pilgerfahrt."

„Du hast es Dir nicht zu danken, daß die nicht vor einer Woche kurz und gut zu Ende ging. Ich hörte, was die Sahiba sagte, als wir Dich auf das Lager trugen." Mahbub lachte und zupfte seinen frisch gefärbten Bart.

„Ich meditierte über andere Dinge in jener Zeitwelle. Der Hakim von Dacca störte meine Meditationen."

„Sonst," – dies wurde anstandshalber in Pashtu gesagt – „würdest Du Deine Meditationen auf der schwülen Seite der Hölle zu Ende gefühlt haben – denn ein Ungläubiger und ein Götzendiener bist Du, trotz Deiner kindlichen Einfältigkeit. Aber, Rothut, was soll jetzt geschehen?"

„In dieser selben Nacht," die Worte kamen langsam, zitternd im Triumph, „in dieser selben Nacht wird er frei werden wie ich es bin, von jeder Spur von Sünde – friedvoll wie ich es bin, wenn er diesen vom Rad der Dinge befreiten Körper verläßt. Ich habe ein Zeichen," er legte die Sand auf die Zerrissene Karte auf seiner Brust, „daß meine Zeit kurz ist; ihn aber werde ich erlöst haben für alle Zeiten. Erinnere Dich, ich habe Erkenntnis erreicht, wie ich Dir vor nur drei Nächten gesagt."

„Es muß wahr sein, was der Tirah-Priester sagte, als ich seines Vetters Weib gestohlen hatte, daß ich ein Sufi (Freidenker) bin, denn hier sitze ich und hege mich in lästerlicher Blasphemie," sprach Mahbub zu sich selbst ... „Ja, ich erinnere mich der Geschichte. Daraufhin geht er dann ein in Jannatu l'Adu (Garten von Eden). Aber wie? Willst Du ihn totschlagen oder ersäufen in dem wunderbaren Fluß, aus dem der Babu Dich herauszog?

„Ich wurde aus keinem Fluß herausgezogen," sprach der Lama einfach. „Du vergißt, was geschah. Ich fand den Fluß durch Erkenntnis."

„O, ah, wahr!" stotterte Mahbub, halb ärgerlich, halb belustigt, „ich hatte den genauen Hergang vergessen. Du fandest ihn durch Erkenntnis."

„Und zu sagen, daß ich Leben nehmen wollte, ist – nicht eine Sünde, sondern einfach Wahnsinn. Mein Chela half mir zu dem Fluß. Es ist sein Recht, von Sünde gereinigt zu werden – mit mir."

„Ah, er hat es nötig! Aber nachher, alter Mann – nachher?"

„Wie, unter allen Himmeln, kommt das in Frage? Nirwana ist ihm sicher – erleuchtet – wie ich es bin."

„Gut gesprochen. Ich fürchtete, er würde Mohammeds Roß besteigen und davonfliegen."

„Nein – als ein Lehrer muß er gehen."

„Aha! Nun sehe ich. Das ist der richtige Gang für das Füllen. Gewiß, er muß als ein Lehrer gehen. Er ist aber zufällig ein bißchen nötig als Schreiber im Staatsdienst."

„Auch dazu ist er vorbereitet. Ich erwarb Verdienst durch Almosen-Geben für sein Bestes. Gute Tat stirbt nicht. Er half mir in meiner Suche. Ich half ihm in der seinen. Gerecht ist das Rad, oh, Roßhändler vom Norden. Laß ihn ein Lehrer sein; laß ihn ein Schreiber sein – was tut's? Er wird Freiheit erreicht haben. Das Übrige ist Wahn."

„Was tuts? Wo ich ihn in sechs Monaten bei mir jenseit Balkh haben muß? Ich komme, dank diesem Hühnchen von Babu, hier an mit zehn lahmen Kracken und drei starkrückigen Männern, um einen Kranken Jungen mit Gewalt aus dem Hause einer alten Schwätzerin zu entführen – und nun scheint's, ich sehe zu, wie ein junger Sahib in, Allah weiß, welchen götzendienerischen Himmel aufgewunden wird, durch Vermittelung eines alten Rothutes! Und ich zähle doch auch etwas mit als Spieler im Spiel! Aber der verrückte Alte hat den Jungen lieb; und so muß ich auch etwas vernünftig verrückt sein."

„Für wen betest Du?" fragte der Lama, als das rauhe Pashtu in den roten Bart hineinrollte.

„Einerlei! Aber, da ich nun verstehe, daß der Junge, des Paradieses sicher, doch in Regierungs-Dienst treten kann, bin ich beruhigt. Ich muß zu meinen Pferden. Es wird dunkel. Weck ihn nicht auf. Mich gelüstet's nicht. Dich von ihm Meister nennen zu hören."

„Aber er ist mein Schüler. Was sonst?"

„Er sagte so." Mahbub schluckte seinen Anfall von Hypochondrie hinunter und erhob sich lachend. „Ich bin nicht vollständig Deines Glaubens, Rothut – wenn solche Kleinigkeit Dich kümmert."

„Das tut nichts," sagte der Lama.

„Ich dachte es mir. Deshalb wird es Dir nicht schaden, sündenfrei, frisch gewaschen und dreiviertel untergetaucht bis auf die Sohlen wie Du bist, wenn ich Dir sage: Du bist ein guter Mann, – ein sehr guter Mann. Wir haben vier oder fünf Abende miteinander geredet, und wenn ich auch ein Roßtäuscher bin, kann ich doch, wie man zu sagen pflegt, Heiligkeit über den Beinen eines Pferdes hinweg sehen. Ja, könnte auch sehen, wie unser Freund aller Welt seine Hand zuerst in Deine legt. Behandle ihn gut und dulde, daß er als ein Lehrer in die Welt zurückkehrt, wenn Du – seine Beine gebadet hast – wenn das die richtige Medizin für das Füllen ist."

„Warum nicht selbst dem Weg folgen und so den Knaben begleiten?"

Mahbub starrte verblüfft bei der erhabenen Unverschämtheit dieser Frage, auf die er jenseits der Grenze mit Schlägen geantwortet haben würde. Bald aber gewann der Humor der Sache wieder Macht über seine weltliche Seele.

„Sachte – sachte – ein Fuß zur Zeit, wie der lahme Wallach über die Umballa-Hindernisse (beim Rennen) setzte. Ich komme vielleicht später ins Paradies – ich habe da herum zu tun – große Geschäfte – und ich danke sie Deiner Einfalt. Du hast niemals gelogen?"

„Wozu?"

„Oh, Allah, höre ihn! „Wozu" in dieser, Deiner Welt! Noch je einem Menschen wehe getan?"

„Einmal – mit einem Federkasten – bevor ich weise war."

„So? Ich denke um so besser von Dir. Deine Lehren sind gut. Du hast einen Mann, den ich kenne, vom Pfad des Unrechts abgewendet." Er lachte unbändig. „Er kam hierher in bester Absicht, ein Dacoity (Hauseinbruch mit Gewalttat) zu verüben. Ja, zu schneiden, rauben, töten und fortzuschleppen, was er haben wollte."

„Eine große Torheit!"

„Oh, schwarze Schande dazu! So dachte er, nachdem er Dich gesehen, Dich – und einige andere, Männlein und Weiblein. So ließ er davon ab; und jetzt geht er, um einen großen, fetten Babu-Menschen durchzuprügeln."

„Ich verstehe nicht –"

„Allah möge das auch verhüten! Es gibt Männer, die stark im Wissen sind, Rothut; aber Deine Stärke ist noch stärker. Bewahre sie – ich denke, Du wirst es tun. Wenn der Junge Dir nicht ein guter Diener ist, reiße ihm die Ohren ab."

Mit einem Zuschnappen seines breiten Bokhariot-Gürtels stampfte der Pathan in die Dämmerung hinein, und der Lama kam soweit aus den Wolken herab, um dem breiten Rücken nachzuschauen.

„Diese Person ermangelt der Höflichkeit und wird getäuscht durch den Schatten des Scheines. Aber er sprach gut von meinem Chela, der jetzt in seine Belohnung eintritt. Ich will das Gebet beten! ... Erwache, o Glücklicher, vor allen vom Weibe Geborenen. Erwache! Er ist gefunden!"

Kim kam hervor aus diesen tiefen Fluten: der Lama bewachte sein behagliches Gähnen und schnappte mit den Fingern, um böse Geister abzuwehren.

„Ich habe hundert Jahre geschlafen. Wo –? Heiliger, bist Du schon lange hier? Ich ging fort um Dich zu suchen, aber" – er lachte schläfrig – „ich schlief auf dem Wege ein. Ich bin jetzt ganz wohl. Hast Du gegessen? Laß uns ins Haus gehen. Seit vielen Tagen habe ich nicht für Dich gesorgt. Und die Sahiba hat Dich wohl gepflegt? Wer rieb Deine Beine? Wie ist's mit der Mattigkeit, dem Magen und dem Nacken und dem Hämmern in den Ohren?"

„Vorüber – alles fort. Weißt Du nicht –?"

„Ich weiß nichts: nur, daß ich Dich eine Ewigkeit nicht gesehen habe. Was soll ich wissen?"

„Wunderbar, daß die Erkenntnis nicht Dich erreichte, da doch alle meine Gedanken zu Dir gingen."

„Dein Gesicht kann ich nicht sehen. Deine Stimme aber tönt wie ein Gong. Hat die Sahiba Dich durch ihre Kost wieder jung gemacht?"

Er spähte scharf nach der mit gekreuzten Beinen ruhenden Gestalt, die sich dunkel gegen die zitronenfarbene Lichtströmung abhob. So sitzt der Budhisat von Stein da, der niederblickt auf die Drehkreuze des Lahore-Museums.

Der Lama schwieg. Die sanfte, rauchgeschwängerte Stille des indischen Abends hüllte sie ein, unterbrochen nur von dem Klick des Rosenkranzes und dem schwachen Klack-Klack von Mahbubs verhallenden Schritten.

„Höre mich! Ich bringe neue Botschaft."

„Aber laß uns –"

Die lange, gelbe Hand schoß vorwärts, Schweigen gebietend. Gehorsam zog Kim die Füße unter den Rand seines Gewandes.

„Höre mich! Ich bringe neue Kunde! Die Suche ist beendet. Jetzt kommt die Vergeltung ... Also ... Da wir zwischen den Bergen waren, lebte ich von Deiner Kraft, bis der junge Zweig sich beugte und nahezu brach. Als wir aus den Bergen hervor kamen, war ich unruhig um Dich und um anderes, das ich in meinem Herzen barg. Dem Schiff meiner Seele mangelte Lenkung. Die Ursache der Dinge konnte ich nicht schauen. So übergab ich Dich der tugendhaften Frau ganz und gar. Ich nahm keine Speise. Ich trank kein Wasser. Doch sah ich nicht den Weg. Sie wollten mir Nahrung aufdrängen und riefen vor meiner verschlossenen Tür. Da begab ich mich weg, nach einer Höhle unter einem Baum. Ich nahm nicht Speise. Ich nahm nicht Wasser. Ich saß in Meditationen zwei Tage und zwei Nächte, meinen Geist läuternd, einatmend und ausatmend in der vorgeschriebenen Weise ... In der zweiten Nacht – so groß war mein Lohn – löste die weise Seele sich von dem törichten Leib und erging sich frei. Dies habe ich nie zuvor erreicht, obwohl ich oft auf der Schwelle davor stand. Beachte wohl, denn es ist ein Wunder!"

„Ein Wunder in Wahrheit! Zwei Tage und zwei Nächte ohne Essen! Wo war die Sahiba?" sagte Kim leise zu sich selbst.

„Ja, meine Seele erging sich frei, und wie ein Adler kreisend, sah sie in Wahrheit, da war kein Teshoo Lama, noch eine andere Seele. Wie ein Tropfen sich zum Wasser hinzieht, so zog meine Seele sich hin zu der Großen Seele, die über allen Dingen ist. In dem Augenblick, geläutert durch Betrachtung, sah ich all Kind, von Ceylon in der See bis zu den Bergen, meinen eigenen bunten Bergen zu Such-zen. Ich sah jedes Dorf, jedes Feld bis ins Kleinste, wo wir jemals gerastet. Ich sah sie zu gleicher Zeit, an derselben Stelle, denn sie waren im Innern der Seele. Da wußte ich, daß ich frei war. Ich sah Dich in Deinem Bette liegen, ich sah Dich den Berg hinabfallen unter dem Götzendiener – zu gleicher Zeit, an derselben Stelle, in meiner Seele, welche, wie ich sage, die Große Seele berührt halte. Auch sah ich den einfältigen Körper des Teshoo Lama unten liegen und der Hakim von Dacca kniete daneben und schrie ihm ins Ohr. Dann war meine Seele ganz allein und ich sah nichts, denn ich war selbst in allem, da ich die große Seele erreicht hatte. Und ich meditierte tausend, tausend Jahre, ohne Leidenschaft, wohl bewußt der Ursache aller Dinge. Dann rief eine Stimme: „Was soll aus dem Knaben werden, wenn Du tot bist?" Und ich ward in mir selbst hin und her geworfen in Mitleid für Dich: und ich sprach: „Ich will zurückkehren zu meinem Chela, aus Furcht, daß er den Weg verfehle." Darauf riß diese meine Seele, welche die Seele von Teshoo Lama ist, mit Sträuben und Trauern, mit

Schmerzen und Todespein sich los von der Großen Seele. Wie das Ei von dem Fisch, wie der Fisch von dem Wasser, wie das Wasser von der Wolke, wie die Wolke von der schweren Luft, so löste sich, so schoß hervor, so stürzte fort, so dampfte auf die Seele von Teshoo Lama von der Großen Seele. Dann rief eine Stimme: „Der Strom! Gib acht auf den Strom!“ Und ich blickte niederwärts auf die ganze Welt, die war, wie ich sie zuvor gesehen – eins in der Zeit, eins im Raum – und ich sah deutlich den Strom des Pfeils zu meinen Füßen. Zu der Stunde ward meine Seele gehemmt durch ein oder anderes Böses, von dem ich nicht voll gereinigt war, und es lastete auf meinen Armen und wand sich um meine Brust: aber ich schüttelte es ab und trieb fort wie ein Adler in meinem Flug zu dem Ort des Flusses. Um Deinetwillen schob ich Welt auf Welt beiseite. Ich sah den Strom unter mir – den Strom des Pfeils – und hinabsteigend schlossen seine Wasser sich über mir,– und siehe da! Ich war wieder in dem Körper von Teshoo Lama, aber frei von Sünde; und der Hakim von Dacca hielt meinen Kopf hoch in den Wassern des Stromes. Hier ist der Strom! Er ist hinter dem Mango-Tope (Hain) – gerade hier!“

„Allah Kerim! Wie gut, daß der Babu zur Stelle war! Bist Du sehr naß geworden?“

„Ich beachtete es nicht. Ich entsinne mich, der Hakim trug Sorge für den Körper von Teshoo Lama; er zog ihn aus dem heiligen Wasser mit seinen Händen und dann kam Dein Roßhändler vom Norden mit Männern und einem Tragbett, und sie hoben den Körper auf das Bett und trugen ihn zu dem Haus der Sahiba.“

„Was sagte die Sahiba?“

„Ich meditierte in jenem Körper und hörte es nicht. So ist die Suche denn beendet. Für das Verdienst, das ich erwarb, ist der Strom des Pfeiles hier. Zu unsern Füßen brach er hervor, wie ich es fügte. Ich habe ihn gefunden. Sohn meiner Seele, ich habe meine Seele zurückgezogen von der Schwelle der Freiheit, um Dich frei zu machen von aller Sünde, wie ich frei und ohne Sünde bin. Gerecht ist das Rad! Gewiß ist unsere Erlösung. Komm!“

Er kreuzte die Hände auf seinem Schoß und lächelte, wie ein Mensch lächeln mag, der Erlösung gewonnen hat für sich und die, die er liebt.

Ende.